De Avonturen Van Huckleberry Finn

(De kameraad van Tom Sawyer)

Door Mark Twain

Copyright © 2024 door Autri Books

Alle rechten voorbehouden. Niets uit deze uitgave mag worden verveelvoudigd door fotokopieën, opnamen of andere elektronische of mechanische methoden zonder voorafgaande schriftelijke toestemming van de uitgever, behalve in het geval van korte citaten in kritische recensies en bepaalde andere niet-commerciële toepassingen die zijn toegestaan door de auteurswet.

Deze uitgave maakt deel uit van de "Autri Books Classic Literature Collection" en bevat vertalingen, redactionele inhoud en ontwerpelementen die origineel zijn voor deze uitgave en beschermd zijn onder het auteursrecht. De onderliggende tekst behoort tot het publieke domein en valt niet onder het auteursrecht, maar alle toevoegingen en wijzigingen vallen onder het auteursrecht van Autri Books.

Autri Books publicaties kunnen worden aangeschaft voor educatief, commercieel of promotioneel gebruik.

Neem voor meer informatie contact op met:

autribooks.com | support@autribooks.com

ISBN: 979-8-3306-0937-6
Eerste editie uitgegeven door Autri Books in 2024.

INHOUD

HOOFDSTUK I.
Beschavende Huck.—Juffrouw Watson.—Tom Sawyer wacht.

HOOFDSTUK II.
De jongens ontsnappen aan Jim.—Torn Sawyer's Gang.—Diepgewortelde plannen.

HOOFDSTUK III.
Een goede doorzetting. - Grace Triumphant. - "Een van de leugens van Tom Sawyers".

HOOFDSTUK IV.
Huck en de Rechter. — Bijgeloof.

HOOFDSTUK V.
Hucks vader. — De liefhebbende ouder. — Hervorming.

HOOFDSTUK VI.
Hij ging voor rechter Thatcher.—Huck besloot te vertrekken.—Politieke-economie.—Rondspartelen.

HOOFDSTUK VII.
Voor hem liggen.—Opgesloten in de kajuit.—Het lichaam laten zinken.—Rusten.

HOOFDSTUK VIII.
Slapen in het bos.—De doden opwekken.—Het eiland verkennen.—Jim vinden.—Jims ontsnapping.—Tekenen.—Balum.

HOOFDSTUK IX.
De grot — Het drijvende huis.

HOOFDSTUK X.
De vondst. - Old Hank Bunker. - In vermomming.

HOOFDSTUK XI.
Huck en de vrouw. — De zoektocht. — Uitvluchten. — Naar Gosen gaan.

HOOFDSTUK XII.
Langzame navigatie.—Dingen lenen.—Aan boord gaan van het wrak.—De samenzweerders.—Op jacht naar de boot.

HOOFDSTUK XIII.
Ontsnapping uit het wrak. — De wachter. — Zinken.

HOOFDSTUK XIV.
Een algemene goede tijd. — De harem. — Frans.

HOOFDSTUK XV.
Huck raakt het vlot kwijt. — In de mist. — Huck vindt het vlot. — Prullenbak.

HOOFDSTUK XVI.
Verwachting. — Een leugentje om bestwil. — Drijvende munteenheid. — Rennend door Caïro. — Zwemmend aan land.

HOOFDSTUK XVII.
Een avondbezoek.—De boerderij in Arkansaw.—Interieurdecoraties.—Stephen Dowling Bots.—Poëtische ontboezemingen.

HOOFDSTUK XVIII
Kolonel Grangerford.—Aristocratie.—Vetes.—Het testament.—Het vlot terugvinden.—Het hout—stapel.—Varkensvlees en kool.

HOOFDSTUK XIX.
Een astronomische theorie. — Een opleving van matigheid. — De hertog van Bridgewater. — De problemen van het koningschap.

HOOFDSTUK XX.
Huck legt uit. — Een veldtocht uitzetten— Het kamp bewerken — Vergadering— Een piraat in het kamp— Vergadering— De hertog als drukker.

HOOFDSTUK XXI
Zwaardoefening. — De monoloog van Hamlet. — Ze liepen rond in de stad. — Een luie stad. — Old Boggs. — Dood.

HOOFDSTUK XXII
Sherburn.—Het circus bijwonen.—Dronkenschap in de ring.—De spannende tragedie.

HOOFDSTUK XXIII
Verkocht.—Koninklijke vergelijkingen.—Jim krijgt heimwee.

HOOFDSTUK XXIV
Jim in koninklijke gewaden.—Ze nemen een passagier mee.—Informatie inwinnen.—Familieverdriet.

HOOFDSTUK XXV

Zijn zij het? — De 'Doxologer' zingend. - Vreselijk plein - Begrafenisorgieën. - Een slechte investering.

HOOFDSTUK XXVI

Een vrome koning. — De geestelijkheid van de koning. — Ze vroeg hem om vergiffenis. — Verstopt in de kamer. — Huck neemt het geld aan.

HOOFDSTUK XXVII

De begrafenis.—Nieuwsgierigheid bevredigend.—Achterdochtig tegenover Huck,—Snelle verkoop en klein.

HOOFDSTUK XXVIII

De reis naar Engeland. — "De Bruut!" —Mary Jane besluit te vertrekken.—Huck neemt afscheid van Mary Jane.—Bof.—De oppositielijn.

HOOFDSTUK XXIX.

Omstreden relatie.—De koning verklaart het verlies.—Een kwestie van handschrift.—Het lijk opgraven.—Huck ontsnapt.

HOOFDSTUK XXX.

De koning ging voor hem. — Een koninklijke rij. — Krachtige zachtheid.

HOOFDSTUK XXXI

Onheilspellende plannen. — Nieuws van Jim — Oude herinneringen. — Een schaapsverhaal. — Waardevolle informatie.

HOOFDSTUK XXXII

Stil en zondag—zoals.—Persoonsverwisseling.—Op een stronk.—In een dilemma.

HOOFDSTUK XXXIII

Een negerdief. — Zuidelijke gastvrijheid. — Een vrij lange zegen. — Teer en veren.

HOOFDSTUK XXXIV

De hut bij de astrechter.—Schandalig.—Het beklimmen van de bliksemafleider.—Lastig gevallen door heksen.

HOOFDSTUK XXXV

Op de juiste manier ontsnappen.—Duistere plannen.—Discriminatie bij het stelen.—Een diep gat.

HOOFDSTUK XXXVI

De bliksemafleider. — Zijn beste niveau. — Een legaat aan het nageslacht. — Een hoog cijfer.

HOOFDSTUK XXXVII
Het laatste hemd.—Rondsmerend.—Zeilorders.—De heksentaart.

HOOFDSTUK XXXVIII
Het wapenschild.—Een bekwame opzichter.—Onaangename glorie.—Een betraand onderwerp.

HOOFDSTUK XXXIX.
Ratten.—Levendig bed—kerels.—De stropoppen.

HOOFDSTUK XL.
Vissen.—Het Comité van Waakzaamheid.—Een levendige loop.—Jim adviseert een dokter.

HOOFDSTUK XLI.
De dokter. — Oom Silas. — Zuster Hotchkiss. — Tante Sally in moeilijkheden.

HOOFDSTUK XLII
Tom Sawyer gewond. — Het verhaal van de dokter. — Tom bekent. — Tante Polly arriveert. — Deel die brieven uit.

HOOFDSTUK HET LAATSTE.
Uit de slavernij. — De gevangene betalend. — Met vriendelijke groet, Huck Finn.

BEMERKEN.

Personen die in dit verhaal een motief proberen te vinden, zullen worden vervolgd; personen die er een moraal in proberen te vinden, zullen worden verbannen; Personen die er een perceel in proberen te vinden, worden doodgeschoten.

IN OPDRACHT VAN DE AUTEUR PER G. G., CHEF VAN DE MUNITIE.

VERKLAREND

In dit boek worden een aantal dialecten gebruikt, te weten: het Missouri neger dialect; de extremste vorm van het zuidwestelijke dialect van het achterland; het gewone dialect van "Pike County"; en vier gemodificeerde varianten van deze laatste. De schakeringen zijn niet op een lukrake manier gedaan, of door giswerk; maar nauwgezet, en met de betrouwbare begeleiding en ondersteuning van persoonlijke vertrouwdheid met deze verschillende vormen van spreken.

Ik maak deze verklaring om de reden dat zonder dit veel lezers zouden veronderstellen dat al deze personages op dezelfde manier probeerden te praten en daar niet in slaagden.

DE AUTEUR.

HUCKLEBERRY FIN

Scène: De Mississippi-vallei Tijd: Veertig tot vijftig jaar geleden

HOOFDSTUK I.

Je weet niets van mij zonder dat je een boek hebt gelezen met de naam The Adventures of Tom Sawyer; Maar dat maakt niet uit. Dat boek was gemaakt door de heer Mark Twain, en hij vertelde voornamelijk de waarheid. Er waren dingen die hij oprekte, maar vooral vertelde hij de waarheid. Dat is niets. Ik heb nooit iemand gezien die wel eens loog, zonder dat het tante Polly was, of de weduwe, of misschien Mary. Tante Polly – Toms tante Polly, dat is ze – en Mary, en de weduwe Douglas worden allemaal verteld in dat boek, dat meestal een echt boek is, met een paar brancards, zoals ik al eerder zei.

De manier waarop het boek eindigt is deze: Tom en ik vonden het geld dat de rovers in de grot hadden verstopt, en het maakte ons rijk. We kregen zesduizend dollar per stuk, allemaal goud. Het was een vreselijk gezicht van geld toen het werd opgestapeld. Nou, rechter Thatcher nam het en gaf het uit tegen rente, en het bracht ons het hele jaar door een dollar per dag op - meer dan een lichaam zou kunnen zeggen wat ermee te doen. De weduwe Douglas nam me voor haar zoon, en liet toe dat ze me zou vervloeken; maar het was de hele tijd ruw om in huis te wonen, als je bedenkt hoe somber, regelmatig en fatsoenlijk de weduwe in al haar manieren was; en dus toen ik er niet meer tegen kon, stak ik uit. Ik stapte weer in mijn oude vodden en mijn suikerkop en was vrij en tevreden. Maar Tom Sawyer joeg me op en zei dat hij een roversbende zou beginnen, en dat ik misschien lid zou worden als ik terug zou gaan naar de weduwe en respectabel zou zijn. Dus ging ik terug.

De weduwe huilde over mij en noemde mij een arm verloren lam, en zij noemde mij ook een heleboel andere namen, maar zij bedoelde er nooit kwaad mee. Ze trok me weer die nieuwe kleren aan en ik kon niets anders doen dan zweten en zweten en me helemaal verkrampt voelen. Welnu, toen begon het oude weer opnieuw. De weduwe luidde een bel voor het avondeten, en je moest op tijd komen. Als je aan tafel kwam, kon je niet meteen gaan eten, maar je moest wachten tot de weduwe haar hoofd naar beneden trok en een beetje mopperde over de proviand, hoewel er eigenlijk niets mee aan de hand was, dat wil zeggen, niets, alleen alles werd vanzelf gekookt. In een vat vol kansen en doelen is het anders; Dingen worden door elkaar gehaald, en het sap wisselt een beetje rond, en de dingen gaan beter.

Na het avondeten haalde ze haar boek tevoorschijn en leerde me over Mozes en de Lisdozen, en ik zweette me in het zweet om alles over hem te weten te komen; maar langzamerhand liet ze weten dat Mozes al heel lang dood was; dus toen gaf ik niet meer om hem, want ik heb geen voorraad aan dode mensen.

Al snel wilde ik roken en vroeg de weduwe of ik dat mocht doen. Maar dat wilde ze niet. Ze zei dat het een gemene gewoonte was en niet schoon, en dat ik moest proberen het niet meer te doen. Zo gaat dat nu eenmaal met sommige mensen. Ze krijgen het over een ding als ze er niets van weten. Hier maakte zij zich druk over Mozes, die geen bloedverwant van haar was en voor niemand nuttig, die heengegaan was, ziet u, en toch een macht van schuld bij mij vond omdat ik iets deed dat iets goeds in zich had. En ze nam ook snuiftabak; Dat was natuurlijk helemaal goed, want ze heeft het zelf gedaan.

Haar zuster, juffrouw Watson, een tamelijk slanke oude meid met een bril op, was juist bij haar komen wonen en kwam nu met een spellingboek op me af. Ze werkte me ongeveer een uur lang middelmatig hard, en toen dwong de weduwe haar om het rustiger aan te doen. Ik kon het niet veel langer uithouden. Toen was het een uur lang dodelijk saai en was ik onrustig. Juffrouw Watson zou zeggen: "Zet je voeten niet daarboven, Huckleberry;" en "Kruip niet zo ineen, Huckleberry - rechtop;" en al snel zou ze zeggen: "Niet zo gapen en rekken, Huckleberry - waarom probeer je je niet te gedragen?" Toen vertelde ze me alles over de slechte plek, en ik zei dat ik wenste dat ik daar was. Ze werd toen boos, maar ik had geen kwaad in de zin. Het enige wat ik wilde was ergens heen gaan; alles wat ik wilde was een verandering, ik waarschuw niet bijzonder. Ze zei dat het slecht was om te zeggen wat ik zei; zei dat ze het niet voor de hele wereld zou zeggen; Ze zou gaan leven om naar de goede plaats te gaan. Nou, ik zag er geen voordeel in om te gaan waar zij heen ging, dus besloot ik dat ik het niet zou proberen. Maar dat heb ik nooit gezegd, omdat het alleen maar problemen zou veroorzaken en geen goed zou doen.

Nu had ze een begin gemaakt, en ze ging verder en vertelde me alles over de goede plek. Ze zei dat het enige wat een lichaam daar zou hoeven te doen, was de hele dag met een harp rond te lopen en te zingen, voor eeuwig en altijd. Dus ik dacht er niet veel over na. Maar dat heb ik nooit gezegd. Ik vroeg haar of ze dacht dat Tom Sawyer daarheen zou gaan, en ze zei van niet. Daar was ik blij om, want ik wilde dat hij en ik samen zouden zijn.

Juffrouw Watson bleef maar naar me pikken, en het werd vermoeiend en eenzaam. Af en toe haalden ze de negers binnen en baden ze, en toen ging iedereen naar bed. Ik ging naar mijn kamer met een stuk kaars en zette het op tafel. Toen ging ik in een stoel bij het raam zitten en probeerde iets vrolijks te bedenken, maar het had geen zin. Ik voelde me zo eenzaam dat ik het liefst dood was. De sterren schenen en de bladeren ritselden in het bos, altijd zo treurig; en ik hoorde een uil, in de verte, die schreeuwde over iemand die dood was, en een whippowill en een hond die huilde over iemand die zou sterven; en de wind probeerde me iets in te fluisteren, en ik kon niet begrijpen wat het was, en dus deed het de koude rillingen over me heen lopen. Toen hoorde ik daar, ver weg in het bos, dat soort geluid dat een spook maakt als het wil vertellen over iets dat hem bezighoudt en dat zich niet verstaanbaar kan maken, en dus niet rustig in zijn graf kan rusten, en elke nacht rouwend op die manier moet doorgaan. Ik werd zo neerslachtig en bang dat ik wenste dat ik wat gezelschap had. Al snel kroop er een spin langs mijn schouder omhoog, en ik draaide hem uit en hij stak in de kaars; en voordat ik kon bewegen, was het allemaal verschrompeld. Ik had niemand nodig om me te vertellen dat dat een vreselijk slecht teken was en me wat ongeluk zou brengen, dus ik was bang en de meesten schudden de kleren van me af. Ik stond op en draaide me drie keer om en kruiste elke keer mijn borst; en toen bond ik een klein lokje van mijn haar vast met een draad om heksen weg te houden. Maar ik had geen vertrouwen. Dat doe je als je een hoefijzer kwijt bent dat je hebt gevonden, in plaats van het boven de deur te spijkeren, maar ik had nog nooit iemand horen zeggen dat het een manier was om pech te voorkomen als je een spin had gedood.

Ik ging weer zitten, helemaal bevend, en haalde mijn pijp tevoorschijn om te roken, want het huis was nu zo stil als de dood, en dus zou de weduwe het niet weten. Nou, na een lange tijd hoorde ik de klok weggaan in de stad boem-boem-boem-twaalf likken; En alles weer stil - stiller dan ooit. Al snel hoorde ik in het donker een takje tussen de bomen knappen – er was iets aan de hand. Ik zat stil en luisterde. Direct kon ik nog net een "*me-yow! Ik-joe!*" daar beneden. Dat was goed! Ik zeg: "*Ikke-joe! Ik-joe!*" zo zacht als ik kon, en toen doofde ik het licht en klauterde uit het raam naar de schuur. Toen gleed ik uit op de grond en kroop tussen de bomen, en ja hoor, daar wachtte Tom Sawyer op me.

HOOFDSTUK II.

We liepen op onze tenen over een pad tussen de bomen terug naar het einde van de tuin van de weduwe, bukten ons zodat de takken onze hoofden niet zouden schrapen. Toen we langs de keuken liepen, viel ik over een wortel en maakte een geluid. We hurkten neer en bleven stil liggen. De grote neger van juffrouw Watson, Jim genaamd, zat in de keukendeur; We konden hem vrij duidelijk zien, want er was een licht achter hem. Hij stond op en strekte zijn nek ongeveer een minuut uit, luisterend. Dan zegt hij:

"Wie dah?"

Hij luisterde nog wat meer; Toen kwam hij op zijn tenen naar beneden en ging precies tussen ons in staan; We konden hem bijna aanraken. Nou, waarschijnlijk waren het minuten en minuten dat er geen geluid was, en we waren daar allemaal zo dicht bij elkaar. Er was een plek op mijn enkel die begon te jeuken, maar ik durfde er niet aan te krabben; En toen begon mijn oor te jeuken; En dan mijn rug, precies tussen mijn schouders. Het leek alsof ik zou sterven als ik niet kon krabben. Nou, dat heb ik sindsdien vaak genoeg opgemerkt. Als je bij de kwaliteit bent, of op een begrafenis, of probeert te gaan slapen als je niet slaperig bent - als je ergens bent waar het niet goed voor je is om te krabben, wel, waarom zul je op meer dan duizend plaatsen jeuken. Al snel zegt Jim:

"Zeg, wie ben jij? Waar ben jij? Hond mijn katten ef ik heb sumf'n niet gehoord. Wel, ik weet wat ik moet doen: ik moet hier zitten en luisteren en zeggen dat ik het hoor aankomen."

Dus ging hij op de grond zitten tussen mij en Tom. Hij leunde met zijn rug tegen een boom en strekte zijn benen uit tot een van hen een van de mijne het meest raakte. Mijn neus begon te jeuken. Het jeukte tot de tranen in mijn ogen kwamen. Maar ik durf niet te krabben. Toen begon het aan de binnenkant te jeuken. Vervolgens kreeg ik jeuk eronder. Ik wist niet hoe ik stil zou blijven staan. Deze ellendigheid duurde wel zes of zeven minuten; Maar het leek een gezicht langer dan dat. Ik had nu op elf verschillende plekken jeuk. Ik dacht dat ik het geen minuut langer kon uithouden, maar ik zette mijn tanden hard en maakte me klaar om het te proberen. Juist op dat moment begon Jim zwaar te ademen; vervolgens begon hij te snurken - en toen voelde ik me al snel weer op mijn gemak.

Tom, hij maakte een teken naar me - een soort klein geluid met zijn mond - en we kropen weg op onze handen en knieën. Toen we een meter of drie meter van me af waren, fluisterde Tom tegen me en wilde Jim voor de lol aan de boom vastbinden. Maar ik zei nee; hij zou wakker kunnen worden en een verstoring veroorzaken, en dan zouden ze erachter komen dat ik niet waarschuw. Toen zei Tom dat hij niet genoeg kaarsen had en dat hij naar de keuken zou sluipen om er nog een paar te halen. Ik wilde niet dat hij het probeerde. Ik zei dat Jim misschien wakker zou worden en zou komen. Maar Tom wilde het nog eens terugvinden; dus we gleden daar naar binnen en kregen drie kaarsen, en Tom legde vijf cent op tafel voor het loon. Toen stapten we uit, en het zweet zweette me om weg te komen; maar niets zou Tom doen dan dat hij op handen en knieën naar de plaats van Jim moest kruipen en iets met hem moest spelen. Ik wachtte, en het leek een hele tijd, alles was zo stil en eenzaam.

Zodra Tom terug was, liepen we over het pad, om het tuinhek heen, en gingen we langzamerhand naar de steile top van de heuvel aan de andere kant van het huis. Tom zei dat hij Jims hoed van zijn hoofd liet glijden en aan een tak boven hem hing, en Jim bewoog een beetje, maar hij werd niet wakker. Daarna zei Jim dat de heksen hem betoverden en hem in trance brachten, en hem door de hele staat reden, en hem toen weer onder de bomen legden, en zijn hoed aan een tak hingen om te laten zien wie het had gedaan. En de volgende keer dat Jim het vertelde, zei hij dat ze hem naar New Orleans hadden gereden; En daarna, elke keer als hij het vertelde, verspreidde hij het meer en meer, totdat hij zei dat ze hem over de hele wereld reden en hem het meest doodmoe maakten, en zijn rug helemaal over het zadel lag. Jim was er monsterlijk trots op, en hij werd zo dat hij de andere negers nauwelijks zou opmerken. Negers kwamen van mijlenver om Jim erover te horen vertellen, en er werd meer naar hem opgekeken dan naar welke neger dan ook in dat land. Vreemde negers stonden met open mond naar hem te kijken, alsof hij een wonder was. Niggers heeft het altijd over heksen in het donker bij het keukenvuur; maar telkens als iemand aan het praten was en alles over zulke dingen liet weten, kwam Jim binnen en zei: "Hm! Wat weet je over heksen?" en die neger zat in de put en moest op de achtergrond gaan zitten. Jim hield dat stuk met vijf middeltjes altijd met een touwtje om zijn nek, en zei dat het een amulet was dat de duivel hem met zijn eigen handen gaf, en zei hem dat hij er iedereen mee kon genezen en heksen kon halen wanneer hij maar wilde, gewoon door er iets tegen te zeggen; Maar hij vertelde nooit wat hij ertegen zei. Negers kwamen daar overal vandaan en gaven Jim alles wat ze hadden, alleen maar om dat stuk met vijf centra te zien; Maar ze wilden het niet aanraken, omdat de duivel er zijn handen op had gehad. Jim was het meest geruïneerd voor een bediende, omdat hij vast kwam te zitten omdat hij de duivel had gezien en door heksen was bereden.

Welnu, toen Tom en ik aan de rand van de heuveltop kwamen, keken we weg naar het dorp en zagen drie of vier lichten fonkelen, waar misschien zieke mensen waren; en de sterren boven ons schitterden zo fijn; En beneden bij het dorp was de rivier, een hele mijl breed, en verschrikkelijk stil en groots. We gingen de heuvel af en vonden Jo Harper en Ben Rogers, en nog twee of drie van de jongens, verborgen in de oude looituin. Dus maakten we een skiff los en trokken de rivier twee en een halve mijl af, naar het grote litteken op de heuvel, en gingen aan land.

We gingen naar een bosje en Tom liet iedereen zweren dat hij het geheim zou bewaren, en liet hun toen een gat in de heuvel zien, precies in het dichtste deel van het struikgewas. Daarna staken we de kaarsen aan en kropen we op handen en knieën naar binnen. We gingen ongeveer tweehonderd meter en toen ging de grot open. Tom snuffelde rond tussen de gangen en dook al snel onder een muur waar je niet zou merken dat er een gat was. We liepen langs een smalle plek en kwamen in een soort kamer, helemaal vochtig en bezweet en koud, en daar stopten we. Tom zegt:

"Nu zullen we deze roversbende beginnen en het Tom Sawyer's Gang noemen. Iedereen die zich wil aansluiten, moet een eed afleggen en zijn naam in bloed schrijven."

Iedereen was bereid. Dus haalde Tom een vel papier tevoorschijn waarop hij de eed had geschreven en las het. Het zwoer elke jongen om bij de band te blijven en nooit een van de geheimen te vertellen; En als iemand iets heeft gedaan met een jongen in de bende, welke jongen ook de opdracht kreeg om die persoon en zijn familie te doden, moest het doen, en hij mocht niet eten en hij mocht niet slapen voordat hij hen had gedood en een kruis in hun borsten had gehakt, wat het teken van de bende was. En niemand die niet tot de band behoorde, kon dat merkteken gebruiken, en als hij dat deed, moest hij worden aangeklaagd; En als hij het nog een keer doet, moet hij worden gedood. En als iemand die tot de bende behoorde de geheimen vertelde, moest zijn keel worden doorgesneden, en dan moest zijn karkas worden verbrand en de as overal worden uitgestrooid, en zijn naam met bloed van de lijst worden gewist en nooit meer door de bende worden genoemd, maar er een vloek op worden gelegd en voor altijd worden vergeten.

Iedereen zei dat het een hele mooie eed was en vroeg Tom of hij het uit zijn hoofd had gekregen. Hij zei, een deel ervan, maar de rest kwam uit piratenboeken en roversboeken, en elke bende die hooggestemd was, had het.

Sommigen dachten dat het goed zou zijn om de *families* van jongens die de geheimen vertelden te vermoorden. Tom zei dat het een goed idee was, dus nam hij een potlood en schreef het in. Dan zegt Ben Rogers:

"Hier is Huck Finn, hij heeft geen familie; Wat ga je met hem doen?"

"Nou, heeft hij geen vader?" zegt Tom Sawyer.

"Ja, hij heeft een vader, maar die kun je tegenwoordig nooit meer vinden. Vroeger lag hij dronken met de varkens op de looierij, maar hij is al een jaar of langer niet meer in deze contreien gezien."

Ze praatten erover en ze zouden me uitsluiten, omdat ze zeiden dat elke jongen een gezin moest hebben of iemand om te doden, anders zou het niet eerlijk en eerlijk zijn voor de anderen. Nou, niemand kon iets bedenken om te doen - iedereen was stomverbaasd en stond stil. Ik was het meest bereid om te huilen; maar ineens bedacht ik een manier, en dus bood ik hun juffrouw Watson aan - ze konden haar vermoorden. Iedereen zei:

"Oh, ze zal het doen. Dat is in orde. Huck kan binnenkomen."

Toen staken ze allemaal een speld in hun vingers om bloed te krijgen om mee te tekenen, en ik maakte mijn stempel op het papier.

"Nu," zegt Ben Rogers, "wat is de tak van sport van deze bende?"

"Niets dan diefstal en moord," zei Tom.

'Maar wie gaan we beroven? - huizen, of vee, of...'

"Spullen! het stelen van vee en dergelijke is geen roof; het is inbraak", zegt Tom Sawyer. "We zijn geen inbrekers. Dat is geen stijl. Wij zijn struikrovers. We stoppen podia en koetsen op de weg, met maskers op, en doden de mensen en nemen hun horloges en geld af."

"Moeten we altijd de mensen doden?"

"O, zeker. Het is het beste. Sommige autoriteiten denken daar anders over, maar meestal wordt het als het beste beschouwd om ze te doden - behalve sommige die je hier naar de grot brengt en ze bewaart totdat ze zijn vrijgekocht."

"Losgekocht? Wat is dat?"

"Ik weet het niet. Maar dat is wat ze doen. Ik heb het in boeken gezien; En dat is natuurlijk wat we moeten doen."

"Maar hoe kunnen we het doen als we niet weten wat het is?"

"Wel, geef het allemaal de schuld, we moeten het doen. Zeg ik je niet dat het in de boeken staat? Wil je iets anders gaan doen dan wat er in de boeken staat, en dingen helemaal door elkaar halen?"

"O, dat is allemaal heel mooi om te *zeggen*, Tom Sawyer, maar hoe kunnen deze kerels in hemelsnaam worden vrijgekocht als we niet weten hoe we het hen moeten aandoen? Nu, wat denk je *dat* het is?"

"Nou, ik weet het niet. Maar per'aps, als we ze bewaren tot ze zijn vrijgekocht, betekent het dat we ze bewaren tot ze dood zijn."

"Nu, dat is zoiets *als*. Dat zal antwoorden. Waarom kon je dat niet eerder zeggen? We zullen ze bewaren totdat ze zijn vrijgekocht tot de dood erop volgt; En ze zullen ook vervelend zijn - alles opeten en altijd proberen los te komen."

"Hoe je praat, Ben Rogers. Hoe kunnen ze loskomen als er een bewaker over hen heen staat, klaar om ze neer te schieten als ze een pin verplaatsen?"

"Een bewaker! Nou, dat *is* goed. Dus iemand moet de hele nacht zitten en nooit enige slaap krijgen, alleen maar om naar hen te kijken. Ik denk dat dat dwaasheid is. Waarom kan een lichaam geen knuppel nemen en hen loskopen zodra ze hier aankomen?"

"Omdat het niet in de boeken staat, dus daarom. Nu, Ben Rogers, wil je de dingen gewoon doen, of niet? - dat is het idee. Denkt u niet dat de mensen die de boeken hebben gemaakt, weten wat het juiste is om te doen? Denk je dat *je* ze iets kunt leren? Niet veel. Nee, meneer, we gaan gewoon door en loskopen ze op de gewone manier."

"Goed. Ik vind het niet erg; maar ik zeg dat het hoe dan ook een dwaze manier is. Zeg, doden we ook de vrouwen?"

'Nou, Ben Rogers, als ik zo onwetend was als jij, zou ik het niet laten merken. De vrouwen vermoorden? Nee; Niemand heeft ooit zoiets in de boeken gezien. Je haalt ze naar de grot en je bent altijd zo beleefd als taart tegen ze; En na verloop van tijd worden ze verliefd op je en willen ze nooit meer naar huis."

"Nou, als ik het zo ben, ben ik het ermee eens, maar ik neem er geen voorraad aan. Binnenkort zullen we de grot zo vol hebben met vrouwen en kerels die wachten om vrijgekocht te worden, dat er geen plaats meer zal zijn voor de rovers. Maar ga je gang, ik heb niets te zeggen."

Kleine Tommy Barnes sliep nu, en toen ze hem wakker maakten, was hij bang en huilde en zei dat hij naar huis wilde, naar zijn moeder, en geen rover meer wilde zijn.

Dus ze lachten hem allemaal uit en noemden hem huilbaby, en dat maakte hem boos, en hij zei dat hij meteen alle geheimen zou gaan vertellen. Maar Tom gaf hem vijf cent om te zwijgen en zei dat we allemaal naar huis zouden gaan en elkaar volgende week zouden ontmoeten en iemand zouden beroven en een paar mensen zouden doden.

Ben Rogers zei dat hij niet veel buiten kon komen, alleen op zondag, en dus wilde hij volgende zondag beginnen; maar alle jongens zeiden dat het slecht zou zijn om het op zondag te doen, en daarmee was de zaak afgedaan. Ze spraken af om zo snel mogelijk bij elkaar te komen en een dag af te spreken, en toen kozen we Tom Sawyer als eerste kapitein en Jo Harper als tweede kapitein van de bende, en zo gingen we naar huis.

Ik klauterde de schuur op en kroop net voor het aanbreken van de dag door mijn raam naar binnen. Mijn nieuwe kleren waren helemaal ingevet en kleiachtig, en ik was hondsmoe.

HOOFDSTUK III.

Nou, ik kreeg 's morgens een goede beurt van de oude juffrouw Watson vanwege mijn kleren; maar de weduwe schold ze niet uit, maar maakte alleen het vet en de klei schoon, en keek zo spijtig dat ik dacht dat ik me een tijdje zou gedragen als ik kon. Toen nam juffrouw Watson me mee naar de kast en bad, maar er kwam niets van terecht. Ze zei dat ik elke dag moest bidden, en wat ik ook vroeg, ik zou het krijgen. Maar het waarschuwt niet zo. Ik heb het geprobeerd. Een keer kreeg ik een vislijn, maar geen haken. Het waarschuwt niet goed voor mij zonder haken. Ik heb het drie of vier keer geprobeerd om de haken te pakken, maar op de een of andere manier kon ik het niet laten werken. Op een dag vroeg ik juffrouw Watson om het voor me te proberen, maar ze zei dat ik een dwaas was. Ze heeft me nooit verteld waarom, en ik kon er op geen enkele manier uit komen.

Ik ging een keer in het bos zitten en dacht er lang over na. Ik zei tegen mezelf, als een lichaam iets kan krijgen waar ze voor bidden, waarom krijgt diaken Winn dan niet het geld terug dat hij aan varkensvlees heeft verloren? Waarom kan de weduwe haar zilveren snuifdoos die gestolen is niet terugkrijgen? Waarom kan Miss Watson niet dik worden? Nee, zeg ik tegen mezelf, er zit niets in. Ik ging erheen en vertelde het aan de weduwe, en zij zei dat het ding dat een lichaam kon krijgen door ervoor te bidden, "geestelijke gaven" waren. Dit was te veel voor mij, maar ze vertelde me wat ze bedoelde: ik moest andere mensen helpen, en alles doen wat ik kon voor andere mensen, en de hele tijd voor hen zorgen, en nooit aan mezelf denken. Dit was inclusief juffrouw Watson, zoals ik het opnam. Ik ging het bos in en dacht er lang over na, maar ik zag er geen voordeel in - behalve voor de andere mensen; dus uiteindelijk dacht ik dat ik me er geen zorgen meer over zou maken, maar het gewoon zou laten gaan. Soms nam de weduwe me apart en sprak over de Voorzienigheid op een manier die het water in de mond liep; maar misschien zou juffrouw Watson de volgende dag de kop opsteken en alles weer omverwerpen. Ik meende te kunnen zien dat er twee voorzienigheden waren, en een arme kerel zou veel schijn hebben van de voorzienigheid van de weduwe, maar als juffrouw Watson hem daar heeft, waarschuw dan geen hulp meer voor hem. Ik dacht er allemaal over na en dacht dat ik van de weduwe zou zijn als hij me wilde, hoewel ik niet kon begrijpen hoe hij er dan beter aan toe zou zijn dan vroeger, aangezien ik zo onwetend was, en zo laag-bij-de-gronds en ordinair.

Pap hij was al meer dan een jaar niet gezien, en dat was comfortabel voor mij; Ik wilde hem niet meer zien. Hij sloeg me altijd als hij nuchter was en me te pakken kon krijgen; hoewel ik meestal naar het bos ging als hij in de buurt was. Welnu, rond deze tijd werd hij verdronken in de rivier gevonden, ongeveer twaalf mijl boven de stad, zo zeiden de mensen. Ze oordeelden dat hij het in ieder geval was; zei dat deze verdronken man precies zo groot was als hij, en haveloos was en ongewoon lang haar had, dat allemaal op pap leek; Maar ze konden niets van het gezicht maken, omdat het al zo lang in het water lag dat het helemaal niet op een gezicht leek. Ze zeiden dat hij op zijn rug in het water dreef. Ze namen hem mee en begroeven hem op de oever. Maar ik waarschuw niet lang op mijn gemak, omdat ik toevallig iets te bedenken had. Ik wist heel goed dat een verdronken man niet op zijn rug drijft, maar op zijn gezicht. Dus ik wist dus dat dit niet een pap was, maar een vrouw gekleed in mannenkleren. Dus ik voelde me weer ongemakkelijk. Ik schatte dat de oude man zo nu en dan weer zou opduiken, hoewel ik wenste dat hij dat niet zou doen.

We speelden af en toe rover ongeveer een maand, en toen nam ik ontslag. Alle jongens deden het. We hadden niemand beroofd, geen mensen gedood, maar alleen maar gedaan alsof. Vroeger sprongen we uit het bos en gingen we op varkensdrijvers en vrouwen in karren af die tuinspullen naar de markt brachten, maar we hebben ze nooit geroofd. Tom Sawyer noemde de varkens 'staven', en hij noemde de rapen en zo 'julery', en we zouden naar de grot gaan en powwow over wat we hadden gedaan, en hoeveel mensen we hadden gedood en gemarkeerd. Maar ik zag er geen winst in. Op een keer stuurde Tom een jongen om met een brandende stok door de stad te rennen, wat hij een slogan noemde (wat het teken was voor de bende om samen te komen), en toen zei hij dat hij geheim nieuws had gekregen van zijn spionnen dat de volgende dag een hele groep Spaanse kooplieden en rijke A-rabs met tweehonderd olifanten in Cave Hollow zou kamperen. En zeshonderd kamelen, en meer dan duizend "Sumter" muilezels, allemaal beladen met di'monds, en ze hadden niet alleen een wacht van vierhonderd soldaten, en dus lagen we in een hinderlaag, zoals hij het noemde, en doodden het lot en schepten de dingen. Hij zei dat we onze zwaarden en geweren moesten oppakken en ons klaar moesten maken. Hij kon zelfs nooit achter een raapkar aan gaan, maar hij moest de zwaarden en geweren er helemaal voor hebben opgesmaad, hoewel het alleen maar latten en bezemstelen waren, en je zou ze kunnen doorzoeken tot je verrot bent, en dan waarschuwen ze geen mondvol as meer waard dan wat ze eerst waren. Ik geloofde niet dat we zo'n menigte Spanjaarden en A-rabs konden likken, maar ik wilde de kamelen en olifanten zien, dus ik was de volgende dag, zaterdag, aanwezig in de hinderlaag; En toen we het woord kregen, renden we het bos uit en de heuvel af. Maar er zijn geen Spanjaarden en A-rabs, en er zijn geen kamelen of olifanten. Het waarschuwde niets anders dan een zondagsschoolpicknick, en dan ook nog slechts een inleidende klas. We braken het op en joegen de kinderen de holte in; maar we kregen nooit iets anders dan wat donuts en jam, hoewel Ben Rogers een lappenpop kreeg, en Jo Harper een liedboek en een traktaat; En toen stormde de leraar binnen en liet ons alles laten vallen en snijden.

Ik zag geen di'monds, en dat zei ik ook tegen Tom Sawyer. Hij zei dat er hoe dan ook heel veel waren; en hij zei dat er daar ook A-rabs waren, en olifanten en dergelijke. Ik zei, waarom konden we ze dan niet zien? Hij zei dat als ik niet zo onwetend was, maar een boek had gelezen dat Don Quichot heette, ik het zou weten zonder het te vragen. Hij zei dat het allemaal door betovering werd gedaan. Hij zei dat er honderden soldaten waren, en olifanten en schatten, enzovoort, maar we hadden vijanden die hij tovenaars noemde; en ze hadden de hele zaak veranderd in een zondagsschool voor kinderen, gewoon uit wrok. Ik zei, goed; Toen moesten we naar de goochelaars gaan. Tom Sawyer zei dat ik een numskull was.

"Wel," zei hij, "een tovenaar kon een heleboel geesten oproepen, en ze zouden je opzweeppen als niets voordat je Jack Robinson kon zeggen. Ze zijn zo groot als een boom en zo groot als een kerk."

"Nou," zei ik, "stel je voor dat we een paar geesten hebben om ons te helpen - kunnen we dan niet de andere menigte likken?"

"Hoe ga je ze krijgen?"

"Ik weet het niet. Hoe komen *ze* eraan?"

"Wel, ze wrijven over een oude tinnen lamp of een ijzeren ring, en dan komen de geesten binnenstormen, met de donder en bliksem die in het rond scheuren en de rook die rolt, en alles wat hun wordt verteld te doen, doen ze op. Ze denken er niet aan om een schiettoren bij de wortels omhoog te trekken en er een zondagsschoolopzichter mee over het hoofd te slaan - of een andere man."

"Wie laat ze zo rondscheuren?"

"Wel, wie er ook over de lamp of de ring wrijft. Ze behoren toe aan degene die over de lamp of de ring wrijft, en ze moeten doen wat hij zegt. Als hij hun zegt dat ze een paleis van veertig mijl lang moeten bouwen van di'monds, en het vol moeten vullen met kauwgom, of wat je maar wilt, en een keizersdochter uit China moeten halen om mee te trouwen, dan moeten ze het doen - en ze moeten het ook doen voordat de volgende ochtend opkomt. En meer: ze moeten dat paleis over het land walsen waar je maar wilt, begrijp je."

"Nou," zeg ik, "ik denk dat ze een stelletje platkoppen zijn, omdat ze het paleis zelf niet in bedwang houden in plaats van ze zo voor de gek te houden. En wat meer is: als ik een van hen was, zou ik een man in Jericho zien voordat ik mijn zaak zou laten vallen en naar hem toe zou komen om een oude tinnen lamp te wrijven."

"Wat praat je, Huck Finn. Wel, je zou *moeten* komen als hij erover wreef, of je nu wilde of niet."

"Wat! en ik zo hoog als een boom en zo groot als een kerk? Oké dan; Ik *zou* komen, maar ik lag, ik zou die man in de hoogste boom laten klimmen die er in het land was."

"Shucks, het heeft geen zin om met je te praten, Huck Finn. Op de een of andere manier lijk je niets te weten – perfecte sapkop."

Ik dacht hier twee of drie dagen over na en toen dacht ik dat ik wel zou zien of er iets in zat. Ik pakte een oude tinnen lamp en een ijzeren ring, en ging het bos in en wreef en wreef tot ik zweette als een Injun, op het idee om een paleis te bouwen en het te verkopen; Maar het heeft geen zin, geen van de geesten komt. Dus toen oordeelde ik dat al dat gedoe slechts één van de leugens van Tom Sawyer was. Ik dacht dat hij geloofde in de A-rabs en de olifanten, maar wat mij betreft denk ik daar anders over. Het had alle kenmerken van een zondagsschool.

HOOFDSTUK IV.

Nou, er gingen drie of vier maanden voorbij, en het was nu al ver in de winter. Ik was bijna altijd op school geweest en kon een beetje spellen, lezen en schrijven, en ik kon zeggen dat de tafel van vermenigvuldiging tot zes keer zeven vijfendertig is, en ik denk niet dat ik ooit verder zou kunnen komen dan dat, als ik eeuwig zou leven. Ik houd me sowieso niet bezig met wiskunde.

In het begin haatte ik de school, maar langzamerhand werd ik er wel beter van. Telkens als ik ongewoon moe werd, speelde ik hookey, en de verstopte me de volgende dag goed en vrolijkte me op. Dus hoe langer ik naar school ging, hoe makkelijker het werd. Ik begon ook een beetje gewend te raken aan de manieren van de weduwe, en ze waarschuwen me niet zo sharlig. Wonen in een huis en slapen in een bed trok me meestal behoorlijk strak, maar voor het koude weer gleed ik soms naar buiten en sliep ik in het bos, en dus dat was een rust voor mij. Ik vond de oude manieren het leukst, maar ik werd zo leuk dat ik de nieuwe ook een beetje leuk vond. De weduwe zei dat ik langzaam maar zeker opschoot en dat het heel goed ging. Ze zei dat ze me niet hoefde te schamen.

Op een ochtend draaide ik toevallig de zoutvaten om bij het ontbijt. Ik greep er zo snel mogelijk een deel van om over mijn linkerschouder te gooien en de pech af te wenden, maar juffrouw Watson was me voor en streepte me af. Ze zegt: "Haal je handen weg, Huckleberry; Wat maak je er altijd een puinhoop van!" De weduwe deed een goed woordje voor mij, maar dat was niet van plan om het ongeluk af te wenden, dat wist ik goed genoeg. Ik begon na het ontbijt met een bezorgd en trillerig gevoel, en vroeg me af waar het op me zou vallen en wat het zou zijn. Er zijn manieren om sommige soorten pech te voorkomen, maar dit was er niet een van; dus ik probeerde nooit iets te doen, maar snuffelde gewoon neerslachtig en op mijn hoede door.

Ik ging naar de voortuin en klauterde over de stijl waar je door het hoge plankenhek gaat. Er lag een centimeter verse sneeuw op de grond en ik zag iemands sporen. Ze waren uit de steengroeve gekomen en hadden een tijdje rond de paal gestaan, en waren toen verder gegaan rond het tuinhek. Het was grappig dat ze niet waren binnengekomen, nadat ze er zo omheen hadden gestaan. Ik kwam er niet uit. Het was op de een of andere manier heel merkwaardig. Ik was van plan om rond te lopen, maar ik bukte me om eerst naar de sporen te kijken. Eerst merkte ik er niets van, maar daarna wel. Er was een kruis in de linker laarshak gemaakt met grote spijkers, om de duivel af te houden.

Ik was in een seconde boven en schitterde de heuvel af. Ik keek af en toe over mijn schouder, maar ik zag niemand. Ik was zo snel als ik kon bij rechter Thatcher. Hij zei:

"Wel, mijn jongen, jullie zijn allemaal buiten adem. Ben je gekomen voor je interesse?"

"Nee, meneer," zei ik; "Is er een paar voor mij?"

"O ja, er is een halfjaarlijks binnen, gisteravond - meer dan honderdvijftig dollar. Een behoorlijk fortuin voor jou. Je kunt me het beter laten investeren samen met je zesduizend, want als je het neemt, zul je het uitgeven."

"Nee, meneer," zei ik, "ik wil het niet uitgeven. Ik wil het helemaal niet - noch de zesduizend, gek. Ik wil dat je het neemt; Ik wil het u geven — de zesduizend en al."

Hij keek verbaasd. Hij leek er niet uit te komen. Hij zegt:

"Waarom, wat kun je bedoelen, mijn jongen?"

Ik zei: "Stel mij er geen vragen over, alstublieft. Je zult het nemen, nietwaar?"

Hij zegt:

"Nou, ik sta voor een raadsel. Is er iets aan de hand?"

"Neem het alsjeblieft," zeg ik, "en vraag me niets, dan hoef ik geen leugens te vertellen."

Hij studeerde een tijdje, en dan zegt hij:

"Oho-o! Ik denk dat ik het zie. U wilt al uw bezittingen aan mij verkopen - niet geven. Dat is het juiste idee."

Toen schreef hij iets op een papier en las het voor, en zei:

"Daar; Je ziet dat er staat 'ter overweging'. Dat betekent dat ik het van je heb gekocht en je ervoor heb betaald. Hier is een dollar voor jou. Nu onderteken je het."

Dus ik ondertekende het en vertrok.

De neger van juffrouw Watson, Jim, had een haarbal zo groot als je vuist, die uit de vierde maag van een os was gehaald, en hij toverde ermee. Hij zei dat er een geest in hem was en dat hij alles wist. Dus ging ik die avond naar hem toe en vertelde hem dat pap hier weer was, want ik vond zijn sporen in de sneeuw. Wat ik wilde weten was, wat hij zou gaan doen, en zou hij blijven? Jim haalde zijn haarbal tevoorschijn en zei er iets overheen, en toen hield hij hem omhoog en liet hem op de grond vallen. Het viel behoorlijk stevig en rolde slechts ongeveer een centimeter. Jim probeerde het nog een keer, en toen nog een keer, en het werkte precies hetzelfde. Jim ging op zijn knieën zitten, legde zijn oor er tegenaan en luisterde. Maar het heeft geen zin; Hij zei dat het niet zou praten. Hij zei dat het soms niet zou praten zonder geld. Ik vertelde hem dat ik een oud gelikt namaakkwartier had dat niet goed waarschuwde, omdat het messing een beetje door het zilver heen kwam, en het zou er niet doorheen gaan, zelfs als het messing niet te zien was, omdat het zo glad was dat het vettig aanvoelde, en dus dat zou er elke keer op te zien zijn. (Ik dacht dat ik niets zou zeggen over de dollar die ik van de rechter kreeg.) Ik zei dat het behoorlijk slecht geld was, maar misschien zou de haarbal het nemen, omdat het misschien het verschil niet zou weten. Jim rook eraan en beet erin en wreef erover, en zei dat het hem wel zou lukken zodat de haarbal zou denken dat het goed was. Hij zei dat hij een rauwe Ierse aardappel zou opensplijten en het kwartje ertussen zou steken en het daar de hele nacht zou houden, en de volgende ochtend kon je geen koper meer zien, en het zou niet meer vettig aanvoelen, en dus zou iedereen in de stad het in een minuut nemen, laat staan een haarbal. Nou, ik wist dat een aardappel dat eerder zou doen, maar ik was het vergeten.

Jim legde het kwartje onder de haarbal en ging op zijn knieën zitten en luisterde opnieuw. Deze keer zei hij dat de haarbal in orde was. Hij zei dat het mijn hele fortuin zou vertellen als ik dat wilde. Ik zei, ga door. Dus de haarbal sprak tegen Jim, en Jim vertelde het aan mij. Hij zegt:

"Yo' ole vader doan' weet je wat hij moet doen. Soms spec hij dat hij 'weg' zal gaan, en den agin hij spec dat hij zal blijven. De bes' manier is om het rustig aan te doen en de ouwe man zijn eigen gang te laten gaan. Dey's twee engelen zweven rond hem. De ene is wit en glanzend, de andere is zwart. De witte dwingt hem om een stukje naar rechts te gaan, den de zwarte zeilt naar binnen en breekt alles op. Een lichaam kan je niet vertellen welke gwyne hem bij de las moet halen. Maar je bent in orde. Je zult veel problemen in je leven hebben, en veel vreugde. Soms gwyne je git pijn, en soms gwyne je te git ziek; Maar elke keer als je Gwyne naar git goed agin. Dey's twee meiden vliegen over je in je leven. De ene is licht en de andere is donker. De een is rijk en de ander is po'. Je bent gwyne om te trouwen de po' een fust en de rijke een door en door. Je wilt net zo veel uit de buurt van het water blijven als je verwanten, en niet rennen geen resk, 'kase het is in de rekeningen dat je gwyne om te git hangen."

Toen ik die avond mijn kaars aanstak en naar mijn kamer ging, zat daar pap van zichzelf!

HOOFDSTUK V.

Ik had de deur dichtgetrokken. Toen draaide ik me om en daar was hij. Vroeger was ik de hele tijd bang voor hem, hij heeft me zo gebruind. Ik dacht dat ik nu ook bang was; maar na een ogenblik zie ik dat ik me vergist heb - dat wil zeggen, na de eerste schok, zoals je zou kunnen zeggen, toen mijn adem zo'n beetje stokte, hij was zo onverwacht; maar meteen nadat ik het zie, waarschuw ik niet bang voor hem, de moeite waard om over te piekeren.

Hij was bijna vijftig, en hij zag er ook zo uit. Zijn haar was lang en verward en vettig, en hing naar beneden, en je kon zijn ogen zien doorschijnen alsof hij achter wijnstokken zat. Het was helemaal zwart, geen grijs; Dat gold ook voor zijn lange, verwarde bakkebaarden. Er was geen kleur in zijn gezicht, waar zijn gezicht te zien was; het was wit; Niet zoals het wit van een ander mens, maar een wit om een lichaam ziek te maken, een wit om het vlees van een lichaam te laten kruipen - een boompad-wit, een visbuik-wit. Wat zijn kleren betreft, alleen maar vodden, dat was alles. Hij had een enkel die op de andere knie rustte; De laars aan die voet was kapot en twee van zijn tenen staken erdoorheen, en hij bewerkte ze af en toe. Zijn hoed lag op de grond – een oude zwarte slungel met de bovenkant ingestort, als een deksel.

Ik stond naar hem te kijken; Hij zat daar naar me te kijken, met zijn stoel een beetje naar achteren. Ik zet de kaars neer. Ik zag dat het raam open was; Dus hij had zich bij de schuur genesteld. Hij bleef me overal aankijken. En zo langzamerhand zegt hij:

"Steven kleren - heel. Je denkt dat je een groot insect bent, *nietwaar?*"

"Misschien wel, misschien niet," zei ik.

"Geef me geen lippen", zegt hij. "Je hebt heel wat franje aangetrokken sinds ik weg ben. Ik zal je een stuk naar beneden halen voordat ik klaar met je ben. Je bent ook opgeleid, zeggen ze - je kunt lezen en schrijven. U denkt dat u beter bent dan uw vader, nietwaar, omdat hij het niet kan? *Ik zal* het uit je halen. Wie heeft je verteld dat je je met zulke hifalut'n dwaasheid zou kunnen bemoeien, hé? - wie heeft je verteld dat je dat kon?"

"De weduwe. Ze heeft het me verteld."

"De weduwe, hé? - en wie heeft de weduwe verteld dat ze haar schop erin kon steken over iets dat haar niets aangaat?"

"Niemand heeft het haar ooit verteld."

"Nou, ik zal haar leren hoe ze zich ermee moet bemoeien. En kijk eens hier, je laat die school vallen, hoor je? Ik zal mensen leren om een jongen op te voeden om over zijn eigen vader te gaan en te laten zien dat ze beter zijn dan wat *hij* is. Je moet me betrappen op het weer voor de gek houden van die school, hoor je? Je moeder kon niet lezen, en ze kon niet schrijven, gek, voordat ze stierf. Niemand van de familie kon dat niet voordat *ze* stierven. *Ik* kan het niet, en hier zwelt u uzelf zo op. Ik ben er de man niet naar om het uit te houden, hoor je? Zeg, laat me je horen lezen."

Ik pakte een boek en begon iets over generaal Washington en de oorlogen. Toen ik ongeveer een halve minuut had gelezen, pakte hij het boek met zijn hand en sloeg het door het huis. Hij zegt:

"Het is zo. Je kunt het. Ik had mijn twijfels toen je het me vertelde. Kijk nu hier; Je stopt met dat opsmuk opzetten. Ik zal het niet hebben. Ik zal voor je liggen, mijn slimmerik; en als ik je betrap op die school, zal ik je goed bruinen. Ten eerste weet je dat je ook religie zult krijgen. Zo'n zoon zie ik nooit."

Hij nam een kleine blauwe en gele foto van een paar koeien en een jongen, en zei:

"Wat is dit?"

"Het is iets wat ze me geven omdat ik mijn lessen goed leer."

Hij verscheurde het en zei:

"Ik zal je iets beters geven - ik zal je een koeienhuid geven."

Hij zat daar een ogenblik te mompelen en te grommen en dan zegt hij:

"*Maar ben je geen* zoetgeurende dandy? Een bed; en beddengoed; en een look'n'-glass; en een stuk tapijt op de vloer - en je eigen vader ging slapen met de varkens in de looihof. Zo'n zoon zie ik nooit. Ik wed dat ik wat van deze franjes uit je zal halen voordat ik klaar met je ben. Wel, er komt geen einde aan uw luchten – ze zeggen dat u rijk bent. Hé? – hoe is dat?"

"Ze liegen, zo zit het zo."

'Kijk eens hier, let op hoe je tegen me praat; Ik sta nu ongeveer alles wat ik kan verdragen - dus geef me geen sass. Ik ben al twee dagen in de stad en ik heb niets anders gehoord dan dat je rijk bent. Ik hoorde er ook over weg in de rivier. Daarom kom ik. Geef me dat geld morgen maar me, ik wil het."

"Ik heb geen geld."

"Het is een leugen. Rechter Thatcher heeft het. Je git het. Ik wil het."

"Ik heb geen geld, zeg ik je. U vraagt rechter Thatcher; Hij zal je hetzelfde vertellen."

"Goed. Ik zal het hem vragen; en ik zal hem ook laten pungle, of ik zal de reden weten waarom. Zeg, hoeveel heb je in je zak? Ik wil het."

"Ik heb niet alleen een dollar, en ik wil dat..."

"Het maakt niet uit waar je het voor wilt hebben - je betaalt het gewoon uit."

Hij nam het en beet erop om te zien of het goed was, en toen zei hij dat hij naar de stad ging om wat whisky te halen; zei dat hij de hele dag niet had gedronken. Toen hij in de schuur was gekomen, stak hij zijn hoofd er weer in en schold me uit omdat ik franje had aangetrokken en probeerde beter te zijn dan hij; en toen ik dacht dat hij weg was, kwam hij terug en stak zijn hoofd er weer in, en zei dat ik aan die school moest denken, omdat hij voor me zou gaan liggen en me zou likken als ik dat niet liet vallen.

De volgende dag was hij dronken, en hij ging naar rechter Thatcher en pestte hem, en probeerde hem het geld te laten afstaan; Maar dat kon hij niet, en toen zwoer hij dat hij door de wet zou worden gedwongen.

De rechter en de weduwe stapten naar de rechter om de rechtbank zover te krijgen dat ze me bij hem wegnamen en een van hen mijn voogd lieten zijn; Maar het was een nieuwe rechter die net was gekomen, en hij kende de oude man niet; Dus hij zei dat rechtbanken zich er niet mee moeten bemoeien en gezinnen moeten scheiden als ze daarbij kunnen helpen; Hij zei dat hij geen kind van zijn vader zou wegnemen. Dus moesten rechter Thatcher en de weduwe stoppen met de zaak.

Dat behaagde de oude man tot hij niet meer kon rusten. Hij zei dat hij me zou verstoppen tot ik bont en blauw was als ik niet wat geld voor hem inzamelde. Ik leende drie dollar van rechter Thatcher, en papa nam het aan en werd dronken, en ging rond blazen en vloeken en joelen en tekeergaan; en hij hield het overal in de stad vol, met een tinnen pan, tot bijna middernacht; Toen zetten ze hem gevangen, en de volgende dag brachten ze hem voor het gerecht en zetten hem opnieuw een week gevangen. Maar hij zei dat *hij* tevreden was, zei dat hij de baas was over zijn zoon en dat hij het warm voor hem zou maken.

Toen hij vrijkwam, zei de nieuwe rechter dat hij een man van hem zou maken. Dus nam hij hem mee naar zijn eigen huis, en kleedde hem schoon en netjes aan, en liet hem ontbijten en dineren en avondeten met de familie, en was gewoon oude taart voor hem, om zo te zeggen. En na het avondeten sprak hij met hem over matigheid en dergelijke dingen, totdat de oude man huilde en zei dat hij een dwaas was geweest en zijn leven had verkwanseld; Maar nu zou hij een nieuwe bladzijde omslaan en een man zijn waar niemand zich niet voor zou schamen, en hij hoopte dat de rechter hem zou helpen en niet op hem zou neerkijken. De rechter zei dat hij hem kon omhelzen voor die woorden; Dus *hij* huilde, en zijn vrouw huilde weer; Pap zei dat hij een man was geweest die altijd al verkeerd was begrepen, en de rechter zei dat hij het geloofde. De oude man zei dat wat een man wilde die naar beneden was, sympathie was, en de rechter zei dat het zo was; Dus huilden ze weer. En toen het bedtijd was, stond de oude man op, stak zijn hand uit en zei:

"Ziet u eens, heren en dames allen; pak het vast; Schud het. Er is een hand die de hand van een varken was; Maar dat is niet meer zo; Het is de hand van een man die een nieuw leven is begonnen en zal sterven voordat hij terug zal gaan. Let op die woorden – vergeet niet dat ik ze heb gezegd. Het is nu een schone hand; Schud het - wees niet bang."

Dus schudden ze het, de een na de ander, overal rond, en huilden. De vrouw van de rechter kuste het. Toen tekende de oude man, hij tekende een gelofte, maakte zijn merkteken. De rechter zei dat het de heiligste tijd ooit was, of iets dergelijks. Toen stopten ze de oude man in een mooie kamer, dat was de logeerkamer, en 's nachts kreeg hij grote dorst en klauterde op het dak van de veranda en gleed een staander naar beneden en ruilde zijn nieuwe jas voor een kruik van veertig roeden, en klauterde weer terug en had een goede oude tijd; En tegen het aanbreken van de dag kroop hij weer naar buiten, dronken als een violist, en rolde van de veranda en brak zijn linkerarm op twee plaatsen, en was helemaal doodgevroren toen iemand hem na zonsopgang vond. En als ze naar die logeerkamer kwamen kijken, moesten ze peilingen doen voordat ze er doorheen konden navigeren.

De rechter hij voelde zich een beetje pijnlijk. Hij zei dat hij dacht dat een lichaam de oude man misschien met een jachtgeweer zou kunnen hervormen, maar hij wist geen andere manier.

HOOFDSTUK VI.

Nou, al snel was de oude man weer op de been, en toen ging hij voor rechter Thatcher in de rechtbank om hem te dwingen dat geld op te geven, en hij ging ook voor mij, omdat ik niet stopte met school. Hij betrapte me een paar keer en sloeg me, maar ik ging toch naar school en ontweek hem meestal of ontliep hem. Vroeger wilde ik niet veel naar school, maar ik dacht dat ik nu naar mijn vader zou gaan. Die rechtszaak was een trage zaak - het leek alsof ze waarschuwden dat ze er nooit aan zouden beginnen; dus zo nu en dan leende ik twee of drie dollar van de rechter voor hem, om te voorkomen dat ik een koeienhuid zou krijgen. Elke keer als hij geld kreeg, werd hij dronken; en elke keer dat hij dronken werd, voedde hij Kaïn op in de stad; en elke keer dat hij Kaïn opvoedde, werd hij gevangengezet. Hij was gewoon geschikt - dit soort dingen paste precies in zijn lijn.

Hij ging te veel bij de weduwe rondhangen en dus vertelde ze hem ten slotte dat als hij niet ophield met daar te gebruiken, ze problemen voor hem zou maken. Nou, *was hij niet* gek? Hij zei dat hij zou laten zien wie de baas van Huck Finn was. Dus op een dag in de lente hield hij me in de gaten en ving me op en nam me mee de rivier op, ongeveer drie mijl in een skiff, en stak over naar de kust van Illinois, waar het bosrijk was en er waren geen huizen maar een oude blokhut op een plek waar het hout zo dik was dat je het niet kon vinden als je niet wist waar het was.

Hij hield me de hele tijd bij zich en ik kreeg nooit de kans om weg te rennen. We woonden in die oude hut, en hij deed altijd de deur op slot en stak 's nachts de sleutel onder zijn hoofd. Hij had een geweer dat hij had gestolen, denk ik, en we visten en jaagden, en daar leefden we van. Af en toe sloot hij me op en ging naar de winkel, drie mijl verderop, naar de veerboot, en ruilde vis en wild voor whisky, en haalde het naar huis en werd dronken en had een goede tijd, en likte me. De weduwe kwam er na verloop van tijd achter waar ik was, en ze stuurde een man om te proberen me te pakken te krijgen; maar pap joeg hem weg met het pistool, en het waarschuwde niet lang daarna, totdat ik gewend was om te zijn waar ik was, en het leuk vond - alles behalve het koeienhuidgedeelte.

Het was een beetje lui en vrolijk, de hele dag comfortabel liggen, roken en vissen, en geen boeken of studie. Twee maanden of langer gingen voorbij, en mijn kleren werden helemaal vodden en vuil, en ik zag niet in hoe ik het ooit zo leuk had kunnen vinden bij de weduwe, waar je moest wassen, en op een bord moest eten, en kammen, en naar bed moest gaan en regelmatig moest opstaan, en altijd lastig gevallen was over een boek, en de oude juffrouw Watson pikt de hele tijd naar je. Ik wilde niet meer terug. Ik was gestopt met vloeken, omdat de weduwe het niet leuk vond; maar nu ben ik er weer mee aan de slag gegaan omdat pap geen bezwaren had. Het was best een goede tijd in het bos daar, neem het overal mee.

Maar na verloop van tijd werd pap te handig met zijn hick'ry, en ik kon er niet tegen. Ik was helemaal over striemen. Hij ging ook zo vaak weg en sloot me op. Op een keer sloot hij me op en was drie dagen weg. Het was vreselijk eenzaam. Ik oordeelde dat hij verdronken was en dat ik er nooit meer uit zou komen. Ik was bang. Ik besloot dat ik een manier zou vinden om daar weg te gaan. Ik had al vele malen geprobeerd uit die hut te komen, maar ik kon geen uitweg vinden. Er is geen raam dat groot genoeg is voor een hond om er doorheen te komen. Ik kon de schoorsteen niet opkrijgen; Het was te smal. De deur bestond uit dikke, massief eiken platen. Pap was vrij voorzichtig om geen mes of iets dergelijks in de cabine achter te laten als hij weg was; Ik schat dat ik de plaats wel honderd keer heb bejaagd; nou ja, ik was er bijna de hele tijd mee bezig, omdat het ongeveer de enige manier was om er tijd in te steken. Maar deze keer vond ik eindelijk iets; Ik vond een oude, roestige houtzaag zonder handvat; Het werd gelegd tussen een spant en de dakspaanplaten van het dak. Ik smeerde het in en ging aan het werk. Aan het einde van de hut achter de tafel was een oude paardendeken tegen de boomstammen gespijkerd, om te voorkomen dat de wind door de kieren zou waaien en de kaars zou doven. Ik kroop onder de tafel, tilde de deken op en ging aan het werk om een deel van de grote onderstam eruit te zagen - groot genoeg om me erdoor te laten. Nou, het was een flinke klus, maar ik liep tegen het einde toen ik het pistool van pap in het bos hoorde. Ik ontdeed me van de tekenen van mijn werk, en liet de deken vallen en verborg mijn zaag, en al snel kwam pap binnen.

Pap waarschuwde niet in een goed humeur - dus hij was zijn natuurlijke zelf. Hij zei dat hij in de stad was en dat alles mis ging. Zijn advocaat zei dat hij dacht dat hij zijn rechtszaak zou winnen en het geld zou krijgen als ze ooit aan het proces zouden beginnen; maar toen waren er manieren om het lang uit te stellen, en rechter Thatcher wist hoe hij het moest doen. En hij zei dat de mensen toestonden dat er nog een rechtszaak zou komen om mij bij hem weg te krijgen en mij aan de weduwe te geven als mijn voogd, en zij vermoedden dat het deze keer zou winnen.

Dit schudde me behoorlijk wakker, want ik wilde niet meer terug naar de weduwe en zo verkrampt en verguisd zijn, zoals ze het noemden. Toen begon de oude man te vloeken, en vloekte alles en iedereen die hij maar kon bedenken, en toen vloekte hij ze allemaal opnieuw om er zeker van te zijn dat hij er geen had overgeslagen, en daarna poetste hij op met een soort algemene vloek rondom, inclusief een aanzienlijk pakket mensen waarvan hij de namen niet wist, En zo noemde hij hen, hoe heet hij, toen hij bij hen kwam, en ging regelrecht door met zijn gevloek.

Hij zei dat hij graag zou zien dat de weduwe me zou halen. Hij zei dat hij zou uitkijken, en als ze probeerden zo'n wild op hem af te komen, wist hij een plek zes of zeven mijl verderop om me op te bergen, waar ze zouden kunnen jagen tot ze erbij neervielen en ze me niet konden vinden. Dat maakte me weer behoorlijk ongemakkelijk, maar slechts voor een minuut; Ik dacht dat ik niet bij de hand zou blijven tot hij die kans kreeg.

De oude man liet me naar de skiff gaan om de dingen te halen die hij had. Er was een zak maïsmeel van vijftig pond, en een kant van spek, munitie en een kruik whisky van vier gallon, en een oud boek en twee kranten om te watten, naast wat touw. Ik sjouwde een lading naar boven, ging terug en ging op de boeg van de skiff zitten om uit te rusten. Ik dacht er helemaal over na en ik dacht dat ik zou weglopen met het geweer en een paar lijnen, en het bos in zou gaan als ik wegliep. Ik vermoedde dat ik niet op één plaats zou blijven, maar gewoon dwars door het land zou trekken, meestal 's nachts, en jagen en vissen om in leven te blijven, en zo ver weg te komen dat de oude man noch de weduwe me ooit meer zouden kunnen vinden. Ik oordeelde dat ik die avond zou uitzagen en vertrekken als papa dronken genoeg werd, en ik dacht dat hij dat zou doen. Ik raakte er zo vol van dat ik niet merkte hoe lang ik bleef, totdat de oude man schreeuwde en me vroeg of ik sliep of verdronk.

Ik bracht de spullen allemaal naar de hut, en toen was het ongeveer donker. Terwijl ik het avondeten aan het koken was, nam de oude man een slok of twee en raakte een beetje opgewarmd, en ging weer scheuren. Hij was dronken geweest in de stad en had de hele nacht in de goot gelegen, en hij was een lust voor het oog. Een lichaam zou denken dat hij Adam was - hij was gewoon helemaal modder. Wanneer zijn drank begon te werken, ging hij bijna altijd voor de regering, deze keer zegt hij:

"Noem dit een regering! Wel, kijk er gewoon naar en zie hoe het is. Hier staat de wet klaar om de zoon van een man van hem weg te nemen - de eigen zoon van een man, die hij al de moeite, alle zorgen en alle kosten heeft moeten opvoeden.

Ja, net zoals die man die zoon eindelijk heeft opgevoed en klaar om aan het werk te gaan en iets voor hem te gaan *doen* en hem rust te geven, gaat de wet omhoog en gaat voor hem. En dat noemen ze regering! Dat is nog niet alles, gek. De wet steunt die oude rechter Thatcher en helpt hem om mij van mijn eigendom te houden. Dit is wat de wet doet: de wet neemt een man ter waarde van zesduizend dollar en meer, en stopt hem in een oude val van een hut als deze, en laat hem rondgaan in kleren die niet geschikt zijn voor een varken. Dat noemen ze regering! Een man kan zijn rechten niet krijgen in een regering als deze. Soms heb ik het idee om het land voorgoed te verlaten. Ja, en dat heb ik *ze ook gezegd*; Ik zei het de oude Thatcher recht in zijn gezicht. Velen van hen hebben me gehoord en kunnen vertellen wat ik heb gezegd. Zeg ik, voor twee cent zou ik het beschuldigde land verlaten en er nooit meer bij in de buurt komen. Dat zijn de woorden zelf. Ik zei: kijk naar mijn hoed - als je het een hoed noemt - maar het deksel gaat omhoog en de rest gaat naar beneden tot onder mijn kin, en dan is het helemaal geen hoed, maar meer alsof mijn hoofd door een kachelpijp omhoog is geduwd. Kijk eens, zeg ik, zo'n hoed voor mij om te dragen, een van de rijkste mannen in deze stad, als ik mijn rechten kon opeisen.

"O ja, dit is een prachtige regering, geweldig. Waarom, kijk hier. Er was daar een vrije neger uit Ohio - een mopper, de meesten zo blank als een blanke. Hij had ook het witste overhemd aan dat je ooit hebt gezien, en de meest glanzende hoed; En er is geen man in die stad die zulke mooie kleren heeft als wat hij had; en hij had een gouden horloge en ketting, en een wandelstok met zilveren kop - de vreselijkste oude grijsharige nabob in de staat. En wat denk je? Ze zeiden dat hij een professor was op een universiteit en allerlei talen kon spreken en alles wist. En dat is niet de wust. Ze zeiden dat hij kon *stemmen* als hij thuis was. Nou, dat liet me eruit. Denkt ik, waar gaat het land naartoe? Het was 'lectiedag' en ik stond net op het punt om zelf te gaan stemmen als ik niet te dronken was om daar te komen; maar toen ze me vertelden dat er een staat in dit land was waar ze die neger zouden laten stemmen, trok ik me terug. Ik zei dat ik nooit agin zal stemmen. Dat zijn precies de woorden die ik zei; ze hoorden me allemaal; en het land kan rotten voor mij allemaal - ik zal nooit agin stemmen zolang ik leef. En om de koele weg van die neger te zien - wel, hij zou me de weg niet geven als ik hem niet uit de weg had geduwd. Ik zei tegen de mensen, waarom wordt deze neger niet geveild en verkocht? En wat denk je dat ze zeiden? Wel, ze zeiden dat hij niet verkocht kon worden voordat hij zes maanden in de staat was geweest, en hij was daar nog niet zo lang. Daar, nu, dat is een exemplaar. Ze noemen dat een regering die een vrije neger niet kan verkopen voordat hij zes maanden in de staat is. Hier is een regering die zichzelf een regering noemt, en zich laat doorgaan om een regering te zijn, en denkt dat het een regering is, en toch moet ze zes volle maanden stil blijven staan voordat ze een rondsluipende, stelende, helse vrije neger in een wit shirt kan vatten, en...'

Pap was aan het doorgaan, dus hij merkte nooit waar zijn oude lenige benen hem naartoe brachten, dus ging hij hals over kop over de kuip met gezouten varkensvlees en blafte tegen beide schenen, en de rest van zijn toespraak was de heetste soort taal - meestal tegen de neger en de regering, hoewel hij de tobbe wat gaf, Ook, de hele tijd, hier en daar. Hij huppelde behoorlijk door de kajuit, eerst op het ene been en dan op het andere, waarbij hij eerst het ene scheenbeen vasthield en toen het andere, en eindelijk liet hij plotseling met zijn linkervoet los en haalde het bad met een ratelende trap op. Maar het was geen goed oordeel, want dat was de laars waarvan een paar van zijn tenen uit de voorkant lekten; Dus nu hief hij een gehuil aan dat de haren van een lichaam bijna deed rijzen, en hij ging naar beneden in de modder, en rolde daar, en hield zijn tenen vast; En het vloeken dat hij toen deed, ging over alles wat hij ooit eerder had gedaan. Dat zei hij achteraf zelf ook. Hij had de oude Sowberry Hagan in zijn beste dagen gehoord, en hij zei dat het ook over hem heen lag; maar ik denk dat dat een soort van opstapeling was, misschien.

Na het avondeten nam pap de kruik en zei dat hij daar genoeg whisky had voor twee dronkaards en één delirium tremens. Dat was altijd zijn woord. Ik schatte dat hij over ongeveer een uur stomdronken zou zijn, en dan zou ik de sleutel stelen, of mezelf uitzagen, de een of de ander. Hij dronk en dronk en tuimelde af en toe op zijn dekens neer; Maar het geluk liep niet mijn kant op. Hij viel niet diep in slaap, maar voelde zich niet op zijn gemak. Hij kreunde en kreunde en sloeg lange tijd heen en weer heen. Ten slotte werd ik zo slaperig dat ik mijn ogen niet meer open kon houden, alles wat ik kon doen, en dus voordat ik wist waar ik mee bezig was, was ik diep in slaap en brandde de kaars.

Ik weet niet hoe lang ik sliep, maar ineens was er een vreselijke schreeuw en was ik wakker. Daar was pap die er wild uitzag, en alle kanten op huppelde en schreeuwde over slangen. Hij zei dat ze langs zijn benen omhoog kropen; en dan maakte hij een sprong en schreeuwde, en zei dat iemand hem in de wang had gebeten - maar ik kon geen slangen zien. Hij begon en rende rond en rond de hut, schreeuwend: "Haal hem eraf! Haal hem eraf! Hij bijt me in mijn nek!" Ik zie nog nooit een man zo wild in de ogen kijken. Al snel was hij helemaal uitgeblust en viel hijgend neer; Toen rolde hij wonderbaarlijk snel heen en weer, schopte dingen alle kanten op, en sloeg en greep met zijn handen naar de lucht, en schreeuwde en zei dat er duivels hem te pakken hadden. Hij raakte langzamerhand uitgeput en bleef een tijdje kreunend stil liggen. Toen legde hij een stoker en maakte geen geluid. Ik kon de uilen en de wolven in het bos horen, en het leek nog steeds verschrikkelijk. Hij lag voorover bij de hoek. Langzamerhand richtte hij zich gedeeltelijk op en luisterde, met zijn hoofd opzij. Hij zegt, heel laag:

"Vagebond-zwerver-zwerver; Dat zijn de doden; zwerver-zwerver-zwerver; ze komen achter me aan; maar ik ga niet. Oh, ze zijn er! Raak me niet aan, doe het niet! handen af - ze hebben het koud; loslaten. O, laat een arme duivel met rust!"

Toen ging hij op handen en voeten zitten en kroop weg, smeekte hen om hem met rust te laten, en hij rolde zich op in zijn deken en wentelde zich onder de oude grenen tafel, nog steeds bedelend; En toen begon hij te huilen. Ik kon hem door de deken heen horen.

Langzamerhand rolde hij zich uit en sprong op zijn voeten en keek wild, en hij zag me en ging voor me af. Hij achtervolgde me rond en rond met een klemmes, noemde me de Engel des Doods en zei dat hij me zou doden, en toen kon ik hem niet meer komen halen. Ik smeekte en zei hem dat ik maar Huck was; Maar hij lachte *zo'n* krijsende lach, en brulde en vloekte, en bleef me achtervolgen. Op een keer, toen ik me omdraaide en onder zijn arm ontweek, greep hij me vast en greep me bij het jasje tussen mijn schouders, en ik dacht dat ik weg was; maar ik gleed razendsnel uit de jas en redde mezelf. Al snel was hij helemaal moe en liet zich met zijn rug tegen de deur vallen en zei dat hij even zou rusten en me dan zou vermoorden. Hij legde zijn mes onder zich en zei dat hij zou slapen en sterk zou worden, en dan zou hij zien wie wie was.

Dus hij dommelde vrij snel in. Langzamerhand pakte ik de oude stoel met gespleten bodem en klauterde zo gemakkelijk als ik kon, om geen geluid te maken, en pakte het pistool. Ik schoof de ramstang naar beneden om er zeker van te zijn dat hij geladen was, toen legde ik hem over de raap, wijzend naar pap, en ging erachter zitten om te wachten tot hij zich roerde. En hoe traag en stil de tijd zich voortsleepte.

HOOFDSTUK VII.

"Git up! Waar ben je mee bezig?"

Ik opende mijn ogen en keek om me heen, in een poging te begrijpen waar ik was. Het was na zonsopgang en ik was diep in slaap geweest. Pap stond over me heen en zag er ook zuur en ziek uit. Hij zegt:

"Wat doe je met dit pistool?"

Ik oordeelde dat hij niets wist over wat hij had gedaan, dus ik zei:

"Iemand probeerde binnen te komen, dus ik lag voor hem."

"Waarom heb je me er niet uitgehaald?"

"Nou, ik heb het geprobeerd, maar ik kon het niet; Ik kon je niet bewegen."

"Nou, goed. Sta daar niet de hele dag te palaveren, maar ga met je mee en kijk of er een vis aan de lijn zit voor het ontbijt. Ik ben zo langs."

Hij deed de deur van het slot en ik klom de oever van de rivier op. Ik zag enkele stukken ledematen en dergelijke naar beneden drijven, en een besprenkeling van schors; dus ik wist dat de rivier begon te stijgen. Ik dacht dat ik nu geweldige tijden zou hebben als ik in de stad was. De opkomst in juni was altijd geluk voor mij; want zodra die stijging hier begint, komt koordhout naar beneden drijven, en stukken houtvlotten - soms een dozijn boomstammen bij elkaar; Het enige wat je dus hoeft te doen is ze te vangen en te verkopen aan de houtwerven en de houtzagerij.

Ik ging langs de oever met één oog uit naar pap en t'ander uit naar wat de stijging zou kunnen brengen. Nou, ineens komt hier een kano; Alleen maar een schoonheid, ongeveer dertien of veertien voet lang, hoog rijdend als een eend. Ik schoot als een kikker met kleren en al van de oever af en ging op weg naar de kano. Ik verwachtte gewoon dat er iemand in zou liggen, omdat mensen dat vaak deden om mensen voor de gek te houden, en als een kerel er een skiff naar toe had getrokken, stonden ze op en lachten hem uit. Maar dat is deze keer niet zo. Het was zeker een drijfkano, en ik klauterde erin en peddelde haar aan land. Ik denk dat de oude man blij zal zijn als hij dit ziet: ze is tien dollar waard. Maar toen ik aan de kust kwam, was pap nog niet in zicht, en terwijl ik haar in een kleine kreek als een geul liet lopen, helemaal behangen met wijnstokken en wilgen, kwam ik op een ander idee: ik oordeelde dat ik haar goed zou verbergen, en dan, in plaats van naar het bos te gaan als ik wegliep, zou ik ongeveer vijftig mijl de rivier afdalen en voorgoed op één plek kamperen. En niet zo'n zware tijd te voet hebben.

Het was vrij dicht bij de barak, en ik dacht dat ik de oude man de hele tijd hoorde aankomen; maar ik heb haar verborgen; en toen ging ik naar buiten en keek rond een stel wilgen, en daar was de oude man verderop op het pad, een stuk dat net een kraal op een vogel tekende met zijn geweer. Hij had dus niets gezien.

Toen hij opschoot, was ik er hard mee bezig om een "draf"-lijn aan te nemen. Hij schold me een beetje uit omdat ik zo traag was; maar ik vertelde hem dat ik in de rivier was gevallen, en dat was wat me zo lang maakte. Ik wist dat hij zou zien dat ik nat was, en dan zou hij vragen stellen. We haalden vijf meervallen van de lijnen en gingen naar huis.

Terwijl we na het ontbijt gingen slapen en we allebei bijna uitgeput waren, begon ik te denken dat als ik een manier kon vinden om te voorkomen dat papa en de weduwe me zouden proberen te volgen, het zekerder zou zijn dan op het geluk te vertrouwen om ver genoeg weg te komen voordat ze me misten; Zie je, er kan van alles gebeuren. Nou, ik zag een tijdje geen uitweg, maar na verloop van tijd stond pap even op om nog een vat water te drinken, en hij zei:

"Een andere keer dat er hier een man komt rondsluipen, jaag je me eruit, hoor je? Die man waarschuwde hier niet voor niets. Ik zou hem neerschieten. De volgende keer dat je me wegstuurt, hoor je dat?"

Toen liet hij zich vallen en ging weer slapen; maar wat hij had gezegd, gaf me precies het idee dat ik wilde. Ik zei tegen mezelf, ik kan het nu oplossen, zodat niemand er niet aan denkt om me te volgen.

Tegen twaalf uur gingen we naar buiten en gingen de oever op. De rivier kwam vrij snel omhoog en er kwam veel drijfhout voorbij. Langzamerhand komt er een deel van een houtvlot - negen boomstammen vast aan elkaar. We gingen eropuit met de skiff en sleepten hem naar de wal. Daarna hebben we gegeten. Iedereen behalve pap zou de hele dag wachten en doorzien, om meer spullen te vangen; Maar dat is niet de stijl van Pap. Negen boomstammen was genoeg voor één keer; Hij moet regelrecht naar de stad gaan om te verkopen. Dus sloot hij me op en nam de skiff, en begon het vlot rond half drie te slepen. Ik oordeelde dat hij die avond niet meer terug zou komen. Ik wachtte tot ik dacht dat hij een goede start had gemaakt; toen ging ik met mijn zaag naar buiten en ging weer aan het werk aan die boomstam. Voordat hij aan de andere kant van de rivier was, was ik uit het gat; Hij en zijn vlot waren slechts een stipje op het water daarginds.

Ik nam de zak met korenmeel en bracht die naar de plaats waar de kano verborgen was, en schoof de wijnstokken en takken uit elkaar en deed hem erin; daarna deed ik hetzelfde met de kant van het spek; Dan de whiskykruik. Ik nam alle koffie en suiker die er was, en alle munitie; Ik nam de watten; Ik nam de emmer en de kalebas; Ik nam een lepel en een tinnen beker, en mijn oude zaag en twee dekens, en de koekenpan en de koffiepot. Ik nam vislijnen en lucifers en andere dingen mee - alles wat een cent waard was. Ik heb de boel opgeruimd. Ik wilde een bijl, maar die was er niet, alleen die bij de houtstapel, en ik wist waarom ik die zou achterlaten. Ik haalde het pistool tevoorschijn en nu was ik klaar.

Ik had de grond behoorlijk versleten door uit het gat te kruipen en zoveel dingen naar buiten te slepen. Dus ik loste dat van buitenaf zo goed mogelijk op door stof op de plek te strooien, dat de gladheid en het zaagsel bedekte. Toen zette ik het stuk boomstam weer op zijn plaats en legde er twee stenen onder en één tegenaan om het daar vast te houden, want het was op die plaats gebogen en raakte de grond niet helemaal. Als je vier of vijf voet verderop stond en niet wist dat het gezaagd was, zou je het nooit opmerken; En bovendien, dit was de achterkant van de hut, en het was niet waarschijnlijk dat iemand daar voor de gek zou houden.

Het was allemaal gras vrij voor de kano, dus ik had geen spoor achtergelaten. Ik liep rond om te zien. Ik stond aan de oever en keek uit over de rivier. Allemaal veilig. Dus ik nam het geweer en ging een stuk het bos in, en was op jacht naar een paar vogels, toen ik een wild varken zag; Varkens werden al snel wild in die billen nadat ze waren ontsnapt van de prairieboerderijen. Ik schoot deze kerel neer en nam hem mee naar het kamp.

Ik pakte de bijl en sloeg de deur in. Ik heb het verslagen en gehackt door het aanzienlijk te doen. Ik haalde het varken naar binnen, en nam hem bijna mee terug naar de tafel en hakte hem met de bijl in zijn keel en legde hem op de grond om te bloeden; Ik zeg grond omdat het *gemalen was* - hard verpakt en geen planken. Wel, vervolgens nam ik een oude zak en stopte er een heleboel grote stenen in - alles wat ik kon slepen - en ik startte het bij het varken, en sleepte het naar de deur en door het bos naar de rivier en gooide het erin, en naar beneden zonk, uit het zicht. Je kon gemakkelijk zien dat er iets over de grond was gesleept. Ik wou dat Tom Sawyer er was; Ik wist dat hij interesse zou tonen in dit soort zaken en er de mooie accenten in zou gooien. Niemand kon zich in zoiets als Tom Sawyer verspreiden.

Nou, als laatste trok ik wat van mijn haar uit en bloedde de bijl goed door, en stak hem aan de achterkant, en slingerde de bijl in de hoek. Toen pakte ik het varken op en hield hem met mijn jas tegen mijn borst (zodat hij niet kon druppelen) tot ik een goed stuk onder het huis had en gooide hem toen in de rivier. Nu dacht ik aan iets anders. Dus ik ging en haalde de zak met meel en mijn oude zaag uit de kano en haalde ze naar het huis. Ik nam de zak mee naar de plaats waar hij vroeger stond en scheurde met de zaag een gat in de bodem, want er waren geen messen en vorken op de plaats, pap deed alles met zijn mes over het koken. Toen droeg ik de zak ongeveer honderd meter over het gras en door de wilgen ten oosten van het huis, naar een ondiep meer dat vijf mijl breed was en vol biezen - en ook eenden, zou je kunnen zeggen, in het seizoen. Er was een moeras of een kreek die er aan de andere kant uit leidde en die mijlenver weg ging, ik weet niet waarheen, maar het ging niet naar de rivier. De maaltijd werd uitgezeefd en maakte een klein spoor helemaal naar het meer. Ik liet daar ook de wetsteen van pap vallen, zodat het leek alsof het per ongeluk was gedaan. Toen bond ik de scheur in de meelzak met een touwtje vast, zodat hij niet meer zou lekken, en bracht hem en mijn zaag weer naar de kano.

Het was nu ongeveer donker; dus liet ik de kano de rivier af onder een paar wilgen die over de oever hingen, en wachtte tot de maan opkwam. Ik maakte me vast aan een wilg; toen nam ik een hapje en ging na verloop van tijd in de kano liggen om een pijp te roken en een plan te smeden. Ik zei tegen mezelf, ze zullen het spoor van die zak vol stenen naar de oever volgen en dan de rivier voor me slepen. En ze zullen dat maaltijdspoor volgen naar het meer en gaan snuffelen in de kreek die eruit leidt om de rovers te vinden die mij hebben gedood en de dingen hebben meegenomen. Ze zullen nooit op de rivier jagen voor iets anders dan mijn dode karkas. Dat zullen ze snel beu worden en zich niet meer om mij bekommeren. OK; Ik kan overal stoppen waar ik wil. Jackson's Island is goed genoeg voor mij; Ik ken dat eiland vrij goed, en er komt nooit iemand. En dan kan ik 's nachts naar de stad peddelen en rondsluipen en dingen oppikken die ik wil. Jackson's Island is de plek.

Ik was behoorlijk moe en voor ik het wist sliep ik. Toen ik wakker werd wist ik even niet waar ik was. Ik ging staan en keek een beetje bang om me heen. Toen herinnerde ik het me. De rivier leek mijlen en mijlen breed. De maan was zo helder dat ik de drijvende boomstammen kon tellen die voorbij gleden, zwart en stil, honderden meters uit de kust. Alles was doodstil, en het zag er laat uit, en het *rook* laat. Je weet wat ik bedoel - ik weet niet de woorden om het erin te zetten.

Ik nam een goede opening en een rek, en wilde net loskoppelen en starten toen ik een geluid hoorde over het water. Ik luisterde. Al snel kwam ik eruit. Het was dat doffe, soort regelmatig geluid dat afkomstig is van roeispanen die in rowlocks werken als het een stille nacht is. Ik gluurde door de wilgentakken naar buiten, en daar was het - een skiff, ver weg over het water. Ik kon niet zeggen hoeveel er in zaten. Het bleef maar komen, en toen het bij mij was, zag ik er slechts één man in waarschuwen. Denk ik, misschien is het pap, hoewel ik waarschuw dat ik hem niet verwacht. Hij zakte met de stroom onder me mee, en na verloop van tijd kwam hij in het gemakkelijke water de kust op slingeren, en hij kwam zo dichtbij dat ik het geweer kon uitstrekken en hem kon aanraken. Nou, het *was* pap, zeker genoeg - en ook nuchter, door de manier waarop hij zijn riemen legde.

Ik verloor geen tijd. Het volgende moment draaide ik stroomafwaarts, zacht maar snel in de schaduw van de oever. Ik maakte twee en een halve mijl en sloeg toen een kwart mijl of meer naar het midden van de rivier, omdat ik vrij snel de aanlegplaats van de veerboot zou passeren en mensen me zouden kunnen zien en begroeten. Ik stapte uit tussen het drijfhout en ging toen op de bodem van de kano liggen en liet haar drijven.

Ik lag daar en rustte goed uit en rookte uit mijn pijp, keek weg naar de lucht, geen wolkje erin. De lucht lijkt zo diep als je op je rug in de maneschijn gaat liggen; Ik heb het nooit eerder geweten. En hoe ver een lichaam kan horen op het water zulke nachten! Ik hoorde mensen praten bij de aanlegplaats van de veerboot. Ik hoorde ook wat ze zeiden – elk woord ervan. Een man zei dat het nu tegen de lange dagen en de korte nachten aan het gaan was. De andere zei *dat dit* niet een van de korten was, dacht hij - en toen lachten ze, en hij zei het nog een keer, en ze lachten weer; toen maakten ze een andere kerel wakker en vertelden het hem, en lachten, maar hij lachte niet; hij scheurde er iets stevigs uit en zei: laat hem begaan. De eerste man zei dat hij 'het graag aan zijn oude vrouw wilde vertellen - ze zou denken dat het best goed was; Maar hij zei dat hij niets waarschuwde voor sommige dingen die hij in zijn tijd had gezegd. Ik hoorde een man zeggen dat het bijna drie uur was en hij hoopte dat het daglicht niet langer dan ongeveer een week langer zou wachten. Daarna raakte het gesprek steeds verder weg en kon ik de woorden niet meer verstaan; maar ik hoorde het gemompel, en nu en dan ook een lach, maar het leek ver weg.

Ik was nu weg onder de veerboot. Ik stond op en daar was Jackson's Island, ongeveer twee en een halve mijl stroomafwaarts, zwaar betimmerd en verheft zich uit het midden van de rivier, groot en donker en stevig, als een stoomboot zonder enig licht. Er waren geen tekenen van de balk aan het hoofd - het was nu allemaal onder water.

Het duurde niet lang voordat ik er was. Ik schoot met een scheurende snelheid langs het hoofd, de stroming was zo snel, en toen kwam ik in het dode water en landde aan de kant in de richting van de kust van Illinois. Ik loop met de kano tegen een diepe deuk in de oever die ik kende; Ik moest de wilgentakken scheiden om erin te komen; en toen ik vastmaakte, kon niemand de kano van buitenaf zien.

Ik ging naar boven en ging op een boomstam aan de kop van het eiland zitten en keek uit over de grote rivier en het zwarte drijfhout en naar de stad, drie mijl verderop, waar drie of vier lichtjes fonkelden. Een monsterlijk groot houtvlot was ongeveer een mijl stroomopwaarts en kwam naar beneden, met een lantaarn in het midden. Ik zag het naar beneden kruipen, en toen het het meest in de buurt was van waar ik stond, hoorde ik een man zeggen: "Strenge roeispanen, daar! Hef haar hoofd naar de steekplank!" Ik hoorde dat net zo duidelijk alsof de man naast me stond.

Er was nu een beetje grijs in de lucht; dus stapte ik het bos in en ging liggen voor een dutje voor het ontbijt.

HOOFDSTUK VIII.

De zon stond zo hoog toen ik wakker werd dat ik dacht dat het na acht uur was. Ik lag daar in het gras en de koele schaduw, na te denken over dingen, en voelde me uitgerust en voelde me comfortabel en tevreden. Ik kon de zon op een of twee holes zien schijnen, maar meestal waren het overal grote bomen, en somber daartussen. Er waren sproetenplekken op de grond waar het licht door de bladeren naar beneden zeefde, en de sproetenplaatsen wisselden een beetje, wat aangaf dat er daarboven een klein briesje stond. Een paar eekhoorns zaten op een tak en snauwden me heel vriendelijk toe.

Ik was krachtig, lui en comfortabel - ik wilde niet opstaan om ontbijt te koken. Nou, ik was weer aan het indommelen toen ik dacht dat ik een diep geluid van "boem!" hoorde weg de rivier op. Ik word wakker, leun op mijn elleboog en luister; al snel hoor ik het weer. Ik sprong op en ging naar buiten en keek naar een gat in de bladeren, en ik zag een hoop rook op het water liggen, een heel eind verderop, ongeveer naast de veerboot. En daar dreef de veerboot vol met mensen die naar beneden dreef. Ik wist nu wat er aan de hand was. "Boem!" Ik zie de witte rook uit de zijkant van de veerboot spuiten. Ziet u, ze vuurden kanonnen af over het water, proberend mijn karkas naar boven te laten komen.

Ik had behoorlijk honger, maar het was niet goed voor mij om een vuur te starten, omdat ze de rook misschien zouden kunnen zien. Dus ik zat daar en keek naar de kanonrook en luisterde naar de knal. De rivier was daar anderhalve kilometer breed, en het ziet er altijd mooi uit op een zomerochtend - dus ik vond het goed genoeg om ze op jacht te zien gaan naar mijn restanten als ik maar een hapje had gegeten. Nou, toen bedacht ik me toevallig hoe ze altijd kwikzilver in broden doen en ze wegdrijven, omdat ze altijd regelrecht naar het verdronken karkas gaan en daar stoppen. Dus, zeg ik, ik zal een oogje in het zeil houden, en als een van hen achter me aan zweeft, zal ik ze een show geven. Ik verhuisde naar de rand van Illinois van het eiland om te zien hoeveel geluk ik zou kunnen hebben, en ik waarschuwde niet teleurgesteld. Er kwam een groot dubbel brood langs, en ik kreeg het meestal met een lange stok, maar mijn voet gleed uit en ze zweefde verder naar buiten. Natuurlijk was ik daar waar de stroming het dichtst bij de kust was - daar wist ik genoeg voor. Maar langzamerhand komt er nog een, en deze keer won ik. Ik haalde de plug eruit en schudde het kleine beetje kwikzilver eruit en zette mijn tanden erin. Het was "bakkersbrood" — wat de kwaliteit at; niets van je laag-bij-de-grondse corn-pone.

Ik kreeg een goede plek tussen de bladeren en zat daar op een boomstam het brood te kauwen en naar de veerboot te kijken, en was zeer tevreden. En toen viel me iets op. Ik zei, nu denk ik dat de weduwe of de dominee of iemand anders gebeden heeft dat dit brood mij zou vinden, en hier is het heengegaan en heeft het gedaan. Er is dus geen twijfel mogelijk, maar er is iets in die zaak, dat wil zeggen, er is iets in wanneer een lichaam zoals de weduwe of de dominee bidt, maar het werkt niet voor mij, en ik denk dat het niet werkt voor alleen de juiste soort.

Ik stak een pijp op, rookte lekker lang en bleef kijken. De veerboot dreef met de stroom mee, en ik liet me de kans krijgen om te zien wie er aan boord was als ze langskwam, want ze zou dichtbij komen, waar het brood kwam. Toen ze aardig opgeschoten was, stak ik mijn pijp uit en ging naar de plek waar ik het brood eruit viste, en ging achter een boomstam op de oever op een kleine open plek liggen. Waar de boomstam zich splitste, kon ik er doorheen gluren.

Langzamerhand kwam ze langs, en ze dreef zo dichtbij dat ze een plank konden uitrennen en aan land liepen. Bijna iedereen was op de boot. Pap, en rechter Thatcher, en Bessie Thatcher, en Jo Harper, en Tom Sawyer, en zijn oude tante Polly, en Sid en Mary, en nog veel meer. Iedereen had het over de moord, maar de kapitein brak in en zei:

"Kijk scherp, nu; De stroming zet hier het dichtst in de buurt, en misschien is hij aangespoeld en verstrikt geraakt in het struikgewas aan de waterkant. Dat hoop ik in ieder geval."

Ik hoopte het niet. Ze verdrongen zich allemaal en leunden over de rails, bijna in mijn gezicht, en bleven stil, uit alle macht kijkend. Ik kon ze eersteklas zien, maar zij konden mij niet zien. Toen zong de kapitein:

"Ga weg!" en het kanon liet zo'n ontploffing vlak voor me los dat ik er helemaal van werd wakker van het lawaai en bijna blind van de rook, en ik oordeelde dat ik weg was. Als ze wat kogels in hadden gehad, denk ik dat ze het lijk hadden gekregen waar ze naar op zoek waren. Nou, ik zie dat ik waarschuw dat het geen pijn doet, dankzij goedheid. De boot dreef verder en verdween uit het zicht rond de schouder van het eiland. Ik hoorde het gedreun nu en dan, verder en verder weg, en na een uur, hoorde ik het niet meer. Het eiland was drie mijl lang. Ik oordeelde dat ze bij de voet waren gekomen en het opgaven. Maar dat deden ze nog een tijdje niet. Ze keerden om de voet van het eiland en begonnen het kanaal aan de kant van Missouri, onder stoom, en af en toe dreunend terwijl ze gingen. Ik stak over naar die kant en keek naar hen. Toen ze bij de kop van het eiland kwamen, stopten ze met schieten en gingen naar de kust van Missouri en gingen naar huis, naar de stad.

Ik wist dat ik nu in orde was. Niemand anders zou achter me aan komen jagen. Ik haalde mijn vallen uit de kano en maakte een mooi kamp in de dichte bossen. Ik maakte een soort tent van mijn dekens om mijn spullen onder te leggen zodat de regen er niet bij kon komen. Ik ving een meerval en onderhandelde hem open met mijn zaag, en tegen zonsondergang stak ik mijn kampvuur aan en at het avondmaal. Daarna zet ik een lijn uit om wat vis te vangen voor het ontbijt.

Toen het donker was, zat ik bij mijn kampvuur te roken en voelde me behoorlijk voldaan; maar langzamerhand werd het een beetje eenzaam, en dus ging ik aan de oever zitten en luisterde naar de stroming die voortkabbelde, en telde de sterren en drijvende boomstammen en vlotten die naar beneden kwamen, en ging toen naar bed; Er is geen betere manier om tijd te besteden als je eenzaam bent; Je kunt niet zo blijven, je komt er snel overheen.

En zo drie dagen en nachten lang. Geen verschil, gewoon hetzelfde. Maar de volgende dag ging ik op verkenning over het eiland. Ik was er de baas over; het was allemaal van mij, om zo te zeggen, en ik wilde er alles over weten; maar ik wilde er vooral tijd in steken. Ik vond veel aardbeien, rijp en prime; en groene zomerdruiven en groene razberries; En de groene bramen begonnen zich net te laten zien. Ze zouden allemaal zo langzamerhand wel van pas komen, oordeelde ik.

Nou, ik ging door de diepe bossen tot ik meende dat ik niet ver van de voet van het eiland waarschuwde. Ik had mijn pistool bij me, maar ik had niet geschoten; het was ter bescherming; dacht dat ik een of ander wild dicht bij huis zou doden. Omstreeks deze tijd stapte ik bijna op een flinke slang, en die gleed weg door het gras en de bloemen, en ik ging er achteraan, proberend er een schot op te krijgen. Ik knipte voort en ineens sprong ik recht op de as van een kampvuur dat nog steeds rookte.

Mijn hart sprong op tussen mijn longen. Ik wachtte nooit om verder te kijken, maar haalde mijn pistool uit en sloop zo snel als ik kon op mijn tenen terug. Af en toe stopte ik een seconde tussen de dikke bladeren en luisterde, maar mijn adem kwam zo hard dat ik niets anders kon horen. Ik sloop nog een stuk verder en luisterde toen opnieuw; en ga zo maar door, enzovoort. Als ik een boomstronk zie, houd ik hem voor een man; als ik op een stok stapte en hem brak, gaf het me het gevoel dat iemand een van mijn ademhalingen in tweeën had gesneden en ik kreeg maar de helft, en ook de korte helft.

Toen ik in het kamp aankwam, waarschuwde ik dat ik me niet erg onbezonnen voelde, er was niet veel zand in mijn kooi; maar ik zei, dit is geen tijd om te dollen. Dus ik stopte al mijn vallen weer in mijn kano om ze uit het zicht te hebben, en ik doofde het vuur en strooide de as rond om eruit te zien als een oud kamp van vorig jaar, en klungelde toen een boom om.

Ik schat dat ik twee uur in de boom zat, maar ik zag niets, ik hoorde niets, ik dacht alleen maar *dat* ik wel duizend dingen hoorde en zag. Nou, ik kon daar niet voor altijd blijven; dus eindelijk kwam ik beneden, maar ik bleef in het dichte bos en de hele tijd op de uitkijk. Het enige wat ik te eten kon krijgen waren bessen en wat er over was van het ontbijt.

Tegen de tijd dat het nacht was, had ik behoorlijk honger. Dus toen het goed en donker was, gleed ik voor zonsopgang van de kust weg en peddelde naar de oever van Illinois - ongeveer een kwart mijl. Ik ging het bos in en kookte een avondmaal, en ik had bijna besloten dat ik daar de hele nacht zou blijven als ik een *plunkety-plunk, plunkety-plunk hoor* en tegen mezelf zeg: er komen paarden aan; en dan hoor ik de stemmen van mensen. Ik heb zo snel als ik kon alles in de kano gehesen en ben toen door het bos gaan kruipen om te kijken wat ik te vinden had. Ik was nog niet ver toen ik een man hoorde zeggen:

"We kunnen beter hier kamperen als we een goede plek kunnen vinden; The Horses staat op het punt om uit te slaan. Laten we eens rondkijken."

Ik wachtte niet, maar schoof naar buiten en peddelde gemakkelijk weg. Ik legde me vast op de oude plek en rekende erop dat ik in de kano zou slapen.

Ik heb niet veel geslapen. Ik kon het op de een of andere manier niet om na te denken. En elke keer als ik wakker werd, dacht ik dat iemand me bij de nek had. Dus de slaap deed me geen goed. Langzamerhand zeg ik tegen mezelf, ik kan zo niet leven; Ik ga uitzoeken wie het is die hier op het eiland is met mij; Ik zal het uitzoeken of bust. Nou, ik voelde me meteen beter.

Dus ik nam mijn peddel en gleed een paar stappen van de kust af, en liet de kano toen in de schaduw vallen. De maan scheen, en buiten de schaduwen was het zo licht als de dag. Ik snuffelde een uur lang voort, alles stil als rotsen en diep in slaap. Nou, tegen die tijd was ik het meest aan de voet van het eiland. Er begon een klein kabbelend, koel briesje te waaien, en dat was zo goed als zeggen dat de nacht bijna voorbij was. Ik geef haar een draai met de peddel en breng haar neus naar de kant; toen pakte ik mijn pistool en glipte naar buiten en de rand van het bos in. Ik ging daar op een boomstam zitten en keek door de bladeren naar buiten. Ik zie de maan van wacht gaan en de duisternis begint de rivier te bedekken. Maar na een poosje zie ik een bleke streep over de boomtoppen en ik weet dat de dag zou komen. Dus ik pakte mijn pistool en glipte weg in de richting van waar ik dat kampvuur was tegengekomen, en stopte elke minuut of twee om te luisteren. Maar ik had op de een of andere manier geen geluk; Ik kon de plek niet vinden. Maar na verloop van tijd, ja hoor, ving ik een glimp op van vuur door de bomen. Ik ging ervoor, voorzichtig en langzaam. Na verloop van tijd was ik dichtbij genoeg om te kijken, en daar lag een man op de grond. Het geeft me het meest de fan-tods. Hij had een deken om zijn hoofd en zijn hoofd lag bijna in het vuur. Ik zat daar achter een groepje struiken, ongeveer twee meter van hem, en hield mijn ogen strak op hem gericht. Het werd nu grijs daglicht. Al snel gapte hij en rekte zich uit en schoof de deken van zich af, en het was Jim van juffrouw Watson! Ik wed dat ik blij was hem te zien. Ik zegt:

"Hallo, Jim!" en sloeg over.

Hij veerde op en staarde me wild aan. Dan valt hij op zijn knieën, slaat zijn handen in elkaar en zegt:

"Doan' doet me pijn - doe het niet! Ik heb nog nooit een ghos kwaad gedaan'. Ik hield van dode mensen, en deed alles wat ik kon voor ze. Je gaat en git in de rivier agin, whah je b'longs, en doan' do nuffn naar Ole Jim, 'at 'uz awluz yo' fren'."

Nou, ik waarschuw hem niet lang om hem te laten begrijpen dat ik niet dood waarschuw. Ik was zo blij om Jim te zien. Ik waarschuw nu niet eenzaam. Ik zei hem dat ik niet bang was dat *hij* de mensen zou vertellen waar ik was. Ik praatte mee, maar hij zat daar alleen maar en keek naar mij; Nooit iets gezegd. Toen zei ik:

"Het is goed daglicht. Laten we ontbijten. Maak je kampvuur goed aan."

"Wat heeft het voor zin om het kampvuur aan te steken om strawbries en sich truck te koken? Maar je hebt een pistool, nietwaar? Den we kin git sumfn beter den strawbries."

"Aardbeien en zo'n vrachtwagen," zei ik. "Is dat waar je van leeft?"

"Ik zou niet anders kunnen git nuffn", zegt hij.

"Waarom, hoe lang ben je al op het eiland, Jim?"

"Ik kom heah de nacht arter dat je vermoord bent."

"Wat, al die tijd?"

"Ja, inderdaad."

"En had je niet alleen maar dat soort rotzooi te eten?"

"Nee, sah-nuffn anders."

"Nou, je moet wel erg uitgehongerd zijn, nietwaar?"

"Ik dacht dat ik een zou kunnen eten. Ik denk dat ik het zou kunnen. Hoe lang ben je op de eiland?"

"Sinds de nacht dat ik ben vermoord."

"Nee! W'y, waar heb je van geleefd? Maar je hebt een pistool. O ja, je hebt een pistool. Dat is goed. Nu dood jij sumfn en ik zal het vuur aanvullen."

Dus gingen we naar de plek waar de kano was, en terwijl hij een vuur maakte op een met gras begroeide open plek tussen de bomen, haalde ik meel en spek en koffie, en koffiepot en koekenpan en suiker en tinnen bekers, en de neger zat een stuk achteruit, omdat hij dacht dat het allemaal met hekserij was gedaan. Ik ving ook een flinke meerval, en Jim maakte hem schoon met zijn mes en bakte hem.

Toen het ontbijt klaar was, hebben we op het gras geluierd en het bloedheet gegeten. Jim legde het uit alle macht aan, want hij was bijna uitgehongerd. Toen we ons behoorlijk goed hadden gevuld, gingen we liggen en luierden. Door-en-door Jim zegt:

"Maar kijk eens, Huck, wie was het dat 'uz in die sloppenwijk werd gedood, waarschuw je niet?"

Toen vertelde ik hem het hele ding, en hij zei dat het slim was. Hij zei dat Tom Sawyer geen beter plan kon bedenken dan wat ik had. Toen zei ik:

"Hoe kom je hier, Jim, en hoe ben je hier gekomen?"

Hij zag er nogal ongemakkelijk uit en zei geen minuut niets. Dan zegt hij:

"Misschien kan ik het beter niet vertellen."

"Waarom, Jim?"

"Nou, dat zijn de redenen. Maar je zou het me niet vertellen als ik het je moet vertellen, nietwaar, Huck?"

"De schuld als ik dat zou doen, Jim."

"Nou, ik b'lieve je, Huck. Ik, ik *ren weg*."

"Jim!"

"Maar let op, je zei dat je het niet zou vertellen - je weet dat je zei dat je het niet zou vertellen, Huck."

"Nou, dat heb ik gedaan. Ik zei dat ik dat niet zou doen, en ik zal me eraan houden. Eerlijk *injun*, dat zal ik doen. Mensen zouden me een laaghartige abolitionist noemen en me verachten omdat ik mijn moeder houd, maar dat maakt geen verschil. Ik ga het niet vertellen, en ik ga daar in ieder geval niet terug. Dus nu weten we er alles van."

"Nou, zie je, het is 'uz dis manier. Ole missus - dat is juffrouw Watson - ze pikt de hele tijd op me, en behandelt me pooty ruw, maar ze zei awluz dat ze me niet zou verkopen aan Orleans. Maar ik merkte dat hij de laatste tijd een negerhandelaar was die in de buurt was, en ik begin me op mijn gemak te voelen. Nou, op een avond kruip ik naar de do' pooty laat, en de do' warn't helemaal shet, en ik hoor de oude juffrouw tegen de widder zeggen dat ze me aan Orleans moet verkopen, maar ze wilde niet, maar ze kon achthonderd dollar voor me krijgen, en het 'uz sich een grote stapel geld dat ze kon 'resis'. De widder probeerde ze haar te git om te zeggen dat ze het niet zou doen, maar ik heb nooit gewacht om de res te horen'. Ik stak heel snel uit, zeg ik je.

"Ik strek me uit en shin de heuvel af, en 'spec om een skift te stelen 'long de sho' som'ers 'bove de town, maar het waren mensen die zich roerden, dus ik verstopte me in de oude, vervallen kuiperwinkel aan de oever om te wachten tot iedereen weg ging. Nou, ik was de hele nacht kapot. Dey was de hele tijd iemand. 'Lang 'bout zes in de mawnin' skifts beginnen voorbij te gaan, en 'rond acht uur was elke skift die ging 'long was talkin' 'ow yo' pap naar de stad komen en zeggen dat je vermoord bent. De skifts van Dese las zaten vol met dames en vrouwen die overgingen om de plaats te zien. Soms stopte ik bij de sho en nam een res' b'fo' dey begon te acrost, dus door de talk kwam ik alles te weten 'over de killin'. Het spijt me dat je vermoord bent, Huck, maar ik ben nu geen mo.

"Ik heb de hele dag dah onder de shavin gelegen. Ik heb honger, maar ik waarschuw niet; Omdat ik wist dat de oude juffrouw en de vrouw naar de kamporde zouden gaan en de hele dag weg zouden zijn, en ze wist dat ik met het vee wegging voor het daglicht, zodat ze me 's avonds in het donker zouden zien, en zodat ze me 's avonds in het donker zouden missen. De andere bedienden zouden me niet missen, ze zouden schitteren en snel vakantie nemen als de oude mensen uit de weg waren.

"Nou, als het donker wordt, trek ik de rivierweg op, en ga nog ongeveer twee mijl verder naar waar ik geen huizen waarschuw. Ik had mijn mijn verzonnen over wat ik ging doen. Zie je, als ik blijf proberen te voet weg te gaan, volgen de honden me; Als ik een skift stal om over te steken, zou ik die skift missen, zie je, en ik zou weten wat ik aan de andere kant zou doen, en whah om mijn spoor op te pikken. Dus ik zegt, een gespuis is wat ik arter; het maakt geen spoor.

"Ik zie een licht dat bij me opkomt, dus ik waad erin en schuif een boomstam voor me uit en zwom meer halverwege de rivier, en kwam in 'mongst het drijfhout, en hield mijn hoofd laag, en kinder zwom agin de stroom en vertelde de raff kom langs. Den zwom ik naar de achtersteven uv it en tuck a-holt. Het betrok en 'uz pooty donker voor een tijdje. Dus klauterde ik omhoog en ging op de planken liggen. De mannen 'uz helemaal ginds in het midden, whah de lantaarn was. De rivier was aan het stijgen, en er was een goede stroming; dus ik dacht dat ik vijfentwintig mijl langs de rivier zou zijn, en ik zou in jis b'fo' daglicht glippen en naar de bossen aan de kant van Illinois zwemmen, en naar de bossen aan de kant van Illinois gaan.

"Maar ik had geen geluk. Als we 'uz mos' naar beneden naar de head er de islan' begint een man achter de lantaarn te komen, ik zie dat het geen zin heeft om te wachten, dus ik gleed overboord en sloeg fer de islan '. Nou, ik had het idee dat ik alles kon leren, maar dat kon ik niet - te bluffen. Ik 'uz mos' naar de voet er de islan' b'fo' ik vond' een goede plek. Ik ging het bos in en jedged dat ik wid raffs no mo' zou dollen, zolang je de lantaarn maar zo verplaatste. Ik had mijn pijp en een prop er hondenpoot, en wat lucifers in mijn pet, en ik waarschuwde niet nat, dus ik 'uz in orde."

"En dus heb je al die tijd geen vlees of brood gehad om te eten? Waarom heb je geen modderturkles gekregen?"

"Hoe je gwyne naar git 'm? Je kunt niet uitglijden op um en grijpen um; En hoe moet een lichaam Gwyne um wid een steen raken? Hoe kan een lichaam het 's nachts doen? En ik waarschuw gwyne niet om mysef te laten zien op de oever overdag."

"Nou, dat is zo. Je moest natuurlijk de hele tijd in het bos blijven. Heb je ze het kanon horen afschieten?"

"O ja. Ik wist dat hij arter je was. Ik zie um voorbij gaan heah-keek naar um thoo de struiken."

Er komen wat jonge vogels langs, die een meter of twee tegelijk vliegen en aansteken. Jim zei dat het een teken was dat het ging regenen. Hij zei dat het een teken was als jonge kippen die kant op vlogen, en dus dacht hij dat het op dezelfde manier was als jonge vogels het deden. Ik was van plan om er een paar te vangen, maar Jim liet het me niet toe. Hij zei dat het de dood was. Hij zei dat zijn vader eens erg ziek lag, en sommigen van hen vingen een vogel, en zijn oude oma zei dat zijn vader zou sterven, en dat deed hij.

En Jim zei dat je de dingen die je voor het avondeten gaat koken niet moet tellen, want dat zou ongeluk brengen. Hetzelfde geldt als je het tafelkleed na zonsondergang schudt. En hij zei dat als een man een bijenkorf bezat en die man stierf, de bijen erover moesten worden verteld voordat ze de volgende ochtend opkwamen, anders zouden de bijen allemaal verzwakken en stoppen met werken en sterven. Jim zei dat bijen geen zouden steken; maar dat geloofde ik niet, want ik had ze zelf al vaak geprobeerd, en ze wilden me niet steken.

Over sommige van deze dingen had ik al eerder gehoord, maar niet allemaal. Jim kende allerlei tekenen. Hij zei dat hij bijna alles wist. Ik zei dat het me leek alsof alle tekenen over pech gingen, en dus vroeg ik hem of er geen tekenen van geluk waren. Hij zegt:

"Er zijn er maar weinig - en *ze* hebben geen nut voor een lichaam. Wat wil je weten als het geluk op je afkomt? Wil je het eraf houden?" En hij zei: "Als je harige armen en een harige breas hebt, is dat een teken dat je rijk wilt worden. Nou, het heeft enig nut in een teken als dat, 'kase het is zo bont vooruit. Zie je, misschien moet je po' een lange tijd fust zijn, en dus zou je kunnen ontmoedigen en je sef vermoorden als je niet wist dat je door mij rijk zou worden."

"Heb je harige armen en een behaarde borst, Jim?"

"Wat heeft het voor zin om die vraag te beantwoorden? Zie je niet dat ik dat heb?"

"Nou, ben je rijk?"

"Nee, maar ik ben rijk wunst, en gwyne om rijk agin te zijn. Wunst had ik foten dollar, maar ik tuck to specalat'n', en werd opgepakt."

"Waar heb je over gespeculeerd, Jim?"

"Nou, fust ik heb de voorraad aangepakt."

"Wat voor soort voorraad?"

"Wel, vee — vee, weet u. Ik heb tien dollar in een koe gestopt. Maar ik ben gwyne om geen geld in voorraad te vinden. De koe is gestorven op mijn han's."

"Dus je bent de tien dollar kwijt."

"Nee, ik ben niet alles kwijtgeraakt. Ik verlies er ongeveer negen. Ik sole de hide en taller voor een dollar en tien cent."

"Je had nog vijf dollar en tien cent over. Heb je nog meer gespeculeerd?"

"Jazeker. Ken je die eenlagige neger die b'longs naar de oude Misto Bradish? Nou, hij heeft een bank opgericht, en zegt dat iedereen die er een dollar in stopt, het jaar zou git fo' dollars mo' zijn. Nou, alle negers gingen naar binnen, maar ze hadden niet veel. Ik was de enige die veel had. Dus ik stak uit voor mo' dan fo' dollars, en ik zei 'als ik het niet git it, zou ik een bank beginnen mysef. Nou, natuurlijk wil die neger me buiten de zaken houden, want hij zegt dat hij niet voor twee banken moet waarschuwen, dus hij zegt dat ik mijn vijf dollar erin kan stoppen en hij betaalt me vijfendertig per jaar.

"Dus ik heb het gedaan. Ik dacht dat ik de vijfendertig dollar meteen zou inves en de boel in beweging zou houden. Dey was een neger met de naam Bob, die een houten flat had geketst, en zijn marster wist het niet; en ik kocht het van hem en zei hem dat hij de vijfendertig dollar moest nemen als het jaar aanbrak; Maar iemand heeft die nacht de houten flat gestolen, en de volgende dag zegt de eenlagige neger dat de bank kapot is. Dus ze hebben ons geen geld gegeven."

"Wat heb je met die tien cent gedaan, Jim?"

'Nou, ik 'uz gwyne om het te spen', maar ik had een droom, en de droom tolereerde me om het aan een neger te geven' Balum - Balum's Ass noem je hem kortweg; Hij is een er dem grinnikkoppen, weet je. Maar hij heeft geluk, zeggen ze, en ik zie dat ik geen geluk heb. De droom zei dat Balum de tien cent moest inves en dat hij een loonsverhoging voor me zou doen. Nou, Balum stopte hij het geld weg, en toen hij in de kerk was, hoorde hij de predikant zeggen dat wie aan de po' len' aan de Heer gaf, en boun' om zijn geld terug te krijgen, honderd keer. Dus Balum stopte hij en gaf de tien cent aan de po', en legde zich neer om te zien wat er van zou komen."

"Nou, wat is er van gekomen, Jim?"

"Nuff'n is er nooit van gekomen. Ik kon het niet voor elkaar krijgen om dat geld op geen enkele manier te k'lecken; en Balum kon hij'. Ik ben gwyne om geen geld te lenen dout ik zie de beveiliging. Boun' to git yo' money back a hund'd times, zegt de predikant! Als ik de tien *cent terug kon krijgen* , zou ik het squah noemen, en blij zijn er de chanst."

"Nou, het is toch in orde, Jim, zolang je maar weer rijk wordt."

"Jazeker; en ik ben nu rijk, kom er eens naar kijken. Ik bezit mysef, en ik ben wuth achthonderd dollar. Ik wou dat ik het geld had, ik zou geen mo willen."

HOOFDSTUK IX.

Ik wilde gaan kijken naar een plek ongeveer in het midden van het eiland die ik had gevonden toen ik op verkenning was; Dus we gingen op weg en kwamen er al snel aan, want het eiland was slechts drie mijl lang en een kwart mijl breed.

Deze plaats was een aanvaardbare lange, steile heuvel of bergkam van ongeveer veertig voet hoog. We hadden het moeilijk om de top te bereiken, de zijkanten waren zo steil en de struiken zo dik. We liepen en klauterden er helemaal overheen, en vonden langzamerhand een goede grote grot in de rots, de meeste tot aan de top aan de kant richting Illinois. De grot was zo groot als twee of drie kamers die op elkaar waren gestapeld, en Jim kon er rechtop in staan. Het was cool daarbinnen. Jim was er meteen voor om onze vallen erin te zetten, maar ik zei dat we daar niet de hele tijd op en neer wilden klimmen.

Jim zei dat als we de kano op een goede plek hadden verstopt en alle vallen in de grot hadden, we daarheen konden rennen als er iemand naar het eiland zou komen, en ze zouden ons nooit vinden zonder honden. En bovendien, hij zei dat die vogeltjes hadden gezegd dat het zou gaan regenen, en of ik wilde dat de dingen nat werden?

Dus gingen we terug en pakten de kano, en peddelden naast de grot en sjouwden alle vallen daarheen. Daarna zochten we een plek in de buurt om de kano te verstoppen, tussen de dikke wilgen. We haalden wat vis van de lijnen en zetten ze opnieuw, en begonnen ons klaar te maken voor het avondeten.

De deur van de grot was groot genoeg om een varkenskop in te rollen, en aan één kant van de deur stak de vloer een beetje uit, en was vlak en een goede plek om een vuur op te maken. Dus we bouwden het daar en kookten het avondeten.

We spreiden de dekens binnen uit voor een tapijt en eten daar ons avondeten op. Alle andere dingen hebben we handig aan de achterkant van de grot gezet. Al gauw werd het donkerder en begon het te donderen en te bliksemen; Dus de vogels hadden er gelijk in. Meteen begon het te regenen, en het regende ook als een razernij, en ik zie de wind nooit zo waaien. Het was een van die gewone zomerstormen. Het zou zo donker worden dat het er buiten helemaal blauwzwart uitzag, en prachtig; en de regen zou zo dik zijn dat de bomen een eindje verderop er vaag en spinnenwebachtig uitzagen; en hier zou een windvlaag komen die de bomen zou buigen en de bleke onderkant van de bladeren zou omdraaien; en dan zou een perfecte ripper van een windvlaag volgen en de takken aan het gooien van hun armen alsof ze gewoon wild waren; En daarna, toen het zo ongeveer de blauwste en zwartste was - *FST!* Het was zo helder als de heerlijkheid, en je zou een kleine glimp opvangen van boomtoppen die daarginds in de storm neerstortten, honderden meters verder dan je eerder kon zien; donker als de zonde weer in een seconde, en nu zou je de donder horen losgaan met een vreselijke klap, en dan gaan rommelen, mopperen, tuimelen, Door de lucht naar de onderkant van de wereld, zoals lege vaten van trappen rollen - waar het lange trappen zijn en ze veel stuiteren, weet je.

"Jim, dit is leuk," zei ik. "Ik zou nergens anders willen zijn dan hier. Geef me nog een homp vis en wat heet maïsbrood."

"Nou, je zou hier geen ben hebben als Jim er niet was geweest. Je zou een beetje in het bos zijn zonder eten, en ook verdronken; Dat zou je doen, schat. Kippen weten wanneer het gwyne is om te regenen, en de vogels ook, Chili."

De rivier bleef tien of twaalf dagen stijgen en stijgen, totdat ze eindelijk boven de oevers was. Het water was drie of vier voet diep op het eiland op de lage plaatsen en op de bodem van Illinois. Aan die kant was het heel wat kilometers breed, maar aan de kant van Missouri was het dezelfde oude afstand - een halve mijl - omdat de kust van Missouri slechts een muur van hoge kliffen was.

Overdag peddelden we over het hele eiland in de kano, het was machtig koel en schaduwrijk in de diepe bossen, zelfs als de zon buiten brandde. We liepen heen en weer tussen de bomen, en soms hingen de wijnstokken zo dik dat we achteruit moesten gaan en een andere kant op moesten gaan. Wel, op elke oude, afgebroken boom kon je konijnen en slangen en dergelijke zien; en als het eiland een dag of twee overstroomd was, werden ze zo tam, omdat ze honger hadden, dat je meteen naar boven kon peddelen en je hand op ze kon leggen als je dat wilde; Maar niet de slangen en schildpadden - ze zouden in het water wegglijden. De bergkam waarin onze grot zich bevond, zat er vol mee. We hadden al genoeg huisdieren kunnen hebben als we ze hadden gewild.

Op een avond vingen we een klein stukje van een houtvlot - mooie grenen planken. Het was twaalf voet breed en ongeveer vijftien of zestien voet lang, en de top stak zes of zeven centimeter boven water uit - een stevige, vlakke vloer. We konden soms zaagstammen zien voorbijgaan in het daglicht, maar we lieten ze gaan; We lieten ons niet zien bij daglicht.

Op een andere nacht, toen we boven aan de kop van het eiland waren, net voor het daglicht, kwam hier een kozijnhuis naar beneden, aan de westkant. Ze had twee verdiepingen en was behoorlijk gekanteld. We peddelden naar buiten en stapten aan boord - klauterden naar binnen door een raam op de bovenverdieping. Maar het was nog te donker om te zien, dus we maakten de kano snel en gingen erin zitten om te wachten op het daglicht.

Het licht begon te komen voordat we aan de voet van het eiland aankwamen. Toen keken we door het raam naar binnen. We konden een bed onderscheiden, en een tafel, en twee oude stoelen, en een heleboel dingen op de vloer, en er hingen kleren tegen de muur. Er lag iets op de grond in de verre hoek dat op een man leek. Dus Jim zegt:

"Hallo, jij!"

Maar het gaf geen krimp. Dus ik schreeuwde weer, en toen zei Jim:

'De man slaapt niet, hij is dood. Hou je stil, ik zal gaan kijken."

Hij ging heen, boog zich voorover en keek, en zei:

"Het is een dode man. Ja, inderdaad; Naakt ook. Hij is in de rug geschoten. Ik denk dat hij twee er drie dagen dood is. Kom binnen, Huck, maar kijk eens naar zijn gezicht - het is te smal."

Ik keek hem helemaal niet aan. Jim gooide een paar oude vodden over hem heen, maar hij hoefde het niet te doen; Ik wilde hem niet zien. Er lagen stapels oude vettige kaarten verspreid over de vloer, en oude whiskyflessen, en een paar maskers gemaakt van zwarte stof; En overal op de muren waren de onwetendste woorden en afbeeldingen gemaakt met houtskool. Er waren twee oude, vuile katoenen jurken en een zonnehoed en wat damesondergoed hingen tegen de muur, en ook wat mannenkleding. We stoppen de boel in de kano - het kan goed komen. Er lag een oude gespikkelde strohoed van een jongen op de grond; Die heb ik ook genomen. En er was een fles waar melk in had gezeten, en er zat een voddenstop in voor een baby om op te zuigen. We zouden de fles nemen, maar die was kapot. Er was een louche oude kist en een oude haarstam waarvan de scharnieren waren gebroken. Ze stonden open, maar er was niets meer in hen dat ook maar iets van belang was. De manier waarop de dingen verspreid waren, dachten we dat de mensen haastig vertrokken en waarschuwden niet om het grootste deel van hun spullen mee te nemen.

We kregen een oude tinnen lantaarn, en een slagersmes zonder handvat, en een zemelennieuw Barlow-mes ter waarde van twee bits in elke winkel, en een heleboel talgkaarsen, en een tinnen kandelaar, en een kalebas, en een tinnen beker, en een rattig oud dekbed van het bed, en een dradenkruis met naalden en spelden en bijenwas en knopen en draad en al dat soort vrachtwagens erin, en een bijl en een paar spijkers, en een vislijn zo dik als mijn pink met een paar monsterlijke haken eraan, en een rol buckskin, en een leren hondenhalsband, en een hoefijzer, en een paar flesjes medicijnen die geen etiket hadden; en net toen we weggingen, vond ik een redelijk goede currykam, en Jim vond een rattige oude vioolstrijkstok en een houten been. De riemen waren afgebroken, maar afgezien daarvan was het een goed genoeg been, hoewel het te lang was voor mij en niet lang genoeg voor Jim, en we konden het andere niet vinden, hoewel we overal in het rond jaagden.

En dus, neem het overal rond, we hebben een goede vangst gedaan. Toen we klaar waren om weg te gaan, waren we een kwart mijl onder het eiland, en het was vrij brede dag; dus liet ik Jim in de kano gaan liggen en hem bedekken met de quilt, want als hij zich opstelde, konden mensen al een heel eind zien dat hij een neger was. Ik peddelde naar de kust van Illinois en dreef bijna een halve mijl naar beneden. Ik kroop het dode water onder de oever op en had geen ongelukken en zag niemand. We zijn veilig thuisgekomen.

HOOFDSTUK X.

Na het ontbijt wilde ik over de dode man praten en raden hoe hij gedood was, maar Jim wilde dat niet. Hij zei dat het ongeluk zou brengen; En bovendien, zei hij, zou hij kunnen komen en ons niet hebben; Hij zei dat een man die niet begraven was, meer kans had om rond te gaan a-ha'nting dan een man die geplant en comfortabel was. Dat klonk best redelijk, dus ik zei niets meer; maar ik kon het niet laten om erover te studeren en te wensen dat ik wist wie de man had neergeschoten en waarvoor ze het hadden gedaan.

We rommelden in de kleren die we hadden en vonden acht dollar in zilver genaaid in de voering van een oude dekenoverjas. Jim zei dat hij dacht dat de mensen in dat huis de jas hadden gestolen, want als ze hadden geweten dat het geld er was, zouden ze het niet achterlaten. Ik zei dat ik dacht dat ze hem ook hadden gedood; maar daar wilde Jim niet over praten. Ik zegt:

"Nu denk je dat het pech is; maar wat zei je toen ik de slangenhuid binnenhaalde die ik eergisteren op de top van de bergkam had gevonden? Je zei dat het de ergste pech ter wereld was om met mijn handen een slangenhuid aan te raken. Nou, hier is je pech! We hebben al deze vrachtwagens binnengeharkt en bovendien acht dollar. Ik wou dat we elke dag zo'n ongeluk konden hebben, Jim."

"Maakt niet uit, schat, laat maar. Niet te git te peart. Het komt eraan. Let op, ik zeg je, het komt eraan."

Die kwam er ook. Het was een dinsdag dat we dat gesprek hadden. Nou, na het avondeten vrijdag lagen we wat rond in het gras aan de bovenkant van de bergkam, en stapten we uit de tabak. Ik ging naar de grot om wat te halen en vond daar een ratelslang. Ik doodde hem en rolde hem op aan het voeteneinde van Jims deken, heel natuurlijk, denkend dat er wat plezier zou zijn als Jim hem daar zou vinden. Nou, 's nachts vergat ik de slang helemaal, en toen Jim zich op de deken wierp terwijl ik een licht aanstak, was de maat van de slang daar en beet hem.

Hij sprong schreeuwend op, en het eerste wat het licht liet zien was het varmint dat opgerold was en klaar voor een nieuwe lente. Ik legde hem in een oogwenk met een stok neer, en Jim pakte papa's whiskykruik en begon die in te schenken.

Hij was blootsvoets en de slang beet hem recht in de hiel. Dat komt allemaal doordat ik zo dwaas ben dat ik me niet herinner dat waar je een dode slang ook achterlaat, zijn partner daar altijd komt en zich eromheen krult. Jim zei dat ik de kop van de slang moest afhakken en weggooien, en dan het lichaam moest villen en er een stuk van moest roosteren. Ik deed het, en hij at het en zei dat het hem zou helpen genezen. Hij dwong me de rammelaars uit te doen en ze ook om zijn pols te binden. Hij zei dat dat zou helpen. Toen gleed ik stilletjes naar buiten en gooide de slangen weg tussen de struiken; want ik waarschuwde dat ik Jim niet zou laten ontdekken dat het allemaal mijn schuld was, niet als ik er iets aan kon doen.

Jim zoog en zoog aan de kruik, en af en toe kwam hij uit zijn hoofd en gooide in het rond en schreeuwde; Maar elke keer als hij weer tot zichzelf kwam, ging hij weer aan de kruik zuigen. Zijn voet zwol behoorlijk op, en zijn been ook; maar langzamerhand begon de dronkaard te komen, en dus oordeelde ik dat hij in orde was; maar ik was liever door een slang gebeten dan door de whisky van pap.

Jim lag vier dagen en nachten op. Toen was de zwelling helemaal weg en was hij er weer. Ik nam me voor dat ik nooit meer een holt van een slangenhuid met mijn handen zou nemen, nu ik zag wat er van terecht was gekomen. Jim zei dat hij dacht dat ik hem de volgende keer zou geloven. En hij zei dat het hanteren van een slangenhuid zo'n vreselijke pech was dat we misschien nog niet aan het einde waren gekomen. Hij zei dat hij de nieuwe maan wel duizend keer over zijn linkerschouder kon zien dan dat hij een slangenhuid in zijn hand nam. Nou, ik begon me zelf ook zo te voelen, hoewel ik altijd heb gedacht dat over je linkerschouder naar de nieuwe maan kijken een van de achteloosste en domste dingen is die een lichaam kan doen. Old Hank Bunker deed het een keer en schepte erover op; En in minder dan twee jaar werd hij dronken en viel van de schiettoren, en spreidde zich uit zodat hij slechts een soort laag was, zoals je zou kunnen zeggen; en ze schoven hem tussen twee schuurdeuren voor een kist, en begroeven hem zo, zeggen ze, maar ik zag het niet. Pap vertelde het me. Maar hoe dan ook, het komt er allemaal van om op die manier naar de maan te kijken, als een dwaas.

Welnu, de dagen gingen voorbij en de rivier zakte weer tussen zijn oevers naar beneden; En ongeveer het eerste wat we deden was een van de grote haken aas met een gevild konijn en het zetten en een meerval vangen die zo groot was als een man, zes voet twee duim lang was en meer dan tweehonderd pond woog. We konden hem natuurlijk niet aan; hij zou ons naar Illinois gooien. We zaten daar gewoon en keken toe hoe hij rondscheurde en scheurde tot hij verdronk. We vonden een koperen knop in zijn maag en een ronde bal, en veel afval. We splijten de bal open met de bijl en er zat een spoel in. Jim zei dat hij het daar al heel lang had, om het er zo over te smeren en er een bal van te maken. Het was de grootste vis die ooit in de Mississippi was gevangen, denk ik. Jim zei dat hij nog nooit een grotere had gezien. Hij zou veel waard zijn geweest in het dorp. Ze venten zo'n vis uit per pond in het markthuis daar; iedereen koopt wat van hem; Zijn vlees is zo wit als sneeuw en is goed te bakken.

De volgende ochtend zei ik dat het langzaam en saai werd, en dat ik op de een of andere manier wilde opwinden. Ik zei dat ik dacht dat ik over de rivier zou glippen om erachter te komen wat er aan de hand was. Jim vond dat een goed idee; maar hij zei dat ik in het donker moest gaan en er scherp uit moest zien. Toen bestudeerde hij het en zei: "Kan ik niet een paar van die oude dingen aantrekken en me verkleden als een meisje?" Dat was ook een goed idee. Dus kortten we een van de katoenen jurken in, en ik draaide mijn broekspijpen op tot aan mijn knieën en stapte erin. Jim koppelde het aan de haken en het paste redelijk. Ik zette de zonnekap op en bond die onder mijn kin, en als een lichaam naar binnen keek en mijn gezicht zag, was het alsof ik door een stuk kachelpijp keek. Jim zei dat niemand me zou kennen, zelfs niet overdag, nauwelijks. Ik oefende de hele dag om de dingen onder de knie te krijgen, en na verloop van tijd kon ik het er best goed in doen, alleen Jim zei dat ik niet als een meisje liep; en hij zei dat ik moest ophouden mijn jurk omhoog te trekken om bij mijn broekzak te komen. Ik merkte het op en deed het beter.

Ik startte de kust van Illinois op in de kano net na zonsondergang.

Ik begon naar de overkant van de stad te gaan van een beetje onder de aanlegsteiger van de veerboot, en de drift van de stroom haalde me naar de bodem van de stad. Ik bond vast en begon langs de oever. Er brandde een licht in een kleine barak die al lang niet meer bewoond was, en ik vroeg me af wie daar zijn intrek had genomen. Ik glipte omhoog en gluurde door het raam naar binnen. Er was daar een vrouw van ongeveer veertig jaar oud aan het breien bij een kaars die op een grenen tafel stond. Ik kende haar gezicht niet; ze was een vreemde, want je kon geen gezicht beginnen in die stad die ik niet kende. Nu was dit een geluk, want ik was aan het verzwakken; Ik werd bang dat ik was gekomen; Mensen kennen mijn stem misschien en ontdekken me. Maar als deze vrouw twee dagen in zo'n klein stadje was geweest, kon ze me alles vertellen wat ik wilde weten; dus ik klopte op de deur en besloot dat ik niet zou vergeten dat ik een meisje was.

HOOFDSTUK XI.

"Kom binnen", zegt de vrouw, en dat heb ik gedaan. Ze zegt: "Proost."
Ik heb het gedaan. Ze keek me aan met haar kleine glimmende ogen en zei:
"Hoe zou je kunnen heten?"
"Sarah Williams."
"Waar woon je? In deze buurt?'
"Nee. In Hookerville, zeven mijl lager. Ik heb de hele weg gelopen en ik ben helemaal moe."
"Hongerig ook, denk ik. Ik zal iets voor je vinden."
"Nee, ik heb geen honger. Ik had zo'n honger dat ik hier twee mijl lager bij een boerderij moest stoppen; dus ik heb geen honger meer. Het is wat me zo laat maakt. Mijn moeder is ziek en heeft geen geld meer en van alles, en ik kom het mijn oom Abner Moore vertellen. Hij woont aan de bovenkant van de stad, zegt ze. Ik ben hier nog nooit eerder geweest. Ken je hem?"
"Nee; maar ik ken nog niet iedereen. Ik woon hier nog geen twee weken. Het is een aanzienlijke weg naar het bovenste einde van de stad. Je kunt hier maar beter de hele nacht blijven. Doe je muts af."
"Nee," zei ik; "Ik zal een poosje rusten, denk ik, en verder gaan. Ik ben niet bang in het donker."

Ze zei dat ze me niet alleen zou laten gaan, maar dat haar man zo nu en dan zou komen, misschien over anderhalf uur, en ze zou hem met me meesturen. Toen begon ze te praten over haar man, en over haar relaties aan de andere kant van de rivier, en haar relaties aan de andere kant van de rivier, en over hoeveel beter ze het vroeger hadden, en hoe ze niet wisten dat ze een fout hadden gemaakt door naar onze stad te komen, in plaats van goed met rust te laten - enzovoort, enzovoort, totdat ik bang was *dat ik* een fout had gemaakt door naar haar toe te komen om te horen wat er in de stad aan de hand was; maar na verloop van tijd kwam ze op Pap en de moord terecht, en toen was ik vrij bereid om haar gewoon te laten kletteren. Ze vertelde over mij en Tom Sawyer die de zesduizend dollar hadden gevonden (alleen zij kreeg het tien) en alles over pap en wat een moeilijk lot hij was, en wat een moeilijk lot ik was, en uiteindelijk kwam ze tot waar ik werd vermoord. Ik zegt:

"Wie heeft het gedaan? We hebben veel gehoord over deze gebeurtenissen in Hookerville, maar we weten niet wie Huck Finn heeft vermoord."

"Nou, ik denk dat er een goede kans is dat mensen *hier graag* willen weten wie hem heeft vermoord. Sommigen denken dat de oude Finn het zelf heeft gedaan."

"Nee, is dat zo?"

"Bijna iedereen dacht het in eerste instantie. Hij zal nooit weten hoe dicht hij bij een lynchpartij komt. Maar voor de nacht draaiden ze zich om en oordeelden dat het was gedaan door een weggelopen neger genaamd Jim."

'Waarom *hij*...'

Ik stopte. Ik dacht dat ik maar beter stil kon blijven. Ze rende door en merkte helemaal niet dat ik erin had gestopt:

"De neger ging er vandoor op de avond dat Huck Finn werd vermoord. Dus er is een beloning voor hem: driehonderd dollar. En er is ook een beloning voor de oude Fin: tweehonderd dollar. Ziet u, hij kwam de morgen na de moord naar de stad en vertelde erover en was met hen op de jacht op de veerboot, en meteen nadat hij was opgestaan en vertrokken. Voor de nacht wilden ze hem lynchen, maar hij was weg, zie je. Nou, de volgende dag kwamen ze erachter dat de neger weg was; Ze kwamen erachter dat hij niet meer gezien was om tien uur op de avond dat de moord werd gepleegd. Dus toen legden ze het op hem, zie je; en terwijl ze er vol van waren, kwam de volgende dag de oude Fin terug en ging joelen naar rechter Thatcher om geld te krijgen om overal in Illinois op de neger te jagen. De rechter gaf hem er een paar, en die avond werd hij dronken en bleef tot na middernacht bij een paar machtige, hard uitziende vreemdelingen, en ging toen met hen weg. Wel, hij is niet teruggekomen, en ze kijken niet naar hem terug totdat deze zaak een beetje overwaait, want de mensen denken nu dat hij zijn jongen heeft vermoord en dingen heeft gerepareerd zodat de mensen zouden denken dat rovers het hebben gedaan, en dan zou hij Hucks geld krijgen zonder zich lange tijd met een rechtszaak te hoeven bemoeien. Mensen zeggen wel dat hij niet te goed is om het te doen. O, hij is sluw, denk ik. Als hij een jaar niet terugkomt, zal hij in orde zijn. Je kunt niets over hem bewijzen, weet je; alles zal dan tot rust komen, en hij zal zo gemakkelijk als niets in Hucks geld lopen."

"Ja, ik denk het wel, 'm. Ik zie er niets in in de weg. Is iedereen gestopt met denken dat de neger het gedaan heeft?"

"O nee, niet iedereen. Een groot aantal mensen denkt dat hij het gedaan heeft. Maar ze zullen de neger nu vrij snel te pakken krijgen, en misschien kunnen ze hem de stuipen op het lijf jagen."

"Waarom, zitten ze al achter hem aan?"

"Nou, je bent onschuldig, nietwaar! Ligt er elke dag driehonderd dollar rond voor mensen om op te halen? Sommige mensen denken dat de neger hier niet ver vandaan is. Ik ben een van hen, maar ik heb er niet over gepraat. Een paar dagen geleden sprak ik met een oud echtpaar dat naast de deur in de houten barak woont, en ze zeiden toevallig dat bijna niemand ooit naar dat eiland ginds gaat dat ze Jackson's Island noemen. Woont daar niemand? zegt I. Nee, niemand, zeggen ze. Ik zei niets meer, maar ik heb wat nagedacht. Ik was er bijna zeker van dat ik daar een dag of twee daarvoor rook had gezien, ongeveer aan de kop van het eiland, dus ik zei tegen mezelf, alsof die neger zich daar niet verstopt; Hoe dan ook, zeg ik, het is de moeite waard om de plaats een jacht te geven. Ik heb geen rook gezien, dus ik denk dat hij misschien weg is, als hij het was; Maar mijn man gaat erheen om hem en een andere man te zien. Hij was de rivier opgegaan; maar hij kwam vandaag terug, en ik heb het hem verteld zodra hij hier twee uur geleden was aangekomen."

Ik was zo ongemakkelijk geworden dat ik niet stil kon blijven zitten. Ik moest iets met mijn handen doen; dus nam ik een naald van de tafel en ging hem inrijgen. Mijn handen trilden en ik maakte er een slechte baan van. Toen de vrouw stopte met praten keek ik op, en ze keek me behoorlijk nieuwsgierig aan en glimlachte een beetje. Ik leg de naald en draad neer en laat weten geïnteresseerd te zijn – en dat was ik ook – en zegt:

"Driehonderd dollar is een macht van geld. Ik wou dat mijn moeder het kon krijgen. Gaat uw man daar vanavond heen?"

"O ja. Hij ging de stad in met de man over wie ik je vertelde, om een boot te halen en te zien of ze nog een geweer konden lenen. Ze zullen na middernacht oversteken."

"Zouden ze niet beter kunnen zien als ze moesten wachten tot het dag werd?"

"Jazeker. En kon de neger ook niet beter zien? Na middernacht zal hij waarschijnlijk slapen, en ze kunnen door het bos sluipen en zijn kampvuur opzoeken, des te beter voor het donker, als hij er een heeft."

"Daar heb ik niet aan gedacht."

De vrouw bleef me behoorlijk nieuwsgierig aankijken en ik voelde me niet helemaal op mijn gemak. Al snel zegt ze:

"Hoe zei je dat je heette, schat?"

"M—Mary Williams."

Op de een of andere manier leek het me niet dat ik eerder had gezegd dat het Maria was, dus keek ik niet op - het leek me dat ik zei dat het Sarah was; dus ik voelde me een beetje in het nauw gedreven, en was bang dat ik er misschien ook naar keek. Ik wenste dat de vrouw nog iets zou zeggen; hoe langer ze stil bleef staan, hoe ongemakkelijker ik me voelde. Maar nu zegt ze:

"Schat, ik dacht dat je zei dat het Sarah was toen je voor het eerst binnenkwam?"

"Oh, ja, dat heb ik gedaan. Sarah Maria Williams. Sarah is mijn voornaam. Sommigen noemen me Sarah, anderen noemen me Mary."

"Oh, dat is de manier waarop?"

"Jazeker."

Ik voelde me toen beter, maar ik wenste dat ik daar toch weg was. Ik kon nog niet opzoeken.

Wel, de vrouw begon te praten over hoe moeilijk de tijden waren, en hoe arm ze moesten leven, en hoe de ratten net zo vrij waren alsof ze de plaats bezaten, enzovoort, enzovoort, en toen werd ik weer gemakkelijk. Ze had gelijk over de ratten. Je zou er af en toe een zijn neus uit een gat in de hoek zien steken. Ze zei dat ze dingen bij de hand moest hebben om naar hen te gooien als ze alleen was, anders zouden ze haar geen rust geven. Ze liet me een staaf lood zien die in een knoop was gedraaid en zei dat ze er royaal mee kon schieten, maar dat ze een dag of twee geleden haar arm had verwrongen en niet wist of ze nu nog kon gooien. Maar ze keek uit naar een kans en sloeg meteen op een rat af; maar ze miste hem wijd en zei: "Auw!" het deed haar arm zo'n pijn. Toen zei ze dat ik het voor de volgende moest proberen. Ik wilde weg voordat de oude man terugkwam, maar dat liet ik natuurlijk niet merken. Ik kreeg het ding, en de eerste rat die zijn neus liet zien, liet ik rijden, en als hij was gebleven waar hij was, zou hij een aanvaardbare zieke rat zijn geweest. Ze zei dat dat eersteklas was, en ze dacht dat ik de volgende zou bijenkorf. Ze ging de klomp lood halen en haalde hem terug, en bracht een streng garen mee waarmee ze wilde dat ik haar hielp. Ik stak mijn twee handen omhoog en zij legde de streng over hen heen en ging verder met praten over haar en haar man's zaken. Maar ze brak af om te zeggen:

"Houd de ratten in de gaten. Je kunt maar beter de leiding in je schoot hebben, handig."

54

Dus ze liet de knobbel net op dat moment in mijn schoot vallen, en ik klapte mijn benen tegen elkaar en ze ging verder met praten. Maar slechts ongeveer een minuut. Toen deed ze de streng af en keek me recht in het gezicht, en heel aangenaam, en zei:

"Kom, nu, wat is je echte naam?"

"Wh-wat, mam?"

"Wat is je echte naam? Is het Bill, of Tom, of Bob? - of wat is het?"

Ik denk dat ik schudde als een blad, en ik wist nauwelijks wat ik moest doen. Maar ik zei:

"Alsjeblieft, om geen grappen te maken over een arm meisje als ik, mam. Als ik hier in de weg sta, zal ik...'

"Nee, dat doe je niet. Ga zitten en blijf waar je bent. Ik ga je geen pijn doen, en ik ga het je niet vertellen, gek. Vertel me gewoon je geheim en vertrouw me. Ik zal het houden; en wat meer is, ik zal je helpen. Mijn oude man zal het ook doen als je dat wilt. Zie je, je bent een weggelopen 'prentice, dat is alles. Het is niets. Het kan geen kwaad. Je bent slecht behandeld en je hebt besloten om te snijden. Zegen je, kind, ik zou het je niet vertellen. Vertel me er nu alles over, dat is een goede jongen."

Dus ik zei dat het geen zin zou hebben om het nog langer te spelen, en dat ik gewoon een schone borst zou maken en haar alles zou vertellen, maar ze zou niet op haar belofte terugkomen. Toen vertelde ik haar dat mijn vader en moeder dood waren, en dat de wet me had uitgeleverd aan een gemene oude boer op het platteland, dertig mijl terug van de rivier, en hij behandelde me zo slecht dat ik het niet langer kon uithouden; hij ging weg om een paar dagen weg te zijn, en dus greep ik mijn kans en stal wat van de oude kleren van zijn dochter en ruimde op, en ik was drie nachten onderweg geweest om de dertig mijl af te leggen. Ik reisde nachten, verstopte me overdag en sliep, en de zak met brood en vlees die ik van huis meenam, ging de hele weg mee, en ik had genoeg. Ik zei dat ik geloofde dat mijn oom Abner Moore voor me zou zorgen, en dat was dus de reden waarom ik naar deze stad Gosen ging.

"Gosen, kind? Dit is Gosen niet. Dit is St. Petersburg. Gosen is tien mijl verder stroomopwaarts. Wie heeft je verteld dat dit Gosen was?"

"Wel, een man die ik vanmorgen bij het aanbreken van de dag ontmoette, net toen ik op het punt stond het bos in te gaan voor mijn gewone slaap. Hij zei mij dat wanneer de wegen zich splitsten, ik de rechterhand moest nemen, en dat vijf mijl mij naar Gosen zou brengen."

"Hij was dronken, denk ik. Hij heeft je precies verkeerd verteld."

"Nou, hij deed alsof hij dronken was, maar dat is nu niet zo, dat doet er niet toe. Ik moet meebewegen. Ik zal Gosen halen voor het daglicht."

"Wacht even. Ik zal je een snack geven om te eten. Misschien wil je het wel."

Dus ze gaf me een snack en zei:

"Zeg, als een koe gaat liggen, welk uiteinde van haar staat dan het eerst op? Beantwoord nu de vraag - stop niet om erover te studeren. Welk uiteinde staat het eerst op?"

"De achterkant, mam."

"Nou, een paard dan?"

"Het einde van de toekomst, mam."

"Aan welke kant van een boom groeit het mos?"

"Noordkant."

"Als vijftien koeien op een heuvel grazen, hoeveel van hen eten dan met hun kop in dezelfde richting?"

"De hele vijftien, mam."

"Nou, ik denk dat je op het platteland hebt gewoond. Ik dacht dat je me misschien weer probeerde te hocus. Wat is nu je echte naam?"

"George Peters, mama."

'Nou, probeer het maar eens te onthouden, George. Vergeet niet en zeg me niet dat het Elexander is voordat je gaat, en ga dan weg door te zeggen dat het George Elexander is als ik je betrap. En ga niet om met vrouwen in dat oude katoen. Je doet een meisje dat redelijk arm is, maar je zou mannen voor de gek kunnen houden, misschien. Zegen je, kind, als je een naald wilt inrijgen, houd de draad dan niet stil en pak de naald ernaartoe; houd de naald stil en prik er met de draad in; Dat is de manier waarop een vrouw het meest doet, maar een man doet het altijd op de andere manier. En als je naar een rat gooit of zoiets, span jezelf dan op je tenen en haal je hand zo onhandig mogelijk boven je hoofd, en mis je rat ongeveer zes of zeven voet. Gooi stijve armen vanaf de schouder, alsof er een spil was om het aan te zetten, als een meisje; Niet vanuit de pols en elleboog, met je arm opzij, zoals bij een jongen. En, let wel, als een meisje iets op haar schoot probeert te vangen, gooit ze haar knieën uit elkaar; Ze klapt ze niet tegen elkaar, zoals je deed toen je de klomp lood opving. Wel, ik zag je als een jongen toen je de naald aan het inrijgen was; en ik bedacht de andere dingen om zeker te zijn. Draaf nu mee naar je oom, Sarah Mary Williams George Elexander Peters, en als je in moeilijkheden komt, stuur dan een bericht naar mevrouw Judith Loftus, dat ben ik, en ik zal doen wat ik kan om je eruit te krijgen. Houd de weg langs de rivier de hele weg aan, en de volgende keer dat je zwervert, neem dan schoenen en sokken mee. De weg langs de rivier is rotsachtig, en je voeten zullen in een toestand zijn als je in Gosen aankomt, denk ik."

Ik ging ongeveer vijftig meter de oever op, en toen verdubbelde ik mijn sporen en gleed terug naar waar mijn kano was, een flink stuk onder het huis. Ik sprong erin en was haastig weg. Ik ging ver genoeg stroomopwaarts om de kop van het eiland te bereiken, en begon toen aan de overkant. Ik deed de zonnekap af, want dan wilde ik geen oogkleppen op. Toen ik ongeveer in het midden was, hoorde ik de klok beginnen te slaan, dus ik stopte en luisterde; Het geluid kwam zwak over het water, maar helder - elf. Toen ik de kop van het eiland raakte, wachtte ik nooit om te blazen, hoewel ik het meest verwaaid was, maar ik schoof regelrecht in het bos waar mijn oude kamp was, en stookte daar een goed vuur op een hoge en droge plek.

Toen sprong ik in de kano en groef me zo hard als ik kon in naar onze plaats, anderhalve mijl lager. Ik landde en klauterde door het bos en de bergkam op en de grot in. Daar lag Jim, diep in slaap op de grond. Ik wekte hem wakker en zei:

"Sta op en bult jezelf, Jim! Er is geen minuut te verliezen. Ze hebben het op ons gemunt!"

Jim stelde nooit geen vragen, hij zei nooit een woord; Maar de manier waarop hij het volgende half uur werkte, liet zien hoe bang hij was. Tegen die tijd was alles wat we in de wereld hadden op ons vlot en was ze klaar om uit de wilgenbaai te worden geduwd waar ze verborgen was. We hebben als eerste het kampvuur bij de grot gedoofd en daarna geen kaars meer buiten laten zien.

Ik haalde de kano een klein stukje van de oever en nam een kijkje; maar als er een boot in de buurt was, kon ik hem niet zien, want sterren en schaduwen zijn niet goed om bij te zien. Toen stapten we uit het vlot en glipten verder in de schaduw, langs de voet van het eiland, doodstil - zonder een woord te zeggen.

HOOFDSTUK XII.

Het moet al bijna één uur zijn geweest toen we eindelijk onder het eiland kwamen, en het vlot scheen inderdaad heel langzaam te gaan. Als er een boot langs zou komen, zouden we naar de kano gaan en pauzeren voor de kust van Illinois; En het was maar goed dat er geen boot kwam, want we hadden er nooit aan gedacht om het geweer in de kano te leggen, of een vislijn, of iets te eten. We waren te veel in het zweet om aan zoveel dingen te denken. Het is geen goed oordeel om *alles* op het vlot te zetten.

Als de mannen naar het eiland zouden gaan, verwacht ik dat ze het kampvuur hebben gevonden dat ik heb gemaakt, en dat ze de hele nacht hebben gewacht tot Jim zou komen. Hoe dan ook, ze bleven bij ons uit de buurt, en als mijn gebouw van het vuur hen nooit voor de gek hield, was dat niet mijn schuld. Ik speelde het zo laag mogelijk op hen.

Toen de eerste streep van de dag zichtbaar begon te worden, bonden we ons vast aan een sleepkop in een grote bocht aan de kant van Illinois, en hakten cottonwood-takken af met de bijl en bedekten het vlot ermee zodat het leek alsof er daar een instorting in de oever was geweest. Een sleepkop is een zandbank met populieren zo dik als egtanden.

We hadden bergen aan de kust van Missouri en zwaar hout aan de kant van Illinois, en het kanaal liep op die plaats langs de kust van Missouri, dus we zijn niet bang dat iemand ons tegenkomt. We lagen daar de hele dag en keken naar de vlotten en stoomboten die langs de kust van Missouri draaiden, en opwaartse stoomboten die de grote rivier in het midden bevochten. Ik vertelde Jim alles over de tijd dat ik met die vrouw had gebabbeld; en Jim zei dat ze een slimme was, en als ze zelf achter ons aan zou gaan, *zou ze* niet gaan zitten en naar een kampvuur kijken - nee, meneer, ze zou een hond halen. Nou, dan, zei ik, waarom kon ze haar man niet vertellen dat hij een hond moest halen? Jim zei dat hij wedde dat ze er wel aan dacht tegen de tijd dat de mannen klaar waren om te beginnen, en hij geloofde dat ze naar de stad moesten gaan om een hond te halen en dus verloren ze al die tijd, anders zouden we hier niet zijn op een trekhaak zestien of zeventien mijl onder het dorp - nee, inderdaad, we zouden weer in diezelfde oude stad zijn. Dus ik zei dat het me niet kon schelen wat de reden was dat ze ons niet kregen, zolang ze dat maar niet deden.

Toen het donker begon te worden, staken we onze hoofden uit het populierstruikgewas en keken op en neer en naar de overkant; niets te bekennen; dus nam Jim een paar van de bovenste planken van het vlot en bouwde een knusse wigwam om onder te komen bij fel weer en regen, en om de dingen droog te houden. Jim maakte een vloer voor de wigwam en tilde die een voet of meer boven het niveau van het vlot op, zodat de dekens en alle vallen nu buiten het bereik van de golven van de stoomboot waren. Precies in het midden van de wigwam maakten we een laag aarde van ongeveer vijf of zes centimeter diep met een frame eromheen om het op zijn plaats te houden; Dit was om een vuurtje op te stoken bij slordig weer of kouk; De wigwam zou ervoor zorgen dat het niet gezien zou worden. We hebben ook een extra stuurriem gemaakt, omdat een van de anderen misschien kapot zou kunnen gaan aan een addertje onder het gras of zoiets. We maakten een korte gevorkte stok klaar om de oude lantaarn aan op te hangen, omdat we de lantaarn altijd moeten aansteken als we een stoomboot stroomafwaarts zien komen, om te voorkomen dat we overreden worden; Maar we zouden het niet hoeven aan te steken voor stroomopwaartse boten, tenzij we zien dat we ons in wat ze een "oversteek" noemen, bevonden; want de rivier was nog vrij hoog, zeer lage oevers waren nog een beetje onder water; Boten die omhoog gingen, voeren dus niet altijd door het kanaal, maar jaagden op gemakkelijk water.

Deze tweede nacht liepen we tussen de zeven en acht uur, met een stroming van meer dan vier mijl per uur. We vingen vis en praatten, en we namen af en toe een duik om slaperigheid tegen te gaan. Het was nogal plechtig, drijvend over de grote, stille rivier, liggend op onze rug kijkend naar de sterren, en we hadden nooit zin om luid te praten, en het waarschuwde niet vaak dat we lachten - alleen een klein soort van zacht grinniken. We hadden over het algemeen geweldig goed weer, en er gebeurde nooit iets met ons - die nacht, noch de volgende, noch de volgende.

Elke nacht passeerden we steden, sommige ver weg op zwarte heuvels, niets anders dan een glimmend bed van lichtjes; geen huis kon je zien. De vijfde nacht passeerden we St. Louis, en het was alsof de hele wereld oplichtte. In St. Petersburg zeiden ze altijd dat er twintig- of dertigduizend mensen in St. Louis waren, maar ik geloofde het nooit totdat ik die wonderbaarlijke lichtspreiding zag om twee uur die stille nacht. Er is geen geluid daar; Iedereen sliep.

Elke avond sloop ik nu tegen tien uur aan land in een klein dorp en kocht voor tien of vijftien cent aan meel of spek of andere dingen om te eten; en soms tilde ik een kip op die niet op zijn gemak was, en nam hem mee. Pap zei altijd, neem een kip als je de kans krijgt, want als je hem zelf niet wilt, kun je gemakkelijk iemand vinden die hem wel wil, en een goede daad wordt nooit vergeten. Ik zie pap nooit als hij de kip zelf niet wilde, maar dat is wat hij altijd zei.

's Morgens voor het aanbreken van de dag glipte ik de korenvelden in en leende een watermeloen, of een mushmelon, of een punkin, of een nieuwe maïs, of iets dergelijks. Pap zei altijd dat het geen kwaad kan om dingen te lenen als je van plan was ze een keer terug te betalen; Maar de weduwe zei dat het niets anders was dan een zachte naam voor stelen, en geen fatsoenlijk lichaam zou het doen. Jim zei dat hij dacht dat de weduwe deels gelijk had en papa deels gelijk; Dus de beste manier zou zijn als we twee of drie dingen uit de lijst zouden kiezen en zouden zeggen dat we ze niet meer zouden lenen - dan dacht hij dat het geen kwaad zou kunnen om de andere te lenen. Dus we bespraken het een hele nacht, dreven de rivier af, proberend te beslissen of we de watermeloenen, of de cantelopen, of de mushmelons, of wat dan ook zouden laten vallen. Maar tegen het daglicht hadden we het allemaal naar tevredenheid geregeld, en besloten we crabapples en p'simmons te laten vallen. We waarschuwen dat we ons daarvoor niet precies goed voelden, maar het was nu allemaal comfortabel. Ik was ook blij met de manier waarop het uitkwam, want crabapples zijn nooit goed, en de p'simmons zouden nog niet rijp zijn voor twee of drie maanden.

We schoten af en toe een watervogel die 's morgens te vroeg opstond of 's avonds niet vroeg genoeg naar bed ging. Neem het over het algemeen genomen, we woonden behoorlijk hoog.

De vijfde nacht onder St. Louis hadden we na middernacht een grote storm, met een kracht van donder en bliksem, en de regen stroomde in een stevige laken naar beneden. We verbleven in de wigwam en lieten het vlot voor zichzelf zorgen. Toen de bliksem uitschitterde, konden we een grote rechte rivier voor ons zien en hoge, rotsachtige kliffen aan beide kanten. Langzamerhand zeg ik: "Hel-lo, Jim, kijk daarginds!" Het was een stoomboot die zichzelf op een rots had gedood. We dreven recht naar beneden voor haar. De bliksem liet haar heel duidelijk zien. Ze leunde vorover, met een deel van haar bovendek boven water, en je kon elke kleine schoorvoeter schoon en helder zien, en een stoel bij de grote bel, met een oude slappe hoed die eraan hing, als de flitsen kwamen.

Nou, omdat het 's nachts weg was en het stormde, en alles zo mysterieus, voelde ik me precies zoals elke andere jongen zich zou voelen als ik dat wrak daar zo treurig en eenzaam in het midden van de rivier zag liggen. Ik wilde bij haar aan boord gaan en een beetje rondsluipen om te zien wat er was. Dus ik zegt:

"Le's land op haar, Jim."

Maar Jim was er in eerste instantie mordicus tegen. Hij zegt:

"Ik wil gek worden en lang niet meer wracken. We doen de schuld goed, en we kunnen de schuld maar beter met rust laten, zoals het goede boek zegt. Alsof je geen bewaker bent op dat wrak."

'Wachter je oma,' zei ik; "Er is niets anders om naar te kijken dan de Texas en het Pilot-House; En denk je dat iemand zijn leven zal verkiezen voor een Texas en een pilot-house op zo'n avond als deze, wanneer het waarschijnlijk elk moment kan uiteenvallen en de rivier af kan spoelen?" Jim kon daar niets op zeggen, dus hij probeerde het niet. "En bovendien," zei ik, "zouden we iets waardevols kunnen lenen uit de hut van de kapitein. Seegars, *ik* wed dat je - en kosten vijf cent per stuk, stevig geld. Kapiteins van stoomboten zijn altijd rijk en krijgen zestig dollar per maand, en *het kan ze* geen cent schelen wat iets kost, weet u, zolang ze het maar willen. Steek een kaars in je zak; Ik kan niet rusten, Jim, voordat we haar een pak slaag geven. Denk je dat Tom Sawyer ooit langs dit ding zou gaan? Niet voor taart, dat zou hij niet doen. Hij zou het een avontuur noemen - zo zou hij het noemen; En hij zou op dat wrak landen als het zijn laatste daad was. En zou hij er geen stijl in gooien? - zou hij zich niet verspreiden, noch niets? Wel, je zou denken dat het Christopher C'lumbus was die Kingdom-Come ontdekte. Ik wou dat Tom Sawyer *hier was.*"

Jim hij mopperde een beetje, maar gaf toe. Hij zei dat we niet meer moesten praten dan we konden helpen, en dan heel zacht praten. De bliksem liet ons net op tijd het wrak weer zien, en we haalden de boortoren en gingen daar snel heen.

Het dek was hier hoog. We gingen stiekem de helling af naar labboord, in het donker, in de richting van de texas, onze weg langzaam voelend met onze voeten, en onze handen uitspreidend om de jongens af te weren, want het was zo donker dat we geen teken van hen konden zien. Al gauw sloegen we op het voorste uiteinde van het dakraam en klampten ons eraan vast; en de volgende stap bracht ons voor de deur van de kapitein, die open stond, en bij Jimminy, weg door de Texas-hal zien we een licht! En dat allemaal in dezelfde seconde lijken we daarginds zachte stemmen te horen!

Jim fluisterde en zei dat hij zich enorm ziek voelde, en zei dat ik mee moest komen. Ik zei, in orde, en was van plan om naar het vlot te gaan; maar juist op dat moment hoorde ik een stem jammeren en zeggen:

"Oh, alsjeblieft niet, jongens; Ik zweer dat ik het nooit zal vertellen!"

Een andere stem zei, vrij luid:

'Het is een leugen, Jim Turner. Je hebt eerder op deze manier gehandeld. Je wilt altijd meer dan je deel van de truck, en je hebt het ook altijd, want je hebt gezworen dat als je het niet deed, je het zou vertellen. Maar deze keer heb je het voor de grap een keer te veel gezegd. Je bent de gemeenste, verraderlijkste hond in dit land."

Tegen die tijd was Jim weg voor het vlot. Ik was gewoon nieuwsgierig; en ik zei tegen mezelf, Tom Sawyer zou zich nu niet terugtrekken, en dus zal ik dat ook niet doen; Ik ga kijken wat hier aan de hand is. Dus liet ik me op handen en knieën in de kleine doorgang vallen en kroop in het donker naar achteren, tot er maar één hut was tussen mij en de dwarszaal van de Texas. Dan zie ik daar een man die uitgestrekt op de grond ligt en aan handen en voeten is vastgebonden, en twee mannen die over hem heen staan, en een van hen had een zwakke lantaarn in zijn hand en de andere had een pistool. Deze bleef het pistool op het hoofd van de man op de grond richten en zei:

"Dat zou *ik graag willen*! En ik orter ook - een gemeen stinkdier!"

De man op de vloer verschrompelde en zei: "Oh, alsjeblieft niet, Bill; Ik ga het nooit vertellen."

En elke keer als hij dat zei, lachte de man met de lantaarn en zei:

"'Daad die je *niet doet!* Je hebt nooit iets waarachtigers gezegd dan dat, reken maar." En op een keer zei hij: "Hoor hem smeken! En ja, als we niet het beste van hem hadden gekregen en hem hadden vastgebonden, had hij ons allebei vermoord. En waarvoor? Jist voor noth'n. Jist omdat we op onze *rechten* stonden - daar is het voor. Maar ik zeg dat je niemand meer gaat bedreigen, Jim Turner. Steek dat pistool op, Bill."

Bill zegt:

"Ik wil het niet, Jake Packard. Ik ben voor het vermoorden van hem - en heeft hij de oude Hatfield jist niet op dezelfde manier vermoord - en verdient hij het niet?"

"Maar ik wil niet dat hij wordt gedood, en ik heb er mijn redenen voor."

"Zegen je hart voor die woorden, Jake Packard! Ik zal je nooit vergeven zolang ik leef!" zegt de man op de vloer, een beetje blubberend.

Packard trok zich daar niets van aan, maar hing zijn lantaarn aan een spijker en liep in het donker naar de plek waar ik was, en gebaarde Bill om te komen. Ik viste zo snel als ik kon ongeveer twee meter, maar de boot helde zo ver dat ik niet erg goed kon rijden; dus om niet overreden en betrapt te worden, kroop ik in een hut aan de bovenkant. De man kwam in het donker aandraven, en toen Packard in mijn hut aankwam, zei hij:

"Hier, kom hier binnen."

En hij kwam binnen, en Bill achter hem aan. Maar voordat ze binnenkwamen, zat ik op de bovenste kooi, in het nauw gedreven, en sorry dat ik kom. Toen stonden ze daar, met hun handen op de rand van de kooi, en praatten. Ik kon ze niet zien, maar ik kon zien waar ze waren aan de whisky die ze hadden gedronken. Ik was blij dat ik geen whisky dronk; maar het zou toch niet veel verschil maken, want meestal konden ze me niet betrappen omdat ik niet ademde. Ik was te bang. En bovendien kon een lichaam *niet* ademen en zulk gepraat niet horen. Ze spraken zacht en ernstig. Bill wilde Turner vermoorden. Hij zegt:

"Hij heeft gezegd dat hij het zal vertellen, en dat zal hij ook doen. Als we nu onze beide aandelen aan hem zouden geven , zou dat geen verschil maken na de ruzie en de manier waarop we hem hebben gediend. Shore is je geboren, hij zal het bewijs van de staat veranderen; Nu hoor je *me*. Ik ben ervoor om hem uit zijn problemen te verlossen."

"Ik ook", zegt Packard, heel zacht.

"Geef het kwalijk, ik begon te denken dat je dat niet was. Wel, dan is dat in orde. Laten we het gaan doen."

"Wacht even; Ik heb mijn zegje niet gedaan. Je luistert naar me. Fotograferen is goed, maar er zijn stillere manieren als het ding *gedaan moet* worden. Maar wat *ik* zeg is dit: het is geen goed verstand om na een halster naar de rechter te gaan als je op de een of andere manier kunt doen wat je van plan bent dat net zo goed is en je tegelijkertijd niet in de problemen brengt. Is dat niet zo?"

"Zeker van wel. Maar hoe ga je het deze keer voor elkaar krijgen?"

"Nou, mijn idee is dit: we zullen rondritselen en alle pickins verzamelen die we in de hutten over het hoofd hebben gezien, en naar de kust duwen en de vrachtwagen verbergen. Dan wachten we af. Nu zeg ik dat het niet langer dan twee uur zal duren voordat dit wrak uiteenvalt en de rivier afspoelt. Zien? Hij zal verdrinken en zal niemand anders de schuld kunnen geven dan zichzelf. Ik denk dat dat een aanzienlijk gezicht is om hem beter te doden. Ik ben er onvoorstander van om een man te doden, zolang je er maar omheen kunt git; Het is geen gezond verstand, het is geen goede moraal. Heb ik geen gelijk?"

63

"Ja, ik denk dat je dat bent. Maar stel je voor dat ze *niet* uit elkaar gaat en zich afwast?"

"Nou, we kunnen toch de twee uur wachten en zien, nietwaar?"

"Goed, dan; Kom mee."

Dus begonnen ze, en ik stak het licht op, helemaal in het koude zweet, en klauterde naar voren. Het was er pikdonker; maar ik zei, op een soort grove fluistertoon: "Jim!" en hij antwoordde, precies bij mijn elleboog, met een soort kreun, en ik zei:

"Snel, Jim, het is geen tijd om te dollen en te kreunen; Er is een bende moordenaars daarginds, en als we hun boot niet opjagen en haar de rivier af laten drijven zodat deze kerels niet weg kunnen komen van het wrak, zal een van hen er slecht aan toe zijn. Maar als we hun boot vinden, kunnen we ze *allemaal* in een slechte situatie brengen - want de sheriff zal ze krijgen. Snel, schiet op! Ik jaag op de labbordkant, jij jaagt op de steekplank. Je begint bij het vlot, en...'

"O, mijn heer, heer! *Raf?* Ze is niet verscheurd, ze is losgebroken en weg is ik - en hier zijn we dan!"

HOOFDSTUK XIII.

Nou, ik hield mijn adem in en viel flauw. Hou je mond op een wrak met zo'n bende! Maar het is geen tijd om sentimenteel te zijn. We *moesten* die boot nu vinden, we moesten hem voor onszelf hebben. Dus gingen we bevend en schuddend langs de kant van het steekbord, en het was ook langzaam werk - het leek een week voordat we bij de achtersteven kwamen. Geen teken van een boot. Jim zei dat hij niet geloofde dat hij verder kon gaan - zo bang dat hij nauwelijks nog kracht over had, zei hij. Maar ik zei, kom op, als we op dit wrak achterblijven, zitten we zeker in de problemen. Dus sluipten we weer verder. We sloegen toe naar de achtersteven van de Texas, en vonden die, en krabbelden toen vooruit op het dakraam, hangend van sluiter tot luik, want de rand van het dakraam was in het water. Toen we aardig in de buurt van de deur van de dwarshal kwamen, was daar de skiff, zeker genoeg! Ik kon haar nog net zien. Ik voelde me zo dankbaar. Binnen een seconde zou ik aan boord van haar zijn geweest, maar net op dat moment ging de deur open. Een van de mannen stak zijn hoofd slechts een paar meter van me uit, en ik dacht dat ik weg was; Maar hij rukt het er weer in en zegt:

"Hijs die schuldlantaarn uit het zicht, Bill!"

Hij gooide een zak met iets in de boot, stapte er zelf in en ging zitten. Het was Packard. Toen kwam Bill naar buiten en stapte in. Packard zegt met zachte stem:

"Helemaal klaar, oprotten!"

Ik kon me nauwelijks vasthouden aan de luiken, zo zwak was ik. Maar Bill zegt:

"Wacht even, ben je door hem heen gegaan?"

"Nee. Heb je dat niet gedaan?"

"Nee. Dus hij heeft nog zijn deel van het geld."

"Nou, kom dan mee; Het heeft geen zin om een vrachtwagen te nemen en geld achter te laten."

"Zeg, zal hij niet vermoeden wat we van plan zijn?"

"Misschien doet hij dat niet. Maar we moeten het toch hebben. Kom maar mee."

Dus stapten ze uit en gingen naar binnen.

De deur sloeg dicht omdat hij aan de gladde kant was; en in een halve seconde zat ik in de boot, en Jim kwam achter me aan tuimelen aan. Ik haalde mijn mes tevoorschijn en sneed het touw door, en weg waren we!

We raakten geen roeispaan aan, en we spraken of fluisterden, en ademden zelfs nauwelijks. We zweefden snel voort, doodstil, langs de punt van de peddelbak en langs de achtersteven; Toen, na een seconde of twee, waren we honderd meter onder het wrak, en de duisternis zoog haar op, elk laatste teken van haar, en we waren veilig en wisten het.

Toen we drie- of vierhonderd meter stroomafwaarts waren, zagen we de lantaarn een seconde lang als een kleine vonk aan de deur van Texas, en we wisten daardoor dat de schurken hun boot hadden gemist en begonnen te begrijpen dat ze nu net zo in moeilijkheden verkeerden als Jim Turner.

Toen bemande Jim de riemen en gingen we achter ons vlot aan. Dit was de eerste keer dat ik me zorgen begon te maken over de mannen – ik denk dat ik daar eerder geen tijd voor had gehad. Ik begon te denken hoe vreselijk het was, zelfs voor moordenaars, om in zo'n situatie te verkeren. Ik zei tegen mezelf, het is niet te zeggen, maar misschien word ik zelf nog een moordenaar, en hoe zou *ik* het dan vinden? Zo zeg ik tegen Jim:

"Het eerste licht dat we zien, zullen we honderd meter eronder of erboven landen, op een plek waar het een goede schuilplaats is voor jou en de skiff, en dan zal ik een soort garen gaan repareren en iemand vragen om voor die bende te gaan en ze uit hun schram te halen, zodat ze kunnen worden opgehangen als hun tijd komt."

Maar dat idee was een mislukking; Want al snel begon het weer te stormen, en deze keer erger dan ooit. De regen viel met bakken uit de hemel en er was geen licht te zien; iedereen in bed, denk ik. We dreunden de rivier af, op zoek naar lichten en naar ons vlot. Na een lange tijd hield de regen op, maar de wolken bleven, en de bliksem bleef jammeren, en na verloop van tijd toonde een flits ons een zwart ding voor ons, drijvend, en we gingen ernaartoe.

Het was het vlot, en we waren erg blij dat we er weer aan boord konden gaan. We zagen nu een licht aan de rechterkant, aan de kust. Dus ik zei dat ik ervoor zou gaan. De skiff was half gevuld met buit die die bende daar op het wrak had gestolen. We duwden het op een stapel op het vlot, en ik zei tegen Jim dat hij naar beneden moest drijven en een licht moest laten zien als hij oordeelde dat hij ongeveer twee mijl was gegaan, en het brandend moest houden tot ik kwam; toen bemande ik mijn riemen en schoof naar het licht. Toen ik er naar toe ging, kwamen er nog drie of vier te zien - op een heuvel. Het was een dorp. Ik sloot me boven het kustlicht en ging op mijn riemen liggen en dreef. Toen ik langssliep, zag ik dat het een lantaarn was die aan de stok van een dubbelwandige veerboot hing. Ik scharrelde rond naar de bewaker en vroeg me af waar hij sliep; en na verloop van tijd vond ik hem zittend op de bitts, naar voren, met zijn hoofd naar beneden tussen zijn knieën. Ik gaf zijn schouder twee of drie kleine duwtjes en begon te huilen.

Hij roerde zich, op een soort opzienbarende manier; Maar toen hij zag dat ik de enige was, nam hij een goede opening en rekte zich uit, en dan zei hij:

"Hallo, hoe is het? Niet huilen, bub. Wat is het probleem?"

Ik zegt:

'Pap, en mama, en zus, en...'

Toen stortte ik in. Hij zegt:

"Oh,, neem het niet zo aan; We moeten allemaal onze problemen hebben, en dit komt er wel goed uit. Wat is er met ze aan de hand?"

"Zij zijn - zij zijn - ben jij de bewaker van de boot?"

"Ja," zegt hij, een soort van behoorlijk tevreden. "Ik ben de kapitein en de eigenaar en de stuurman en de stuurman en de wachter en het hoofd van de dekknecht; en soms ben ik de vracht en passagiers. Ik ben niet zo rijk als de oude Jim Hornback, en ik kan Tom, Dick en Harry niet zo schuldig zijn aan wat hij is, en met geld smijten zoals hij dat doet; maar ik heb hem menigmaal gezegd dat ik niet met hem zou willen ruilen; want, zeg ik, het leven van een zeeman is het leven voor mij, en ik zou zeker weten *als ik* twee mijl buiten de stad zou wonen, waar nooit iets te doen is, niet vanwege al zijn spondulicks en nog veel meer daarbovenop. Zeg ik...'

Ik heb ingebroken en zegt:

'Ze zitten vreselijk in de problemen, en...'

"*Wie* is?"

"Wel, pap en mama en zus en juffrouw Hooker; En als je je veerboot zou nemen en daarheen zou gaan...'

"Waarboven? Waar zijn ze?"

"Op het wrak."

"Welk wrak?"

"Wel, er is er maar één."

"Wat, je bedoelt niet de *Walter Scott?*"

"Jazeker."

"Goed land! Wat doen ze *daar*, in godsnaam?"

"Nou, ze zijn daar niet met opzet heen gegaan."

"Ik wed dat ze dat niet deden! Wel, grote hemel, er is geen kans voor hen als ze niet heel snel wegkomen! Waarom, hoe hebben ze in hemelsnaam ooit zo'n schrammetje kunnen oplopen?"

"Makkelijk genoeg. Juffrouw Hooker was daar op bezoek in de stad...'

"Ja, Booth's Landing, ga maar door."

"Ze was daar op bezoek in Booth's Landing, en net aan het einde van de avond ging ze met haar negervrouw in de veerboot om de hele nacht in het huis van haar vriend te blijven, juffrouw Hoe je haar ook mag noemen, ik herinner me haar naam niet - en ze verloren hun stuurriem, en zwaaiden rond en dreven naar beneden, achtersteven eerst, ongeveer twee mijl, en in het zadel op het wrak, en de veerman en de negervrouw en de paarden waren allemaal verloren, maar juffrouw Hooker deed een greep en ging aan boord van het wrak. Welnu, ongeveer een uur na het invallen van de duisternis kwamen we langs in onze handelsschuit, en het was zo donker dat we het wrak pas opmerkten toen we er vlak op zaten; En dus *gingen we* in het zadel; maar we waren allemaal gered, behalve Bill Whipple - en o, hij *was* de beste cretur! - ik wou heel graag dat ik het niet was geweest, dat doe ik."

"Mijn George! Het is het zwaarste wat ik ooit heb geslagen. En wat hebben jullie dan allemaal gedaan?"

"Nou, we schreeuwden en namen het aan, maar het is daar zo breed dat we niemand het konden laten horen. Dus pap zei dat iemand aan land moest gaan en op de een of andere manier hulp moest krijgen. Ik was de enige die kon zwemmen, dus ik rende ernaartoe, en juffrouw Hooker zei dat als ik niet eerder zou helpen, ik hier moest komen en haar oom moest opsporen, en hij zou het ding repareren. Ik maakte het land ongeveer een mijl lager en ben sindsdien altijd aan het dollen, proberend mensen iets te laten doen, maar ze zeiden: 'Wat, in zo'n nacht en zo'n stroming? Het heeft geen zin; Ga voor de stoomboot.' Nu, als je gaat en...'

"Bij Jackson, ik zou *het graag willen*, en, geef het de schuld, ik weet het niet, maar ik zal het doen; Maar wie in hemelsnaam gaat *dat betalen?* Reken je dat je pap...'

"Wel, *dat is* in orde. Juffrouw Hooker, ze tolereerde me, *in het bijzonder*, dat haar oom Hornback...'

"Geweldige wapens! Is *hij* haar oom? Kijk hier, je breekt voor dat licht daarginds, en draait naar het westen als je daar komt, en ongeveer een kwart mijl verderop kom je bij de herberg; zeg ze dat ze je naar Jim Hornback's moeten sturen, en hij zal de rekening betalen. En houd er geen gek mee, want hij zal het nieuws willen weten. Zeg hem dat ik zijn nichtje veilig zal hebben voordat hij naar de stad kan gaan. Bult jezelf, nu; Ik ga hier om de hoek om mijn ingenieur te sturen."

Ik sloeg toe voor het licht, maar zodra hij de hoek omging, ging ik terug en stapte in mijn skiff en sprong haar eruit, en trok toen ongeveer zeshonderd meter aan wal in het gemakkelijke water, en verstopte me tussen een paar houten boten; want ik kon niet gerust zijn voordat ik de veerboot kon zien vertrekken. Maar als ik het allemaal rondneem, voelde ik me meer op mijn gemak omdat ik al deze moeite voor die bende had gedaan, want niet veel mensen zouden het doen. Ik wenste dat de weduwe het wist. Ik dacht dat ze trots op me zou zijn omdat ik deze rapscallions had geholpen, omdat rapscallions en dead beats het soort zijn waar de weduwe en goede mensen de meeste interesse in hebben.

Nou, het duurt niet lang of hier komt het wrak, vaag en schemerig, naar beneden glijdend! Een soort koude rilling ging door me heen, en toen haalde ik uit voor haar. Ze was erg diep, en ik zie in een minuut dat er niet veel kans is dat er iemand in haar leeft. Ik trok me om haar heen en schreeuwde een beetje, maar er kwam geen antwoord; Allemaal doodstil. Ik voelde me een beetje zwaarmoedig over de bende, maar niet veel, want ik dacht dat als zij het konden uitstaan, ik het ook kon.

Dan komt hier de veerboot; dus schoof ik naar het midden van de rivier op een lange stroomafwaartse helling; en toen ik oordeelde dat ik buiten oogbereik was, ging ik op mijn riemen liggen, keek achterom en zag haar rondgaan en rond het wrak ruiken naar de restanten van juffrouw Hooker, omdat de kapitein zou weten dat haar oom Hornback ze zou willen hebben; en toen, vrij snel, gaf de veerboot het op en ging naar de kust, en ik ging aan het werk en ging dreunend de rivier af.

Het leek een krachtige lange tijd voordat Jim's licht verscheen; En toen het zich liet zien, leek het alsof het duizend mijl weg was. Tegen de tijd dat ik daar aankwam, begon de lucht in het oosten een beetje grijs te worden; Dus gingen we op zoek naar een eiland, en verstopten het vlot, en lieten de skiff zinken, en keerden naar binnen en sliepen als dode mensen.

HOOFDSTUK XIV.

Langzamerhand, toen we opstonden, draaiden we de vrachtwagen om die de bende van het wrak had gestolen, en vonden laarzen, en dekens, en kleren, en allerlei andere dingen, en een heleboel boeken, en een verrekijker, en drie dozen met seegars. We waren nog nooit zo rijk geweest in ons beider leven. De seegars was prime. We lagen de hele middag in het bos te praten, en ik las de boeken en had over het algemeen een goede tijd. Ik vertelde Jim alles over wat er in het wrak en bij de veerboot was gebeurd, en ik zei dat dit soort dingen avonturen waren; Maar hij zei dat hij geen avonturen meer wilde. Hij zei dat toen ik in de Texas ging en hij terug kroop om op het vlot te komen en haar weg vond, hij bijna stierf; want hij oordeelde dat het allemaal met *hem klaar* was, hoe dan ook, het kon worden opgelost; want als hij niet gered werd, zou hij verdrinken; en als hij wel gered zou worden, zou degene die hem had gered hem terug naar huis sturen om de beloning te krijgen, en dan zou juffrouw Watson hem zeker naar het zuiden verkopen. Nou, hij had gelijk; Hij had bijna altijd gelijk; Hij had een ongewoon nuchter hoofd, voor een neger.

Ik las Jim veel voor over koningen en hertogen en graven en dergelijke, en hoe opzichtig ze zich kleedden, en hoeveel stijl ze aantrokken, en elkaar uwe majesteit noemden, en uwe genade, en uwe heerschap, enzovoort, 'in plaats van meneer; en Jim's ogen puilden uit, en hij was geïnteresseerd. Hij zegt:

"Ik wist niet dat er zoveel un um waren. Ik hain't hearn 'bout none un um, skasely, maar ole King Sollermun, onunless you counts dem kings dat's in a pack er k'yards. Hoeveel kost een koning?"

"Krijgen?" Ik zei; "Wel, ze krijgen duizend dollar per maand als ze het willen; ze kunnen net zoveel hebben als ze willen; alles is van hen."

"*Is* dat gay? En wat moet je doen, Huck?"

"*Ze* doen niet niets! Waarom, hoe je praat! Ze zaten er gewoon omheen."

"Nee; Is dat zo?"

"Natuurlijk is dat zo. Ze zitten er gewoon bij - behalve misschien als er oorlog is; Dan gaan ze naar de oorlog. Maar andere keren zijn ze gewoon lui; of ga hawking - gewoon hawking en sp - Sh! - hoor je een geluid?"

We sloegen over en keken; maar het waarschuwt niets anders dan het fladderen van het wiel van een stoomboot naar beneden, dat rond het punt komt; Dus we komen terug.

"Ja," zeg ik, "en andere keren, als het saai is, maken ze ruzie met het Parlement; En als iedereen niet gaat, slaat hij hun hoofden eraf. Maar meestal hangen ze rond in de harem."

"Roun' de welke?"

"Harem."

"Wat is de harem?"

"De plek waar hij zijn vrouwen houdt. Ken je de harem niet? Salomo had er een; Hij had ongeveer een miljoen vrouwen."

"Wel, ja, dat is zo; Ik was het helemaal vergeten. Een harem is een bo'd'n-house, denk ik. Mos 'waarschijnlijk dey heeft rumoerige tijden in de nussery. En ik denk dat de vrouwen ruzies kunnen maken; en dat 'crease de racket. Yit dey say Sollermun de wises' man dat ever live'. Ik doan 'geen voorraad in dat. Bekase waarom: zou een wijs man de hele tijd in de mids' er sich a blim-blammin' willen wonen? Nee, dat zou hij niet doen. Een wijze man 'ud take en buil' een biler-factry; en den hij zou de biler-factry kunnen neerleggen als hij dat wil'."

"Ja, maar hij *was* in ieder geval de wijste man; Omdat de weduwe het me vertelde, haar eigen zelf."

"Ik doan k'yer wat de widder zegt, hij *waarschuwt geen* wijze man nuther. Hij had een aantal er de dad-fetchedes' manieren die ik ooit zie. Weet je 'bout dat chili dat hij 'uz gwyne om in tweeën te hakken?"

"Ja, de weduwe heeft me er alles over verteld."

"*Nou*, den! Warn' dat de beatenes' notion in de worl'? Je moet er even naar kijken. Dah's de stronk, dah-dat's one er de women; heah's jij, dat ben je yuther; Ik ben Sollermun; En schotel yer dollar bill's de Chile. Bofe un you claimt het. Wat moet ik doen? Moet ik de buren omsingelen en uitzoeken waar je de rekening *naar* verlangt, en het naar rechts overdragen, allemaal veilig en zo, de manier waarop iemand die enig lef had, dat zou doen? Nee; Ik neem en mep de rekening in *tweeën*, en geef de helft un it aan jou, en de yuther helft aan de yuther vrouw. Dat is de manier waarop Sollermun was gwyne te doen wid de Chili. Nu wil ik je vragen: wat heb je eraan dat een half biljet? - je kunt het niet kopen. En wat heb je aan een halve chili? Ik zou geen dern geven voor een miljoen un um."

"Maar hang het op, Jim, je hebt het punt netjes gemist - geef het de schuld, je hebt het duizend mijl gemist."

"Wie? Mij? Ga 'lang. Doan' praat met *me* 'over je' pinten. Ik denk dat ik zin ken als ik het zie; En dey ain' no sense in sich doin's as dat. De 'spute warn't 'bout een halve chili, de 'spute was 'bout een hele chili; En de man die denkt dat hij een 'spute 'bout een heel Chili met een halve Chili doan' weet genoeg om uit de regen te komen. Praat met me over Sollermun, Huck, ik ken hem van achteren."

"Maar ik zeg je dat je het punt niet begrijpt."

"Geef de schuld aan het punt! Ik denk dat ik weet wat ik weet. En de mijne jij, de *echte* pint is verder naar beneden - het is dieper naar beneden. Het ligt in de weg van de manier waarop Sollermun is opgevoed. Je neemt een man die een of twee chillen heeft; Is dat man Gwyne te wassen o' chillen? Nee, dat is hij niet; Hij kan het niet 'doorwaden'. *Hij* weet ze te waarderen. Maar je neemt een man die 'bout vijf miljoen chillen runnin' roun' de house, en het is diffunt. *Hij* hakt zo snel een chili in tweeën als een kat. Dey is genoeg mo'. Een chili er twee, meer minder, waarschuw geen consekens voor Sollermun, papa fatch hem!"

Ik zie nog nooit zo'n neger. Als hij een keer een idee in zijn hoofd heeft, kan hij het er niet meer uitkrijgen. Hij was het meest neerslachtig over Salomo van alle negers die ik ooit heb gezien. Dus ging ik over andere koningen praten en liet Salomo glijden. Ik vertelde over de zestiende Lodewijk die lang geleden in Frankrijk zijn hoofd liet afhakken; En over zijn kleine jongen, de dolfijn, die een koning zou zijn geweest, maar ze namen hem mee en sloten hem op in de gevangenis, en sommigen zeggen dat hij daar stierf.

"Po' kleine kerel."

"Maar sommigen zeggen dat hij is uitgestapt en weggekomen en naar Amerika is gekomen."

"Dat is goed! Maar hij zal behoorlijk eenzaam zijn - er zijn hier geen koningen, nietwaar, Huck?"

"Nee."

"Den hij kan geen situatie aangaan. Wat moet hij doen?"

"Nou, ik weet het niet. Sommigen van hen komen bij de politie, en sommigen leren mensen Frans praten."

"Waarom, Huck, praten de Fransen op dezelfde manier als wij?"

"*Nee*, Jim; Je kon geen woord verstaan van wat ze zeiden, geen enkel woord."

"Nou, nu, ik ben ding-busted! Hoe komt dat?"

"*Ik* weet het niet; Maar het is zo. Ik haalde wat van hun geklets uit een boek. Stel je voor dat er een man naar je toe zou komen en *Polly-voo-Franz* zou zeggen, wat zou je denken?"

"Ik zou niet genoeg denken; Ik zou hem een klap op zijn hoofd geven - dat wil zeggen, als hij niet wit waarschuwde. Ik zou geen enkele neger zijn om me zo te noemen.

"Shucks, het noemt je niets. Het zegt alleen maar, weet je hoe je Frans moet praten?"

"Nou, den, waarom kon hij het niet *zeggen*?"

"Wel, hij zegt het. Dat is de manier van een Fransman om het te zeggen."

"Nou, het is een belachelijke manier, en ik wil er niets over horen. Het heeft geen zin."

"Kijk hier, Jim; Praat een kat zoals wij?"

"Nee, een kat niet."

"Nou, doet een koe dat?"

"Nee, een koe niet, gek."

"Praat een kat als een koe, of praat een koe als een kat?"

"Nee, dat doe je niet."

"Het is natuurlijk en goed dat ze anders praten dan elkaar, nietwaar?"

"'Natuurlijk.'

"En is het niet natuurlijk en juist dat een kat en een koe anders praten dan *wij*?"

"Wel, mos' sholy it is."

"Welnu, waarom is het dan niet natuurlijk en juist voor een *Fransman* om anders te praten dan wij? Antwoord je me dat."

"Is een kat een man, Huck?"

"Nee."

"Nou, den, het heeft geen zin dat een kat praat als een man. Is een koe een man? - eh, is een koe een kat?"

"Nee, ze is geen van beiden."

"Nou, den, ze heeft niets te maken met praten zoals een van de jongs. Is een Fransman een man?"

"Jazeker."

"*Nou*, den! Papa geeft het de schuld, waarom praat hij als een man? Je antwoordt me *dat!*"

Ik zie het, het heeft geen zin om woorden te verspillen - je kunt een neger niet leren argumenteren. Dus ik stopte.

HOOFDSTUK XV.

We oordeelden dat nog drie nachten ons naar Caïro zouden brengen, aan de voet van Illinois, waar de Ohio-rivier binnenkomt, en dat was waar we naar op zoek waren. We zouden het vlot verkopen en op een stoomboot stappen en helemaal de Ohio opvaren tussen de vrije staten, en dan uit de problemen zijn.

Welnu, de tweede nacht begon er mist op te komen, en we maakten een sleepkop om aan vast te maken, want het zou niet goed zijn om te proberen in een mist te rennen; maar toen ik in de kano vooruit peddelde, met de lijn om vast te maken, waarschuwden er niets dan kleine jonge boompjes om aan vast te maken. Ik passeerde de lijn rond een van hen precies aan de rand van de afgesneden oever, maar er was een stevige stroming en het vlot dreunde zo levendig naar beneden dat ze het bij de wortels uitscheurde en weg was ze. Ik zie de mist dichttrekken, en het maakte me zo ziek en bang dat ik bijna een halve minuut niet kon bewegen, leek het me - en dan was er geen vlot te bekennen; Je kon geen twintig meter zien. Ik sprong in de kano en rende terug naar de achtersteven, en pakte de peddel en zette haar een slag terug. Maar ze kwam niet. Ik had zo'n haast dat ik haar niet had losgemaakt. Ik stond op en probeerde haar los te maken, maar ik was zo opgewonden dat mijn handen trilden dat ik er nauwelijks iets mee kon doen.

Zodra ik begonnen was, ging ik achter het vlot aan, heet en zwaar, langs de sleepkop naar beneden. Dat was in orde voor zover het ging, maar de sleepkop was nog geen zestig meter lang, en op het moment dat ik langs de voet ervan vloog, schoot ik de stevige witte mist in en had ik niet meer idee welke kant ik op ging dan een dode man.

Denkt ik, het is niet goed om te peddelen; eerst weet ik dat ik tegen de bank of een sleepkop of iets dergelijks aan zal lopen; Ik moet stil zitten en drijven, en toch is het een machtig onrustige zaak om op zo'n moment je handen stil te moeten houden. Ik joelde en luisterde. Ergens daar beneden hoor ik een klein geschreeuw en mijn geest komt omhoog. Ik ging er met tranen achteraan, scherp luisterend om het weer te horen. De volgende keer dat het komt, zie ik dat ik er niet naar toe ga, maar er rechts van wegga. En de volgende keer ging ik weg naar links ervan

- en kwam er ook niet veel op vooruit, want ik vloog rond, deze kant op en die en die andere, maar het ging de hele tijd rechtdoor.

Ik wou dat de dwaas eraan zou denken om op een tinnen pan te slaan, en er de hele tijd op te slaan, maar dat deed hij nooit, en het waren de stille plekken tussen de oeps die de problemen voor me veroorzaakten. Nou, ik heb meegevochten, en direct hoor ik het gejoel *achter* me. Ik was nu goed in de war. Dat was het geschreeuw van iemand anders, of anders werd ik omgedraaid.

Ik gooide de peddel naar beneden. Ik hoorde het gejoel weer; Het lag nog achter me, maar op een andere plek; het bleef komen en bleef van plaats veranderen, en ik bleef antwoorden, totdat het langzamerhand weer voor me stond, en ik wist dat de stroming de kop van de kano stroomafwaarts had geslingerd, en ik was in orde als dat Jim was en niet een andere vlotter die schreeuwde. Ik zou niets kunnen vertellen over stemmen in een mist, want niets ziet er niet natuurlijk uit en klinkt ook niet natuurlijk in een mist.

Het geschreeuw ging door, en na ongeveer een minuut kwam ik dreunend neer op een afgekraakte oever met rokerige schimmen van grote bomen erop, en de stroming wierp me naar links en schoot voorbij, tussen een heleboel haken en ogen die behoorlijk brulden, de stroming scheurde er zo snel langs.

In nog een seconde of twee was het effen wit en weer stil. Ik zat toen volkomen stil en luisterde naar mijn hart dat bonsde, en ik denk dat ik geen adem haalde terwijl het honderd bonsde.

Dan geef ik het gewoon op. Ik wist wat er aan de hand was. Die afgesneden oever was een eiland, en Jim was aan de andere kant ervan naar beneden gegaan. Het waarschuwt niet dat je in tien minuten voorbij zou kunnen drijven. Het had het grote hout van een gewoon eiland; Het kan vijf of zes mijl lang en meer dan een halve mijl breed zijn.

Ik hield me stil, met mijn oren gespitst, ongeveer een kwartier, schat ik. Ik zweefde natuurlijk mee, vier of vijf mijl per uur; Maar daar denk je nooit aan. Nee, je *hebt het gevoel dat* je doodstil op het water ligt; en als er een glimp van een addertje onder het gras voorbij glipt, denk je niet bij jezelf hoe snel *je* gaat, maar je komt op adem en denkt, jee, wat scheurt dat addertje onder het gras. Als je denkt dat het niet somber en eenzaam is in je eentje in de mist in je eentje in de nacht, probeer het dan een keer - je zult het zien.

Vervolgens, ongeveer een half uur lang, joel ik af en toe; Eindelijk hoorde ik het antwoord in de verte en probeerde het te volgen, maar het lukte me niet, en meteen oordeelde ik dat ik in een nest van sleepkoppen was terechtgekomen, want ik had aan beide kanten van me een kleine vage glimp van hen - soms slechts een smal kanaal ertussen, en sommige die ik niet kon zien, wist ik dat ze er waren, omdat ik het spoelen van de stroom tegen het oude dode struikgewas en afval zou horen die boven de oevers hing. Nu, ik waarschuw niet lang met het verliezen van de joeps tussen de sleepkoppen; en ik probeerde ze toch maar een tijdje te achtervolgen, want het was erger dan een Jack-o'-lantern achtervolgen. Je hebt nog nooit een geluid gekend dat zo snel en zo vaak omzeilt en van plaats wisselt.

Ik moest vier of vijf keer behoorlijk levendig van de oever wegklauwen, om de eilanden niet uit de rivier te slaan; en dus oordeelde ik dat het vlot zo nu en dan tegen de oever moest botsen, anders zou het verder vooruit komen en het gehoor verliezen - het dreef een beetje sneller dan ik.

Nou, ik leek zo nu en dan weer in de open rivier te zijn, maar ik kon nergens geen teken van gejoel horen. Ik dacht dat Jim misschien een addertje onder het gras had opgelopen en dat het allemaal met hem lag. Ik was goed en moe, dus ik ging in de kano liggen en zei dat ik me niet meer druk zou maken. Ik wilde natuurlijk niet gaan slapen; maar ik was zo slaperig dat ik er niets aan kon doen; dus ik dacht dat ik een klein kattendutje zou doen.

Maar ik denk dat het meer was dan een dutje, want toen ik wakker werd, schenen de sterren helder, de mist was helemaal verdwenen en ik draaide als eerste een grote bocht achtersteven af. Eerst wist ik niet waar ik was; Ik dacht dat ik droomde; En toen de dingen bij me terug begonnen te komen, leken ze zwak uit de vorige week te komen.

Het was hier een monsterlijke grote rivier, met aan beide oevers de hoogste en de dikste houtsoort; gewoon een stevige muur, zo goed als ik kon zien aan de sterren. Ik keek stroomafwaarts en zag een zwart stipje op het water. Ik ging er achteraan; maar toen ik er bij aankwam, waarschuwde het niets anders dan een paar zaagstammen die snel aan elkaar waren gemaakt. Dan zie ik nog een stipje, en dat ben ik achterna gegaan; toen nog een, en deze keer had ik gelijk. Het was het vlot.

Toen ik daar aankwam, zat Jim daar met zijn hoofd tussen zijn knieën te slapen, met zijn rechterarm over de roeispaan hangend. De andere roeispaan werd afgeslagen en het vlot was bezaaid met bladeren, takken en vuil. Ze had dus een moeilijke tijd achter de rug.

Ik maakte me vast en ging onder Jim's neus op het vlot liggen, en begon te gapen, en strekte mijn vuisten uit tegen Jim, en zei:

"Hallo, Jim, heb ik geslapen? Waarom heb je me niet opgehitst?"

"Goeie genade, ben jij dat, Huck? En je bent dood - je bent verdronken - je bent weer aan het rotten? Het is te mooi voor waar, schat, het is te mooi voor waar. Laat me naar je kijken Chili, laat me je voelen. Nee, je bent dood! je bent terug agin, 'live en soun', jis de same ole Huck - de same ole Huck, thanks to goodness!"

"Wat is er met jou aan de hand, Jim? Heb je gedronken?"

"Drinken? Heb ik gedronken? Heb ik de kans gehad om te drinken?"

"Nou, waarom praat je dan zo wild?"

"Hoe praat ik wild?"

"*Hoe?* Waarom, heb je niet gesproken over mijn terugkomst en al dat soort dingen, alsof ik weg was?"

"Huck-Huck Finn, je kijkt me in de ogen; Kijk me in de ogen. *Ben je niet weggegaan?*"

"Weggegaan? Waarom, wat bedoel je in hemelsnaam? *Ik* ben nergens heen geweest. Waar zou ik heen gaan?"

"Nou, kijk hier, baas, het is sumf'n verkeerd, dat is het. Ben ik *mezelf*, of wie *ben* ik? Is ik heah, of whah *ben* ik? Dat is wat ik wil weten."

"Nou, ik denk dat je hier bent, duidelijk genoeg, maar ik denk dat je een warrige oude dwaas bent, Jim."

"Dat ben ik, hè? Nou, je antwoordt me dan: Heb je de lijn niet in de kano uitgesjouwd om fas' naar de sleepkop te maken?"

"Nee, dat deed ik niet. Welke trekkop? Ik heb geen sleepkop gezien."

"Heb je geen sleepkop gezien? Kijk hier, is de lijn niet losgetrokken en is de raf' a-hummin' de rivier afgegaan, en jou en de kano achtergelaten in de mist?"

"Welke mist?"

"Wel, *de* mist! - de mist die de hele nacht heeft gehangen. En heb je niet geschreeuwd, en heb ik niet geschreeuwd, verteld dat we in de knoop raakten op de eilanden en dat de ene un ons los' was en de andere was jis' zo goed als los', 'kase hij wist niet wie hij was? En ben ik niet veel opgebroken op de eilanden en heb ik een onstuimige tijd gehad en ben ik niet verdronken? Is dat zo, baas, is het niet zo? Antwoord je me dat."

"Nou, dit is te veel voor mij, Jim. Ik heb geen mist gezien, geen eilanden, geen problemen, geen niets. Ik heb hier de hele nacht met u zitten praten tot u ongeveer tien minuten geleden ging slapen, en ik denk dat ik hetzelfde heb gedaan. Je kon in die tijd niet dronken worden, dus natuurlijk heb je gedroomd."

"Papa haal het, hoe kan ik gwyne dat allemaal in tien minuten dromen?"

"Nou, hang het allemaal op, je hebt het wel gedroomd, want er is niets van gebeurd."

'Maar, Huck, het is allemaal zo duidelijk voor mij als...'

"Het maakt niet uit hoe duidelijk het is; Er zit niets in. Ik kan het weten, want ik ben hier altijd geweest."

Jim zei ongeveer vijf minuten lang niets, maar zat er overheen te studeren. Dan zegt hij:

"Nou, den, ik denk dat ik het gedroomd heb, Huck; maar hond mijn katten ef, het is niet de krachtigste droom die ik ooit zie. En ik heb nog nooit geen droom gehad, want dat heeft me zo moe gemaakt als een."

"Ach, dat is in orde, want een droom vermoeit een lichaam soms, zoals alles. Maar dit was een droom die bleef bestaan; vertel me er alles over, Jim."

Dus Jim ging aan het werk en vertelde me het hele ding door, precies zoals het gebeurde, alleen schilderde hij het behoorlijk op. Toen zei hij dat hij moest beginnen en het moest "vertolken", want het was gestuurd voor een waarschuwing. Hij zei dat de eerste sleepkop stond voor een man die zou proberen ons iets goeds te doen, maar de stroming was een andere man die ons bij hem weg zou krijgen. De oeps waren waarschuwingen die zo nu en dan tot ons kwamen, en als we niet ons best deden om ze te begrijpen, zouden ze ons alleen maar ongeluk brengen, in plaats van ons erbuiten te houden. Het waren veel problemen die we zouden krijgen met ruziemakende mensen en allerlei gemene mensen, maar als we ons met onze zaken bemoeiden en niet terugpraatten en ze verergerden, zouden we er doorheen komen en uit de mist komen en de grote heldere rivier in, die de vrije staten waren, en zouden we geen problemen meer hebben.

Het was behoorlijk donker bewolkt net nadat ik op het vlot was gestapt, maar het klaarde nu weer op.

"Oh, nou, dat is allemaal goed genoeg geïnterpreteerd voor zover het gaat, Jim," zei ik; "Maar waar staan *deze* dingen voor?"

Het waren de bladeren en het afval op het vlot en de kapotgeslagen roeispaan. Je zou ze nu eersteklas kunnen zien.

Jim keek naar de prullenbak, en toen naar mij, en weer terug naar de prullenbak. Hij had de droom zo sterk in zijn hoofd dat hij hem niet meer van zich af kon schudden en de feiten meteen weer op hun plaats kon krijgen. Maar toen hij de zaak rechtgezet had, keek hij me strak aan zonder ooit te glimlachen, en zei:

"Waar moet je voor staan? Ik ben gwyne om het je te vertellen. Toen ik helemaal uitgeput was van mijn werk, en om je riep, en ging slapen, was mijn hart mos' gebroken omdat je los was', en ik wist niet wat er van me en de raf' werd. En als ik wakker word en je weer prima bent, helemaal veilig en zo, komen de tranen, en ik zou op mijn knieën kunnen gaan en je voet kussen, ik ben zo dankbaar. En het enige waar je aan dacht was hoe je een dwaas kon maken uv ole Jim wid een leugen. Die vrachtwagen dah is *afval;* En trash is what people is dat vuil op het hoofd gooit en ze beschaamd maakt."

Toen stond hij langzaam op en liep naar de wigwam, en ging daar naar binnen zonder iets anders te zeggen dan dat. Maar dat was genoeg. Het gaf me zo'n gemeen gevoel dat ik zijn voet bijna kon kussen om hem terug te nemen.

Het duurde een kwartier voordat ik me kon opwerken om te gaan en me te vernederen voor een neger; maar ik heb het gedaan, en ik waarschuw er achteraf ook nooit meer rouw over. Ik deed hem geen gemene trucs meer, en ik zou dat niet doen als ik had geweten dat hij zich zo zou voelen.

HOOFDSTUK XVI.

We sliepen bijna de hele dag en begonnen 's nachts, een eindje achter een monsterlijk lang vlot dat net zo lang was als een stoet. Ze had vier lange vegen aan elk uiteinde, dus we schatten dat ze waarschijnlijk wel dertig mannen droeg. Ze had vijf grote wigwams aan boord, wijd uit elkaar, en een open kampvuur in het midden, en een hoge vlaggenmast aan elk uiteinde. Er was een kracht van stijl over haar. Het *kwam neer* op iets om een vlotter te zijn op zo'n vaartuig als dat.

We gingen naar beneden drijven in een grote bocht, en de nacht werd bewolkt en heet. De rivier was zeer breed en was aan beide zijden ommuurd met massief hout; Je kon er bijna nooit een breuk in zien, of een lichtje. We spraken over Caïro en vroegen ons af of we het zouden weten als we er aankwamen. Ik zei dat we dat waarschijnlijk niet zouden doen, omdat ik had horen zeggen dat er maar ongeveer een dozijn huizen waren, en als ze die niet toevallig verlicht hadden, hoe zouden we dan weten dat we een stad passeerden? Jim zei dat als de twee grote rivieren daar samenkwamen, dat zou blijken. Maar ik zei dat we misschien zouden denken dat we de voet van een eiland passeerden en weer in dezelfde oude rivier kwamen. Dat verontrustte Jim - en mij ook. Dus de vraag was, wat te doen? Ik zei, peddel aan wal de eerste keer dat er een licht verscheen, en vertelde hun dat pap achter hem was, die langskwam met een handelsschuit, en een groene hand was bij de zaak, en wilde weten hoe ver het was naar Caïro. Jim vond het een goed idee, dus we rookten er een sigaret van en wachtten.

Er is nu niets anders te doen dan scherp uit te kijken naar de stad, en haar niet voorbij te gaan zonder haar te zien. Hij zei dat hij het zeker zou zien, omdat hij een vrij man zou zijn op het moment dat hij het zag, maar als hij het miste, zou hij weer in een slavenland zijn en geen show meer voor vrijheid. Af en toe springt hij op en zegt:

"Dah is ze?"

Maar het waarschuwt niet. Het waren Jack-o'-lanterns, of bliksemschichten; Dus ging hij weer zitten en ging kijken, net als eerder. Jim zei dat het hem helemaal bevend en koortsig maakte om zo dicht bij de vrijheid te zijn. Nou, ik kan je zeggen dat ik er ook helemaal van beefde en koortsig werd om hem te horen, omdat ik het door mijn hoofd begon te krijgen dat hij heel vrij was - en wie was daar de schuld van? Waarom, *ik*. Ik kon dat niet uit mijn geweten krijgen, op geen enkele manier en op geen enkele manier. Het begon me te verontrusten, dus ik kon niet rusten; Ik kon niet stil blijven zitten op één plek. Het was nog nooit eerder tot me doorgedrongen wat dit ding was dat ik aan het doen was. Maar nu was het zover; En het bleef bij me en verschroeide me meer en meer. Ik probeerde voor mezelf duidelijk te maken dat *ik* niet de schuld had, omdat *ik* Jim niet van zijn rechtmatige eigenaar had weggejaagd, maar het had geen zin, het geweten stond op en zei elke keer: "Maar je wist dat hij op de vlucht was voor zijn vrijheid, en je zou aan land kunnen peddelen en het aan iemand vertellen." Dat was zo, ik kon er niet omheen. Daar wringde het schoentje. Het geweten zegt tegen mij: "Wat heeft de arme juffrouw Watson u aangedaan dat u haar neger vlak voor uw ogen kon zien weggaan en nooit een enkel woord kon zeggen? Wat heeft die arme oude vrouw je aangedaan dat je haar zo gemeen kon behandelen? Wel, ze probeerde je je boek te leren, ze probeerde je manieren te leren, ze probeerde goed voor je te zijn op elke manier die ze maar kon. *Dat is* wat ze deed."

Ik begon me zo gemeen en zo ellendig te voelen dat ik het liefst dood wenste. Ik friemelde op en neer over het vlot, mezelf tegen mezelf aan, en Jim friemelde op en neer langs me heen. We konden geen van beiden stil blijven zitten. Elke keer als hij ronddanste en zei: "Dah's Cairo!" ging het als een schot door me heen, en ik dacht dat als het *Cairo was,* ik dacht dat ik zou sterven van ellendigheid.

Jim praatte de hele tijd hardop terwijl ik tegen mezelf praatte. Hij zei dat het eerste wat hij zou doen als hij in een vrijstaat aankwam, was geld sparen en nooit een cent uitgeven, en als hij er genoeg van had, zou hij zijn vrouw kopen, die eigendom was van een boerderij in de buurt van waar juffrouw Watson woonde; en dan zouden ze allebei werken om de twee kinderen te kopen, en als hun meester ze niet wilde verkopen, zouden ze een Ab'litionist vragen om ze te gaan stelen.

Het bevroor me het meest om zulke gesprekken te horen. Hij zou nog nooit in zijn leven zulke woorden durven spreken. Kijk eens wat een verschil het in hem maakte op het moment dat hij oordeelde dat hij op het punt stond vrij te zijn. Het was volgens het oude gezegde: "Geef een neger een centimeter en hij zal een el nemen." Denkt ik, dit is wat er gebeurt als ik niet nadenk. Hier was een neger, die ik zo goed als geholpen had om weg te rennen, die regelrecht naar buiten kwam en zei dat hij zijn kinderen zou stelen - kinderen die toebehoorden aan een man die ik niet eens kende; Een man die me nog nooit kwaad had gedaan.

Ik vond het jammer om Jim dat te horen zeggen, het was zo'n verlaging van hem. Mijn geweten begon me heter dan ooit op te hitsen, totdat ik uiteindelijk tegen het zei: "Laat me los - het is nog niet te laat - ik zal bij het eerste licht aan land peddelen en het vertellen." Ik voelde me gemakkelijk en gelukkig en zo licht als een veertje. Al mijn problemen waren weg. Ik ging scherp uitkijken naar een licht en zong een beetje voor mezelf. Langzamerhand kwam er een tevoorschijn. Jim zingt het uit:

"We zijn veilig, Huck, we zijn veilig! Spring omhoog en kraak je hakken! Dat's de good ole Cairo at las', ik weet het!"

Ik zegt:

"Ik zal de kano nemen en gaan kijken, Jim. Dat zou het misschien niet zijn, weet je."

Hij sprong en maakte de kano klaar, en legde zijn oude jas op de bodem voor mij om op te gaan zitten, en gaf mij de peddel; en terwijl ik wegduwde, zei hij:

"Pooty, binnenkort zal ik juichen van vreugde, en ik zal zeggen, het is allemaal voor rekening van Huck; Ik ben een vrij man, en ik zou nooit vrij kunnen zijn als het voor Huck was geweest; Huck heeft het gedaan. Jim zal je nooit vergeven, Huck; je bent de bes' fren' Jim's ooit gehad; en jij bent de *enige* fren' ole Jim die nu heeft."

Ik peddelde weg, helemaal in het zweet om hem te vertellen; Maar toen hij dit zei, leek het me een beetje de mond te snoeren. Ik ging toen langzaam voort en ik waarschuwde niet precies of ik blij was dat ik begon of dat ik niet waarschuwde. Toen ik vijftig meter verderop was, zei Jim:

"Dah je gaat, de ouwe ware Huck; de on'y blanke genlman die ooit zijn belofte aan ole Jim heeft gehouden."

Nou, ik voelde me gewoon ziek. Maar ik zei, ik *moet* het doen - ik kan er niet *onderuit*. Precies op dat moment kwam er een skiff met twee mannen erin met geweren, en zij stopten en ik stopte. Een van hen zegt:

"Wat is dat daarginds?"

'Een stuk van een vlot,' zei ik.

"Hoor je erop thuis?"

"Ja, meneer."

"Zijn er mannen op?"

"Slechts één, meneer."

"Wel, er zijn vannacht vijf negers weggerend, daarginds, boven het hoofd van de bocht. Is je man blank of zwart?"

Ik heb niet snel geantwoord. Ik probeerde het, maar de woorden wilden niet komen. Ik probeerde me een seconde of twee schrap te zetten en ermee weg te gaan, maar ik waarschuwde niet man genoeg - had niet het zaad van een konijn. Ik zie dat ik aan het verzwakken was; dus ik geef het gewoon op, en sta op en zegt:

"Hij is blank."

"Ik denk dat we zelf maar eens gaan kijken."

"Ik wou dat je dat deed," zei ik, "want het is pap die daar is, en misschien wil je me helpen het vlot naar de wal te slepen waar het licht is. Hij is ziek, en mama en Mary Ann ook."

"Oh, de duivel! We hebben haast, jongen. Maar ik stel dat we wel moeten. Kom, gesp je peddel vast en laten we verder gaan."

Ik gespte me vast aan mijn peddel en zij gingen aan hun riemen liggen. Toen we een paar streken hadden gemaakt, zei ik:

"Pap zal je enorm veel vervloekt zijn, kan ik je vertellen. Iedereen gaat weg als ik wil dat ze me helpen het vlot naar de wal te slepen, en ik kan het niet alleen."

"Nou, dat is hels gemeen. Vreemd ook. Zeg, jongen, wat is er met je vader aan de hand?"

"Het is de-een-de-nou, het is niet veel."

Ze stopten met trekken. Het waarschuwt niet, maar een machtig klein stukje naar het vlot nu. Men zegt:

"Jongen, dat is een leugen. Wat *is* er aan de hand met je pap? Antwoord nu vierkant, en het zal beter voor je zijn."

'Dat zal ik doen, meneer, ik zal het doen, eerlijk - maar verlaat ons alsjeblieft niet. Het is de... de-heren, als u maar vooruit trekt, en laat mij u de kop geven, hoeft u niet in de buurt van het vlot te komen - alstublieft."

"Zet haar terug, John, zet haar terug!" zegt iemand. Ze steunden water. 'Blijf weg, jongen, blijf hangen. Verwar het, ik verwacht gewoon dat de wind het naar ons toe heeft geblazen. Uw vader heeft de pokken en u weet het heel goed. Waarom ben je niet naar buiten gekomen om dat te zeggen? Wil je het helemaal verspreiden?"

"Nou," zeg ik blubberend, "ik heb het iedereen al eerder verteld, en ze gingen gewoon weg en verlieten ons."

"Arme duivel, daar zit iets in. We hebben echt medelijden met je, maar we - nou ja, hang het op, we willen de pokken niet, zie je. Kijk hier, ik zal je vertellen wat je moet doen. Probeer niet in je eentje te landen, anders sla je alles aan stukken. Je drijft ongeveer twintig mijl naar beneden en je komt bij een stad aan de linkerkant van de rivier. Het zal dan lang na zonsopgang zijn, en als je om hulp vraagt, vertel je ze dat je ouders allemaal koude rillingen en koorts hebben. Wees niet weer een dwaas en laat mensen raden wat er aan de hand is. Nu proberen we je een plezier te doen; Dus je hebt gewoon twintig mijl tussen ons geplaatst, dat is een goede jongen. Het zou geen goed doen om daar te landen waar het licht is - het is maar een houtwerf. Zeg, ik denk dat je vader arm is, en ik moet zeggen dat hij behoorlijk veel pech heeft. Hier zal ik een goudstuk van twintig dollar op dit bord leggen, en je krijgt het als het voorbij drijft. Ik voel me machtig gemeen om je te verlaten; maar mijn koninkrijk! Het is niet goed om met pokken te dollen, zie je niet?"

"Wacht even, Parker," zegt de andere man, "hier is een twintig om voor mij op het bord te zetten. Tot ziens, jongen; je doet wat meneer Parker je gezegd heeft, en het komt goed met je."

"Dat is zo, mijn jongen, tot ziens, tot ziens. Als je weggelopen negers ziet, zoek je hulp en pak je ze, en je kunt er wat geld mee verdienen."

"Tot ziens, meneer," zeg ik; "Ik laat me niet voorbijgaan door weggelopen negers als ik er iets aan kan doen."

Ze gingen weg en ik ging aan boord van het vlot, me slecht en neerslachtig voelend, omdat ik heel goed wist dat ik verkeerd had gedaan, en ik zie dat het geen zin heeft voor mij om te proberen te leren goed te doen; een lichaam dat niet *goed begint* als hij klein is, heeft geen show - als het erop aankomt is er niets om hem te ondersteunen en hem aan het werk te houden, En dus wordt hij geslagen. Toen dacht ik even na en zei tegen mezelf: wacht even; Stel dat je het goed had gedaan en Jim had opgegeven, zou je je dan beter voelen dan wat je nu doet? Nee, zei ik, ik zou me slecht voelen - ik zou me precies zo voelen als nu. Welnu, zeg ik, wat heeft het voor zin dat je leert om goed te doen als het lastig is om goed te doen en het is geen probleem om kwaad te doen, en het loon is precies hetzelfde? Ik zat vast. Daar kon ik geen antwoord op geven. Dus ik dacht dat ik me er niet meer druk om zou maken, maar hierna altijd doen wat op dat moment het handigst was.

Ik ging de wigwam in; Jim waarschuwde er niet. Ik keek om me heen; Hij waarschuwde nergens. Ik zegt:

"Jim!"

"Hier ben ik, Huck. Is je uit het zicht? Praat niet luid."

Hij was in de rivier onder de hekriem, met alleen zijn neus uitgestoken. Ik vertelde hem dat ze uit het zicht waren, dus kwam hij aan boord. Hij zegt:

"Ik luisterde naar al het gepraat, en ik glipte de rivier in en was gwyne om te duwen voor sho' als ik aan boord kwam. Den ik was gwyne om naar de raf' agin te zwemmen toen dey weg was. Maar wetten, wat heb je ze voor de gek gehouden, Huck! Dat *was* de smartes' dodge! Ik zeg je, Chili, ik 'speck it save' ole Jim - ole Jim zal je daar niet voor vergeven, schat."

Toen hadden we het over het geld. Het was een behoorlijk goede loonsverhoging - twintig dollar per stuk. Jim zei dat we nu op een stoomboot aan dek konden gaan, en dat we met het geld zo ver zouden kunnen gaan als we wilden in de vrije staten. Hij zei dat het twintig mijl langer niet ver kon voordat het vlot zou gaan, maar hij wenste dat we er al waren.

Tegen het aanbreken van de dag bonden we vast, en Jim was erg kieskeurig in het goed verbergen van het vlot. Daarna werkte hij de hele dag door om dingen in bundels te repareren en zich klaar te maken om te stoppen met raften.

Die avond rond tien uur komen we in het zicht van de lichten van een stad verderop in een bocht naar links.

Ik ging in de kano om ernaar te vragen. Al snel vond ik een man in de rivier met een skiff, die een draflijn uitzette. Ik liep op en zei:

"Meneer, is dat de stad Caïro?"

"Caïro? Nee. Je moet een schuldige dwaas zijn."

"Wat is het voor een stad, meneer?"

"Als je het wilt weten, ga het dan uitzoeken. Als je hier ongeveer een halve minuut langer bij me in de buurt blijft, krijg je iets dat je niet wilt."

Ik peddelde naar het vlot. Jim was vreselijk teleurgesteld, maar ik zei dat het niet uitmaakte, Caïro zou de volgende plaats zijn, dacht ik.

We passeerden een andere stad voordat het licht werd, en ik ging weer naar buiten; maar het was hoog terrein, dus ik ging niet. Geen hoogdravende grond over Caïro, zei Jim. Ik was het vergeten. We legden ons voor de dag aan op een sleepkop die dicht bij de linkeroever kon worden gedragen. Ik begon iets te vermoeden. Zo ook Jim. Ik zegt:

"Misschien zijn we die nacht in de mist langs Caïro gegaan."

Hij zegt:

"Doan' le's praten erover, Huck. Po' negers kunnen geen geluk hebben. Ik awluz 'spected dat ratelslang-huid warn't done wid zijn werk.

'Ik wou dat ik die slangenhuid nooit had gezien, Jim - ik wou dat ik hem nooit had gezien.'

"Het is niet jouw schuld, Huck; je wist het niet. Geef jezelf er niet de schuld van."

Toen het daglicht was, was hier het heldere water van Ohio aan de kust, zeker genoeg, en buiten was de oude gewone Muddy! Dus het was allemaal uit met Caïro.

We hebben het allemaal doorgepraat. Het zou niet goed zijn om naar de kust te gaan; We konden natuurlijk niet met het vlot de stroom op. Er zit niets anders op dan te wachten tot het donker is, en terug in de kano te beginnen en de kans te wagen. Dus sliepen we de hele dag tussen het populierenstruikgewas, om fris te zijn voor het werk, en toen we tegen het donker teruggingen naar het vlot, was de kano verdwenen!

We hebben een hele tijd geen woord gezegd. Er is niets te zeggen. We wisten allebei goed genoeg dat het nog wat werk van de ratelslanghuid was; Dus wat had het voor zin om erover te praten? Het zou er alleen maar op lijken dat we fouten aan het vinden waren, en dat zou zeker meer ongeluk brengen - en het zou ook blijven halen totdat we genoeg wisten om stil te blijven.

Langzamerhand spraken we over wat we beter konden doen, en ontdekten dat er geen andere manier was dan gewoon met het vlot mee te gaan totdat we de kans kregen om een kano te kopen om weer in te gaan. We waarschuwen dat we het niet gaan lenen als er niemand in de buurt is, zoals pap zou doen, want dat zou mensen achter ons aan kunnen zetten.

Dus gingen we in het donker op het vlot.

Iedereen die nog niet gelooft dat het dwaasheid is om een slangenhuid te hanteren, na alles wat die slangenhuid voor ons heeft gedaan, zal het nu geloven als ze verder lezen en zien wat het nog meer voor ons heeft gedaan.

De plaats om kano's te kopen is van vlotten die aan de kust liggen. Maar we zagen geen vlotten liggen; Dus gingen we drie uur en langer mee. Nou, de nacht werd grijs en ruiger dik, wat het op één na gemeenste ding is om te beslaan. Je kunt de vorm van de rivier niet zien en je kunt geen afstand zien. Het werd erg laat en stil, en dan komt er een stoomboot de rivier op. We staken de lantaarn aan en oordeelden dat ze het zou zien. Stroomopwaartse boten kwamen niet royaal bij ons in de buurt; ze gaan eropuit en volgen de tralies en jagen op gemakkelijk water onder de riffen; Maar nachten als deze bulderen ze regelrecht het kanaal op tegen de hele rivier in.

We konden haar horen beuken, maar we zagen haar pas goed toen ze dichtbij was. Ze mikte recht op ons. Vaak doen ze dat en proberen ze te zien hoe dichtbij ze kunnen komen zonder elkaar aan te raken; Soms bijt het wiel een zwaai af, en dan steekt de piloot zijn hoofd naar buiten en lacht, en denkt dat hij machtig slim is. Nou, hier komt ze, en we zeiden dat ze zou proberen ons te scheren; Maar ze leek niet een beetje af te wijken. Ze was een grote, en ze kwam ook haastig, ze zag eruit als een zwarte wolk met rijen glimwormen eromheen; Maar plotseling puilde ze uit, groot en eng, met een lange rij wijd open ovendeuren die schitterden als roodgloeiende tanden, en haar monsterlijke bogen en bewakers die recht boven ons hingen. Er was een schreeuw tegen ons en een gerinkel van bellen om de motoren te stoppen, een powwow van vloeken en fluiten van stoom - en terwijl Jim aan de ene kant overboord ging en ik aan de andere kant, kwam ze dwars door het vlot heen slaan.

Ik dook - en ik probeerde ook de bodem te vinden, want er moest een wiel van dertig voet over me heen gaan, en ik wilde dat het voldoende ruimte had. Ik kon altijd een minuutje onder water blijven; deze keer denk ik dat ik onder de anderhalve minuut bleef. Toen stuiterde ik haastig naar de top, want ik ging bijna kapot. Ik sprong naar mijn oksels en blies het water uit mijn neus, en pufte een beetje. Natuurlijk was er een dreunende stroming; En natuurlijk startte die boot haar motoren weer tien seconden nadat ze ze had gestopt, want ze gaven nooit veel om vlotters; dus nu karnde ze de rivier op, uit het zicht in het dikke weer, hoewel ik haar kon horen.

Ik heb ongeveer een dozijn keer voor Jim gezongen, maar ik kreeg geen antwoord; dus greep ik een plank die me raakte terwijl ik 'watertrappelde', en sloeg naar de kust, die ik voor me uit duwde. Maar ik zag dat de stroming naar de linkeroever dreef, wat betekende dat ik in een oversteek was; dus ik veranderde en ging die kant op.

Het was een van die lange, schuine overtochten van twee mijl; dus het kostte me een goede lange tijd om er overheen te komen. Ik maakte een veilige landing en klauterde de oever op. Ik kon maar een klein stukje zien, maar ik ging een kwart mijl of meer over ruw terrein snuffelen en toen kwam ik een groot ouderwets dubbel blokhuis tegen voordat ik het opmerkte. Ik was van plan om voorbij te rennen en weg te komen, maar veel honden sprongen eruit en begonnen naar me te huilen en te blaffen, en ik wist beter dan nog een pin te verplaatsen.

HOOFDSTUK XVII.

Na ongeveer een minuut sprak iemand uit een raam zonder zijn hoofd naar buiten te steken en zei:

"Klaar maar, jongens! Wie is daar?"

Ik zegt:

"Ik ben het."

"Wie ben ik?"

"George Jackson, meneer."

"Wat wil je?"

"Ik wil niets, meneer. Ik wil alleen maar mee, maar de honden laten me niet toe."

"Waarom sluip je hier op dit uur van de nacht rond, hé?"

"Ik waarschuw niet rondsluipen, meneer, ik ben overboord gevallen van de stoomboot."

"Oh, dat heb je gedaan, hè? Steek daar een licht aan, iemand. Wat zei je dat je naam was?"

"George Jackson, meneer. Ik ben nog maar een jongen."

"Kijk, als je de waarheid vertelt, hoef je niet bang te zijn - niemand zal je pijn doen. Maar probeer niet toe te geven; Ga staan waar je bent. Wek Bob en Tom, sommigen van jullie, en haal de wapens. George Jackson, is er iemand bij je?"

"Nee, meneer, niemand."

Ik hoorde de mensen nu in het huis rondlopen en zag een licht. De man zong het uit:

'Pak dat licht weg, Betsy, jij oude dwaas - heb je geen verstand? Zet het op de vloer achter de voordeur. Bob, als jij en Tom er klaar voor zijn, neem dan je plaats in."

"Helemaal klaar."

"Nu, George Jackson, ken je de Shepherdsons?"

"Nee, meneer; Ik heb nog nooit van ze gehoord."

"Nou, dat kan zo zijn, en misschien ook niet. Nu, helemaal klaar. Stap naar voren, George Jackson. En let op, haast je niet - kom machtig langzaam. Als er iemand bij je is, laat hem dan terughoudend zijn - als hij zich laat zien, wordt hij neergeschoten. Kom nu langs. Kom langzaam; Duw de deur zelf open - net genoeg om naar binnen te knijpen, hoor je?"

Ik had geen haast; Ik zou het niet kunnen als ik het had gewild. Ik nam een langzame stap tegelijk en er was geen geluid, alleen ik dacht dat ik mijn hart kon horen. De honden waren net zo stil als de mensen, maar ze volgden een beetje achter me. Toen ik bij de drie houten drempels kwam, hoorde ik ze ontgrendelen en losmaken en losmaken. Ik legde mijn hand op de deur en duwde er een beetje en een beetje meer op totdat iemand zei: "Daar, dat is genoeg - steek je hoofd erin." Ik deed het, maar ik oordeelde dat ze het eraf zouden halen.

De kaars stond op de grond, en daar stonden ze allemaal, ongeveer een kwart minuut naar mij te kijken, en ik naar hen: Drie grote mannen met geweren op me gericht, wat me deed huiveren, zeg ik je; de oudste, grijs en ongeveer zestig, de andere twee dertig of meer - allemaal mooi en knap - en de liefste oude grijsharige dame, en achter haar twee jonge vrouwen die ik niet goed kon zien. De oude heer zegt:

"Daar; Ik denk dat het in orde is. Kom binnen."

Zodra ik binnen was, deed de oude heer de deur op slot en sloot hem en grendelde hem, en zei tegen de jonge mannen dat ze binnen moesten komen met hun geweren, en ze gingen allemaal naar een grote salon met een nieuw voddentapijt op de vloer, en kwamen samen in een hoek die buiten het bereik van de voorramen was - er was niemand aan de zijkant. Ze hielden de kaars vast en keken me eens goed aan, en zeiden allemaal: "Wel, *hij* is geen herderszoon, nee, er is geen herderszoon aan hem." Toen zei de oude man dat hij hoopte dat ik het niet erg zou vinden om naar wapens te worden gezocht, omdat hij er geen kwaad mee bedoelde - het was alleen om zeker te zijn. Hij wrikte dus niet in mijn zakken, maar voelde alleen met zijn handen aan de buitenkant en zei dat het goed was. Hij zei dat ik het me gemakkelijk en thuis moest maken en alles over mezelf moest vertellen; Maar de oude dame zegt:

"Wel, zegen je, Saul, het arme ding is zo nat als hij maar kan zijn; En denk je niet dat het kan zijn dat hij honger heeft?"

'Dat is waar voor jou, Rachel, ik ben het vergeten.'

Dus de oude dame zegt:

"Betsy" (dit was een negervrouw), "je vliegt rond en haalt zo snel mogelijk iets te eten voor hem, arm ding; en een van jullie meisjes gaat Buck wakker maken en zegt tegen hem: oh, hier is hij zelf. Buck, neem deze kleine vreemdeling en trek de natte kleren van hem uit en kleed hem aan in een paar van de jouwe die droog zijn."

Buck zag er ongeveer net zo oud uit als ik – dertien of veertien of daarlangs, hoewel hij een beetje groter was dan ik. Hij had niets anders aan dan een overhemd en hij was erg slungelig. Hij kwam gapend binnen en groef een vuist in zijn ogen, en hij sleepte een pistool mee met de andere. Hij zegt:

"Zijn er geen herderszonen in de buurt?"

Ze zeiden, nee, het was een vals alarm.

"Nou," zegt hij, "als ze er een paar hadden, denk ik dat ik er een zou hebben."

Ze lachten allemaal, en Bob zegt:

"Wel, Buck, ze hebben ons misschien allemaal gescalpeerd, je bent zo traag geweest om te komen."

"Nou, niemand komt achter me aan, en het is niet goed dat ik altijd onder de duim wordt gehouden; Ik krijg geen no-show."

"Maakt niet uit, Buck, mijn jongen," zegt de oude man, "je zult genoeg show hebben, alles op zijn tijd, maak je daar geen zorgen over. Ga nu lang met je mee en doe wat je moeder je gezegd heeft."

Toen we boven in zijn kamer kwamen, gaf hij me een grof overhemd en een rotonde en een broek van hem, en ik trok ze aan. Terwijl ik bezig was, vroeg hij me hoe ik heette, maar voordat ik het hem kon vertellen, begon hij me te vertellen over een blauwe gaai en een jong konijn die hij eergisteren in het bos had gevangen, en hij vroeg me waar Mozes was toen de kaars uitging. Ik zei dat ik het niet wist; Ik had er nog nooit van gehoord, echt niet.

"Nou, raad eens", zegt hij.

"Hoe moet ik het raden," zeg ik, "als ik er nog nooit van gehoord heb?"

"Maar je kunt het wel raden, hè? Het is net zo makkelijk."

"*Welke* kaars?" Zegt ik.

"Wel, elke kaars", zegt hij.

"Ik weet niet waar hij was," zeg ik; "Waar was hij?"

"Wel, hij tastte in het *duister!* Daar was hij!"

"Nou, als je wist waar hij was, waar heb je me dan om gevraagd?"

"Waarom, geef het de schuld, het is een raadsel, zie je niet? Zeg, hoe lang blijf je hier? Je moet altijd blijven. We kunnen gewoon bloeiende tijden hebben - ze hebben nu geen school. Heb je een hond? Ik heb een hond - en hij zal in de rivier gaan en spaanders naar buiten brengen die je erin gooit. Vind je het leuk om de zondagen en al dat soort dwaasheden uit te kammen? Reken maar dat ik dat niet doe, maar ma ze maakt me. Verwar deze oude britches! Ik denk dat ik ze beter aan kan trekken, maar dat zou ik niet doen, het is zo warm. Ben je er helemaal klaar voor? OK. Kom mee, ouwe."

Koude maïs, koud maïsrundvlees, boter en karnemelk - dat is wat ze daar voor me hadden, en er is nog niets beters dat ik ooit ben tegengekomen. Buck en zijn moeder en ze rookten allemaal kolfpijpen, behalve de negervrouw, die weg was, en de twee jonge vrouwen. Ze rookten en praatten allemaal, en ik at en praatte. De jonge vrouwen hadden dekbedden om zich heen en hun haar op hun rug. Ze stelden me allemaal vragen, en ik vertelde hun hoe papa en ik en de hele familie op een kleine boerderij aan de voet van Arkansaw woonden, en mijn zus Mary Ann rende weg en trouwde en er werd nooit meer iets van vernomen, en Bill ging op hen jagen en hij waarschuwde dat er niets meer van werd gehoord, en Tom en Mort stierven, en toen was er niemand anders dan alleen ik en pap vertrokken, en hij was gewoon tot niets gereduceerd vanwege zijn problemen; dus toen hij stierf, nam ik wat er nog over was, omdat de boerderij niet van ons was, en begon de rivier op te gaan, dekpassage, en viel overboord; en zo ben ik hier gekomen. Dus zeiden ze dat ik daar een huis kon hebben zolang ik het wilde. Toen was het bijna daglicht en iedereen ging naar bed, en ik ging naar bed met Buck, en toen ik 's morgens wakker werd, was ik vergeten wat mijn naam was. Dus ik lag daar ongeveer een uur te proberen na te denken, en toen Buck wakker werd, zei ik:

"Kun je spellen, Buck?"

"Ja", zegt hij.

"Ik wed dat je mijn naam niet kunt spellen", zeg ik.

"Ik wed dat ik het durf wat je kunt", zegt hij.

"Goed," zeg ik, "ga je gang."

"G-e-o-r-g-e J-a-x-o-n—daar nu," zegt hij.

"Nou," zeg ik, "je hebt het gedaan, maar ik dacht niet dat je het kon. Het is geen onnozele naam om te spellen - meteen zonder te studeren."

Ik legde het op, privé, omdat iemand misschien zou willen dat *ik* het vervolgens spelde, en dus wilde ik er handig mee zijn en het opdreunen zoals ik eraan gewend was.

Het was een machtig aardig gezin, en ook een machtig mooi huis. Ik had nog nooit een huis op het platteland gezien dat zo mooi was en zoveel stijl had. Het had geen ijzeren grendel op de voordeur, noch een houten met een touwtje van buckskin, maar een koperen knop om aan te draaien, net als huizen in de stad. Er is geen bed in de salon, noch een teken van een bed; Maar in enorm veel salons in steden staan bedden. Er was een grote open haard die aan de onderkant was dichtgemetseld, en de stenen werden schoon en rood gehouden door er water op te gieten en ze met een andere steen te schrobben; soms wassen ze ze af met rode waterverf die ze Spaansbruin noemen, net als in de stad. Ze hadden grote koperen hondenijzers die een zaagblok omhoog konden houden. In het midden van de schoorsteenmantel stond een klok, met op de onderste helft van de glazen pui een afbeelding van een stad geschilderd, en in het midden een ronde plaats voor de zon, en je kon de slinger erachter zien slingeren. Het was prachtig om die klok te horen tikken; En soms, als een van deze marskramers langs was geweest en haar had opgeschuurd en haar in goede conditie had gebracht, begon ze en sloeg ze honderdvijftig voordat ze werd weggestopt. Ze zouden geen geld voor haar aannemen.

Nou, er was een grote bizarre papegaai aan elke kant van de klok, gemaakt van zoiets als krijt, en opzichtig beschilderd. Bij een van de papegaaien was een kat gemaakt van serviesgoed, en bij de andere een vaatwerkhond; En als je op ze drukte, piepten ze, maar deden hun mond niet open en keken niet anders of geïnteresseerd. Ze piepten eronderdoor. Er waren een paar grote fans van wilde kalkoenvleugels verspreid achter die dingen. Op de tafel in het midden van de kamer stond een soort mooie serviesmand met appels en sinaasappels en perziken en druiven opgestapeld, die veel roder en geler en mooier was dan echte, maar ze waarschuwden niet echt omdat je kon zien waar stukken waren afgebroken en het witte krijt liet zien, of wat het ook was, eronder.

Deze tafel had een deksel gemaakt van prachtig tafelzeil, met een rode en blauwe spreidarend erop geschilderd, en een geschilderde rand rondom. Het kwam helemaal uit Philadelphia, zeiden ze. Er lagen ook enkele boeken, perfect precies opgestapeld, op elke hoek van de tafel. Een daarvan was een grote familiebijbel vol met foto's. Een daarvan was Pilgrim's Progress, over een man die zijn familie verliet, er werd niet gezegd waarom. Ik lees er af en toe veel in. De uitspraken waren interessant, maar moeilijk. Een andere was Friendship's Offering, vol mooie dingen en poëzie; maar ik heb de poëzie niet gelezen. Een andere was Henry Clay's Speeches, en een andere was Dr. Gunn's Family Medicine, die je alles vertelde over wat je moest doen als een lichaam ziek of dood was. Er was een gezangenboek, en een heleboel andere boeken. En er waren mooie stoelen met een gespleten bodem, en ook perfect gezond - niet in het midden ingepakt en kapot, als een oude mand.

Ze hadden foto's aan de muren gehangen - voornamelijk Washingtons en Lafayettes, en veldslagen, en Highland Marys, en een genaamd 'Signing the Declaration'. Er waren er een paar die ze kleurpotloden noemden, die een van de dochters, die dood was, zelf maakte toen ze nog maar vijftien jaar oud was. Ze waren anders dan alle foto's die ik ooit eerder had gezien - meestal zwarter dan gebruikelijk is. De ene was een vrouw in een slanke zwarte jurk, met een kleine riem onder de oksels, met uitstulpingen als een kool in het midden van de mouwen, en een grote zwarte schepmuts met een zwarte sluier, en witte slanke enkels gekruist met zwarte tape, en heel kleine zwarte pantoffels, als een beitel, en ze leunde peinzend op een grafsteen op haar rechterelleboog, onder een treurwilg, en haar andere hand die langs haar zij hing met een witte zakdoek en een dradenkruis, en onder het schilderij stond: "Zal ik u nooit meer zien, helaas." Een andere was een jonge dame met haar haar helemaal recht gekamd tot aan de bovenkant van haar hoofd, en daar voor een kam geknoopt als een rugleuning, en ze huilde in een zakdoek en had een dode vogel op zijn rug in haar andere hand met zijn hakken omhoog, en onder het schilderij stond: "Ik zal je zoete fluit helaas nooit meer horen." Er was er een waar een jonge dame voor een raam stond en naar de maan keek, en de tranen liepen over haar wangen; en ze had een open brief in de ene hand met zwarte zegellak op een rand ervan, en ze stampte een medaillon met een ketting eraan tegen haar mond, en onder de afbeelding stond: "En ben je weg, ja, je bent weg, helaas." Dit waren allemaal mooie foto's, denk ik, maar ik leek er op de een of andere manier niet van te genieten, want als ik ooit een beetje down was, geven ze me altijd de fan-tods. Iedereen vond het jammer dat ze stierf, want ze had nog veel meer van deze foto's neergelegd om te maken, en een lichaam kon aan wat ze had gedaan zien wat ze hadden verloren. Maar ik rekende erop dat ze het met haar karakter beter naar haar zin had op het kerkhof. Ze was aan het werk aan wat volgens hen haar mooiste foto was toen ze ziek werd, en elke dag en elke nacht was het haar gebed om te mogen leven tot ze het voor elkaar had, maar ze kreeg nooit de kans. Het was een foto van een jonge vrouw in een lange witte jurk, die op de reling van een brug stond, helemaal klaar om eraf te springen, met haar haar helemaal op haar rug, en kijkend naar de maan, met de tranen die over haar gezicht liepen, en ze had twee armen over haar borst gevouwen, en twee armen uitgestrekt naar voren, en nog twee die naar de maan reiken - en het idee was om te zien welk paar er het beste uit zou zien, en dan alle andere armen eruit te krabben; maar, zoals ik al zei, ze stierf voordat ze een besluit had genomen, en nu bewaarden ze deze foto boven het hoofdeinde van het bed in haar kamer, en elke keer als ze jarig was, hingen ze er bloemen aan. Andere keren was het verborgen met een gordijntje. De jonge vrouw op de foto had een soort lief lief gezichtje, maar er waren zoveel armen dat ze er te spinachtig uitzag, leek me.

Dit jonge meisje hield bij haar leven een plakboek bij, en plakte er overlijdensberichten, ongelukken en gevallen van lijdend leed in uit de *Presbyterian Observer* in en schreef er uit haar eigen hoofd poëzie achteraan. Het was heel goede poëzie. Dit is wat ze schreef over een jongen met de naam Stephen Dowling Bots die in een put viel en verdronk:

ODE AAN STEPHEN DOWLING BOTS, DEC'D

En werd de jonge Stefanus ziek, en stierf de jonge Stefanus? En werden de droevige harten dikker, En huilden de rouwenden?

Nee, dat was niet het lot van Young Stephen Dowling Bots; Hoewel de droevige harten om hem heen dikker werden, klonk het 'Het was niet van ziekte'.

Geen kinkhoest pijnigde zijn gestalte, Noch mazelen verwelkt met vlekken; Niet deze schaadden de heilige naam van Stephen Dowling Bots.

Verachte liefde sloeg niet met wee Die kop van gekrulde knopen, Noch maagproblemen legden hem neer, Jonge Stephen Dowling Bots.

O nee. Lijst dan met betraande ogen, Terwijl ik zijn lot vertel. Zijn ziel vloog uit deze koude wereld Door in een put te vallen.

Ze haalden hem eruit en maakten hem leeg;   Helaas was het te laat; Zijn geest was verdwenen om te spelen in de rijken van het goede en het grote.

Als Emmeline Grangerford voor haar veertiende zulke poëzie kon maken, is het niet te zeggen wat ze zo langzamerhand zou kunnen doen. Buck zei dat ze poëzie kon opdreunen alsof het niets was. Ze hoefde nooit stil te staan om na te denken. Hij zei dat ze een regel zou neerslaan, en als ze niets kon vinden om op te rijmen, zou ze hem gewoon wegkrassen en een andere neerslaan, en doorgaan. Ze waarschuwde niet bijzonder; Ze kon schrijven over alles wat je haar gaf om over te schrijven, gewoon zo was het verdrietig. Elke keer dat een man stierf, of een vrouw stierf, of een kind stierf, zou ze aanwezig zijn met haar "eerbetoon" voordat hij het koud had. Ze noemde ze eerbetuigingen. De buren zeiden dat het eerst de dokter was, toen Emmeline, toen de begrafenisondernemer - de begrafenisondernemer kwam nooit voor Emmeline binnen, maar één keer, en toen hing ze vuur aan een rijm voor de naam van de dode, namelijk Whistler. Ze waarschuwde daarna nooit meer dezelfde; Ze klaagde nooit, maar ze kwijnde weg en leefde niet lang. Arm ding, vaak dwong ik mezelf om naar het kamertje te gaan dat vroeger van haar was en haar arme, oude plakboek te pakken en erin te lezen, terwijl haar foto's me hadden geïrriteerd en ik haar een beetje had verzuurd. Ik hield van al die familie, dode en zo, en waarschuwde dat er niets tussen ons zou komen. Arme Emmeline maakte poëzie over alle dode mensen toen ze nog leefde, en het leek me niet juist dat er niemand was om iets over haar te maken nu ze er niet meer was; dus ik probeerde zelf een paar coupletten uit te zweten, maar het lukte me niet om het op de een of andere manier te laten gaan. Ze hielden Emmeline's kamer netjes en mooi, en alle dingen erin vast, precies zoals ze ze graag had toen ze nog leefde, en er sliep nooit iemand. De oude dame zorgde zelf voor de kamer, hoewel er veel negers waren, en ze naaide er veel en las er vooral haar bijbel.

    Nou, zoals ik al zei over de salon, er waren prachtige gordijnen voor de ramen: wit, met afbeeldingen erop geschilderd van kastelen met wijnstokken langs de muren, en vee dat naar beneden kwam om te drinken. Er was ook een kleine oude piano met tinnen pannen erin, denk ik, en niets was ooit zo mooi als de jonge dames "The Last Link is Broken" te horen zingen en er "The Battle of Prague" op te horen spelen. De muren van alle kamers waren gepleisterd en de meeste hadden tapijten op de vloeren, en het hele huis was aan de buitenkant witgekalkt.

    Het was een dubbel huis, en de grote open ruimte tussen hen was overdekt en bevloerd, en soms was de tafel daar midden op de dag gedekt, en het was een koele, comfortabele plek. Niets kon niet beter. En waarschuw het koken niet goed, en gewoon bushels ervan ook!

HOOFDSTUK XVIII

Kolonel Grangerford was een gentleman, ziet u. Hij was een heer in hart en nieren; En zijn familie ook. Hij was goed geboren, zoals het gezegde luidt, en dat is evenveel waard in een man als in een paard, zo zei de weduwe Douglas, en niemand heeft ooit ontkend dat ze tot de eerste aristocratie in onze stad behoorde; En Pap hij zei het ook altijd, hoewel hij niet waarschuwde voor niet meer kwaliteit dan een modderkat zelf. Kolonel Grangerford was erg lang en erg slank en had een donkerbruine huidskleur, nergens een teken van rood; Hij was elke ochtend gladgeschoren over zijn hele dunne gezicht, en hij had de dunste soort lippen, en de dunste soort neusgaten, en een hoge neus, en zware wenkbrauwen, en de zwartste soort ogen, zo diep naar achteren verzonken dat het leek alsof ze uit spelonken naar je keken, zoals je zou kunnen zeggen. Zijn voorhoofd was hoog en zijn haar was zwart en recht en hing tot op zijn schouders. Zijn handen waren lang en dun, en elke dag van zijn leven trok hij een schoon overhemd aan en een volledig pak van top tot teen gemaakt van linnen dat zo wit was dat het pijn deed aan je ogen om ernaar te kijken; en 's zondags droeg hij een blauwe rok met koperen knopen eraan. Hij droeg een mahoniehouten stok met een zilveren kop eraan. Er is geen lichtzinnigheid over hem, niet een beetje, en hij waarschuwt nooit luid. Hij was zo aardig als hij maar kon zijn - dat kon je voelen, weet je, en dus had je vertrouwen. Soms glimlachte hij, en dat was goed om te zien; Maar toen hij zich als een vrijheidspaal oprichtte en de bliksem onder zijn wenkbrauwen begon weg te flikkeren, wilde je eerst in een boom klimmen en daarna uitzoeken wat er aan de hand was. Hij hoefde nooit tegen iemand te zeggen dat hij op zijn manieren moest letten – iedereen was altijd goedgemanierd waar hij was. Iedereen hield er ook van om hem in de buurt te hebben; hij was bijna altijd zonneschijn - ik bedoel, hij liet het goed weer lijken. Toen hij in een wolkenbank veranderde, was het een halve minuut vreselijk donker, en dat was genoeg; Er zou een week lang niets meer misgaan.

Toen hij en de oude dame 's morgens naar beneden kwamen, stond de hele familie op uit hun stoelen en wenste hun goededag, en ging niet meer zitten voordat ze waren gaan zitten. Toen gingen Tom en Bob naar het dressoir waar de karaf stond, en mengden een glas bitters en gaven het hem, en hij hield het in zijn hand en wachtte tot die van Tom en Bob gemengd was, en toen bogen ze en zeiden: "Onze plicht tegenover u, meneer en mevrouw," en *ze* bogen een klein beetje ter wereld en zeiden dankjewel, en dus dronken ze, alle drie, en Bob en Tom goten een lepel water op de suiker en de penning van whisky of appelbrandewijn op de bodem van hun bekers, en gaven het aan mij en Buck, en we dronken ook aan de oude mensen.

Bob was de oudste en Tom was de volgende - lange, mooie mannen met zeer brede schouders en bruine gezichten, en lang zwart haar en zwarte ogen. Ze waren van top tot teen gekleed in wit linnen, net als de oude heer, en droegen brede panamahoeden.

Dan was er juffrouw Charlotte; Ze was vijfentwintig, en lang en trots en groots, maar zo goed als ze kon zijn als ze niet opwond; Maar als ze er was, had ze een blik die je zou doen verwelken, net als haar vader. Ze was mooi.

Dat gold ook voor haar zus, juffrouw Sophia, maar het was een ander soort. Ze was zachtaardig en lief als een duif, en ze was pas twintig.

Iedereen had zijn eigen neger om op hen te wachten - Buck ook. Mijn neger had het monsterlijk gemakkelijk, want ik was niet gewend dat iemand iets voor me deed, maar Buck's was meestal op de sprong.

Dit was alles wat er nu van het gezin was, maar er waren er meer — drie zonen; ze werden gedood; en Emmeline die stierf.

De oude heer bezat veel boerderijen en meer dan honderd negers. Soms kwam er een stapel mensen te paard, van tien of vijftien mijl in de omtrek, en bleef vijf of zes dagen, en had zulke rommeltochten rondom en op de rivier, en dansen en picknicken in het bos overdag, en bals in het huis 's avonds. Deze mensen waren meestal verwanten van de familie. De mannen hadden hun geweren bij zich. Het was een knappe partij kwaliteit, zeg ik je.

Er was daar nog een clan van aristocratie - vijf of zes families - meestal met de naam Shepherdson. Zij waren even hooggestemd en welgeboren en rijk en groots als de stam van de Grangerfords. De Shepherdsons en Grangerfords gebruikten dezelfde aanlegsteiger voor stoomboten, die ongeveer twee mijl boven ons huis lag; dus soms, als ik daarheen ging met veel van onze mensen, zag ik veel van de herderszonen daar op hun mooie paarden.

Op een dag waren Buck en ik in het bos aan het jagen en hoorden we een paard aankomen. We staken de weg over. Buck zegt:

"Snel! Spring voor het bos!"

We deden het en gluurden toen door de bladeren door het bos. Al snel kwam er een prachtige jongeman over de weg galopperen, zijn paard rustig afstellend en eruitziend als een soldaat. Hij had zijn pistool over zijn pommel. Ik had hem al eerder gezien. Het was de jonge Harney Shepherdson. Ik hoorde Bucks pistool afgaan aan mijn oor en Harney's hoed tuimelde van zijn hoofd. Hij pakte zijn pistool en reed regelrecht naar de plek waar we verborgen zaten. Maar we hebben niet gewacht. We begonnen door het bos aan een rondje hardlopen. Het bos waarschuwt niet dik, dus ik keek over mijn schouder om de kogel te ontwijken, en twee keer zag ik Harney Buck dekken met zijn pistool; en toen reed hij weg zoals hij gekomen was - om zijn hoed te halen, denk ik, maar ik kon het niet zien. We zijn nooit gestopt met rennen tot we thuis waren. De ogen van de oude heer schitterden een ogenblik - 't was vooral genot, oordeelde ik - toen werd zijn gezicht een beetje gladgestreken, en hij zei, een beetje vriendelijk:

"Ik hou niet van dat schieten vanachter een struik. Waarom ben je niet op de weg gestapt, mijn jongen?"

"De herderszonen niet, vader. Ze maken er altijd misbruik van."

Juffrouw Charlotte, ze hield haar hoofd omhoog als een koningin terwijl Buck zijn verhaal vertelde, en haar neusgaten spreidden zich en haar ogen knipperden. De twee jonge mannen keken donker, maar zeiden nooit iets. Juffrouw Sophia, ze werd bleek, maar de kleur kwam terug toen ze de man waarschuwde niet gekwetst te vinden.

Zodra ik Buck zelf bij de korenkribben onder de bomen kon krijgen, zei ik:

"Wilde je hem vermoorden, Buck?"

"Nou, ik wed dat ik dat deed."

"Wat heeft hij je aangedaan?"

"Hem? Hij heeft me nooit iets aangedaan."

"Nou, waarom wilde je hem dan vermoorden?"

"Wel, niets, alleen is het vanwege de vete."

"Wat is een vete?"

"Waarom, waar ben je opgegroeid? Weet je niet wat een vete is?"

"Nog nooit van gehoord, vertel me er eens over."

"Nou," zegt Buck, "een vete is op deze manier. Een man heeft ruzie met een andere man en doodt hem; dan doodt de broer van die andere man *hem;* Dan gaan de andere broers, aan beide kanten, voor elkaar; dan komen de *neven en nichten* tussenbeide en na verloop van tijd wordt iedereen gedood en is er geen vete meer. Maar het is een beetje traag en duurt lang."

"Is deze al lang aan de gang, Buck?"

"Nou, ik zou moeten *rekenen!* Het begon dertig jaar geleden, of som'ers daarlangs. Er was een probleem met iets, en toen een rechtszaak om het te beslechten; En het pak ging naar een van de mannen, en dus schoot hij de man neer die het pak won - wat hij natuurlijk zou doen. Iedereen zou dat doen."

"Waar ging het probleem over, Buck?

"Ik denk misschien, ik weet het niet."

"Nou, wie heeft de opnames gedaan? Was het een Grangerford of een Shepherdson?"

"Wetten, hoe weet *ik* dat? Het is zo lang geleden."

"Weet niemand dat?"

"O ja, pa weet het, denk ik, en een paar andere oude mensen; Maar ze weten nu niet waar de ruzie in de eerste plaats over ging."

"Zijn er veel doden gevallen, Buck?"

"Jazeker; Juiste slimme kans op begrafenissen. Maar ze doden niet altijd. Pa heeft een paar hagel in zich; Maar hij vindt het niet erg, want hij weegt toch niet veel. Bob is wat in stukken gesneden met een bowie, en Tom is een of twee keer gewond geraakt."

"Is er dit jaar iemand vermoord, Buck?"

"Jazeker; Wij hebben er een en zij hebben er een. 'Drie maanden geleden reed mijn neef Bud, veertien jaar oud, door het bos aan de andere kant van de rivier, en hij had geen wapen bij zich, wat de schuld van dwaasheid was, en op een eenzame plek hoort hij een paard achter hem aan komen, en ziet hij de oude Baldy Shepherdson achter hem aan rennen met zijn geweer in zijn hand en zijn witte haar wapperend in de wind; en 'in plaats van eraf te springen en naar het struikgewas te gaan, zei Bud dat hij hem kon ontlopen; Dus ze hadden het, knijpen en plooien, vijf mijl of meer, de oude man was de hele tijd aan het winnen; dus eindelijk zag Bud dat het geen zin had, dus stopte hij en keek om zich heen om de kogelgaten vooraan te hebben, weet je, en de oude man reed naar hem toe en schoot hem neer. Maar hij kreeg niet veel kans om van zijn geluk te genieten, want binnen een week hadden onze ouders *hem* neergelegd."

"Ik denk dat die oude man een lafaard was, Buck."

"Ik denk dat hij *geen* lafaard is. Niet door een verwijt. Er is geen lafaard onder die Shepherdsons, niet één. En er zijn ook geen lafaards onder de Grangerfords. Wel, die oude man hield op een dag zijn einde in een gevecht van een half uur tegen drie Grangerfords en kwam als winnaar uit de strijd. Ze waren allemaal te paard; Hij sprong van zijn paard en ging achter een kleine houtstapel staan, en hield zijn paard voor zich om de kogels tegen te houden; maar de Grangerfords bleven op hun paarden en scharrelden om de oude man heen, en vielen hem aan, en hij viel hen aan. Hij en zijn paard gingen allebei behoorlijk lek en kreupel naar huis, maar de Grangerfords moesten naar huis worden *gehaald* - en een van hen was dood, en een ander stierf de volgende dag. Nee, meneer; als een lichaam op jacht is naar lafaards, wil hij geen tijd onder die Shepherdsons voor de gek houden, want ze fokken er geen van dat *soort*."

De volgende zondag gingen we allemaal naar de kerk, ongeveer drie mijl, iedereen te paard. De mannen namen hun geweren mee, Buck ook, en hielden ze tussen hun knieën of zetten ze handig tegen de muur. De herderszonen deden hetzelfde. Het was nogal ordinaire prediking - alles over broederlijke liefde en dergelijke vermoeiendheid; maar iedereen zei dat het een goede preek was, en ze spraken er allemaal over toen ze naar huis gingen, en hadden zoveel krachtig te zeggen over geloof en goede werken en vrije genade en voorbestemming, en ik weet niet wat allemaal, dat het me een van de ruigste zondagen leek die ik tot nu toe was tegengekomen.

Ongeveer een uur na het eten lag iedereen te dommelen, sommigen in hun stoelen en sommigen in hun kamers, en het werd behoorlijk saai. Buck en een hond lagen languit op het gras in de zon, diep in slaap. Ik ging naar onze kamer en oordeelde dat ik zelf een dutje zou doen. Ik vond die lieve juffrouw Sophia in haar deur staan, die naast de onze was, en ze nam me mee naar haar kamer en sloot de deur heel zacht, en vroeg me of ik haar leuk vond, en ik zei dat ik dat deed; en ze vroeg me of ik iets voor haar zou doen en het aan niemand zou vertellen, en ik zei dat ik dat zou doen. Toen zei ze dat ze haar testament was vergeten en het op de stoel in de kerk tussen twee andere boeken had laten liggen, en of ik stilletjes naar buiten zou glippen en daarheen zou gaan om het voor haar te halen, en tegen niemand iets zou zeggen. Ik zei dat ik dat zou doen. Dus gleed ik uit en glipte de weg op, en daar waarschuwde niemand bij de kerk, behalve misschien een varken of twee, want er was geen slot op de deur, en varkens houden van een puncheon-vloer in de zomer omdat het koel is. Als je merkt dat de meeste mensen niet alleen naar de kerk gaan als het moet; Maar een varken is anders.

Ik zeg tegen mezelf, er is iets aan de hand, het is niet natuurlijk voor een meisje om zo in het zweet te staan over een Testament. Dus ik schud het door elkaar en er valt een klein stukje papier uit met "*Half twee*" erop geschreven met een potlood. Ik heb het doorzocht, maar kon verder niets vinden. Daar kon ik niets van maken, dus stopte ik het papier weer in het boek, en toen ik thuiskwam en boven was, stond juffrouw Sophia in haar deur op me te wachten. Ze trok me naar binnen en sloot de deur; toen keek ze in het testament tot ze het papier vond, en zodra ze het las, zag ze er blij uit; en voordat een lichaam kon nadenken, greep ze me vast en kneep me, en zei dat ik de beste jongen ter wereld was, en dat ze het aan niemand mocht vertellen. Ze was een minuut lang machtig rood in het gezicht, en haar ogen lichtten op, en het maakte haar machtig mooi. Ik was nogal verbaasd, maar toen ik weer op adem kwam, vroeg ik haar waar het papier over ging, en ze vroeg me of ik het had gelezen, en ik zei nee, en ze vroeg me of ik kon lezen, en ik zei haar "nee, alleen met grove hand", en toen zei ze dat het papier niets anders waarschuwde dan een boekmerk om haar plaats te behouden, en misschien ga ik nu spelen.

Ik ging naar de rivier, bestudeerde dit ding, en al snel merkte ik dat mijn neger achter me aan liep. Toen we uit het zicht van het huis waren, keek hij om en een seconde rond, en dan komt hij aanrennen en zegt:

"Mars Jawge, als je in het moeras komt, zal ik je een hele stapel watermocassins laten zien."

Denkt ik, dat is machtig merkwaardig; Dat zei hij gisteren. Hij zou moeten weten dat een lichaam niet genoeg van watermocassins houdt om op jacht te gaan. Wat is hij eigenlijk van plan? Dus ik zegt:

"Goed; draaf vooruit."

Ik volgde een halve mijl; Toen sloeg hij over het moeras en waadde tot wel een halve mijl tot aan zijn enkels. We komen bij een klein vlak stuk land dat droog was en erg dicht met bomen en struiken en wijnstokken, en hij zegt:

"Je schuift een paar stappen naar binnen, Mars Jawge; Dah's whah dey is. Ik ben zaad 'm befo'; Ik wil ze niet zien, no mo."

Toen sloop hij meteen weg en al snel verborg hij zich door de bomen. Ik snuffelde een eind door de plaats en kwam bij een klein open stuk grond zo groot als een slaapkamer, helemaal behangen met wijnranken, en vond daar een man liggen slapen - en, bij jings, het was mijn oude Jim!

Ik maakte hem wakker en ik dacht dat het een grote verrassing voor hem zou zijn om me weer te zien, maar het waarschuwde niet. Hij huilde bijna, zo blij was hij, maar hij waarschuwde niet verrast. Hij zei dat hij die nacht achter me aan zwom en me elke keer hoorde schreeuwen, maar niet antwoordde, omdat hij niet wilde dat iemand *hem* zou oppakken en weer als slaaf zou meenemen. Zegt hij:

"Ik raakte een beetje gewond en kon niet zwemmen, dus ik was een sadable manieren om je naar de las te sturen'; toen je landde, dacht ik dat ik je op de lan zou kunnen oprotten om tegen je te schreeuwen, maar als ik dat huis zie, begin ik langzaam te gaan. Ik heb te veel moeite om te horen wat ik tegen je zeg - ik was 'fraid o' de honden; maar toen het allemaal stil was, wist ik dat je in huis was, dus ging ik naar het bos om op dag te wachten. Vroeg in de ochtend komen er een paar negers langs, gwyne naar de velden, en ze tukken me en lieten me zijn plek zien, whah de honden kunnen me niet volgen op rekeningen van het water, en ze brengen me elke avond een vrachtwagen om te eten, en vertellen me hoe het met je gaat."

"Waarom heb je niet tegen mijn Jack gezegd dat hij me hier eerder moest halen, Jim?"

"Nou, het heeft geen zin om je te verraden, Huck, om te zeggen dat we kunnen sumfn, maar we zijn nu in orde. Ik ben potten en pannen en vittles aan het kopen, zoals ik een chanst heb, en de raf' nachten oplappen wanneer...'

"*Welk* vlot, Jim?"

"Onze ouwe raf'."

"Bedoel je te zeggen dat ons oude vlot niet helemaal kapot is geslagen?"

"Nee, ze waarschuwt van niet. Ze was behoorlijk verscheurd - een en' van haar was; Maar er werd geen grote schade aangericht, onze vallen waren al los. Ef we hadden' dive' so deep en sswim so fur under water, en de nacht wasn' was zo donker, en we warn't so sk'yerd, en ben sich punkin-heads, zoals het gezegde is, we zouden een zaadje de raf'. Maar het is jis' ook dat we niet deden, 'kase nu is ze helemaal opgeknapt agin mos' zo goed als nieuw, en we hebben een heleboel nieuwe spullen, in de plaats van wat 'uz los'."

"Waarom, hoe heb je het vlot weer te pakken gekregen, Jim, heb je haar gevangen?"

"Hoe ik haar en ik in het bos kan ketchen? Nee; sommige er de negers foun' haar ketched op een addertje onder het gras langs heah in de ben', en dey verborg haar in een crick 'mongst de wilgen, en dey was zo jawin' 'bout which un 'um she b'long to de mos' dat ik kom om heah 'bout it pooty soon, dus ik ups en lost de problemen op door te vertellen dat ze niet b'long to none uv um, Maar voor jou en mij; en ik ast 'm als dey gwyne om een jonge blanke genlman's propaty te grijpen, en git a hid'n voor het? Den ik gin 'm tien cent per stuk, en dey 'uz machtig goed tevreden, en wenste dat er wat mo' raf's 'ud langskwamen en 'm rijk agin maken. Ze zijn machtig goed voor me, de negers, en wat ik ook wil dat ik voor me doe, ik moet me twee keer verbazen, schat. Dat Jack is een goede neger, en pooty slim."

"Ja, dat is hij. Hij heeft me nooit verteld dat je hier was; Hij zei dat ik moest komen, en hij zou me een heleboel watermocassins laten zien. Als er iets gebeurt , mengt hij zich er niet in. Hij kan zeggen dat hij ons nooit samen heeft gezien, en dat zal de waarheid zijn."

Ik wil niet veel praten over de volgende dag. Ik denk dat ik het vrij kort zal houden. Ik werd tegen zonsopgang wakker en stond op het punt om me om te draaien en weer te gaan slapen, toen ik merkte hoe stil het was – het leek alsof er niemand zich bewoog. Dat is niet gebruikelijk. Vervolgens merkte ik dat Buck op en weg was. Wel, ik sta op, verwonderd, en ga de trap af – niemand in de buurt; Alles zo stil als een muis. Alleen hetzelfde aan de buitenkant. Denkt ik, wat betekent het? Beneden bij de houtstapel kom ik mijn Jack tegen en zegt:

"Waar gaat het allemaal over?"

Zegt hij:

"Weet je het niet, Mars Jawge?"

"Nee," zeg ik, "dat doe ik niet."

"Nou, den, juffrouw Sophia is weggelopen! ' daad die ze heeft. Ze is er 's nachts vandoor gegaan – niemand weet niet wanneer Jis; wegrennen om te trouwen met die jonge Harney Shepherdson, weet je - tenminste, dus dey 'spec. De fambly foun' het uit 'ongeveer een half uur geleden - misschien een beetje mo' - en' ik *zeg je dat* je geen tijd verliest'. Sich nog een hurryin' up guns en hosses *die je* nooit ziet! De vrouwen zijn gegaan om de relaties op te stoken, en ole Mars Saul en de jongens stoppen dey guns en reden de rivierweg op om te proberen die jongeman te ketchen en hem te vermoorden 'fo' hij kin git acrost de river wid Miss Sophia. Ik denk dat het een zware tijd zal zijn."

"Buck ging weg om me wakker te maken."

"Nou, ik denk dat hij *dat deed!* Ze waarschuwen niet dat Gwyne je erin mengt. Mars Buck hij laadde zijn pistool en 'lowed he's gwyne om thuis te halen een Shepherdson of buste. Nou, dey'll be plenty un 'm dah, ik reck'n, en reken maar dat hij er een zal halen ef he gits a chanst."

Ik nam de weg langs de rivier zo hard als ik kon. Langzamerhand begin ik kanonnen te horen, een heel eind weg. Toen ik in het zicht kwam van de houtopslagplaats en de houtstapel waar de stoomboten aanlanden, werkte ik onder de bomen en het struikgewas door tot ik op een goede plek kwam, en toen klauterde ik in de vorken van een populier die buiten bereik was, en keek toe. Er was een houten rij van vier voet hoog een eindje voor de boom, en eerst ging ik me daarachter verstoppen; maar misschien was het meer geluk dat ik dat niet deed.

Er waren vier of vijf mannen die op hun paarden rondscharrelden op de open plek voor de houtopslagplaats, vloekend en schreeuwend, en probeerden een paar jonge kerels te pakken te krijgen die achter de houten rij naast de aanlegplaats van de stoomboot stonden; Maar ze konden er niet bij komen. Elke keer als een van hen zich aan de rivierzijde van de houtstapel vertoonde, werd hij beschoten. De twee jongens zaten rug aan rug achter de stapel, zodat ze beide kanten op konden kijken.

Langzamerhand hielden de mannen op met ronddartelen en schreeuwen. Ze begonnen naar de winkel te rijden; Dan pakt een van de jongens, trekt een stevige kraal over de houten rij en laat een van hen uit zijn zadel vallen. Alle mannen sprongen van hun paarden en grepen de gewonde en begonnen hem naar de winkel te dragen; En op dat moment zetten de twee jongens het op een lopen. Ze kwamen tot halverwege de boom waar ik in zat voordat de mannen het merkten. Toen zagen de mannen hen, en ze sprongen op hun paarden en gingen achter hen aan. Ze wonnen op de jongens, maar het hielp niets, de jongens hadden een te goede start; Ze kwamen bij de houtstapel die voor mijn boom lag, en glipten erachter naar binnen, en zo hadden ze de uitstulping weer op de mannen. Een van de jongens was Buck, en de andere was een slanke jonge kerel van ongeveer negentien jaar oud.

De mannen scheurden een poosje rond en reden toen weg. Zodra ze uit het zicht waren, zong ik naar Buck en vertelde het hem. Hij wist eerst niet wat hij moest denken van mijn stem die uit de boom kwam. Hij was vreselijk verrast. Hij zei dat ik goed moest oppassen en hem moest laten weten wanneer de mannen weer in zicht kwamen; Ze zeiden dat ze een of andere duivel van plan waren – ze zouden niet lang weg zijn. Ik wenste dat ik uit die boom was, maar ik durfde niet naar beneden te komen. Buck begon te huilen en te huilen en hoopte dat hij en zijn neef Joe (dat was de andere jonge kerel) deze dag nog zouden goedmaken. Hij zei dat zijn vader en zijn twee broers waren gedood, en twee of drie van de vijanden. Zeiden de herderszonen die voor hen in een hinderlaag lagen. Buck zei dat zijn vader en broers moesten wachten op hun verwanten - de Shepherdsons waren te sterk voor hen. Ik vroeg hem wat er van de jonge Harney en juffrouw Sophia was geworden. Hij zei dat ze de rivier waren overgestoken en veilig waren. Daar was ik blij om; maar de manier waarop Buck het opnam, omdat hij er niet in slaagde Harney te doden die dag dat hij op hem schoot - ik heb nog nooit zoiets gehoord.

Plotseling, knal! knal! knal! klonken drie of vier kanonnen - de mannen waren door het bos geglipt en kwamen van achteren binnen zonder hun paarden! De jongens sprongen naar de rivier - ze raakten allebei gewond - en terwijl ze met de stroom mee zwommen, renden de mannen langs de oever, schoten op hen en zongen: "Dood ze, dood ze!" Ik werd er zo ziek van dat ik bijna uit de boom viel. Ik ga niet *alles vertellen* wat er is gebeurd – het zou me weer ziek maken als ik dat zou doen. Ik wenste dat ik die nacht nooit aan land was gekomen om zulke dingen te zien. Ik zal me nooit van ze afsluiten - vaak droom ik over ze.

Ik bleef in de boom tot het donker begon te worden, bang om naar beneden te komen. Soms hoorde ik kanonnen in het bos; en twee keer zag ik kleine bendes mannen met geweren langs de houtopslagplaats galopperen; dus ik dacht dat de problemen nog steeds aan de gang waren. Ik was enorm terneergeslagen; dus nam ik me voor dat ik nooit meer in de buurt van dat huis zou komen, omdat ik dacht dat ik op de een of andere manier de schuldige was. Ik oordeelde dat dat stuk papier betekende dat juffrouw Sophia Harney ergens om half twee zou ontmoeten en wegliep; en ik oordeelde dat ik haar vader moest vertellen over dat papier en de merkwaardige manier waarop ze handelde, en dan zou hij haar misschien opsluiten, en zou deze vreselijke puinhoop nooit gebeuren.

Toen ik uit de boom kwam, kroop ik een stuk langs de oever van de rivier en vond de twee lichamen die aan de rand van het water lagen, en trok eraan tot ik ze aan land kreeg; toen bedekte ik hun gezichten en maakte me zo snel mogelijk uit de voeten. Ik huilde een beetje toen ik Bucks gezicht bedekte, want hij was geweldig goed voor me.

Het was nu gewoon donker. Ik kwam nooit in de buurt van het huis, maar sloeg door het bos en ging op weg naar het moeras. Jim waarschuwde niet op zijn eiland, dus ik stapte haastig weg voor de prik en drong door de wilgen, roodgloeiend om aan boord te springen en dat vreselijke land te verlaten. Het vlot was weg! Mijn ziel, maar ik was bang! Ik kon bijna een minuut lang geen adem krijgen. Toen slaakte ik een schreeuw. Een stem op nog geen vijfentwintig voet van mij vandaan zegt:

"Goede tijd! Ben jij dat, schat? Doan maakt geen geluid."

Het was de stem van Jim - niets klonk ooit zo goed. Ik rende een stuk langs de oever en stapte aan boord, en Jim pakte me vast en omhelsde me, hij was zo blij me te zien. Hij zegt:

"Wetten zegenen je, Chili, ik 'uz right down sho' je bent dood agin. Jack is heah geweest; hij zegt dat hij denkt dat je bent neergeschoten, kase je bent niet thuisgekomen nee mo'; dus ik ben begonnen met de raf' naar de mouf er de crick, dus ik ben helemaal klaar om weg te duwen en snel te vertrekken als Jack komt agin en me zeker vertelt dat je *dood bent*. Lawsy, ik ben erg blij dat ik je terug kan krijgen, schat."

Ik zegt:

'Goed, dat is machtig goed; ze zullen me niet vinden, en ze zullen denken dat ik ben vermoord en de rivier af ben drijven - er is iets daarboven dat hen zal helpen dat te denken - dus verlies geen tijd, Jim, maar ga gewoon zo snel als je kunt naar het grote water."

Ik heb me nooit gemakkelijk gevoeld totdat het vlot daar twee mijl lager was en in het midden van de Mississippi. Toen hingen we onze signaallantaarn op en oordeelden dat we weer vrij en veilig waren. Ik had sinds gisteren geen hapje meer gegeten, dus Jim haalde wat maïsontwijkers en karnemelk, en varkensvlees en kool en groenten tevoorschijn - er is niets in de wereld zo lekker als het goed gekookt is - en terwijl ik mijn avondeten at, praatten we en hadden we een goede tijd. Ik was enorm blij om weg te komen van de vetes, en dat was Jim ook om weg te komen uit het moeras. We zeiden dat er tenslotte geen huis is zoals een vlot. Andere plaatsen lijken zo krap en verstikt, maar een vlot niet. Je voelt je enorm vrij en gemakkelijk en comfortabel op een vlot.

HOOFDSTUK XIX.

Twee of drie dagen en nachten gingen voorbij; Ik denk dat ik zou kunnen zeggen dat ze voorbij zwommen, ze gleden zo stil en soepel en lieflijk voort. Dit is de manier waarop we er tijd in steken. Het was een monsterlijke grote rivier daar beneden - soms anderhalve mijl breed; we rennen 's nachts, en leggen ons op en verbergen ons overdag; Zodra de nacht grotendeels voorbij was, stopten we met varen en legden we vast - bijna altijd in het dode water onder een sleepkop; En toen sneed hij jonge populieren en wilgen af en verborg het vlot daarmee. Vervolgens zetten we de lijnen uit. Vervolgens gleden we de rivier in en gingen zwemmen, om ons op te frissen en af te koelen; Toen gingen we op de zandbodem zitten waar het water ongeveer kniediep was, en keken naar het daglicht. Nergens een geluid - volkomen stil - net alsof de hele wereld sliep, alleen soms waren de brulkikkers aan het rommelen, misschien. Het eerste wat je zag, wegkijkend over het water, was een soort saaie lijn - dat was het bos aan de andere kant; je kon er niets anders uit halen; dan een bleke plek aan de hemel; dan verspreidt zich meer bleekheid; Toen werd de rivier zachter en waarschuwde niet meer zwart, maar grijs; Je kon kleine donkere vlekken zien drijven in de verte - handelsschuiten en dergelijke dingen; en lange zwarte strepen — vlotten; soms kon je een veeg horen krijsen; of door elkaar gegooide stemmen, het was zo stil, en geluiden komen zo ver; En na verloop van tijd kon je een streep op het water zien, waarvan je aan het uiterlijk van de streep weet dat er een addertje onder het gras zit in een snelle stroom die erop breekt en die streep er zo uit laat zien; En je ziet de mist opkrullen van het water, en het oosten wordt rood, en de rivier, en je ziet een blokhut aan de rand van het bos, weg aan de oever aan de andere kant van de rivier, waarschijnlijk een houtwerf, en opgestapeld door die bedriegers, zodat je er overal een hond doorheen kunt gooien; Dan steekt het lekkere briesje op, en komt je van daarginds waaien, zo koel en fris en zoet om te ruiken vanwege het bos en de bloemen; Maar soms niet op die manier, want ze hebben dode vissen laten liggen, geep en dergelijke, en ze worden behoorlijk rank; En dan heb je de hele dag, en alles lachend in de zon, en de zangvogels die gewoon hun gang gaan!

Een beetje rook was nu niet meer te bespeuren, dus haalden we wat vis van de lijnen en kookten we een warm ontbijt. En daarna keken we naar de eenzaamheid van de rivier, en een beetje lui, en langzamerhand lui in slaap. Wordt langzamerhand wakker en kijkt wat het heeft gedaan, en zie misschien een stoomboot tegen de stroom in hoesten, zo ver weg naar de andere kant dat je niets over haar kunt zeggen, alleen of ze een hekwiel of een zijwiel was; Dan zou er ongeveer een uur lang niets te horen of te zien zijn - alleen maar stevige eenzaamheid. Vervolgens zou je een vlot voorbij zien glijden, daarginds, en misschien een galoot erop die hakt, omdat ze het bijna altijd op een vlot doen; je zou de bijl zien flitsen en naar beneden zien komen - je hoort niets; Je ziet die bijl weer omhoog gaan, en tegen de tijd dat hij boven het hoofd van de man is, hoor je de *k'chunk!*— het had al die tijd gekost om over het water te komen. Dus we zouden de dag doorbrengen, luieren, luisteren naar de stilte. Op een keer was er een dikke mist, en de vlotten en dingen die voorbij gingen, sloegen op tinnen pannen zodat de stoomboten er niet overheen zouden rijden. Een schuit of een vlot kwam zo dichtbij dat we ze konden horen praten en vloeken en lachen - we hoorden ze gewoon; Maar we konden geen enkel teken van hen zien; het gaf je een kriebelig gevoel; Het was alsof geesten zich op die manier in de lucht voortbewogen. Jim zei dat hij geloofde dat het geesten waren; maar ik zegt:

"Nee; geesten zouden niet zeggen: 'Dern de dern mist.'"

Zodra het avond uit was, schoven we; Toen we haar ongeveer in het midden hadden, lieten we haar met rust en lieten haar drijven waar de stroming haar wilde; dan staken we de pijpen aan, en bungelden onze benen in het water, en praatten over van alles en nog wat - we waren altijd naakt, dag en nacht, wanneer de muggen ons dat toelieten - de nieuwe kleren die Bucks ouders voor me maakten waren te mooi om comfortabel te zijn, en bovendien deed ik niet veel aan kleren, hoe dan ook.

Soms hadden we die hele rivier het langst helemaal voor onszelf. Ginds waren de oevers en de eilanden, aan de overkant van het water; en misschien een vonk - wat een kaars in een cabineraam was; En soms kon je op het water een vonk of twee zien - op een vlot of een schuit, weet je; En misschien zou je een viool of een lied kunnen horen overkomen van een van die ambachten. Het is heerlijk om op een vlot te wonen. We hadden de lucht daarboven, helemaal gespikkeld met sterren, en we lagen op onze rug en keken naar hen op, en bespraken of ze gemaakt waren of gewoon gebeurd waren. Jim stond toe dat ze gemaakt waren, maar ik stond toe dat ze gebeurden; Ik vond dat het te lang zou hebben geduurd om *er zoveel te maken*. Jim zei dat de maan ze kon leggen ; nou, dat zag er redelijk uit, dus ik zei er niets tegen, want ik heb een kikker bijna zoveel zien leggen, dus het kon natuurlijk worden gedaan. Vroeger keken we ook naar de sterren die vielen en zagen we ze naar beneden schieten. Jim gaf toe dat ze verwend waren en werd uit het nest getild.

Een of twee keer per nacht zagen we een stoomboot in het donker langsglijden, en af en toe braakte ze een hele wereld van vonken op uit haar schoorstenen, en ze regenden in de rivier en zagen er vreselijk mooi uit; dan sloeg ze een hoek om en haar lichten knipperden uit en haar powwow werd uitgeschakeld en liet de rivier weer stil; En na verloop van tijd kwamen haar golven bij ons, lang nadat ze weg was, en joggen een beetje met het vlot, en daarna hoorde je niets meer, want je kon niet zeggen hoe lang, behalve misschien kikkers of zoiets.

Na middernacht gingen de mensen aan de wal naar bed, en toen was de kust twee of drie uur lang zwart - geen vonken meer in de kajuitramen. Deze vonken waren onze klok - de eerste die weer verscheen, betekende dat de ochtend aanbrak, dus we zochten meteen een plek om ons te verstoppen en vast te binden.

Op een morgen, tegen het aanbreken van de dag, vond ik een kano en stak een glijbaan over naar de hoofdoever - het was maar tweehonderd meter - en peddelde ongeveer een mijl een heuvel op tussen de cipressenbossen, om te zien of ik niet wat bessen kon krijgen. Net toen ik een plek passeerde waar een soort koeienpad de kreek kruiste, kwamen hier een paar mannen het pad zo strak mogelijk verscheuren. Ik dacht dat ik een gek was, want als iemand achter iemand aan zat, oordeelde ik dat ik het was - of misschien Jim. Ik stond op het punt om daar haastig weg te graven, maar ze waren toen vrij dicht bij me en zongen en smeekten me om hun leven te redden - zeiden dat ze niets hadden gedaan en dat ze ervoor werden achtervolgd - zeiden dat er mannen en honden op komst waren. Ze wilden er meteen in springen, maar ik zei:

"Doe het niet. Ik hoor de honden en paarden nog niet; je hebt tijd om door het struikgewas te dringen en een eindje op te komen; Dan ga je het water op en waad je naar me toe en stap je erin - dat zal de honden van de geur afbrengen."

Ze deden het, en zodra ze aan boord waren, stak ik mijn licht op voor onze sleepboot, en na ongeveer vijf of tien minuten hoorden we de honden en de mannen in de verte schreeuwen. We hoorden ze naar de kreek komen, maar konden ze niet zien; Ze leken te stoppen en een tijdje voor de gek te houden; Toen, terwijl we steeds verder weg raakten, konden we ze nauwelijks meer horen; Tegen de tijd dat we een mijl bos achter ons hadden gelaten en de rivier hadden geraakt, was alles rustig, en we peddelden naar de sleepkop en verstopten ons in de cottonwoods en waren veilig.

Een van deze kerels was ongeveer zeventig jaar of ouder en had een kaal hoofd en zeer grijze bakkebaarden. Hij had een oude, versleten slungelige hoed op, en een vettig blauw wollen overhemd, en rafelige oude blauwe spijkerbroeken in zijn laarzen, en zelfgebreide gallussen - nee, hij had er maar één. Hij had een oude blauwe spijkerbroek met lange staart en gladde koperen knopen over zijn arm geslagen, en ze hadden allebei grote, dikke, rattig uitziende tapijttassen.

De andere knaap was ongeveer dertig jaar oud en ongeveer als ornery gekleed. Na het ontbijt gingen we allemaal zitten en praatten, en het eerste wat naar voren kwam was dat deze kerels elkaar niet kenden.

"Wat heeft je in de problemen gebracht?" zegt de kaalkop tegen de andere kerel.

'Nou, ik had een artikel verkocht om het tandsteen van de tanden te halen - en het haalt het er ook af, en royaal het glazuur erbij - maar ik bleef ongeveer een nacht langer dan ik zou moeten, en was net op het punt om weg te glijden toen ik je tegenkwam op het pad aan deze kant van de stad, En je vertelde me dat ze zouden komen, en smeekte me om je te helpen uitstappen. Dus ik zei je dat ik zelf problemen verwachtte en met je zou verstrooien . Dat is het hele garen - wat ben je?

"Wel, ik zou daar ongeveer een week een kleine matigheidsopwekking hebben gehouden, en ik was het huisdier van de vrouwen, groot en klein, want ik maakte het machtig warm voor de rummies, *zeg ik* u, en ik nam wel vijf of zes dollar per nacht - tien cent per hoofd, kinderen en negers vrij - en de zaken groeiden voortdurend, toen er gisteravond op de een of andere manier een klein bericht de ronde deed dat ik een manier had om mijn tijd in te zetten met een privékruik in het geniep. Een neger stuurde me vanmorgen naar buiten en vertelde me dat de mensen rustig waren met hun honden en paarden, en dat ze vrij snel langs zouden komen en me ongeveer een half uur de tijd zouden geven om te beginnen, en me dan zouden afkraken als ze konden; En als ze me te pakken kregen, zouden ze me met pek en veren bedekken en me op een rail rijden, zeker. Ik heb niet op geen ontbijt gewacht - ik waarschuw dat ik geen honger heb."

"Oude man," zei de jongere, "ik denk dat we het samen kunnen samenvoegen; Wat denk je?"

"Ik ben niet ongesteld. Wat is je lijn - voornamelijk?"

"Jour drukker van beroep; doe een beetje in patentmedicijnen; theateracteur - tragedie, weet je; Neem een wending naar mesmerisme en frenologie als er een kans is; geef voor de verandering eens les in zang-aardrijkskunde; Soms slinger ik een lezing - oh, ik doe veel dingen - bijna alles wat handig is, dus het werkt niet. Wat is je lay?"

"Ik heb het in mijn tijd aanzienlijk gedaan op de manier van dokteren. Op handen liggen is mijn beste holt - voor kanker en verlamming, en sich dingen; en ik kan een fortuin behoorlijk goed vertellen als ik iemand bij me heb om de feiten voor me uit te zoeken. Prediken is ook mijn vak, en werken in kampen, en zendelingen rond."

Niemand zei een tijdje iets; Dan slaakt de jongeman een zucht en zegt:

"Helaas!"

"Waar ben je eigenlijk mee bezig?" zegt de kaalkop.

"Te bedenken dat ik had moeten leven om zo'n leven te leiden, en gedegradeerd te worden tot zo'n gezelschap." En hij begon zijn ooghoek af te vegen met een doek.

"Is het gezelschap niet goed genoeg voor je?" zegt de kaalhoofd, behoorlijk pertinent en opbeurend.

"Ja, het *is* goed genoeg voor mij; het is zo goed als ik verdien; want wie heeft mij zo laag gebracht, terwijl ik zo hoog was? *Ik* heb het zelf gedaan. Ik neem *het u niet* kwalijk, heren - verre van dat; Ik geef niemand de schuld. Ik verdien het allemaal. Laat de koude wereld zijn best doen; één ding weet ik: er is ergens een graf voor mij. De wereld kan gewoon doorgaan zoals ze altijd heeft gedaan, en alles van me afnemen - geliefden, eigendommen, alles; Maar dat kan het niet aan. Op een dag zal ik erin gaan liggen en alles vergeten, en mijn arme, gebroken hart zal tot rust komen." Hij ging door met vegen.

"Drot je porie gebroken hart," zegt de kaalkop; "Wat ben je met je porie gebroken hart naar ons aan het deinen ? *We* hebben niets gedaan."

"Nee, ik weet dat je dat niet hebt gedaan. Ik neem het u niet kwalijk, heren. Ik heb mezelf naar beneden gehaald - ja, ik heb het zelf gedaan. Het is goed dat ik lijd, volkomen juist, ik kreun niet."

"Heeft u van waar vandaan gehaald? Waar ben je vandaan gekomen?"

"Ach, je zou me niet geloven; De wereld gelooft nooit - laat het voorbijgaan - dat doet er niet toe. Het geheim van mijn geboorte...'

"Het geheim van je geboorte! Bedoel je te zeggen...'

"Heren," zegt de jongeman heel ernstig, "ik zal het u openbaren, want ik voel dat ik vertrouwen in u mag hebben. Volgens de rechten ben ik een hertog!"

Jim's ogen puilden uit toen hij dat hoorde; en ik denk dat de mijne dat ook deed. Dan zegt de kaalkop: "Nee! Je kunt het toch niet menen?"

"Jazeker. Mijn overgrootvader, de oudste zoon van de hertog van Bridgewater, vluchtte rond het einde van de vorige eeuw naar dit land om de zuivere lucht van de vrijheid in te ademen; Hij trouwde hier en stierf, een zoon achterlatend, terwijl zijn eigen vader rond dezelfde tijd stierf. De tweede zoon van de overleden hertog nam de titels en landgoederen in beslag - de jonge echte hertog werd genegeerd. Ik ben de rechtstreekse afstammeling van dat kind - ik ben de rechtmatige hertog van Bridgewater; en hier ben ik, verlaten, weggerukt van mijn hoge staat, opgejaagd door mensen, veracht door de koude wereld, haveloos, versleten, hartverscheurend en gedegradeerd tot het gezelschap van misdadigers op een vlot!"

Jim had veel medelijden met hem, en ik ook. We probeerden hem te troosten, maar hij zei dat het niet veel zin had, hij kon niet veel getroost worden; zei dat als we van plan waren hem te erkennen, dat hem meer goed zou doen dan bijna al het andere; Dus we zeiden dat we dat zouden doen, als hij ons zou vertellen hoe. Hij zei dat we moesten buigen als we met hem spraken, en "Uwe Genade", of "Mijn Heer", of "Uwe Edelachtbare" moesten zeggen - en hij zou het niet erg vinden als we hem gewoon "Bridgewater" noemden, wat, zei hij, hoe dan ook een titel was, en geen naam; En een van ons behoorde op hem te wachten bij het avondeten en elk klein dingetje voor hem te doen dat hij gedaan wilde hebben.

Nou, dat was allemaal makkelijk, dus we hebben het gedaan. Gedurende het hele diner stond Jim rond en wachtte op hem, en zei: "Wil je Grace wat o' dis of wat o' dat?" enzovoort, en een lichaam kon zien dat het hem enorm behaagde.

Maar de oude man werd na verloop van tijd behoorlijk stil - hij had niet veel te zeggen en zag er niet erg comfortabel uit door al dat geaai dat rond die hertog plaatsvond. Hij leek iets aan zijn hoofd te hebben. Dus zegt hij 's middags:

"Kijk eens, Bilgewater," zegt hij, "het spijt me voor je, maar je bent niet de enige die zulke problemen heeft gehad."

"Nee?"

"Nee, dat ben je niet. Je bent niet de enige persoon die ten onrechte uit een hoge plaats is geslingerd."

"Helaas!"

"Nee, je bent niet de enige persoon die een geheim heeft gehad van zijn geboorte." En door jings *begint hij* te huilen.

"Wacht! Wat bedoel je?"

"Bilgewater, kin I trust you?" zegt de oude man, nog steeds een beetje snikkend.

"Tot de bittere dood!" Hij pakt de oude man bij de hand, kneep erin en zei: "Dat geheim van je wezen: spreek!"

"Bilgewater, ik ben wijlen Dauphin!"

Reken maar dat jij, Jim en ik deze keer staarden. Dan zegt de hertog:

"Jij bent wat?"

"Ja, mijn vriend, het is maar al te waar - je ogen kijken op dit moment naar de porie verdwenen Dauphin, Looy de Zeventien, zoon van Looy de Zestien en trouwen met Antonette."

"Jij! Op jouw leeftijd! Nee! Je bedoelt dat je wijlen Karel de Grote bent; Je moet op zijn minst zes- of zevenhonderd jaar oud zijn."

"Problemen hebben het gedaan, Bilgewater, problemen hebben het gedaan; Problemen hebben deze grijze haren en deze voortijdige kaalheid veroorzaakt. Ja, heren, u ziet voor u, in spijkerbroek en ellende, de zwervende, verbannen, vertrapte en lijdende rechtmatige koning van Frankrijk."

Nou, hij huilde en nam het op zich zodat ik en Jim nauwelijks wisten wat we moesten doen, het speet ons zo - en zo blij en trots dat we hem ook bij ons hadden. Dus gingen we aan de slag, zoals we eerder met de hertog hadden gedaan, en probeerden hem te troosten. Maar hij zei dat het geen zin had, niets anders dan dood te zijn en er klaar mee te zijn, kon hem enig goed doen; hoewel hij zei dat hij zich vaak een tijdje gemakkelijker en beter voelde als mensen hem behandelden volgens zijn rechten, en op één knie gingen om met hem te praten, en hem altijd "Uwe Majesteit" noemden, en het eerst op hem wachtten bij de maaltijden, en niet in zijn tegenwoordigheid gingen zitten voordat hij het hun vroeg. Dus begonnen Jim en ik hem te majesteitsschennis te geven en dit en dat en nog wat voor hem te doen, en stonden op tot hij ons vertelde dat we mochten gaan zitten. Dit deed hem veel goeds, en dus werd hij opgewekt en comfortabel. Maar de hertog verzuurde hem een beetje en leek niet een beetje tevreden met de manier waarop de dingen gingen; Toch deed de koning heel vriendelijk tegen hem en zei dat de overgrootvader van de hertog en al die andere hertogen van Bilgewater veel waardering hadden *voor zijn* vader, en dat hij veel naar het paleis mocht komen, maar de hertog bleef een hele tijd opgetogen, totdat de koning na verloop van tijd zei:

"Alsof we al lang niet samen zijn op dit h-yer vlot, Bilgewater, en wat heeft het voor zin dat je zuur bent? Het maakt het alleen maar ongemakkelijk. Het is niet mijn schuld dat ik waarschuw dat ik geen hertog ben geboren, het is niet jouw schuld dat je geen koning hebt geboren - dus wat heeft het voor zin om je zorgen te maken? Maak de beste dingen zoals je ze vindt, zeg ik - dat is mijn motto. Dit is geen slechte zaak die we hier hebben getroffen - veel eten en een gemakkelijk leven - kom, geef ons je hand, hertog, en we zullen allemaal vrienden zijn."

De hertog deed het, en Jim en ik waren best blij om het te zien. Het nam alle ongemakkelijkheid weg en we voelden ons er enorm goed over, want het zou een ellendige zaak zijn om enige onvriendelijkheid op het vlot te hebben; Want wat je boven alles wilt, op een vlot, is dat iedereen tevreden is en zich goed en vriendelijk voelt tegenover de anderen.

Het duurde niet lang voordat ik tot de conclusie kwam dat deze leugenaars helemaal geen koningen of hertogen waarschuwen, maar alleen laaghartige humbugs en bedriegers. Maar ik heb nooit iets gezegd, nooit laten merken; hield het voor mezelf; het is de beste manier; Dan heb je geen ruzies en kom je niet in de problemen. Als ze wilden dat we hen koningen en hertogen noemden, had ik er geen bezwaar tegen, 'zolang het maar de vrede in de familie zou bewaren; en het had geen zin om het aan Jim te vertellen, dus ik heb het hem niet verteld. Als ik nooit iets anders van pap heb geleerd, heb ik geleerd dat de beste manier om met zijn soort mensen om te gaan, is om ze hun eigen gang te laten gaan.

HOOFDSTUK XX.

Ze stelden ons heel wat vragen; Ik wilde weten waarvoor we het vlot op die manier hadden afgedekt, en waar we overdag bij lagen in plaats van te rennen - was Jim een weggelopen neger? Zegt ik:

"In hemelsnaam, zou een weggelopen neger naar *het zuiden rennen?*"

Nee, ze stonden toe dat hij dat niet zou doen. Ik moest op de een of andere manier verantwoording afleggen, dus ik zei:

"Mijn ouders woonden in Pike County, in Missouri, waar ik geboren ben, en ze stierven allemaal behalve ik en pa en mijn broer Ike. Pa, hij zei dat hij uit elkaar zou gaan en bij oom Ben zou gaan wonen, die een klein paardje aan de rivier heeft, vierenveertig mijl onder Orléans. Pa was tamelijk arm en had wat schulden; dus toen hij daar was neergestreken, bleef er niets anders over dan zestien dollar en onze neger, Jim. Dat is niet genoeg om ons veertienhonderd mijl te brengen, dekpassage of anderszins. Nou, toen de rivier steeg, had pa op een dag geluk; hij ketste dit stuk van een vlot; dus we dachten dat we ermee naar Orléans zouden gaan. Pa's geluk hield niet stand; Op een nacht voer er een stoomboot over de voorste hoek van het vlot, en we gingen allemaal overboord en doken onder het stuur; Jim en ik komen wel naar boven, maar pa was dronken en Ike was pas vier jaar oud, dus ze komen nooit meer boven. Nou, de volgende twee dagen hadden we aanzienlijke problemen, omdat mensen altijd in skiffs naar buiten kwamen en probeerden Jim van me af te pakken, zeggend dat ze geloofden dat hij een weggelopen neger was. We lopen nu niet meer overdag; 's Nachts hebben we er geen last van."

De hertog zegt:

"Laat me met rust om een manier te vinden zodat we overdag kunnen rennen als we dat willen. Ik zal er nog eens over nadenken, ik zal een plan bedenken dat het zal oplossen. We laten het vandaag met rust, want we willen natuurlijk niet bij daglicht langs die stad daarginds gaan - het is misschien niet gezond."

Tegen de avond begon het donkerder te worden en op regen te lijken; De hittebliksem spoot laag in de lucht rond en de bladeren begonnen te rillen - het zou behoorlijk lelijk worden, dat was gemakkelijk te zien. Dus gingen de hertog en de koning onze wigwam opknappen, om te zien hoe de bedden eruit zagen. Mijn bed was een rietje beter dan dat van Jim, dat een maïskaf teek was; er zijn altijd kolven in de buurt in een kafteek, en ze prikken in je en doen pijn; En als je omrolt, klinkt het droge kaf alsof je omrolt in een stapel dode bladeren; Het maakt zo'n geritsel dat je wakker wordt. Nou, de hertog stond toe dat hij mijn bed zou nemen; Maar de koning stond toe dat hij dat niet zou doen. Hij zegt:

"Ik zou het verschil in rang moeten berekenen, zou men u zeggen dat een bed van korenkaf niet alleen geschikt is om op te slapen. Uwe Genade zal zelf het kaf bed nemen."

Jim en ik waren weer even in het zweet, bang dat er nog meer problemen onder hen zouden komen; We waren dan ook best blij toen de hertog zei:

"Het is mijn lot om altijd in het slijk te worden vermalen onder de ijzeren hiel van onderdrukking. Het ongeluk heeft mijn eens zo hooghartige geest gebroken; Ik geef toe, ik onderwerp me; 't Is mijn lot. Ik ben alleen op de wereld - laat me lijden; Ik kan het verdragen."

We gingen weg zodra het goed en donker was. De koning zei ons dat we ver weg moesten gaan staan in het midden van de rivier en geen licht moesten laten zien voordat we een heel eind onder de stad waren. We komen in het zicht van de kleine groep lichtjes voorbij - dat was de stad, weet je - en gleden voorbij, ongeveer een halve mijl verderop, in orde. Toen we driekwart mijl lager waren, hesen we onze seinlantaarn omhoog; en omstreeks tien uur begon het te regenen en te waaien en te donderen en te bliksemen zoals alles; Dus zei de koning dat we allebei op wacht moesten blijven tot het weer beter werd; Toen kropen hij en de hertog in de wigwam en keerden zich om voor de nacht. Het was mijn horloge beneden tot twaalf, maar ik zou toch niet naar binnen gaan als ik een bed had gehad, want zo'n storm zie je niet elke dag van de week, lang niet zo'n storm. Mijn zielen, hoe schreeuwde de wind mee! En elke seconde of twee kwam er een schittering die de witte kappen een halve mijl in de omtrek verlichtte, en je zag de eilanden er stoffig uitzien door de regen, en de bomen rondzwaaien in de wind; Dan komt er een *h-whack!-* zwerver! zwerver! bumble-um-bum-bum-bum-bum-bum - en de donder zou rommelend en mopperend weggaan, en stoppen - en dan komt er nog een flits en nog een sokdolager. De golven spoelden me soms het meest van het vlot, maar ik had geen kleren aan en vond het ook niet erg. We hadden geen last van haken en ogen; De bliksem schitterde en fladderde zo constant in het rond dat we ze snel genoeg konden zien om haar hoofd deze of gene kant op te gooien en ze te missen.

Ik had het middelste horloge, weet je, maar ik was tegen die tijd behoorlijk slaperig, dus Jim zei dat hij de eerste helft voor me zou staan; hij was altijd machtig goed op die manier, Jim was. Ik kroop in de wigwam, maar de koning en de hertog hadden hun benen uitgestrekt om me heen, dus er was geen show voor mij; dus ging ik buiten liggen - ik vond de regen niet erg, want het was warm en de golven waarschuwden nu niet zo hoog. Maar om een uur of twee kwamen ze weer boven, en Jim zou me roepen; maar hij veranderde van gedachten, omdat hij meende dat ze nog niet hoog genoeg waarschuwen om enig kwaad te doen; Maar daar vergiste hij zich in, want al snel kwam er ineens een gewone ripper langs die me overboord spoelde. Het doodde Jim het meest van het lachen. Hij was in ieder geval de gemakkelijkste neger om te lachen die er ooit was.

Ik nam het horloge, en Jim ging liggen en snurkte weg; en langzamerhand ging de storm voorgoed liggen en vooral; en het eerste cabinelicht dat zich liet zien, stuurde ik hem naar buiten en we schoven het vlot in schuilplaatsen voor de dag.

De koning haalde na het ontbijt een oud rattig pak kaarten tevoorschijn, en hij en de hertog speelden een tijdje zeven-op, vijf cent per spel. Toen kregen ze er genoeg van en stonden ze toe dat ze 'een campagne zouden opzetten', zoals ze het noemden. De hertog ging in zijn tas en pakte een heleboel kleine gedrukte briefjes en las ze hardop voor. Op een van de wetsvoorstellen stond: 'De beroemde dr. Armand de Montalban uit Parijs' zou 'op die en die plaats een lezing houden over de wetenschap van de frenologie', op de lege dag van de blanco, voor tien cent entree, en 'karakterkaarten verstrekken voor vijfentwintig cent per stuk'. De hertog zei dat hij dat was. In een ander wetsvoorstel was hij de "wereldberoemde Shakespeariaanse tragedieschrijver, Garrick de Jongere, van Drury Lane, Londen." Op andere rekeningen had hij een heleboel andere namen en deed hij andere wonderbaarlijke dingen, zoals het vinden van water en goud met een 'wichelroede', 'het verdrijven van heksenspreuken', enzovoort. En zo langzamerhand zegt hij:

"Maar de theatrale muze is de lieveling. Heb je ooit op de planken gestaan, Royalty?"

"Nee", zegt de koning.

"Dat zul je dan, voordat je drie dagen ouder bent, Gevallen Grandeur," zegt de hertog. "De eerste goede stad waar we komen, huren we een zaal en doen we het zwaardgevecht in Richard III. en de balkonscène in Romeo en Julia. Wat vind je dat?"

"Ik doe mee, tot aan de hub, voor alles wat zal betalen, Bilgewater; maar zie je, ik weet niets van toneelspelen, en ik heb er nooit veel van gezien. Ik was te klein toen papa ze in het paleis had. Denk je dat je me kunt leren?"

"Gemakkelijk!"

"Goed. Ik ben jist a-freezn' voor iets nieuws, hoe dan ook. Ik moet meteen beginnen."

Dus de hertog hij vertelde hem alles over wie Romeo was en wie Julia was, en zei dat hij gewend was Romeo te zijn, zodat de koning Julia kon zijn.

"Maar als Julia zo'n jonge meid is, hertog, zullen mijn afgepelde hoofd en mijn witte bakkebaarden haar misschien vreemd uitzien."

"Nee, maak je geen zorgen; Daar zullen deze Country Jakes nooit aan denken. Trouwens, weet je, je zult in kostuum zijn, en dat maakt het verschil in de wereld; Julia zit op een balkon te genieten van het maanlicht voordat ze naar bed gaat, en ze heeft haar nachtjapon en haar slaapmuts met ruches aan. Hier zijn de kostuums voor de rollen."

Hij haalde twee of drie gordijn-calico pakken tevoorschijn, waarvan hij zei dat het een meedyevil harnas was voor Richard III. en de andere kerel, en een lang wit katoenen nachthemd en een bijpassende slaapmuts met ruches. De koning was tevreden; Dus haalde de hertog zijn boek tevoorschijn en las de delen op de prachtigste manier voor, terwijl hij rondhuppelde en tegelijkertijd handelde, om te laten zien hoe het gedaan moest worden; Toen gaf hij het boek aan de koning en zei hem dat hij zijn deel uit het hoofd moest leren.

Er was een klein stadje met één paard, ongeveer drie mijl verderop in de bocht, en na het eten zei de hertog dat hij zijn idee had ontcijferd over hoe hij bij daglicht kon rennen zonder dat het gevaarlijk was voor Jim; Dus hij stond toe dat hij naar de stad zou gaan om dat ding te repareren. De koning stond hem toe om ook te gaan en te zien of hij niet iets kon raken. We hadden geen koffie meer, dus Jim zei dat ik beter met hen mee kon gaan in de kano en wat kon halen.

Toen we daar aankwamen, waarschuwde niemand zich; de straten zijn leeg, en volkomen dood en stil, zoals zondag. We vonden een zieke neger die in een achtertuin lag te zonnen, en hij zei dat iedereen die niet te jong, te ziek of te oud was, naar het kamp was gegaan, ongeveer twee mijl terug in het bos. De koning kreeg de aanwijzingen en stond hem toe om die kampvergadering te gaan werken voor alles wat het waard was, en ik zou ook kunnen gaan.

De hertog zei dat hij op zoek was naar een drukkerij. We hebben het gevonden; Een beetje een zorg, boven een timmermanswinkel - timmerlieden en drukkers zijn allemaal naar de vergadering gegaan, en er waren geen deuren op slot. Het was een vieze, bezaaide plek en er hingen overal aan de muren inktvlekken en strooibiljetten met afbeeldingen van paarden en weggelopen negers. De hertog wierp zijn jas af en zei dat het nu goed met hem ging. Dus ik en de koning gingen op pad voor de kampvergadering.

We kwamen er in ongeveer een half uur aan, tamelijk druipend, want het was een vreselijk hete dag. Er waren daar wel duizend mensen uit een omtrek van twintig mijl. Het bos zat vol met ploegen en wagens, die overal waren aangespannen, zich voedden uit de wagenbakken en stampten om de vliegen af te houden. Er waren schuren gemaakt van palen en bedekt met takken, waar ze limonade en peperkoek te koop hadden, en stapels watermeloenen en groene maïs en dergelijke.

De prediking vond plaats onder dezelfde soort schuren, alleen waren ze groter en hielden ze menigten mensen vast. De banken waren gemaakt van buitenplaten van boomstammen, met gaten geboord in de ronde kant om stokken in te slaan voor poten. Ze hadden geen ruggen. De predikanten hadden hoge platforms om op te staan aan de ene kant van de loodsen. De vrouwen hadden zonnehoeden op; En sommigen hadden Linsey-Woolsey-jurken, sommige geruite jurken, en een paar van de jongeren hadden calico aan. Sommige van de jonge mannen waren blootsvoets, en sommige kinderen hadden geen kleren aan, maar alleen een linnen hemd. Sommige van de oude vrouwen waren aan het breien, en sommige van de jonge mensen waren stiekem aan het verkeren.

De eerste schuur waar we bij de prediker kwamen, was bezig met het opstellen van een lofzang. Hij zette twee regels op een rij, iedereen zong het, en het was nogal groots om het te horen, er waren er zoveel en ze deden het op zo'n opzwepende manier; Daarna zette hij er nog twee voor hen op een rij om te zingen - enzovoort. De mensen werden steeds meer wakker en zongen luider en luider; En tegen het einde begonnen sommigen te kreunen, en sommigen begonnen te schreeuwen. Toen begon de prediker te prediken, en begon ook in ernst; en ging eerst naar de ene kant van het podium en toen naar de andere, en toen leunde hij over de voorkant ervan, met zijn armen en zijn lichaam de hele tijd gaande, en schreeuwde zijn woorden uit alle macht; en zo nu en dan hield hij zijn Bijbel omhoog en spreidde hem open en gaf hem op deze en gene manier door, schreeuwend: "Het is de koperen slang in de woestijn! Kijk ernaar en leef!" En de mensen riepen: "Glorie!En zo ging hij verder, en de mensen kreunden en huilden en zeiden amen:

"O, kom naar de rouwendenbank! Kom, zwart van de zonde! (*Amen!*) kom, ziek en pijnlijk! (*Amen!*) kom, kreupel en kreupel en blind! (*Amen!*) Kom, porie en behoeftig, verzonken in schaamte! (*a-a-mannen!*) Kom, alles wat versleten en bezoedeld is en lijdt! — Kom met een gebroken geest! Kom met een berouwvol hart! Kom in uw vodden en zonde en vuil! De wateren die reinigen zijn gratis, de deur van de hemel staat open - o, ga binnen en kom tot rust!" (*A-A-Men! Glorie, glorie Halleluja!*)

En ga zo maar door. Je kon niet meer verstaan wat de predikant zei, vanwege het geschreeuw en gehuil. Overal in de menigte stonden mensen op en werkten zich met grote kracht naar de bank van de rouwenden toe, terwijl de tranen over hun gezichten liepen; En toen alle rouwenden in een menigte naar de voorste banken waren gekomen, zongen en schreeuwden ze en wierpen ze zich op het stro, gewoon gek en wild.

Wel, de eerste keer dat ik wist dat de koning op gang kwam, en je kon hem over iedereen heen horen; En vervolgens stormde hij het podium op en de prediker smeekte hem om tot de mensen te spreken, en hij deed het. Hij vertelde hun dat hij een piraat was - hij was al dertig jaar piraat in de Indische Oceaan - en zijn bemanning was afgelopen voorjaar in een gevecht aanzienlijk uitgedund, en hij was nu thuis om wat verse mannen uit te schakelen, en godzijdank was hij gisteravond beroofd en zonder een cent van een stoomboot aan land gezet. En hij was er blij om; Het was het zaligste wat hem ooit overkwam, omdat hij nu een veranderd mens was en voor het eerst in zijn leven gelukkig; en, arm als hij was, zou hij meteen beginnen en zich een weg terug banen naar de Indische Oceaan, en de rest van zijn leven proberen de piraten op het ware pad te brengen; want hij kon het beter dan wie dan ook, omdat hij bekend was met alle piratenbemanningen in die oceaan; en hoewel het hem veel tijd zou kosten om daar zonder geld te komen, zou hij er toch komen, en elke keer dat hij een piraat overtuigde, zei hij tegen hem: "Bedank me niet, geef me geen krediet; het behoort allemaal toe aan die lieve mensen in het kamp van Pokeville, natuurlijke broeders en weldoeners van het ras, en die lieve prediker daar, de trouwste vriend die een piraat ooit heeft gehad!"

En toen barstte hij in tranen uit, en iedereen ook. Dan zingt iemand: "Neem een inzameling voor hem op, neem een inzameling op!" Wel, een half dozijn maakte een sprong om het te doen, maar iemand zingt: "Laat *hem* de hoed doorgeven!" Toen zei iedereen het, de prediker ook.

Dus de koning ging door de hele menigte met zijn hoed die zijn ogen afveegde, en zegende het volk en prees het en dankte het omdat het zo goed was voor de arme zeerovers daarginds; En zo nu en dan stonden de mooiste meisjes, met de tranen die over hun wangen liepen, naar hem toe en vroegen hem of hij hem mocht kussen om hem te herinneren; En hij deed het altijd; en sommigen van hen omhelsde en kuste hij wel vijf of zes keer - en hij werd uitgenodigd om een week te blijven; En iedereen wilde dat hij in hun huizen woonde, en zei dat ze het een eer zouden vinden; maar hij zei dat omdat dit de laatste dag van de kampvergadering was, hij niets goeds kon doen, en bovendien zweette hij zich in het zweet om meteen naar de Indische Oceaan te gaan om aan de piraten te gaan werken.

Toen we terugkwamen bij het vlot en hij kwam tellen, ontdekte hij dat hij zevenentachtig dollar en vijfenzeventig cent had verzameld. En dan had hij ook nog een kruik whisky van drie liter gehaald, die hij onder een wagen had gevonden toen hij door het bos naar huis ging. De koning zei, neem het overal mee, het lag over elke dag die hij ooit in de zendingslinie zou hebben geplaatst. Hij zei dat het geen zin heeft om te praten, heidenen zijn geen kaf naast piraten om een kampvergadering mee te houden.

De hertog dacht dat *het* hem best goed ging totdat de koning kwam opdagen, maar daarna dacht hij er niet zo zo over. Hij had twee kleine klusjes voor de boeren in die drukkerij opgezet en afgedrukt - paardenbiljetten - en nam het geld, vier dollar. En hij had voor tien dollar aan advertenties voor de krant binnengehaald, waarvan hij zei dat hij die voor vier dollar zou plaatsen als ze van tevoren zouden betalen - dus dat deden ze. De prijs van de krant was twee dollar per jaar, maar hij nam drie abonnementen voor een halve dollar per stuk op voorwaarde dat ze hem vooraf betaalden; Ze zouden zoals gewoonlijk in cordwood en uien betalen, maar hij zei dat hij net het bedrijf had gekocht en de prijs zo laag had verlaagd als hij het zich kon veroorloven, en dat hij het voor contant geld zou runnen. Hij zette een klein stukje poëzie op, dat hij zelf uit zijn eigen hoofd maakte - drie verzen - een beetje zoet en droevig - de naam ervan was: 'Ja, verliefdheid, koude wereld, dit brekende hart' - en hij liet dat allemaal klaar staan om in de krant te worden afgedrukt, en vroeg er niets voor. Wel, hij nam negen en een halve dollar binnen en zei dat hij er een behoorlijk vierkante dag werk voor had gedaan.

Toen liet hij ons nog een klein klusje zien dat hij had geprint en waarvoor hij geen kosten in rekening had gebracht, omdat het voor ons was. Er stond een foto op van een weggelopen neger met een bundel op een stok over zijn schouder en "$ 200 beloning" eronder. De lezing ging helemaal over Jim en beschreef hem tot in de puntjes. Het zei dat hij afgelopen winter wegliep van de plantage van St.

Jacques, veertig mijl onder New Orleans, en waarschijnlijk naar het noorden ging, en wie hem ook zou vangen en terugsturen, hij zou de beloning en kosten kunnen krijgen.

"Nu," zegt de hertog, "kunnen we na vannacht overdag rennen als we dat willen. Wanneer we iemand zien aankomen, kunnen we Jim aan handen en voeten vastbinden met een touw, en hem in de wigwam leggen en deze strooibiljet laten zien en zeggen dat we hem op de rivier hebben gevangen en te arm waren om op een stoomboot te reizen, dus we hebben dit kleine vlot op krediet gekregen van onze vrienden en gaan naar beneden om de beloning te krijgen. Handboeien en kettingen zouden Jim nog beter staan, maar het zou niet goed passen bij het verhaal dat we zo arm zijn. Te veel als sieraden. Touwen zijn het juiste - we moeten de eenheid bewaren, zoals we op de planken zeggen."

We zeiden allemaal dat de hertog behoorlijk slim was en dat er geen probleem kon zijn om overdag te draaien. We oordeelden dat we die nacht genoeg kilometers konden maken om buiten het bereik te komen van de powwow die we dachten dat het werk van de hertog in de drukkerij in dat kleine stadje zou gaan maken; Dan kunnen we zo doorknallen als we dat willen.

We lagen laag en bleven stil, en schoven niet uit tot bijna tien uur; Toen gleden we voorbij, vrij ver weg van de stad, en hesen onze lantaarn pas toen we er vrij van uit het zicht waren.

Toen Jim me om vier uur 's ochtends belde om het horloge op te nemen, zei hij:

"Huck, denk je dat we gwyne acrost een mo 'koningen op dis trip?"

"Nee," zei ik, "ik denk het niet."

"Nou," zegt hij, "dat is in orde, den. Ik doan de mijne een er twee koningen, maar dat is genoeg. Dis one's machtige dronkaard, en de hertog is veel beter."

Ik ontdekte dat Jim had geprobeerd hem Frans te laten praten, zodat hij kon horen hoe het was; Maar hij zei dat hij al zo lang in dit land was en zoveel problemen had gehad, dat hij het vergeten was.

HOOFDSTUK XXI

Het was nu na zonsopgang, maar we gingen meteen door en knoopten niet vast. De koning en de hertog bleken er na verloop van tijd behoorlijk roestig uit te zien; Maar nadat ze overboord waren gesprongen en een duik hadden genomen, werden ze behoorlijk opgeknapt. Na het ontbijt ging de koning op de hoek van het vlot zitten, trok zijn laarzen uit en rolde zijn broek op, liet zijn benen in het water bungelen om zich op zijn gemak te voelen, stak zijn pijp aan en ging zijn Romeo en Julia uit het hoofd halen. Toen hij het aardig onder de knie had, begonnen hij en de hertog het samen te oefenen. De hertog moest hem steeds opnieuw leren hoe hij elke toespraak moest zeggen; En hij deed hem zuchten, en legde zijn hand op zijn hart, en na een poosje zei hij dat hij het vrij goed had gedaan; "Alleen," zegt hij, "je moet niet brullen Romeo! op die manier, als een stier - je moet het zacht en ziek en loom zeggen, dus - R-o-o-meo! dat is het idee; want Julia is een lief, lief, gewoon kind van een meisje, weet je, en ze balkt niet als een."

Welnu, vervolgens haalden ze een paar lange zwaarden tevoorschijn die de hertog van eikenhouten latten had gemaakt, en begonnen het zwaardgevecht te oefenen - de hertog noemde zichzelf Richard III.; En de manier waarop ze op het vlot lagen en rondhuppelden was groots om te zien. Maar na verloop van tijd struikelde de koning en viel overboord, en daarna namen ze wat rust en praatten over allerlei avonturen die ze in andere tijden langs de rivier hadden beleefd.

Na het diner zegt de hertog:

"Nou, Capet, we willen er een eersteklas show van maken, weet je, dus ik denk dat we er nog wat aan zullen toevoegen. We willen in ieder geval iets om toegiften mee te beantwoorden."

"Wat is er aan de hand, Bilgewater?"

De hertog vertelde het hem, en zegt dan:

"Ik zal antwoorden door de Highland-worp of de hoornpijp van de zeeman te doen; en jij - nou ja, laat me eens kijken - oh, ik heb het - je kunt de monoloog van Hamlet doen."

"Hamlet is welke?"

'De monoloog van Hamlet, weet je; het meest gevierde in Shakespeare. Ah, het is subliem, subliem! Haalt altijd het huis op. Ik heb het niet in het boek - ik heb maar één deel - maar ik denk dat ik het uit mijn hoofd kan optellen. Ik zal gewoon een minuut op en neer lopen en kijken of ik het kan terugroepen uit de kluizen van de herinnering."

Dus ging hij op en neer marcheren, nadenkend en af en toe vreselijk fronsend; dan trok hij zijn wenkbrauwen op; dan kneep hij zijn hand op zijn voorhoofd en wankelde naar achteren en kreunde een beetje; vervolgens zuchtte hij, en vervolgens liet hij een traan vallen. Het was prachtig om hem te zien. Na verloop van tijd kreeg hij het te pakken. Hij zei dat we aandacht moesten geven. Dan neemt hij een zeer nobele houding aan, met een been naar voren geduwd, en zijn armen uitgestrekt omhoog, en zijn hoofd naar achteren gekanteld, omhoog kijkend naar de lucht; en dan begint hij te scheuren en te raaskallen en met zijn tanden te knarsen; en daarna, gedurende zijn hele spraak, huilde hij, en verspreidde zich rond, en zwol zijn borstkas op, en sloeg gewoon de vlekken uit elk acteerwerk *dat ik* ooit eerder heb gezien. Dit is de toespraak - ik leerde het, gemakkelijk genoeg, terwijl hij het aan de koning leerde:

Te zijn, of niet te zijn; dat is het blote lijfDat rampspoed maakt van zo'n lang leven; Want wie zou fardels verdragen, totdat Birnam Wood naar Dunsinane komt,Maar dat de angst voor iets na de doodVermoordt de onschuldige slaap,De tweede koers van de grote natuur,En ons liever de pijlen van buitensporig fortuin doet slingerenDan vliegen naar anderen die we niet kennen.
Er is het respect dat ons een pauze moet geven: Wake Duncan with thy knocking! Ik wou dat je het kon; Want wie zou de zwepen en de verachtingen van de tijd dragen,Het ongelijk van de onderdrukker, het onrecht van de trotse man,Het uitstel van de wet, en de rust die zijn smarten zouden kunnen nemen.
In de dode woestenij en midden in de nacht, wanneer kerkhoven gapenIn gebruikelijke pakken van plechtig zwart,Maar dat het onontdekte land uit wiens bourne geen reiziger terugkeert,Besmetting op de wereld uitblaast,En zo de inheemse tint van vastberadenheid, zoals de arme kat i' het gezegde,Wordt ziekelijk o'er met zorg. En al de wolken die van onze daken neerdaalden,In dit opzicht worden hun stromingen scheef,En verliezen de naam van actie.'Het is een voleinding die vroom gewenst moet worden. Maar zacht jij, de schone Ophelia: Sta niet stil aan je logge en marmeren kaken. Maar ga naar een nonnenklooster, ga!

Wel, de oude man hield van die toespraak, en hij begreep het al heel snel zodat hij het eersteklas kon doen. Het leek alsof hij er gewoon voor geboren was; En als hij zijn hand erin had en opgewonden was, was het volmaakt mooi hoe hij zou scheuren en scheuren en zich achter hem optrok als hij het uittrok.

De eerste kans die we kregen, liet de hertog wat showrekeningen drukken; En daarna, gedurende twee of drie dagen, terwijl we voortdobberden, was het vlot een zeer ongewone levendige plek, want er was niets anders dan zwaardvechten en repeteren - zoals de hertog het noemde - de hele tijd. Op een ochtend, toen we al aardig in de staat Arkansaw waren, kwamen we in het zicht van een klein stadje met één paard in een grote bocht; dus bonden we ongeveer driekwart mijl erboven vast, in de mond van een kreek die als een tunnel was ingesloten door de cipressen, en wij allemaal, behalve Jim, namen de kano en gingen daarheen om te zien of er op die plek een kans was voor onze show.

We hebben enorm veel geluk gehad; Er zou daar die middag een circus zijn, en de mensen van het platteland begonnen al binnen te komen, in allerlei oude geketende wagens en op paarden. Het circus zou voor de avond vertrekken, dus onze show zou een goede kans maken. De hertog huurde het gerechtsgebouw, en wij gingen rond en plakten onze rekeningen op. Ze lezen als volgt:

> Shakspereaanse heropleving!! Prachtige attractie! Voor slechts één nacht! De wereldberoemde tragedians, David Garrick de jongere, van het Drury Lane Theatre, Londen, en Edmund Kean de oudere, van het Royal Haymarket Theatre, Whitechapel, Pudding Lane, Piccadilly, Londen, en de Royal Continental Theatres, in hun sublieme Shaksperean Spectacle getiteld The Balcony Scene in Romeo en Julia!!

> Romeo...................... Meneer Garrick. Juliet..................... Meneer Kean.

> Bijgestaan door de kracht van het hele bedrijf! Nieuwe kostuums, nieuwe decors, nieuwe afspraken!

> Ook: Het spannende, meesterlijke en bloedstollende breedzwaardconflict In Richard III.!!

> Richard III............................. Meneer Garrick. Richmond........................ Meneer Kean.

ook:(op speciaal verzoek,) Hamlet's Immortal Soliloquy!! Door de illustere Kean! Door hem gedaan 300 opeenvolgende nachten in Parijs! Voor slechts één nacht, vanwege dwingende Europese engagementen! Entree 25 cent; kinderen en bedienden, 10 cent.

Daarna gingen we lanterfanten door de stad. De winkels en huizen waren bijna allemaal oude, krakkemikkige, opgedroogde, framebedrijven die nooit waren geschilderd; Ze werden drie of vier voet boven de grond op palen opgesteld, zodat ze buiten het bereik van het water waren als de rivier overstroomde. De huizen hadden kleine tuintjes om zich heen, maar ze schenen er nauwelijks iets anders in op te bouwen dan jimpson onkruid en zonnebloemen en ashopen en oude opgerolde laarzen en schoenen, en stukken flessen en vodden en uitgeblust blikwerk. De hekken waren gemaakt van verschillende soorten planken, die op verschillende tijdstippen waren vastgespijkerd; En ze leunden alle kanten op en hadden poorten die niet echt maar één scharnier hadden - een leren scharnier. Sommige hekken waren op een of andere manier witgekalkt, maar de hertog zei dat het in de tijd van Clumbus was, zoals genoeg. Er waren veel zwijnen in de tuin en mensen dreven ze weg.

Alle winkels waren in één straat. Ze hadden witte huisluifels aan de voorkant, en de mensen van het platteland spanden hun paarden aan de luifelpalen. Er stonden lege drooggoeddozen onder de luifels en er zaten de hele dag loafers op te rusten en ze met hun Barlow-messen te besmeuren; en tabak najagen, en gapen en gapen en zich uitstrekken - een machtig sierlijk lot. Ze hadden royale gele strohoeden op, de meeste zo breed als een paraplu, maar droegen geen jassen of vesten, ze noemden elkaar Bill, en Buck, en Hank, en Joe, en Andy, en praatten lui en lijzig, en gebruikten heel wat scheldwoorden. Er was wel één lanterfanter die tegen elke luifelpaal leunde, en hij had bijna altijd zijn handen in zijn broekzakken, behalve als hij ze tevoorschijn haalde om een hapje tabak te lenen of te krabben. Wat een lichaam de hele tijd onder hen hoorde, was:

"Geef me een chaw 'v tobacker, Henk."

"Kaïn niet; Ik heb nog maar één chaw over. Vraag het aan Bill."

Misschien geeft Bill hem een schram; Misschien liegt hij en zegt hij dat hij er geen heeft. Sommigen van dat soort loafers hebben nooit een cent in de wereld, noch een karbonaad tabak van zichzelf. Ze krijgen al hun gejaag door te lenen; ze zeggen tegen een kerel: "Ik wou dat je me een chaw leende, Jack, ik geef Ben Thompson op dit moment de laatste chaw die ik had" - wat vrijwel elke keer een leugen is; het houdt niemand voor de gek, behalve een vreemde; maar Jack is geen vreemde, dus zegt hij:

"*Je* hebt hem een schrok gegeven, hè? Net als de oma van de kat van je zus. Je betaalt me de kaf terug die je van me hebt geleend, Lafe Buckner, dan leen ik je er een of twee ton van, en ik zal je geen ontrust in rekening brengen, gek."

"Nou, ik heb *je wel* wat terugbetaald."

'Ja, dat heb je gedaan - ongeveer zes chaws. Je leende een winkel en betaalde een neger terug."

Winkel tabak is platte zwarte plug, maar deze kerels schuurt meestal het natuurlijke blad gedraaid. Als ze een klak lenen, snijden ze die niet royaal af met een mes, maar steken ze de plug tussen hun tanden, en knagen met hun tanden en trekken met hun handen aan de plug tot ze hem in tweeën krijgen; Dan kijkt degene die de tabak bezit er soms treurig naar als hij wordt teruggegeven, en zegt sarcastisch:

"Hier, geef me de *chaw*, en jij neemt de *stekker*."

Alle straten en lanen waren alleen maar modder; ze waarschuwen niets anders *dan* modder - modder zo zwart als teer en op sommige plaatsen bijna een voet diep, en op alle plaatsen twee of drie centimeter diep . De varkens lanterfden en gromden overal rond. Je zou een modderige zeug en een nest varkens over straat zien lui komen en zich precies in de weg zien wringen, waar mensen om haar heen moesten lopen, en ze zou zich uitstrekken en haar ogen sluiten en met haar oren zwaaien terwijl de varkens haar aan het melken waren, en er zo gelukkig uitzien alsof ze een salaris had. En al snel hoorde je een loafer zingen: "Hoi! *En* dan ging de zeug weg, vreselijk gillend, met een hond of twee aan elk oor zwaaiend, en er kwamen er nog drie of vier dozijn aan; en dan zag je al die lanterfanters opstaan en het ding uit het zicht bekijken, en lachen om de pret en dankbaar kijken voor het lawaai. Dan kwamen ze weer tot rust tot er een hondengevecht was. Er kon niets hen overal wakker maken en hen overal gelukkig maken, zoals een hondengevecht, tenzij het terpentijn op een zwerfhond zou zijn en hem in brand zou steken, of een tinnen pan aan zijn staart zou binden en hem zichzelf zou zien doodrennen.

Aan de oever van de rivier staken enkele huizen uit en ze waren gebogen en gebogen en stonden op het punt om erin te storten. De mensen waren uit hen weggetrokken. De oever was weggezakt onder een hoek van enkele andere, en die hoek hing eroverheen. Er woonden nog mensen in, maar het was gevaarlijk, want soms stortte er een strook land zo breed als een huis tegelijk in. Soms begint een strook land van een kwart mijl diep en stort in en stort in totdat het allemaal in één zomer in de rivier instort. Zo'n stad moet altijd heen en weer bewegen en terug, omdat de rivier er altijd aan knaagt.

Hoe dichter het bij het middaguur op die dag kwam, hoe dikker en dikker de wagens en paarden in de straten waren, en er kwamen er steeds meer bij. Gezinnen haalden hun eten mee van het platteland en aten het op in de wagens. Er werd veel whisky gedronken en ik heb drie gevechten gezien. Af en toe zingt iemand:

"Daar komt de oude Boggs! - van het platteland voor zijn kleine oude maandelijkse dronkaard; Hier komt hij, jongens!"

Alle instappers zagen er blij uit; Ik dacht dat ze gewend waren om plezier te hebben van Boggs. Een van hen zegt:

"Vraag me af wie hij deze keer moet opjagen. Als hij al die mannen had opgejaagd die hij de afgelopen twintig jaar heeft moeten opjagen, zou hij nu een aanzienlijke ruzie hebben."

Een ander zegt: "Ik wou dat de oude Boggs me bedreigde, want dan zou ik weten dat ik Gwyne niet waarschuwde om een jaar lang te sterven."

Boggs komt aanscheuren op zijn paard, joelend en schreeuwend als een Injun, en zingt:

"Plak de baan, thar. Ik ben op het waw-pad, en de prijs van uv-doodskisten is a-gwyne om op te halen."

Hij was dronken en slingerde rond in zijn zadel; Hij was ouder dan vijftig en had een heel rood gezicht. Iedereen schreeuwde tegen hem en lachte hem uit en sloeg hem brus, en hij brulde terug, en zei dat hij voor hen zou zorgen en ze op hun gebruikelijke beurten zou neerleggen, maar hij kon nu niet wachten omdat hij naar de stad was gekomen om de oude kolonel Sherburn te vermoorden, en zijn motto was: "Eerst vlees, en lepelvittles om mee af te maken."

Hij zag mij, en reed naar me toe en zei:

"Waar kom je vandaan, jongen? Was je bereid om te sterven?"

Daarna reed hij verder. Ik was bang, maar een man zegt:

"Hij bedoelt niets; Hij gaat altijd zo tekeer als hij dronken is. Hij is de aardigste oude dwaas in Arkansaw - hij doet nooit iemand kwaad, dronken of nuchter."

Boggs reed voor de grootste winkel van de stad en boog zijn hoofd naar beneden zodat hij onder het gordijn van de luifel kon kijken en schreeuwde:

"Kom hierheen, Sherburn! Kom naar buiten en ontmoet de man die je hebt opgelicht. Jij bent de hond waar ik naar op zoek ben, en ik ben a-gwyne om jou ook te hebben!"

En zo ging hij maar door, Sherburn alles noemend wat hij maar kon vinden, en de hele straat zat vol met mensen die luisterden en lachten en maar doorgingen. Langzamerhand stapt er een trots uitziende man van ongeveer vijfenvijftig - en hij was ook verreweg de best geklede man in die stad - de winkel uit, en de menigte laat zich aan weerszijden terugvallen om hem te laten komen. Hij zegt tegen Boggs, machtig en langzaam - hij zegt:

"Ik ben dit beu, maar ik zal het tot één uur volhouden. Tot één uur, let wel, niet langer. Als je na die tijd maar één keer je mond tegen me opendoet, kun je niet zo ver reizen, maar ik zal je vinden."

Dan draait hij zich om en gaat naar binnen. De menigte zag er uiterst nuchter uit; Niemand verroerde zich, en er werd niet meer gelachen. Boggs reed weg en bewaakte Sherburn zo hard als hij kon schreeuwen, de hele straat door; En vrij snel terug komt hij en stopt voor de winkel, nog steeds volhoudend. Sommige mannen verdrongen zich om hem heen en probeerden hem zijn mond te laten houden, maar dat wilde hij niet; Ze vertelden hem dat het over ongeveer een kwartier één uur zou zijn en dat hij dus naar huis moest gaan - hij moest meteen gaan. Maar het hielp niets. Hij vloekte uit alle macht, gooide zijn hoed in de modder en reed eroverheen, en al gauw ging hij weer tekeer over straat, met zijn grijze haar in de lucht. Iedereen die de kans op hem kon krijgen, deed zijn best om hem van zijn paard te lokken, zodat ze hem konden opsluiten en hem nuchter konden krijgen; maar het had geen zin - verderop in de straat zou hij weer scheuren en Sherburn nog een vloek geven. Langzamerhand zegt iemand:

"Ga voor zijn dochter! — vlug, ga voor zijn dochter; Soms luistert hij naar haar. Als iemand hem kan overtuigen, dan is zij het wel."

Dus iemand begon te rennen. Ik liep een eind door de straat en stopte. Over een minuut of vijf, tien komt Boggs weer, maar niet op zijn paard. Hij wankelde aan de overkant van de straat naar me toe, blootshoofds, met een vriend aan weerszijden van hem die zijn armen uitstak en hem voortjoeg. Hij was stil en zag er ongemakkelijk uit; En hij waarschuwde er geen, maar deed een deel van de haast zelf. Iemand zingt:

"Boggs!"

Ik keek daarheen om te zien wie het zei, en het was die kolonel Sherburn. Hij stond volkomen stil op straat en had een pistool in zijn rechterhand geheven - hij richtte het niet, maar hield het voor zich uit met de loop naar de hemel gekanteld. Diezelfde seconde zie ik een jong meisje op de vlucht komen, en twee mannen met haar. Boggs en de mannen draaiden zich om om te zien wie hem riep, en toen ze het pistool zagen, sprongen de mannen opzij, en de loop van het pistool kwam langzaam en gestaag naar beneden tot een niveau - beide lopen gespannen. Boggs gooit zijn beide handen in de lucht en zegt: "O Heer, niet schieten!" Knallen! gaat het eerste schot, en hij wankelt achteruit, klauwend in de lucht - knal! gaat de tweede, en hij tuimelt achterover op de grond, zwaar en stevig, met zijn armen gespreid. Dat jonge meisje schreeuwde het uit en kwam aanstormen, en ze wierp zich huilend op haar vader en zei: "O, hij heeft hem vermoord, hij heeft hem vermoord!" De menigte sloot zich om hen heen en schouderde en klemde elkaar vast, met hun nekken gestrekt, proberend te zien, en mensen aan de binnenkant probeerden hen terug te duwen en schreeuwden: "Terug, terug! Geef hem lucht, geef hem lucht!"

Kolonel Sherburn gooide zijn pistool op de grond, draaide zich op zijn hielen om en liep weg.

Ze namen Boggs mee naar een kleine drogisterij, de menigte verdrong zich evengoed en de hele stad volgde, en ik haastte me en kreeg een goede plek bij het raam, waar ik dicht bij hem was en naar binnen kon kijken. Ze legden hem op de grond, en legden een grote bijbel onder zijn hoofd, en openden een andere, en spreidden die uit op zijn borst; maar ze scheurden eerst zijn shirt open, en ik zag waar een van de kogels naar binnen ging. Hij slaakte ongeveer een dozijn lange zuchten, zijn borst tilde de bijbel op toen hij zijn adem inademde, en liet hem weer zakken toen hij hem uitademde - en daarna bleef hij stil liggen; Hij was dood. Toen trokken ze zijn dochter schreeuwend en huilend van hem weg en namen haar mee. Ze was een jaar of zestien en ze zag er heel lief en zachtaardig uit, maar ze was vreselijk bleek en bang.

Nou, al snel was de hele stad daar, kronkelend en spartelend en duwend en duwend om bij het raam te komen en te kijken, maar mensen die de plaatsen hadden, wilden ze niet opgeven, en mensen achter hen zeiden de hele tijd: "Zeg, nu, jullie hebben genoeg gekeken, jongens; ' Het is niet goed en niet eerlijk dat je daar de hele tijd blijft en nooit iemand een kans geeft; Andere mensen hebben net zo goed hun rechten als jij."

Er was een aanzienlijke kaak naar achteren, dus ik gleed naar buiten, denkend dat er misschien problemen zouden komen. De straten waren vol en iedereen was opgewonden. Iedereen die de schietpartij zag, vertelde hoe het gebeurde, en er was een grote menigte opeengepakt rond elk van deze kerels, die hun nek uitstrekten en luisterden. Een lange, slungelige man, met lang haar en een grote witte bontmuts op zijn achterhoofd, en een wandelstok met krom handvat, markeerde de plaatsen op de grond waar Boggs stond en waar Sherburn stond, en de mensen volgden hem van de ene plaats naar de andere en keken naar alles wat hij deed, en bogen hun hoofd om te laten zien dat ze het begrepen, en een beetje bukken en hun handen op hun dijen laten rusten om te zien hoe hij met zijn wandelstok de plaatsen op de grond markeert; en toen stond hij rechtop en stijf op de plaats waar Sherburn had gestaan, fronsend en met zijn hoed over zijn ogen geslagen, en zong: "Boggs!" en haalde toen zijn wandelstok langzaam naar beneden, en zei "Bang!" wankelde achteruit, zei weer "Bang!" en viel plat op zijn rug. De mensen die het ding hadden gezien, zeiden dat hij het perfect had gedaan; zei dat het gewoon precies was hoe het allemaal gebeurde. Toen haalden wel een dozijn mensen hun flessen tevoorschijn en behandelden hem.

Nou, na verloop van tijd zei iemand dat Sherburn gelyncht moest worden. Binnen ongeveer een minuut zei iedereen het; Dus gingen ze weg, boos en schreeuwend, en grepen elke waslijn die ze tegenkwamen om mee op te hangen.

HOOFDSTUK XXII

Ze zwermden uit naar het huis van Sherburn, joelend en razend als Injuns, en alles moest de weg vrijmaken of overreden worden en tot moes worden gestampt, en het was vreselijk om te zien. Kinderen liepen voor de menigte uit, schreeuwden en probeerden uit de weg te gaan; en elk raam langs de weg zat vol met vrouwenhoofden, en er zaten negerjongens in elke boom, en bokken en meiden keken over elk hek; En zodra de menigte in de buurt van hen kwam, braken ze en scharrelden ze terug, buiten bereik. Veel van de vrouwen en meisjes huilden en namen het op, het meest doodsbang.

Ze zwermden uit voor de bestrating van Sherburn, zo dik als ze tegen elkaar aan konden klemmen, en je kon jezelf niet horen denken van het geluid. Het was een kleine meter van twintig voet. Sommigen zongen: "Breek het hek af! Breek het hek af!" Toen was er een kabaal van scheuren en scheuren en slaan, en naar beneden ging ze, en de voormuur van de menigte begon als een golf naar binnen te rollen.

Juist op dat moment stapt Sherburn het dak van zijn kleine veranda op, met een dubbelloops pistool in zijn hand, en neemt zijn standpunt in, perfect ca'm en weloverwogen, zonder een woord te zeggen. Het kabaal stopte en de golf zoog terug.

Sherburn zei geen woord, stond daar alleen maar naar beneden te kijken. De stilte was vreselijk, griezelig en ongemakkelijk. Sherburn liet zijn blik langzaam langs de menigte lopen; en overal waar het toesloeg, probeerden de mensen hem een beetje te overzien, maar dat lukte niet; Ze sloegen hun ogen neer en keken stiekem. Toen lachte Sherburn al snel een beetje; Niet het aangename soort, maar het soort dat je het gevoel geeft dat als je brood eet met zand erin.

Dan zegt hij, langzaam en smalend:

"Het idee dat *je* iemand lynchen! Het is amusant. Het idee dat je denkt dat je genoeg hebt geplukt om een man te lynchen! Omdat je dapper genoeg bent om arme, vriendloze, verstoten vrouwen die hier langskomen met pek en veren te bedekken, deed dat je denken dat je genoeg lef had om je handen op een man te leggen? Wel, een *man is* veilig in de handen van tienduizend van uw soort, zolang het maar dag is en u niet achter hem staat.

"Ken ik jou? Ik weet dat je er doorheen bent. Ik ben geboren en getogen in het Zuiden, en ik heb in het Noorden gewoond; dus ik ken het gemiddelde rondom. De gemiddelde man is een lafaard. In het noorden laat hij iedereen over zich heen lopen die dat wil, en gaat naar huis en bidt om een nederige geest om het te dragen. In het Zuiden heeft één man in zijn eentje een podium vol mannen overdag tegengehouden en de boel beroofd. Uw kranten noemen u zo vaak een dapper volk dat u denkt dat u moediger bent dan enig ander volk - terwijl u net *zo* dapper bent, en niet moediger. Waarom hangen jullie jury's geen moordenaars op? Omdat ze bang zijn dat de vrienden van de man hen in de rug zullen schieten, in het donker - en dat is precies wat ze *zouden* doen.

"Dus ze spreken altijd vrij; En dan gaat er 's nachts een man met honderd gemaskerde lafaards achter zich aan en lyncht de deugniet. Uw fout is, dat u geen man hebt meegebracht; Dat is één fout, en de andere is dat je niet in het donker bent gekomen om je maskers te halen. U bracht *een deel* van een man mee – Buck Harkness, daar - en als u hem niet had gehad om u te starten, zou u het er bij het blazen uit hebben gehaald.

"Je wilde niet komen. De gemiddelde man houdt niet van problemen en gevaar. *Je* houdt niet van problemen en gevaar. Maar als slechts *een halve* man - zoals Buck Harkness daar - roept: 'Lynch hem! lynch hem!' dan ben je bang om terug te deinzen - bang dat je ontdekt zult worden als wat je bent - *lafaards* - en dus hef je een schreeuw op, en hang jezelf vast aan de staart van die halve man, en kom hier tekeer, vloekend welke grote dingen je gaat doen. Het zieligste wat er is, is een menigte; Dat is wat een leger is: een menigte; Ze vechten niet met de moed die in hen geboren is, maar met de moed die ze hebben gekregen van hun massa en van hun officieren. Maar een menigte zonder enige *man* aan het hoofd ervan is *beneden de zieligheid.* Nu moet *je* je staart laten hangen en naar huis gaan en in een gat kruipen. Als er echt gelyncht gaat worden, zal het op de donkere, zuidelijke manier gebeuren; En als ze komen, zullen ze hun maskers meenemen en een *man* meenemen. Ga nu *weg* - en neem je halve man met je mee" - terwijl hij zijn pistool over zijn linkerarm gooit en het spant als hij dit zegt.

De menigte spoelde plotseling terug en brak toen helemaal uiteen en scheurde alle kanten op, en Buck Harkness hakte het achter hen aan, er redelijk goedkoop uitziend. Ik kon een beetje zitten als ik dat wilde, maar ik wilde het niet.

Ik ging naar het circus en slenterde achteraan tot de bewaker voorbij kwam, en dook toen onder de tent. Ik had mijn goudstuk van twintig dollar en wat ander geld, maar ik dacht dat ik het beter kon bewaren, want het is niet te zeggen hoe snel je het nodig zult hebben, weg van huis en onder vreemden op die manier. Je kunt niet voorzichtig genoeg zijn. Ik ben er niet tegen om geld uit te geven aan circussen als er geen andere manier is, maar het heeft geen zin om *het aan hen te* verspillen.

Het was een echt bullebakcircus. Het was het schitterendste gezicht dat er ooit was geweest toen ze allemaal binnenkwamen rijden, twee aan twee, een heer en een dame, zij aan zij, de mannen alleen in hun laden en onderhemden, en geen schoenen of stijgbeugels, en hun handen gemakkelijk en comfortabel op hun dijen laten rusten - er moeten er twintig zijn geweest - en elke dame met een mooie huidskleur, En volmaakt mooi, en ze zien er precies uit als een bende echte koninginnen, en gekleed in kleren die miljoenen dollars kosten, en gewoon bezaaid met diamanten. Het was een machtig mooi gezicht; Ik zie nog nooit zoiets moois. En toen stonden ze een voor een op en gingen zo zacht en golvend en sierlijk rond de ring weven, de mannen zagen er zo lang en luchtig en recht uit, met hun hoofden deinend en scherend, daar boven onder het tentdak, en de rozenbladjurk van elke dame wapperde zacht en zijdeachtig om haar heupen. En ze ziet eruit als de mooiste parasol.

En toen gingen ze sneller en sneller, ze dansten allemaal, eerst met de ene voet in de lucht en dan met de andere, de paarden leunden steeds meer, en de circusdirecteur liep rond en rond de middenpaal, kraakte met zijn zweep en schreeuwde "Hoi!" en de clown maakte grappen achter hem; En na verloop van tijd lieten alle handen de teugels vallen, en elke dame legde haar knokkels op haar heupen en elke heer vouwde zijn armen, en hoe leunden de paarden voorover en bulten zich! En dus huppelden ze allemaal de ring in en maakten de liefste buiging die ik ooit heb gezien, en renden toen naar buiten, en iedereen klapte in zijn handen en ging zowat uit zijn dak.

Wel, door het hele circus heen deden ze de meest verbazingwekkende dingen, en al die tijd ging die clown door, zodat hij de mensen het meest doodde. De circusdirecteur kon nooit een woord tegen hem zeggen, maar hij was snel als een knipoog terug met de grappigste dingen die een lichaam ooit had gezegd; en hoe hij ooit aan zoveel van hen kon denken, en zo plotseling en zo pat, was wat ik op geen enkele manier kon begrijpen. Wel, ik zou er in een jaar niet aan kunnen denken. En na verloop van tijd probeerde een dronken man in de ring te komen - zei dat hij wilde rijden; zei dat hij net zo goed kon rijden als iedereen die er ooit was. Ze maakten ruzie en probeerden hem buiten te houden, maar hij wilde niet luisteren en de hele show kwam tot stilstand. Toen begonnen de mensen tegen hem te schreeuwen en hem belachelijk te maken, en dat maakte hem boos, en hij begon te scheuren en te scheuren; En dat wakkerde het volk aan, en een heleboel mannen begonnen zich van de banken op te stapelen en zwermden naar de ring, zeggende: "Sla hem neer! Gooi hem eruit!" en een of twee vrouwen begonnen te schreeuwen. Dus toen hield de circusdirecteur een kleine toespraak en zei dat hij hoopte dat er geen overlast zou zijn, en als de man beloofde dat hij geen problemen meer zou maken, zou hij hem laten rijden als hij dacht dat hij op het paard kon blijven. Dus iedereen lachte en zei oké, en de man stapte op. Op het moment dat hij opstond, begon het paard te scheuren en te scheuren en te springen en rond te dartelen, met twee circusmannen die zich aan zijn teugel vasthielden en probeerden hem vast te houden, en de dronken man die zich aan zijn nek vastklampte, en zijn hielen vlogen in de lucht bij elke sprong, en de hele menigte mensen stond op te schreeuwen en te lachen tot de tranen naar beneden rolden. En eindelijk, ja hoor, alles wat de circusmannen konden doen, brak het paard los, en weg was hij zoals het hele volk, rond en rond de ring, met die sot die op hem lag en aan zijn nek hing, met eerst een been dat aan de ene kant het meest aan de grond hing, en toen het andere aan de andere kant, En de mensen gewoon gek. Het is echter niet grappig voor mij; Ik beefde helemaal toen ik zijn gevaar zag. Maar al gauw worstelde hij zich omhoog en greep de teugel, heen en weer wankelend; En het volgende moment sprong hij op, liet het hoofdstel vallen en stond op! En het paard gaat ook als een huis dat in brand staat. Hij stond daar gewoon, zeilde rond, zo gemakkelijk en comfortabel alsof hij nog nooit in zijn leven had gewaarschuwd - en toen begon hij zijn kleren uit te trekken en ze te slingeren. Hij wierp ze zo dik af dat ze de lucht min of meer verstopten, en in totaal verwierp hij zeventien pakken. En toen was hij daar, slank en knap, en gekleed zoals je ooit hebt gezien, en hij stak met zijn zweep op dat paard in en liet hem behoorlijk neuriën - en tenslotte huppelde hij weg, maakte zijn buiging en danste naar de kleedkamer, en iedereen huilde gewoon van plezier en verbazing.

Toen zag de circusdirecteur hoe hij voor de gek was gehouden, en hij *was* de ziekste circusdirecteur die je ooit ziet, denk ik. Wel, het was een van zijn eigen mannen! Hij had die grap helemaal uit zijn hoofd gehaald en nooit aan iemand laten weten. Wel, ik voelde me schaapachtig genoeg om zo in de val te worden gelokt, maar ik zou niet in de plaats van die circusdirecteur willen zijn, niet voor duizend dollar. Ik weet het niet; er zijn misschien pestcircussen dan wat dat was, maar ik heb ze nog nooit getroffen. Hoe dan ook, het was genoeg goed genoeg voor *mij;* en waar ik het ook tegenkom, het kan elke keer al *mijn* gewoontes hebben.

Wel, die avond hadden we *onze* show, maar er waren niet slechts zo'n twaalf mensen - net genoeg om de kosten te betalen. En ze lachten de hele tijd, en dat maakte de hertog boos; En iedereen ging toch weg voordat de show voorbij was, behalve één jongen die sliep. Dus de hertog zei dat deze Arkansaw-niet naar Shakespeare konden komen; Wat ze wilden was lage komedie - en misschien iets Ruther erger dan lage komedie, dacht hij. Hij zei dat hij hun stijl kon beoordelen. Dus de volgende morgen pakte hij een paar grote vellen inpakpapier en wat zwarte verf, en tekende een paar strooibiljetten en plakte ze overal in het dorp. Op de rekeningen stonden:

IN HET GERECHTSGEBOUW! SLECHTS VOOR 3 NACHTEN!
De wereldberoemde tragediansDAVID GARRICK DE JONGERE!
ANDEDMUND KEAN DE OUDERE!
Van de Londense en continentale theaters,In hun spannende tragedie vanTHE
KING'S CAMELOPARDOFDE KONINKLIJKE NONESUCH
!!Entree 50 cent.

Dan stond onderaan de grootste regel van allemaal, die zei:

DAMES EN KINDEREN NIET TOEGELATEN.

"Daar," zegt hij, "als die lijn ze niet ophaalt, weet ik niet Arkansaw!"

HOOFDSTUK XXIII

Nou, de hele dag waren hij en de koning er hard mee bezig, ze spanden een podium en een gordijn en een rij kaarsen op als voetlichten; En die avond zat het huis in een mum van tijd stampvol met mannen. Toen de plaats het niet meer kon houden, stopte de hertog met het verzorgen van de deur en ging achterom en kwam het podium op en stond op voor het gordijn en hield een kleine toespraak en prees deze tragedie en zei dat het de meest opwindende was die er ooit was geweest; en zo bleef hij opscheppen over de tragedie en over Edmund Kean de Oudere, die daarin de hoofdrol zou spelen; En eindelijk, toen hij de verwachtingen van iedereen hoog genoeg had gehouden, rolde hij het gordijn op, en het volgende moment kwam de koning op handen en voeten naar buiten huppelen, naakt; En hij was overal geschilderd, met ringstrepen en strepen, allerlei kleuren, zo prachtig als een regenboog. En, maar let niet op de rest van zijn outfit; Het was gewoon wild, maar het was vreselijk grappig. De mensen pleegden het meest zelfmoord van het lachen; En toen de koning klaar was met capriolen en achter de schermen wegkapte, brulden ze en klapten en stormden en joegen ze totdat hij terugkwam en het opnieuw deed, en daarna lieten ze hem het nog een keer doen. Nou, het zou een koe aan het lachen maken om de glans te zien die die oude sneed.

Dan laat de hertog het gordijn zakken, buigt voor het volk en zegt dat de grote tragedie nog maar twee nachten zal worden opgevoerd, vanwege dringende Londense verplichtingen, waar de stoelen al voor zijn verkocht in Drury Lane; En dan maakt hij nog een buiging voor hen en zegt dat als het hem gelukt is hen te behagen en te onderrichten, hij diep verbijsterd zal zijn als ze het aan hun vrienden zullen vertellen en hen zover zullen krijgen dat ze komen kijken.

Twintig mensen zingen:

"Wat, is het voorbij? Is dat *alles?*"

De hertog zegt ja. Toen was er een fijne tijd. Iedereen zingt: "Verkocht!" en stond als een bezetene op en was op weg naar dat podium en die tragedians. Maar een grote, goed uitziende man springt op een bankje en roept:

"Wacht even! Slechts een woord, heren." Ze stopten om te luisteren. "We zijn verkocht, heel slecht verkocht. Maar we willen niet het lachertje van deze hele stad zijn, denk ik, en nooit het laatste van dit ding horen zolang we leven. *Nee.* Wat we willen is hier rustig weggaan, en deze show bespreken, en de *rest* van de stad verkopen! Dan zitten we allemaal in hetzelfde schuitje. Is dat niet verstandig?" ("Reken maar dat het zo is! - de jedge heeft gelijk!" zingt iedereen.) "Oké dan, geen woord over een verkoop. Ga mee naar huis en raad iedereen aan om naar de tragedie te komen kijken."

De volgende dag was er in die stad niets te horen of het was een schitterende show. De zaal zat die avond weer vol, en we verkochten deze menigte op dezelfde manier. Toen ik en de koning en de hertog thuiskwamen op het vlot, aten we allemaal; en na verloop van tijd, rond middernacht, dwongen ze Jim en mij om haar terug te trekken en haar in het midden van de rivier te laten drijven, en haar binnen te halen en haar ongeveer twee mijl onder de stad te verbergen.

De derde avond zat het huis weer stampvol - en ze waarschuwen deze keer geen nieuwkomers, maar mensen die de andere twee avonden bij de show waren. Ik stond bij de hertog bij de deur, en ik zag dat elke man die naar binnen ging, zijn zakken uitpuilde, of iets gedempts onder zijn jas had - en ik zie dat het ook geen parfumerie waarschuwt, bij lange na niet. Ik rook ziekelijke eieren bij het vat, en rotte kool, en dergelijke dingen; en als ik de tekenen ken dat er een dode kat in de buurt is, en ik wed dat ik dat doe, er waren er vierenzestig van hen die naar binnen gingen. Ik schoof er even in, maar het was te divers voor mij; Ik kon er niet tegen. Wel, toen er geen mensen meer konden zijn, gaf de hertog een kerel een kwartje en zei hem dat hij de deur even voor hem moest verzorgen, en toen begon hij rond te lopen voor de deur van het toneel, ik achter hem aan; Maar op het moment dat we de hoek omgingen en in het donker zaten, zegt hij:

"Loop nu snel tot je weg bent van de huizen, en scheen dan voor het vlot zoals de Dickens achter je aan zat!"

Ik deed het, en hij deed hetzelfde. We sloegen tegelijkertijd op het vlot en in minder dan twee seconden gleden we stroomafwaarts, helemaal donker en stil, en naar het midden van de rivier, zonder een woord te zeggen. Ik dacht dat de arme koning een opzichtige tijd te wachten stond met het publiek, maar niets van dien aard; Al snel kruipt hij onder de wigwam vandaan en zegt:

"Nou, hoe zou het oude ding deze keer uitpakken, hertog?"

Hij was helemaal niet in de stad geweest.

We lieten nooit een licht zien totdat we ongeveer tien mijl onder het dorp waren. Toen staken we een sigaret op en aten wat, en de koning en de hertog lachten zich rot over de manier waarop ze die mensen hadden gediend. De hertog zegt:

"Groentjes, platkoppen! *Ik* wist dat het eerste huis mama zou houden en de rest van de stad zou laten strikken; en ik wist dat ze de derde nacht voor ons zouden liggen en dachten dat het *nu hun* beurt was. Nou, het *is* hun beurt, en ik zou er iets voor over hebben om te weten hoeveel ze ervoor zouden nemen. Ik *zou* gewoon graag willen weten hoe ze hun kans benutten. Ze kunnen er een picknick van maken als ze dat willen - ze hebben genoeg proviand meegenomen."

Die scheldkanonnetjes brachten in die drie nachten vierhonderdvijfenzestig dollar op. Ik heb nog nooit zo geld aan wagonladingen zien binnenhalen. Af en toe, toen ze sliepen en snurken, zei Jim:

"Is het niet zo dat je de manier waarop de koningen doorgaan, Huck?"

"Nee," zei ik, "dat doet het niet."

"Waarom niet, Huck?"

"Nou, dat doet het niet, want het zit in het ras. Ik denk dat ze allemaal op elkaar lijken."

"Maar, Huck, dese kings o' ourn is reglar rapscallions; Dat is jist wat dey is; Dey's reglar rapscallions."

"Nou, dat is wat ik zeg; alle koningen zijn meestal rapscallions, zo bont als ik kan zien."

"Is dat zo?"

"Als je er één keer over leest, zul je het zien. Kijk naar Hendrik de Acht; Dit is een zondagsschoolopzichter voor *hem*. En kijk naar Charles Second, en Louis Veertien, en Louis Vijftien, en James Seconde, en Edward Seconde, en Richard Third, en nog veertig anderen; naast al die Saksische heptarchieën die in oude tijden zo rondscheurden en Kaïn opwekten. My, u had de oude Hendrik de Acht moeten zien toen hij in bloei stond. Hij *was* een bloesem. Hij trouwde elke dag met een nieuwe vrouw en hakte de volgende ochtend haar hoofd af. En hij zou het net zo onverschillig doen alsof hij eieren bestelde. 'Haal Nell Gwynn op,' zegt hij. Ze halen haar op. De volgende ochtend: 'Hak haar hoofd af!' En ze hakken het af. 'Haal Jane Shore op,' zegt hij; en de volgende morgen komt ze: 'Hak haar hoofd af' - en ze hakken het af. 'Bel op, schone Rosamun.' Schone Rosamun beantwoordt de bel. De volgende ochtend: 'Hak haar hoofd af.' En hij liet elk van hen hem elke avond een verhaal vertellen; en hij hield dat vol totdat hij duizend en één verhalen op die manier had opgeslokt, en toen stopte hij ze allemaal in een boek en noemde het Domesday Book - wat een goede naam was en de zaak verklaarde. Jij kent geen koningen, Jim, maar ik ken ze; en deze oude rip van ons is een van de schoonste die ik in de geschiedenis heb getroffen. Nou, Henry, hij krijgt het idee dat hij wat problemen met dit land wil veroorzaken. Hoe gaat hij te werk — opzegtermijn? — het land een show geven? Nee. Plots hijst hij alle thee in de haven van Boston overboord, en mept een onafhankelijkheidsverklaring uit, en daagt ze uit om op te komen. Dat was *zijn* stijl: hij gaf nooit iemand een kans. Hij had vermoedens van zijn vader, de hertog van Wellington. Nou, wat heeft hij gedaan? Hem vragen om te komen opdagen? Nee, verdronk hem in een kont van mamsey, als een kat. Stel dat mensen geld lieten rondslingeren waar hij was - wat deed hij? Hij deed het in de kraag om. Stel je voor dat hij een contract heeft gesloten om iets te doen, en je hebt hem betaald, en je hebt daar niet gezeten om te zien dat hij het deed - wat deed hij? Hij deed altijd het andere. Stel dat hij zijn mond opendeed - wat dan? Als hij het niet krachtig snel zou zwijgen, zou hij elke keer een leugen verliezen. Dat is het soort bug dat Henry was; En als we hem hadden meegenomen in plaats van onze koningen, zou hij die stad een hoop erger voor de gek houden dan de onze. Ik zeg niet dat onze lammeren zijn, want dat zijn ze niet, als je meteen naar de koude feiten komt; Maar ze zijn toch niets vergeleken met *die* oude ram. Het enige wat ik zeg is, koningen zijn koningen, en je moet toegeven. Neem ze overal mee naartoe, ze zijn een machtig ordinair stel. Het is de manier waarop ze zijn opgevoed."

"Maar je *ruikt* toch zo naar de natie, Huck."

'Nou, dat doen ze allemaal, Jim. *We* kunnen er niets aan doen dat een koning ruikt, de geschiedenis vertelt het niet."

"Nu, de hertog, hij is in sommige opzichten een redelijk waarschijnlijke man."

'Ja, een hertog is anders. Maar niet heel anders. Dit is een middelmatig moeilijk lot voor een hertog. Als hij dronken is, is er geen bijziende man die hem van een koning kan onderscheiden."

"Nou, hoe dan ook, ik doan' hunker for no mo' un um, Huck. Dese is alles wat ik kin stan'."

"Het is de manier waarop ik me ook voel, Jim. Maar we hebben ze in onze handen, en we moeten ons herinneren wat ze zijn en toestaan. Soms zou ik willen dat we konden horen van een land dat geen koningen meer heeft."

Wat had het voor zin om Jim te vertellen dat deze waarschuwbare geen echte koningen en hertogen waren? Het zou geen goed doen; en bovendien was het precies zoals ik zei: je kon ze niet onderscheiden van de echte soort.

Ik ging slapen en Jim belde me niet toen het mijn beurt was. Dat deed hij vaak. Toen ik net bij het aanbreken van de dag wakker werd, zat hij daar met zijn hoofd naar beneden tussen zijn knieën, kreunend en treurend in zichzelf. Ik merkte het niet op en liet het ook niet merken. Ik wist waar het over ging. Hij dacht aan zijn vrouw en zijn kinderen, daarginds, en hij was terneergeslagen en had heimwee; omdat hij nog nooit in zijn leven van huis was geweest; en ik geloof echt dat hij net zoveel om zijn mensen gaf als blanke mensen om die van hen. Het lijkt niet natuurlijk, maar ik denk dat het zo is. Hij kreunde en rouwde vaak op die manier 's nachts, als hij oordeelde dat ik sliep, en zei: "Po kleine Lizabeth! po kleine Johnny! het is machtig moeilijk; Ik spec' ik ben nooit gwyne om je te zien, no mo', no mo'!" Hij was een machtig goede neger, dat was Jim.

Maar deze keer raakte ik op de een of andere manier met hem aan de praat over zijn vrouw en kinderen; En na verloop van tijd zegt hij:

"Wat maakt dat ik me zo slecht voel op dit moment dat ik het geluid hoor smeren ginds op de oever als een klap, eh een klap, terwijl het geleden is, en het is van mij de tijd dat ik mijn kleine 'Lizabeth zo ordinair behandel. Ze waarschuwde niet voor een jaar oud, en ze stopte de sk'yarlet-koorts in, en had een krachtige ruige periode; maar ze werd beter, en op een dag was ze a-stannin' aroun', en ik zei tegen haar, ik zei:

"'Shet de do'."

"Ze heeft het nooit gedaan; Jis stond Dah, Kiner glimlachte naar me. Het maakt me boos; en ik zegt agin, machtig luid, ik zegt:

"'Doan', hoor je me? — shet de do'!"

"Ze stond op dezelfde manier, kiner glimlachte. Ik was a-bilin'! Ik zegt:

"'Ik lig, ik *maak* je de mijne!'

"En wid dat ik haar een klap op haar hoofd haal dat ze languit ligt. Den ik ging naar de yuther kamer, en 'uz gone 'ongeveer tien minuten; en toen ik terugkwam, was dat do' a-stannin' open *yit*, en dat chili stannin' mos' er recht in, neerkijkend en rouwend, en de tranen liepen naar beneden. My, maar ik *was* gek! Ik was a-gwyne voor de Chili, maar jis' den—it was a do' dat open innerds—jis' den, 'long come de wind en slam it to, behine de chile, *ker-blam!*—En mijn lan', de Chili beweegt nooit'! Mijn breff mos' hop buiten mij; en Ik voel me zo—zo—Ik weet *niet hoe* ik me voel. Ik snijd uit, helemaal bevend, en krop aroun' en open de do'

143

gemakkelijk en langzaam, en steek mijn hoofd in behine de chili, sof' en stil, en ineens zeg ik *pow!* Jis' zo hard als ik kon schreeuwen. *Ze geeft nooit toe!* Oh, Huck, ik barst in huilen uit en pak haar in mijn armen en zeg: 'Oh, de po' klein ding! De Heer God Almachtig fogive po' ole Jim, kaze hij nooit gwyne om zichzelf te fogive zolang hij leeft!' Oh, ze was ronduit dom en dom, Huck, loodrecht deef en dom - en ik zou haar zo behandelen!"

HOOFDSTUK XXIV

De volgende dag, tegen de nacht, lagen we onder een kleine wilgenkop in het midden, waar aan weerszijden van de rivier een dorp was, en de hertog en de koning begonnen een plan op te stellen om die steden te bewerken. Jim sprak met de hertog en zei dat hij hoopte dat het maar een paar uur zou duren, omdat het hem enorm zwaar en vermoeiend werd als hij de hele dag in de wigwam moest liggen, vastgebonden met het touw. Weet je, toen we hem helemaal alleen lieten, moesten we hem vastbinden, want als iemand hem helemaal alleen zou tegenkomen en niet zou vastbinden, zou het er niet veel uitzien alsof hij een weggelopen neger was, weet je. Dus de hertog zei dat het nogal moeilijk was om de hele dag touwen te moeten leggen, en dat hij een manier zou vinden om er omheen te komen.

Hij was ongewoon slim, de hertog was dat, en hij sloeg het al snel. Hij kleedde Jim in de outfit van King Lear - het was een lange jurk van gordijnen en een witte pruik van paardenhaar en bakkebaarden; en toen nam hij zijn theaterverf en schilderde Jims gezicht en handen en oren en nek helemaal over een dood, dof, effen blauw, als een man die negen dagen is verdronken. De schuld krijgt als hij niet de vreselijkste verontwaardiging heeft die ik ooit heb gezien. Toen nam de hertog en schreef een teken op een dakspanen zo:

Zieke Arabier, maar ongevaarlijk als hij niet bij zijn hoofd is.

En hij spijkerde die kiezel aan een lat en zette de lat vier of vijf voet voor de wigwam. Jim was tevreden. Hij zei dat het een beter gezicht was dan elke dag een paar jaar vastgebonden te liggen en overal te beven als er een geluid was. De hertog zei hem dat hij zich vrij en gemakkelijk moest maken, en als er ooit iemand in de buurt kwam, moest hij uit de wigwam springen en een beetje doorgaan, en een paar kreten halen als een wild beest, en hij rekende erop dat ze zouden uitsteken en hem met rust zouden laten. Dat was een gezond oordeel; Maar als je de gemiddelde man neemt, zou hij niet wachten tot hij zou huilen. Wel, hij zag er niet alleen uit alsof hij dood was, hij zag er aanzienlijk meer uit dan dat.

Deze wilden de Nonesuch nog een keer proberen, omdat er zoveel geld in zat, maar ze oordeelden dat het niet veilig zou zijn, omdat het nieuws misschien tegen deze tijd zou kunnen werken. Ze konden geen enkel project raken dat precies paste; dus zei de hertog eindelijk, dat hij dacht dat hij zou gaan liggen en zijn hersens een uur of twee zou werken om te zien of hij niet iets op het dorp Arkansaw kon opzetten; en de koning die hij toestond, zou zonder enig plan naar het andere dorp overgaan, maar gewoon vertrouwen op de Voorzienigheid om hem de voordelige weg te leiden - de duivel bedoelend, denk ik. We hadden allemaal winkelkleding gekocht waar we het laatst waren gestopt; En nu trok de koning de zijne aan, en hij zei dat ik de mijne moest aantrekken. Ik heb het natuurlijk gedaan. De blindgangers van de koning waren helemaal zwart en hij zag er echt zwellend en stijf uit. Ik heb nooit eerder geweten hoe kleding een lichaam kon veranderen. Wel, vroeger zag hij eruit als de meest verdorven oude scheur die er ooit was; maar nu, toen hij zijn nieuwe witte bever zou afnemen en een buiging zou maken en een glimlach zou maken, zag hij er zo groots en goed en vroom uit dat je zou zeggen dat hij regelrecht uit de ark was weggelopen, en misschien was hij de oude Leviticus zelf. Jim ruimde de kano op en ik maakte mijn peddel klaar. Er lag een grote stoomboot aan de kust, ver onder de punt, ongeveer drie mijl boven de stad, die daar al een paar uur was en vracht nam. Zegt de koning:

"Als ik zie hoe ik gekleed ben, denk ik dat ik misschien beter uit St. Louis of Cincinnati kan komen, of een andere grote plaats. Ga voor de stoomboot, Huckleberry; We zullen met haar naar het dorp komen."

Ik hoefde niet twee keer besteld te worden om een boottocht te maken. Ik haalde de kust een halve mijl boven het dorp op en ging toen langs de klif in het gemakkelijke water steppen. Al snel komen we bij een aardige, onschuldig uitziende jonge plattelandsjongen die op een boomstam zit en het zweet van zijn gezicht veegt, want het was krachtig warm weer; En hij had een paar grote tapijttassen bij zich.

"Steek haar neus in de kust", zegt de koning. Ik heb het gedaan. "Waar ga je naartoe, jongeman?"

"Voor de stoomboot; naar Orléans gaan."

"Ga aan boord", zegt de koning. "Wacht even, mijn bediende, hij zal je met die tassen paaien. Spring eruit en hij is de heer, Adolf" - ik bedoel mij, zie ik.

Dat heb ik gedaan, en toen zijn we alle drie opnieuw begonnen. De jonge kerel was enorm dankbaar; zei dat het zwaar werk was om zijn bagage met zulk weer te sjouwen. Hij vroeg de koning waar hij heen ging, en de koning vertelde hem dat hij vanmorgen de rivier was afgedaald en in het andere dorp was geland, en nu ging hij een paar mijl omhoog om een oude vriend op een boerderij daarboven te zien. De jonge kerel zegt:

"Als ik je voor het eerst zie, zeg ik tegen mezelf: 'Het is meneer Wilks, zeker, en hij komt heel dicht bij het op tijd komen hier.' Maar dan zeg ik weer: 'Nee, ik denk dat hij het niet is, anders zou hij niet de rivier op peddelen.' Jij *bent hem niet*, hè?"

"Nee, mijn naam is Blodgett – Elexander Blodgett – *Eerwaarde* Elexander Blodgett, moet ik zeggen, want ik ben een van de arme dienstknechten van de Heer. Maar toch kan ik medelijden hebben met meneer Wilks dat hij niet op tijd is gekomen, als hij er iets door heeft gemist - wat ik hoop dat hij niet heeft gedaan."

"Wel, hij mist er geen eigendom door, want hij zal dat in orde krijgen; maar hij heeft het gemist om zijn broer Peter te zien sterven - wat hij misschien niet erg vindt, niemand kan dat zeggen - maar zijn broer zou er alles voor over hebben om hem te zien voordat hij stierf; Hij heeft al deze drie weken nooit over iets anders gesproken; Ik heb hem niet meer gezien sinds ze samen jongens waren - en ik had zijn broer William helemaal niet meer gezien - dat is de domme en stomme - William is niet ouder dan dertig of vijfendertig. Peter en George waren de enigen die hier kwamen; George was de getrouwde broer; Hij en zijn vrouw stierven vorig jaar allebei. Harvey en William zijn de enigen die nu nog over zijn; en, zoals ik al zei, ze zijn hier niet op tijd."

"Heeft iemand ze een bericht gestuurd?"

"O ja; een maand of twee geleden, toen Petrus voor het eerst werd ingenomen; want Peter zei toen dat hij het gevoel had dat hij deze keer niet beter zou worden. Zie je, hij was behoorlijk oud, en George's g'yirls was te jong om veel gezelschap voor hem te zijn, behalve Mary Jane, de roodharige; en dus was hij eenzamer nadat George en zijn vrouw stierven, en leek hij er niet veel om te geven om te leven. Hij wilde Harvey heel graag zien - en William trouwens ook - omdat hij een van die soorten was die het niet kon verdragen om een testament te maken. Hij liet een brief achter voor Harvey en zei dat hij daarin had verteld waar zijn geld verborgen was, en hoe hij wilde dat de rest van het bezit werd verdeeld zodat George's g'yirls in orde zouden zijn - want George liet niets achter. En die brief was alles wat ze hem konden laten doen om een pen op te zetten."

"Waarom denk je dat Harvey niet komt? Waar woont hij?"

147

"O, hij woont in Engeland, Sheffield, predikt daar, is nog nooit in dit land geweest. Hij heeft niet al te veel tijd gehad - en bovendien heeft hij de brief misschien helemaal niet gekregen, weet je."

"Jammer, jammer dat hij zijn broers, arme ziel, niet meer kon zien. Ga je naar Orléans, zeg je?"

"Ja, maar dat hoort er niet bij. Ik ga volgende week woensdag met een schip naar Ryo Janeero, waar mijn oom woont."

"Het is een behoorlijk lange reis. Maar het zal prachtig zijn; Ik wou dat ik ging. Is Mary Jane de oudste? Hoe oud zijn de anderen?"

"Mary Jane is negentien, Susan is vijftien en Joanna is ongeveer veertien - dat is degene die zich overgeeft aan goede werken en een hazenlip heeft."

"Arme dingen! om zo alleen gelaten te worden in de koude wereld."

"Nou, ze zouden er slechter aan toe kunnen zijn. De oude Peter had vrienden, en ze zullen niet toestaan dat ze geen kwaad doen. Er is Hobson, de prediker van de Batti's; en diaken Lot Hovey, en Ben Rucker, en Abner Shackleford, en Levi Bell, de advocaat; en Dr. Robinson, en hun vrouwen, en de weduwe Bartley, en - nou ja, er zijn er veel; maar dit zijn degenen waar Petrus het dikst mee was, en waarover hij soms schreef, als hij naar huis schreef; zodat Harvey weet waar hij vrienden moet zoeken als hij hier aankomt."

Wel, de oude man ging door met het stellen van vragen totdat hij die jonge kerel behoorlijk had leeggemaakt. Het werd hem kwalijk genomen dat hij niet informeerde naar alles en iedereen in die gezegende stad, en alles over de Wilkses; en over de zaak van Petrus, die leerlooier was; en over die van George, die timmerman was; en over Harvey's - die een dissidente minister was; en ga zo maar door, enzovoort. Dan zegt hij:

"Waarvoor wilde je helemaal naar de stoomboot lopen?"

"Omdat het een grote Orleans-boot is, en ik was bang dat ze daar niet zou stoppen. Als ze diep zijn, zullen ze niet stoppen voor een hagel. Een boot uit Cincinnati zal dat doen, maar dit is een boot uit St. Louis."

"Was Peter Wilks welgesteld?"

"O ja, het gaat best goed. Hij had huizen en land, en er wordt geschat dat hij drie- of vierduizend in contanten achterliet om som'ers te verbergen."

"Wanneer zei je dat hij stierf?"

"Ik zei het niet, maar het was gisteravond."

"Begrafenis morgen, waarschijnlijk?"

"Ja, ongeveer midden op de dag."

"Nou, het is allemaal verschrikkelijk triest; Maar we moeten allemaal gaan, op een of andere manier. Dus wat we willen doen, is voorbereid zijn; Dan zit het goed."

"Ja, meneer, dat is de beste manier. Dat zei Ma altijd."

Toen we de boot raakten, was ze bijna klaar met laden, en al snel stapte ze uit. De koning zei nooit iets over aan boord gaan, dus ik verloor toch mijn rit. Toen de boot weg was, liet de koning me nog een mijl omhoog peddelen naar een eenzame plek, en toen ging hij aan land en zei:

"Haast je nu terug, meteen, en haal de hertog hierheen, en de nieuwe tapijttassen. En als hij naar de andere kant is gegaan, ga dan daarheen en geef hem een duwtje in de rug. En zeg hem dat hij zich hoe dan ook moet opmaken. Schuif mee, nu."

Ik begrijp wat *hij* van plan was, maar ik heb natuurlijk nooit iets gezegd. Toen ik bij de hertog terugkwam, verstopten we de kano, en toen gingen ze op een boomstam zitten, en de koning vertelde hem alles, net zoals de jonge kerel het had gezegd, elk laatste woord ervan. En de hele tijd dat hij het deed, probeerde hij te praten als een Engelsman; En hij deed het ook best goed, voor een slungel. Ik kan hem niet imiteren, en dus ga ik het ook niet proberen; Maar hij heeft het echt best goed gedaan. Dan zegt hij:

"Hoe gaat het met je op de deef en dom, Bilgewater?"

De hertog zei, laat hem daarvoor met rust; zei dat hij een deef en dom persoon had gespeeld op de Histronic-borden. Dus toen wachtten ze op een stoomboot.

Ongeveer halverwege de middag kwamen er een paar bootjes langs, maar die kwamen niet hoog genoeg de rivier op; Maar eindelijk was er een grote, en ze begroetten haar. Ze zond haar geeuw uit, en we gingen aan boord, en ze kwam uit Cincinnati; En toen ze ontdekten dat we maar vier of vijf mijl wilden gaan, werden ze boos en gaven ons een vloek en zeiden dat ze ons niet aan land zouden brengen. Maar de koning was ca'm. Hij zegt:

"Als heren verwanten het zich veroorloven om een dollar per mijl per stuk te betalen om te worden aangenomen en in een gier te worden afgezet, kan een stoombootverwanten het zich veroorloven om ze te vervoeren, nietwaar?"

Dus werden ze zachter en zeiden dat het in orde was; En toen we in het dorp aankwamen, gierden ze ons aan land. Ongeveer twee dozijn mannen stroomden toe als ze de gier zien aankomen en als de koning zegt:

"Is er iemand van u, heren, vertel me waar meneer Peter Wilks woont?" ze keken elkaar aan en knikten met hun hoofd, alsof ze wilden zeggen: "Wat zal ik u vertellen?" Dan zegt een van hen, een beetje zacht en zachtaardig:

"Het spijt me, meneer, maar het beste wat we kunnen doen is u vertellen waar hij gisteravond heeft gewoond."

Plotseling, als hij knipoogde, sloeg de oude kreet in elkaar, en viel tegen de man aan, en legde zijn kin op zijn schouder, en huilde over zijn rug, en zei:

'Helaas, helaas, onze arme broer is weg, en we hebben hem nooit kunnen zien; Oh, het is te, *te* moeilijk!"

Dan draait hij zich blubberend om en maakt een heleboel idiote gebaren naar de hertog op zijn handen, en krijgt de schuld *als hij* geen tapijttas laat vallen en in huilen uitbarst. Als ze niet de meest geslagen partij waarschuwen, die twee bedriegers, die ik ooit heb getroffen.

Welnu, de mannen verzamelden zich om hen heen en sympathiseerden met hen, en zeiden allerlei vriendelijke dingen tegen hen, en droegen hun tapijtzakken voor hen de heuvel op, en lieten hen op hen leunen en huilen, en vertelden de koning alles over de laatste ogenblikken van zijn broer, en de koning vertelde het allemaal nog eens op zijn handen aan de hertog, En beiden namen het op tegen die dode leerlooier alsof ze de twaalf discipelen hadden verloren. Wel, als ik ooit iets dergelijks heb getroffen, ben ik een neger. Het was genoeg om een lichaam te laten schamen voor het menselijk ras.

HOOFDSTUK XXV

Het nieuws was binnen twee minuten door de hele stad en je kon de mensen op de vlucht van alle kanten zien scheuren, sommigen van hen trokken hun jassen aan als ze kwamen. Al snel bevonden we ons midden in een menigte en het lawaai van het getrappel was als een soldatenmars. De ramen en voortuinen waren vol; En elke minuut zou iemand zeggen, over een hek:

"Zijn zij het?"

En iemand die met de bende meedraafde, antwoordde terug en zei:

"Reken maar dat het zo is."

Toen we bij het huis aankwamen, was de straat ervoor vol en stonden de drie meisjes voor de deur. Mary Jane *was* roodharig, maar dat maakte geen verschil, ze was verschrikkelijk mooi, en haar gezicht en haar ogen waren helemaal verlicht als glorie, ze was zo blij dat haar ooms waren gekomen. De koning spreidde zijn armen, en Mary Jane sprong voor hen, en de hazenlip sprong voor de hertog, en daar *hadden ze* het! Iedereen, de meeste, de minste, vrouwen, huilden van vreugde om hen eindelijk weer te zien ontmoeten en zulke goede tijden te hebben.

Toen boog de koning de hertog privé - ik zie het hem doen - en toen keek hij om zich heen en zag de kist, daar in de hoek op twee stoelen; dus toen liepen hij en de hertog, met een hand over elkaars schouder en de andere hand voor hun ogen, langzaam en plechtig daarheen, iedereen liet zich terugvallen om hen ruimte te geven, en al het gepraat en lawaai stopte, mensen zeiden "Ssst!" en alle mannen namen hun hoed af en lieten hun hoofd hangen, zodat je een speld kon horen vallen. En toen ze daar aankwamen, bogen ze zich voorover en keken in de kist en namen één blik op, en toen barstten ze in huilen uit, zodat je ze kon horen tot in Orleans, de meesten; en toen sloegen ze hun armen om elkaars nek en hingen hun kin over elkaars schouders; en dan zie ik drie minuten, of misschien vier, nooit twee mannen lekken zoals ze deden. En, let wel, iedereen deed hetzelfde; en de plek was zo vochtig dat ik nog nooit zoiets zie. Toen ging een van hen aan de ene kant van de kist staan en de andere aan de andere kant, en ze knielden neer en legden hun voorhoofd op de kist en lieten zich gaan bidden voor zichzelf. Nou, toen het zover kwam, werkte het de menigte alsof je nog nooit zoiets ziet, en iedereen brak in en begon hardop te snikken - de arme meisjes ook; En bijna elke vrouw ging naar de meisjes toe, zonder een woord te zeggen, en kuste hen plechtig op het voorhoofd, en legde toen haar hand op haar hoofd en keek omhoog naar de hemel, terwijl de tranen naar beneden liepen, en barstte toen uit en ging snikkend en zwabberend weg en gaf de volgende vrouw een show. Ik zie nog nooit zoiets walgelijks.

Welnu, na verloop van tijd staat de koning op en komt een beetje naar voren, en werkt zich op en kwijlt een toespraak uit, helemaal vol tranen en geflapper over het feit dat het een zware beproeving is voor hem en zijn arme broer om de zieke te verliezen, en om de zieke niet levend te zien na de lange reis van vierduizend mijl, Maar het is een beproeving die voor ons verzoet en geheiligd is door deze dierbare sympathie en deze heilige tranen, en daarom dankt Hij hen uit Zijn hart en uit het hart van Zijn broeder, omdat zij het niet uit hun mond kunnen, woorden zijn te zwak en te koud, en al dat soort rot en modder, totdat het gewoon misselijkmakend was; en dan blubbert hij een vroom brabberend Amen uit, en laat zich los en begint te huilen.

En op het moment dat de woorden uit zijn mond waren, sloeg iemand in de menigte de doxologje aan, en iedereen deed uit alle macht mee, en het warmde je gewoon op en gaf je een goed gevoel als de kerk. Muziek *is* een goede zaak, en na al die zielenboter en onzin zie ik het de dingen nooit zo opfrissen, en zo eerlijk en bullebak zien klinken.

Dan begint de koning zijn kaak weer te bewerken en zegt dat hij en zijn nichtjes blij zouden zijn als een paar van de belangrijkste vrienden van de familie hier vanavond met hen zouden eten en zouden helpen met het opzetten van de as van de zieken; En hij zegt, als zijn arme broer, die daarginds lag, kon spreken, dat hij zou weten wie hij zou noemen, want het waren namen die hem zeer dierbaar waren, en die vaak in zijn brieven werden genoemd; En dus zal hij dezelfde naam geven, te weten, als volgt, Vizz: Eerwaarde heer Hobson, en diaken Lot Hovey, en meneer Ben Rucker, en Abner Shackleford, en Levi Bell, en dr. Robinson, en hun vrouwen, en de weduwe Bartley.

Dominee Hobson en dr. Robinson waren samen aan het einde van de stad aan het jagen – dat wil zeggen, ik bedoel, de dokter stuurde een zieke man naar de andere wereld en de prediker pinde hem precies vast. Advocaat Bell was voor zaken op weg naar Louisville. Maar de rest was bij de hand, en dus kwamen ze allemaal en schudden de koning de hand en bedankten hem en spraken met hem; en toen schudden ze de hertog de hand en zeiden niets, maar bleven gewoon glimlachen en met hun hoofden schudden als een stel sapkoppen terwijl hij allerlei gebaren met zijn handen maakte en de hele tijd "Goo-goo-goo-goo" zei, als een baby die niet kan praten.

Dus de koning fladderde voort en slaagde erin om naar bijna iedereen en hond in de stad te informeren, bij zijn naam, en noemde allerlei kleine dingen die op een of andere manier in de stad gebeurden, of aan de familie van George, of aan Peter. En hij liet altijd merken dat Petrus hem de dingen schreef; Maar dat was een leugen: hij haalde elk van hen uit die jonge platkop die we met een kano naar de stoomboot brachten.

Toen Mary Jane ze haalde de brief die haar vader had achtergelaten, en de koning las hem hardop voor en huilde erover. Het gaf het huis en drieduizend dollar, goud, aan de meisjes; en het gaf de leerlooierij (die goede zaken deed), samen met enkele andere huizen en land (ter waarde van ongeveer zevenduizend), en drieduizend dollar in goud aan Harvey en William, en vertelde waar het zesduizend contante geld in de kelder was verborgen. Dus deze twee bedriegers zeiden dat ze het zouden gaan halen, en alles vierkant en boven boord zouden hebben; en zei dat ik met een kaars moest komen. We sloten de kelderdeur achter ons, en toen ze de tas vonden, gooiden ze hem op de grond, en het was een prachtig gezicht, al die jongens. Tjonge, wat schitterden de ogen van de koning! Hij geeft de hertog een klap op de schouder en zegt:

"Oh, *dit* is geen pestkop of niet! O nee, ik denk het niet! Waarom, Bilji, verslaat het de Nonesuch, *nietwaar*?"

De hertog stond het toe. Ze klauwden de jongens, zeefden ze door hun vingers en lieten ze op de grond rinkelen; En de koning zegt:

"Het heeft geen zin om te praten; broers zijn van een rijke dode man en vertegenwoordigers van de erfgenamen van Furrin die overblijven, is de lijn voor jou en mij, Bilge. Dit komt voort uit vertrouwen aan de Voorzienigheid. Het is de beste manier, op de lange termijn. Ik heb ze allemaal geprobeerd, en er is geen betere manier."

Bijna iedereen zou tevreden zijn met de stapel en hem in vertrouwen nemen; Maar nee, ze moeten het tellen. Dus ze tellen het, en het komt vierhonderdvijftien dollar tekort. Zegt de koning:

"Dern hem, ik vraag me af wat hij met die vierhonderdvijftien dollar heeft gedaan?"

Ze maakten zich daar een poosje zorgen over en zochten er overal naar. Dan zegt de hertog:

'Nou, hij was een behoorlijk zieke man, en waarschijnlijk heeft hij een fout gemaakt - ik denk dat dat de manier is waarop het gaat. De beste manier is om het los te laten en er stil over te blijven. We kunnen het missen."

"Oh, kaf, ja, we kunnen het *missen*. Ik weet niet wat ik ervan weet - het is de *telling* waar ik aan denk. We willen hier vreselijk vierkant en open en eerlijk zijn, weet je. We willen dit h-yer geld de trap op sjouwen en het voor iedereen tellen - dan is het niet verdacht. Maar als de dode man zegt dat er zesduizend dollar is, weet je, dan willen we niet...'

"Wacht even", zegt de hertog. 'Le's make up the deffisit,' en hij begon yaller-boys uit zijn zak te halen.

"Het is een heel goed idee, hertog - je *hebt* een rammelend slim hoofd op je," zegt de koning. "Gezegend als de oude Nonesuch ons niet uit de weg helpt," en *hij* begon jassen uit te trekken en ze op te stapelen.

Het verraste hen meest, maar zij vormden de zesduizend schoon en helder.

"Zeg," zegt de hertog, "ik heb een ander idee. Laten we de trap op gaan en dit geld tellen, en het dan nemen en *aan de meisjes geven*."

"Goed land, hertog, laat me je knuffelen! Het is het meest verbijsterende idee 'ooit een man geslagen. Je hebt zeker het meest verbazingwekkende hoofd dat ik ooit heb gezien. Oh, dit is de baas ontwijken, er is geen vergissing over. Laat ze nu hun vermoedens meenemen als ze dat willen - dit zal ze uitleggen."

Toen we boven kwamen, zat iedereen rond de tafel, en de koning telde het en stapelde het op, driehonderd dollar op een stapel - twintig elegante kleine stapels. Iedereen keek er hongerig naar en likte zijn karbonades af. Toen harkten ze het weer in de zak, en ik zie dat de koning zich begint op te zwellen voor een nieuwe toespraak. Hij zegt:

"Vrienden allen, mijn arme broeder die daarginds ligt, heeft vrijgevig gedaan door hen die zijn achtergelaten in het dal van de treuraars. Hij heeft vrijgevig gedaan door deze arme lammetjes die hij liefhad en beschutte, en die vaderloos en moederloos zijn achtergelaten. Ja, en wij die hem kenden, weten dat hij het edelmoediger zou vinden als hij niet bang was geweest om zijn lieve William en mij te kwetsen. Nu, *zou hij niet?* Er is geen vraag over in *mijn* gedachten. Welnu, wat voor soort broeders zouden het zijn die hem op een bepaald moment in de weg zouden staan? En wat voor ooms zouden het zijn die arme lieve lammetjes zouden beroven - ja, *beroven* - sech als deze 'at hij zo liefhad op sech een tijd? Als ik William ken - en ik *denk dat* ik dat doe - hij - nou, dan zal ik het hem voor de grap vragen." Hij draait zich om en begint met zijn handen veel gebaren naar de hertog te maken, en de hertog hij kijkt hem een tijdje stom en met een leren hoofd aan; Dan lijkt hij ineens te begrijpen wat hij bedoelt, en springt naar de koning, goo-goot uit alle macht van vreugde, en omhelst hem ongeveer vijftien keer voordat hij het opgeeft. Dan zegt de koning: "Ik wist het; Ik denk *dat dat* iedereen zal overtuigen hoe *hij* erover denkt. Hier, Mary Jane, Susan, Joanner, neem het geld - neem het *allemaal*. Het is de gave van hem die daarginds ligt, koud maar vreugdevol."

Mary Jane ze ging voor hem, Susan en de hazenlip gingen voor de hertog, en dan nog zo'n knuffel en zo'n kussen zie ik nog nooit. En iedereen verdrong zich met de tranen in hun ogen, en de meesten schudden de handen van die bedriegers af, terwijl ze de hele tijd zeiden:

"*Jullie, lieve* goede zielen! - hoe *mooi!*— hoe *kon* je!"

Welnu, al gauw begonnen alle handen weer over de zieke te praten, en hoe goed hij was, en wat een verlies hij was, en zo; En het duurde niet lang of een grote man met ijzeren kaken werkte zich daar van buiten naar binnen, en stond te luisteren en te kijken, zonder iets te zeggen; En niemand zei ook iets tegen hem, want de koning was aan het praten en ze waren allemaal druk aan het luisteren. De koning zei - midden in iets waar hij aan begonnen was -

"— zij zijn de vrienden van de zieken. Daarom zijn ze hier vanavond uitgenodigd; Maar morgen willen we dat *iedereen* komt - iedereen; want hij respecteerde iedereen, hij hield van iedereen, en dus is het passend dat zijn begrafenisorgieën openbaar zullen zijn."

En zo ging hij maar door, hij vond het leuk om zichzelf te horen praten, en zo nu en dan haalde hij zijn begrafenisorgieën weer binnen, tot de hertog het niet meer kon uithouden; dus schreef hij op een klein stukje papier: "*Obsequies*, jij oude dwaas", en vouwt het op en gaat het goo-gooing en reikt het over de hoofden van de mensen naar hem toe. De koning leest het en steekt het in zijn zak en zegt:

"Arme William, gekweld als hij is, zijn *hart is* helemaal goed. Hij vraagt me om iedereen uit te nodigen om naar de begrafenis te komen, wil dat ik ze allemaal welkom geheten. Maar hij hoefde zich geen zorgen te maken - het was een grapje waar ik mee bezig was."

Dan weeft hij weer voort, perfect ca'm, en gaat hij zo nu en dan weer naar zijn begrafenisorgieën, net zoals hij eerder deed. En als hij het voor de derde keer doet, zegt hij:

"Ik zeg orgieën, niet omdat het de gebruikelijke term is, omdat het dat niet is - obsequies is de gebruikelijke term - maar omdat orgieën de juiste term is.

Obsequies worden nu niet meer gebruikt in Engeland - het is verdwenen. We zeggen nu orgieën in Engeland. Orgieën is beter, omdat het betekent dat wat je zoekt preciezer is. Het is een woord dat is samengesteld uit het Griekse *orgo*, buiten, open, buitenland; en het Hebreeuwse *jeesum*, planten, bedekken; vandaar inter. Dus, zie je, begrafenisorgieën zijn een openlijke openbare begrafenis."

Hij was de *ergste die* ik ooit heb getroffen. Wel, de man met de ijzeren kaken, hij lachte hem recht in zijn gezicht uit. Iedereen was geschokt. Iedereen zegt: "Wel, *dokter!*' en Abner Shackleford zegt:

'Waarom, Robinson, heb je het nieuws niet gehoord? Dit is Harvey Wilks."

De koning glimlachte gretig, schoof zijn flap tevoorschijn en zei:

"*Is* het de lieve, goede vriend en arts van mijn arme broer? Ik...'

"Blijf met je handen van me af!" zegt de dokter. "*Je* praat als een Engelsman, *nietwaar*? Het is de slechtste imitatie die ik ooit heb gehoord. *Jij* Peter Wilks, de broer! Je bent een bedrieger, dat is wat je bent!"

Nou, wat gingen ze allemaal te ver! Ze verdrongen zich om de dokter heen en probeerden hem te kalmeren, en probeerden hem uit te leggen en te vertellen hoe Harvey op veertig manieren had laten zien dat hij Harvey was, en iedereen bij naam kende, en de namen van de honden zelf, en smeekte en *smeekte* hem om Harvey's gevoelens en de gevoelens van het arme meisje niet te kwetsen. en zo. Maar het heeft geen zin; hij stormde er meteen op af en zei dat elke man die zich voordeed als een Engelsman en het jargon niet beter kon imiteren dan wat hij deed, een bedrieger en een leugenaar was. De arme meisjes hingen aan de koning en huilden; En ineens staat de dokter op en keert zich tegen *hen*. Hij zegt:

"Ik was de vriend van je vader, en ik ben je vriend; en ik waarschuw je *als* een vriend, en een eerlijke die je wil beschermen en je uit gevaar en problemen wil houden, om die schurk de rug toe te keren en niets met hem, de onwetende zwerver, te maken te hebben met zijn idiote Grieks en Hebreeuws, zoals hij het noemt. Hij is de dunste soort bedrieger – hij is hier gekomen met een heleboel lege namen en feiten die hij ergens heeft opgepikt, en jullie nemen ze als *bewijs* en worden geholpen om jezelf voor de gek te houden door deze dwaze vrienden hier, die beter zouden moeten weten. Mary Jane Wilks, je kent me als je vriendin, en ook als je onbaatzuchtige vriendin. Luister nu naar mij; zet deze zielige schurk weg - ik *smeek* je om het te doen. Wil je dat?"

Mary Jane richtte zich op, en mijn, maar ze was knap! Ze zegt:

"*Hier* is mijn antwoord." Ze pakte de zak met geld en gaf die in de handen van de koning en zei: "Neem deze zesduizend dollar en investeer voor mij en mijn zussen zoals je wilt, en geef ons er geen ontvangstbewijs voor."

Toen sloeg ze aan de ene kant haar arm om de koning heen, en aan de andere kant deden Susan en de hazenlip hetzelfde. Iedereen klapte in zijn handen en stampte als een storm op de grond, terwijl de koning zijn hoofd omhoog hield en trots glimlachte. De dokter zegt:

"Goed; Ik was *mijn* handen in onschuld. Maar ik waarschuw jullie allemaal dat er een tijd komt dat je je ziek gaat voelen wanneer je aan deze dag denkt." En weg was hij.

"Goed, dokter," zegt de koning, terwijl hij hem vriendelijker bespot; "We zullen proberen ze voor je te laten komen," wat ze allemaal aan het lachen maakte, en ze zeiden dat het een uitstekende goede hit was.

HOOFDSTUK XXVI

Nou, toen ze allemaal weg waren, vroeg de koning aan Mary Jane hoe het ging met het kopen van logeerkamers, en ze zei dat ze één kamer over had, wat voldoende zou zijn voor oom William, en ze zou haar eigen kamer aan oom Harvey geven, die een beetje groter was, en ze zou naar de kamer gaan met haar zussen en op een veldbed slapen; En op zolder was een klein hokje, met een pallet erin. De koning zei dat de cubby het zou doen voor zijn vallei, waarmee hij mij bedoelde.

Dus Mary Jane nam ons mee naar boven, en ze liet hen hun kamers zien, die eenvoudig maar mooi waren. Ze zei dat ze haar jurken en een heleboel andere vallen uit haar kamer zou laten halen als ze oom Harvey in de weg stonden, maar hij zei dat ze dat niet waarschuwden. De japonnen waren langs de muur gehangen en voor hen was een gordijn gemaakt van katoenen dat tot op de grond hing. In de ene hoek stond een oude haarstam en in de andere een gitaardoos, en er liepen allerlei kleine snuisterijen en snuffels omheen, als meisjes die een kamer opfleuren. De koning zei dat het des te huiselijker en aangenamer was voor deze bevestigingen, en dat je ze dus niet moet storen. De kamer van de hertog was vrij klein, maar goed genoeg, en dat gold ook voor mijn hokje.

Die avond hadden ze een groot avondmaal, en al die mannen en vrouwen waren daar, en ik stond achter de stoelen van de koning en de hertog en wachtte op hen, en de negers wachtten op de rest. Mary Jane, ze zat aan het hoofd van de tafel, met Susan naast haar, en zei hoe slecht de koekjes waren, En hoe gemeen de conserven waren, en hoe ordinair en taai de gebraden kippen waren - en al dat soort rotting, zoals vrouwen altijd doen om complimenten af te dwingen; en de mensen wisten allemaal dat alles tiptop was, en zeiden dat - zeiden: "Hoe *krijg* je koekjes zo mooi bruin?" en "Waar, in het belang van het land, *heb* je deze amaz'n augurken vandaan?" en al dat soort humbug talky-talk, precies zoals mensen altijd doen bij een avondmaal, weet je.

En toen het allemaal klaar was, aten ik en de hazenlip in de keuken van de resten, terwijl de anderen de negers hielpen met het opruimen van de dingen. De hazenlip die ze me over Engeland begon te pompen, en gezegend als ik niet dacht dat het ijs soms erg dun werd. Ze zegt:

"Heb je de koning ooit gezien?"

"Wie? Willem Vierde? Nou, ik wed dat ik dat heb gedaan - hij gaat naar onze kerk." Ik wist dat hij al jaren dood was, maar dat heb ik nooit gezegd. Dus als ik zeg dat hij naar onze kerk gaat, zegt ze:

"Wat, normaal?"

"Ja, regelmatig. Zijn kerkbank staat recht tegenover de onze, aan de andere kant van de kansel."

"Ik dacht dat hij in Londen woonde?"

"Nou, dat doet hij. Waar *zou* hij wonen?"

"Maar ik dacht dat *je* in Sheffield woonde?"

Ik zie dat ik op een boomstronk stond. Ik moest toegeven dat ik stikte in een kippenbot, om tijd te krijgen om na te denken over hoe ik weer naar beneden kon komen. Toen zei ik:

"Ik bedoel, hij gaat regelmatig naar onze kerk als hij in Sheffield is. Dat is alleen in de zomer, als hij daar komt om de zeebaden te nemen."

"Wel, hoe je praat - Sheffield ligt niet aan zee."

"Nou, wie zei dat het zo was?"

"Wel, dat heb je gedaan."

"Ik *heb het niet gek.*"

"Dat heb je gedaan!"

"Dat heb ik niet gedaan."

"Dat heb je gedaan."

"Ik heb nooit iets dergelijks gezegd."

"Nou, wat *zei* je dan?"

"Hij zei dat hij kwam om de zeebaden te nemen - dat is wat ik zei."

"Wel, dan, hoe zal hij de zeebaden nemen als het niet op zee is?"

"Kijk hier," zei ik; "Heb je ooit Congreswater gezien?"

"Jazeker."

"Nou, moest je naar het Congres om het te krijgen?"

"Welnee."

"Nou, Willem Vierde hoeft ook niet naar de zee om een zeebad te nemen."

"Hoe komt hij er dan aan?"

"Het krijgt het op de manier waarop mensen hier water van het Congres krijgen - in vaten. Daar in het paleis in Sheffield hebben ze ovens en hij wil zijn water warm hebben. Ze kunnen die hoeveelheid water daar bij de zee niet wegzuigen. Ze hebben er geen gemakken voor."

"O, ik begrijp het, nu. Dat had je in de eerste plaats kunnen zeggen en tijd kunnen besparen."

Toen ze dat zei, zie ik dat ik weer uit het bos was, en dus was ik comfortabel en blij. Vervolgens zegt ze:

"Ga jij ook naar de kerk?"

"Ja, normaal."

"Waar zit je?"

"Wel, in onze kerkbank."

"*Van wie* is de kerkbank?"

"Wel, *onze, die* van je oom Harvey."

"Zijn'n? Wat wil *hij* met een kerkbank?"

"Wil dat het intreedt. Wat dacht je *dat* hij ermee wilde?"

"Wel, ik dacht dat hij op de preekstoel zou zijn."

Rot hem op, ik vergat dat hij een prediker was. Ik zie dat ik weer op een boomstronk stond, dus ik speelde nog een kippenbot en kreeg nog een gedachte. Toen zei ik:

"Geef het de schuld, veronderstelt u dat er maar één prediker in een kerk is?"

"Waarom, wat willen ze met meer?"

"Wat! — om voor een koning te prediken? Ik heb nog nooit zo'n meisje gezien als jij. Ze hebben er niet minder dan zeventien."

"Zeventien! Mijn land! Wel, ik zou zo'n reeks niet uitzetten, niet als ik *nooit* tot heerlijkheid zou komen. Ze moeten er een week over doen."

"Shucks, ze prediken niet *allemaal* op dezelfde dag - slechts *één* van hen."

"Nou, wat doet de rest van hen dan?"

"Oh, niet veel. Hang rond, geef het bord door - en het een of ander. Maar ze doen vooral niet niets."

"Wel, waar zijn ze dan *voor?*"

"Wel, ze zijn voor *stijl*. Weet je dan niets?"

160

"Wel, zo'n dwaasheid wil ik niet kennen. Hoe worden bedienden in Engeland behandeld? Behandelen zij hen beter dan wij onze negers?"

"*Nee!* Een bediende is daar niemand. Ze behandelen ze slechter dan honden."

"Geven ze ze geen feestdagen, zoals wij dat doen, Kerstmis en Nieuwjaarsweek en Fourth of July?"

"Oh, luister gewoon! Een lichaam zou kunnen zeggen dat *je* nog nooit in Engeland bent geweest. Wel, Haas-l - wel, Joanna, ze zien nooit een vakantie van het einde van het jaar tot het einde van het jaar; Ga nooit naar het circus, noch naar het theater, noch naar negershows, noch naar nergens."

"Noch de kerk?"

"Noch de kerk."

"Maar *je* ging altijd naar de kerk."

Nou, ik was weer naar boven. Ik vergat dat ik de knecht van de oude man was. Maar het volgende moment dwarrelde ik binnen met een soort uitleg hoe een vallei anders was dan een gewone bediende en naar de kerk moest gaan, of hij wilde of niet, en bij het gezin moest zitten, omdat het de wet was. Maar ik heb het niet helemaal goed gedaan, en toen ik klaar was, zag ik dat ze niet tevreden was. Ze zegt:

"Eerlijk Injun, heb je me niet veel leugens verteld?"

"Eerlijke injun," zeg ik.

"Helemaal niets?"

"Helemaal niets. Er zit geen leugen in", zeg ik.

"Leg je hand op dit boek en zeg het."

Ik zie dat het niets anders is dan een woordenboek, dus legde ik mijn hand erop en zei het. Dus dan zag ze er een beetje tevredener uit en zei:

"Welnu, dan zal ik er iets van geloven; maar ik hoop genadig te zijn als ik de rest zal geloven."

"Wat is het dat je niet zult geloven, Joe?" zegt Mary Jane, terwijl ze binnenstapt met Susan achter haar. "Het is niet goed of vriendelijk voor u om zo tegen hem te praten, en hij is een vreemdeling en zo ver van zijn volk. Hoe zou je het vinden om zo behandeld te worden?"

'Dat is altijd jouw manier, Maim, altijd om iemand te helpen voordat ze gewond raken. Ik heb hem niets aangedaan. Hij heeft een paar brancards verteld, denk ik, en ik zei dat ik het niet allemaal zou doorslikken; en dat is alles wat ik *zei*. Ik denk dat hij zo'n kleinigheid wel kan verdragen, nietwaar?"

"Het kan me niet schelen of het klein of groot was; Hij is hier in ons huis en een vreemde, en het was niet goed van je om het te zeggen. Als je in zijn plaats was, zou je je schamen; En dus moet je niets tegen een ander zeggen waardoor *ze* zich gaan schamen."

'Wel, mam, zei hij...'

"Het maakt niet uit wat hij *zei* – daar gaat het niet om. Het gaat erom dat je hem vriendelijk behandelt, en geen dingen zegt om hem eraan te herinneren dat hij niet in zijn eigen land en onder zijn eigen volk is."

Ik zei tegen mezelf, *dit* is een meisje dat ik dat oude reptiel haar geld laat beroven!

Toen walste *Susan* naar binnen, en als je me wilt geloven, ze gaf Haaslip hark uit het graf!

Zegt ik tegen mezelf, en dit is *er weer een* die ik hem haar van haar geld laat beroven!

Toen nam Mary Jane nog een inning, en ging er weer zoet en lieflijk in - wat haar manier was; maar toen ze klaar was, was er nauwelijks nog niets over van de arme hazenlip. Dus schreeuwde ze.

"Oké dan," zeggen de andere meisjes; "Je vraagt hem gewoon om vergiffenis."

Zij deed het ook; En ze heeft het prachtig gedaan. Ze deed het zo mooi dat het goed was om te horen; en ik wenste dat ik haar duizend leugens kon vertellen, zodat ze het opnieuw kon doen.

Ik zei tegen mezelf, dit is *er weer een* die ik hem haar van haar geld laat beroven. En toen ze klaar was, legden ze zich allemaal voor de grap uit om me thuis te laten voelen en te laten weten dat ik onder vrienden was. Ik voelde me zo ordinair en laag en gemeen dat ik tegen mezelf zei, mijn besluit is genomen; Ik zal dat geld voor hen inhalen of failliet gaan.

Dus toen stak ik mijn licht op - om naar bed te gaan, zei ik, doelend op een of ander moment. Toen ik alleen was, begon ik erover na te denken. Ik zei tegen mezelf, zal ik naar die dokter gaan, privé, en deze bedriegers opblazen? Nee, dat is niet voldoende. Hij zou kunnen vertellen wie het hem heeft verteld; Dan zouden de koning en de hertog het warm voor me maken. Zal ik gaan, onder vier ogen, en het aan Mary Jane vertellen? Nee, ik durf het niet. Haar gezicht zou hen zeker een hint geven; Ze hebben het geld, en ze zouden er zo uitglijden en ermee wegkomen. Als ze hulp zou inschakelen, zou ik me in de zaak mengen voordat het klaar was, oordeel ik. Nee; Er is geen goede manier dan één. Ik heb dat geld op de een of andere manier kunnen stelen; en ik moet het op de een of andere manier stelen zodat ze niet zullen vermoeden dat ik het heb gedaan. Ze hebben hier een goede zaak, en ze zijn niet van plan om weg te gaan voordat ze deze familie en deze stad hebben gespeeld voor alles wat ze waard zijn, dus ik zal een kans genoeg vinden. Ik zal het stelen en verbergen; en na verloop van tijd, als ik weg ben langs de rivier, zal ik een brief schrijven en Mary Jane vertellen waar het verborgen is. Maar ik kan het maar beter vanavond inpakken als ik kan, want de dokter heeft misschien niet zoveel opgehouden als hij laat zien; Hij zou ze hier nog kunnen wegjagen.

Dus, denk ik, ik ga die kamers doorzoeken. Boven was de zaal donker, maar ik vond de kamer van de hertog en begon er met mijn handen omheen te krabben; maar ik herinnerde me dat het niet veel op de koning zou lijken om iemand anders voor dat geld te laten zorgen dan voor zichzelf; dus toen ging ik naar zijn kamer en begon daar rond te scharrelen. Maar ik zie dat ik niets zou kunnen doen zonder een kaars, en ik durf er natuurlijk geen aan te steken. Dus ik oordeelde dat ik het andere moest doen: voor hen gaan liggen en afluisteren. Omstreeks die tijd hoorde ik hun voetstappen aankomen en stond op het punt onder het bed te springen; Ik reikte ernaar, maar het was niet waar ik dacht dat het zou zijn; maar ik raakte het gordijn aan dat Mary Jane's jurken verborg, dus sprong ik erachter en nestelde me tussen de jurken, en bleef daar volkomen stil staan.

Ze komen binnen en sluiten de deur; En het eerste wat de hertog deed, was naar beneden gaan en onder het bed kijken. Toen was ik blij dat ik het bed niet had gevonden toen ik het wilde. En toch, weet je, is het een beetje natuurlijk om je onder het bed te verstoppen als je iets privés van plan bent. Ze gaan dan zitten en de koning zegt:

"Nou, wat is het? En houd het half kort, want het is beter voor ons om daar beneden te zijn en te rouwen dan dat we ze hier de kans geven om over ons te praten."

"Nou, dit is het, Capet. Ik ben niet gemakkelijk; Ik voel me niet op mijn gemak. Die dokter legt op mijn geverdenking. Ik wilde weten wat je plannen waren. Ik heb een idee, en ik denk dat het een goed idee is."

"Wat is er, hertog?"

"Dat we hier beter voor drie uur 's nachts uit kunnen glijden en het de rivier af kunnen knippen met wat we hebben. Vooral omdat we het zo gemakkelijk kregen

- *aan ons teruggegeven*, naar ons hoofd geslingerd, zoals je zou kunnen zeggen, terwijl we natuurlijk toestonden dat we het terug moesten stelen. Ik ben voor afkloppen en het licht uit."

Dat gaf me een behoorlijk slecht gevoel. Ongeveer een uur of twee geleden zou het een beetje anders zijn geweest, maar nu gaf het me een slecht en teleurgesteld gevoel, De koning scheurt eruit en zegt:

"Wat! En de rest van het pand niet verkopen? Marcheer weg als een stel dwazen en laat acht of negen duizend dollar aan eigendommen rondslingeren die lijden om te worden opgeschept - en ook al het goede, verkoopbare spul."

De hertog, mopperde hij, zei dat de zak met goud genoeg was, en hij wilde niet dieper gaan, hij wilde niet veel weeskinderen beroven van *alles wat* ze hadden.

"Wel, wat praat je!" zegt de koning. "We zullen ze helemaal niet van iets beroven, maar dit geld voor de gek houden. De mensen die het onroerend goed kopen, zijn de eigenaars, want zodra blijkt dat we het niet bezaten - wat niet lang zal duren nadat we zijn afgegleden - zal de verkoop niet geldig zijn en zal het allemaal teruggaan naar het landgoed. Deze weeskinderen zullen hun huis terugkrijgen, en dat is genoeg voor *hen;* Ze zijn jong en kwiek, en verdienen gemakkelijk de kost. Ze zijn niet van plan om te lijden. Wel, denk schertsend, er zijn jullie en jullie die het bijna niet zo goed hebben. Zegen je, *ze* hebben niets om over te klagen."

Wel, de koning sprak hem blind aan; Dus uiteindelijk gaf hij toe en zei dat het goed was, maar hij zei dat hij geloofde dat het dwaasheid was om te blijven en dat die dokter boven hen hing. Maar de koning zegt:

"Vervloek de dokter! Wat willen we voor *hem?* Hebben we niet alle dwazen in de stad aan onze kant? En is dat in geen enkele stad een voldoende grote meerderheid?"

Dus maakten ze zich klaar om weer de trap af te gaan. De hertog zegt:

"Ik denk niet dat we dat geld op een goede plek hebben gezet."

Daar werd ik vrolijk van. Ik begon te denken dat ik geen enkele hint zou krijgen om me te helpen. De koning zegt:

"Waarom?"

"Omdat Mary Jane vanaf dit moment in rouw zal zijn; En ten eerste, weet je, de neger die de kamers opruimt, krijgt de opdracht om deze blindgangers in dozen te doen en op te bergen; En denk je dat een neger geld kan tegenkomen en er niet iets van kan lenen?"

"Uw hoofd staat op gelijke hoogte, hertog," zegt de koning; en hij komt onder het gordijn rommelen, twee of drie voet van waar ik was. Ik klampte me stevig vast aan de muur en bleef machtig stil, hoewel bevend; en ik vroeg me af wat die kerels tegen me zouden zeggen als ze me betrapten; en ik probeerde te bedenken wat ik beter kon doen als ze me te pakken zouden krijgen. Maar de koning kreeg de tas voordat ik meer dan ongeveer een halve gedachte kon nadenken, en hij vermoedde nooit dat ik in de buurt was. Ze namen en duwden de zak door een scheur in de strotik die onder het verenbed lag, en propten hem een voet of twee tussen het stro en zeiden dat het nu in orde was, omdat een neger alleen het verenbed vormt en de strotik niet maar twee keer per jaar omdraait. En dus waarschuwt het niet dat er nu geen gevaar loopt om gestolen te worden.

Maar ik wist wel beter. Ik had het daar weg voordat ze halverwege de trap waren. Ik tastte naar mijn hokje en verstopte het daar totdat ik de kans kreeg om het beter te doen. Ik oordeelde dat ik het beter ergens buiten het huis kon verstoppen, want als ze het misten zouden ze het huis flink plunderen: dat wist ik heel goed. Toen draaide ik me om, met mijn kleren helemaal aan; maar ik kon niet gaan slapen als ik dat had gewild, ik was zo in het zweet om door te komen met de zaak. Langzamerhand hoorde ik de koning en de hertog naar boven komen; dus rolde ik van mijn pallet en ging met mijn kin bovenaan mijn ladder liggen, en wachtte om te zien of er iets zou gebeuren. Maar er gebeurde niets.

Dus hield ik vol tot alle late geluiden waren opgehouden en de vroege nog niet waren begonnen; en toen gleed ik de ladder af.

HOOFDSTUK XXVII

Ik sloop naar hun deuren en luisterde; Ze waren aan het snurken. Dus ik liep op mijn tenen en ging in orde de trap af. Er is nergens een geluid. Ik gluurde door een kier van de deur van de eetkamer en zag de mannen die naar het lijk keken, allemaal diep in slaap op hun stoelen. De deur stond open naar de salon, waar het lijk lag, en er was een kaars in beide kamers. Ik liep langs en de deur van de salon stond open; maar ik zie daar niemand waarschuwen dan de overblijfselen van Petrus; dus ik schoof door; Maar de voordeur was op slot en de sleutel was er niet. Net op dat moment hoorde ik iemand de trap af komen, achter me aan. Ik rende de salon in en keek snel om me heen, en de enige plek die ik zag om de tas te verbergen was in de kist. Het deksel werd ongeveer een voet naar voren geschoven, waardoor het gezicht van de dode man naar beneden te zien was, met een natte doek eroverheen en zijn lijkwade erop. Ik stopte de geldbuidel onder het deksel, net voorbij waar zijn handen gekruist waren, wat me deed kriebelen, ze hadden het zo koud, en toen rende ik terug door de kamer en achter de deur naar binnen.

De persoon die kwam was Mary Jane. Ze ging naar de kist, heel zacht, en knielde neer en keek erin; toen stak ze haar zakdoek op, en ik zag dat ze begon te huilen, hoewel ik haar niet kon horen, en ze stond met haar rug naar me toe. Ik gleed naar buiten, en toen ik de eetkamer passeerde, dacht ik dat ik me ervan zou vergewissen dat die wachters me niet hadden gezien; dus ik keek door de kier, en alles was in orde. Ze hadden zich niet verroerd.

Ik glipte naar bed en voelde me merrieblauw, omdat de zaak zich zo afspeelde nadat ik er zoveel moeite voor had gedaan en er zoveel over had gepraat. Zegt ik, als het kon blijven waar het is, in orde; want als we honderd mijl of twee de rivier afdalen, zou ik Mary Jane kunnen terugschrijven, en zij zou hem weer kunnen opgraven en het krijgen; Maar dat is niet het ding dat gaat gebeuren; Het ding dat gaat gebeuren is dat het geld zal worden gevonden als ze komen om het deksel vast te schroeven. Dan zal de koning het weer krijgen, en het zal een lange dag duren voordat hij iemand nog een kans geeft om het van hem af te pakken. Natuurlijk *wilde ik* naar beneden glijden en het daar weghalen, maar ik durfde het niet te proberen. Elke minuut werd het nu vroeger, en al snel begonnen sommigen van die wachters zich te roeren, en ik zou betrapt kunnen worden - betrapt met zesduizend dollar in mijn handen waarvoor niemand me niet had ingehuurd om voor te zorgen. Ik wil me niet mengen in zo'n zaak, zei ik tegen mezelf.

Toen ik 's morgens de trap afkwam, was de salon gesloten en waren de wachters verdwenen. Er is niemand in de buurt behalve de familie en de weduwe Bartley en onze stam. Ik keek naar hun gezichten om te zien of er iets aan de hand was, maar ik kon het niet zeggen.

Tegen het midden van de dag kwam de begrafenisondernemer met zijn man, en ze zetten de kist in het midden van de kamer op een paar stoelen, en toen zetten we al onze stoelen in rijen, en leenden nog meer van de buren tot de hal en de salon en de eetkamer vol waren. Ik zie dat het deksel van de kist was zoals het eerder was, maar ik durf er niet onder te kijken, met mensen in de buurt.

Toen begonnen de mensen toe te stromen, en de beats en de meisjes namen plaats op de eerste rij aan het hoofd van de kist, en een half uur lang liepen de mensen langzaam rond, in één rij, en keken een minuut lang naar het gezicht van de dode man, en sommigen vielen in een traan, en het was allemaal heel stil en plechtig, Alleen de meisjes en de Beats houden zakdoeken voor hun ogen en houden hun hoofd gebogen en snikken een beetje. Er is geen ander geluid dan het schrapen van de voeten op de grond en het snuiten van neuzen, omdat mensen ze altijd meer blazen op een begrafenis dan op andere plaatsen dan in de kerk.

Toen de zaak vol zat, schoof de begrafenisondernemer rond in zijn zwarte handschoenen met zijn zachte, rustgevende manieren, legde de laatste hand aan en zorgde ervoor dat mensen en dingen allemaal in orde en comfortabel waren, en maakte niet meer geluid dan een kat. Hij sprak nooit; Hij verplaatste mensen, hij perste er late mensen in, hij opende doorgangen, en deed het met knikken en tekenen met zijn handen. Toen nam hij zijn plaats in tegen de muur. Hij was de zachtste, zweefbaarste, onopvallendste man die ik ooit heb gezien; En er is niet meer glimlach voor hem dan voor een ham.

Ze hadden een melodeum geleend – een zieke; en toen alles klaar was, ging een jonge vrouw zitten en bewerkte het, en het was behoorlijk krijzig en koliek, en iedereen deed mee en zong, en Peter was de enige die iets goeds had, volgens mijn idee. Toen deed dominee Hobson open, langzaam en plechtig, en begon te praten; en meteen brak er in de kelder de meest schandalige ruzie uit die een lichaam ooit had gehoord; Het was maar één hond, maar hij maakte een heel krachtig kabaal, en hij hield het maar vol; De dominee moest daar staan, boven de kist, en wachten - je kon jezelf niet horen denken. Het was ronduit ongemakkelijk en niemand leek niet te weten wat te doen. Maar al snel zien ze dat die langbenige begrafenisondernemer een teken naar de prediker maakt, alsof hij wil zeggen: "Maak je geen zorgen, vertrouw gewoon op mij." Toen bukte hij zich en begon langs de muur te glijden, waarbij alleen zijn schouders boven de hoofden van de mensen uitstaken. Zo gleed hij voort, en de powwow en het kabaal werden steeds schandaliger en schandaliger; En eindelijk, als hij aan twee kanten van de kamer is rondgegaan, verdwijnt hij in de kelder. Toen hoorden we na ongeveer twee seconden een klap, en de hond eindigde met een verbazingwekkend gehuil of twee, en toen was alles doodstil, en de dominee begon zijn plechtige toespraak waar hij was gebleven. Over een minuut of twee komen hier de rug en schouders van deze begrafenisondernemer weer langs de muur glijden; En zo gleed en gleed hij langs drie kanten van de kamer, en toen stond hij op, bedekte zijn mond met zijn handen, en strekte zijn nek uit naar de predikant, over de hoofden van de mensen, en zei op een soort grove fluistertoon: "*Hij had een rat!*Toen zakte hij naar beneden en gleed weer langs de muur naar zijn plaats. Je kon zien dat het een grote voldoening was voor de mensen, want natuurlijk wilden ze het weten. Zo'n klein ding kost niets, en het zijn gewoon de kleine dingen die ervoor zorgen dat een man opkijkt en geliefd wordt. Er was geen populairdere man in de stad dan wat die begrafenisondernemer was.

Nou, de begrafenisrede was heel goed, maar pison lang en vermoeiend; en toen schoof de koning naar binnen en haalde wat van zijn gebruikelijke rommel weg, en eindelijk was het werk klaar, en de begrafenisondernemer begon met zijn schroevendraaier naar de kist te sluipen. Ik zweette me toen in het zweet en keek hem behoorlijk scherp aan. Maar hij bemoeide zich er helemaal niet mee; Schoof het deksel gewoon zo zacht als brij mee en schroefde het stevig en snel vast. Dus daar zat ik dan! Ik wist niet of het geld erin zat of niet. Dus, zeg ik, stel dat iemand die tas in het geniep heeft opgslokt? - hoe weet ik nu *of ik* Mary Jane moet schrijven of niet? Stel dat ze hem opgroef en niets vond, wat zou ze dan van me denken? Geef het de schuld, zei ik, ik zou kunnen worden opgejaagd en gevangengezet; Ik kan me beter gedeisd houden en donker blijven, en helemaal niet schrijven; Het ding is nu vreselijk gemengd; Ik probeer het te verbeteren, ik heb het honderd keer verslechterd, en ik wou dat ik het gewoon met rust liet, papa haalt de hele zaak op!

Ze begroeven hem, en we kwamen terug naar huis, en ik ging weer naar gezichten kijken - ik kon er niets aan doen, en ik kon niet gerust zijn. Maar er komt niets van terecht; De gezichten zeiden me niets.

De koning bezocht hem 's avonds en maakte iedereen vrolijk en maakte zich zo vriendelijk; en hij gaf het idee dat zijn gemeente in Engeland zich in het zweet zou werken over hem, dus moest hij zich haasten en het landgoed onmiddellijk regelen en naar huis vertrekken. Het speet hem erg dat hij zo gepusht was, en iedereen ook; Ze wensten dat hij langer kon blijven, maar ze zeiden dat ze konden zien dat het niet mogelijk was. En hij zei dat hij en William natuurlijk de meisjes mee naar huis zouden nemen; En dat beviel iedereen ook, want dan zouden de meisjes goed gefixeerd zijn en onder hun eigen relaties zijn; En het behaagde de meisjes ook: het kietelde hen zodat ze schoon vergaten dat ze ooit een probleem in de wereld hadden gehad; En zei hem dat hij zo snel moest verkopen als hij wilde, ze zouden klaar zijn. Die arme dingen waren zo blij en gelukkig dat het mijn hart pijn deed om te zien dat ze voor de gek werden gehouden en zo werden voorgelogen, maar ik zag geen veilige manier voor mij om in te grijpen en de algemene toon te veranderen.

Nou, het werd kwalijk genomen dat de koning het huis en de negers en al het onroerend goed niet meteen zou factureren voor de veiling - verkoop twee dagen na de begrafenis; Maar iedereen kan van tevoren privé kopen als ze dat willen.

Dus de volgende dag na de begrafenis, rond het middaguur, kreeg de vreugde van de meisjes de eerste schok. Er kwamen een paar negerhandelaren langs, en de koning verkocht hun de negers redelijk, voor driedaagse tocht, zoals ze het noemden, en weg waren ze, de twee zonen de rivier op naar Memphis, en hun moeder de rivier af naar Orleans. Ik dacht dat die arme meisjes en die negers hun hart zouden breken van verdriet; Ze huilden om elkaar heen en namen het zo tegen elkaar op dat ik er bijna ziek van werd om het te zien. De meisjes zeiden dat ze er nooit van hadden gedroomd om de familie gescheiden of verkocht te zien worden uit de stad. Ik kan het nooit uit mijn geheugen krijgen, de aanblik van die arme, ellendige meisjes en negers die om elkaars nek hangen en huilen; en ik denk dat ik het allemaal niet zou kunnen verdragen, maar zou ik moeten uitbreken en het onze bende vertellen als ik de verkoop niet had geweten, waarschuw dan niet en de negers zouden over een week of twee weer thuis zijn.

De zaak veroorzaakte ook grote opschudding in de stad, en een groot aantal kwam platvoets naar buiten en zei dat het schandalig was om de moeder en de kinderen op die manier te scheiden. Het kwetste de oplichters enigszins; maar de oude dwaas liep gewoon door, ondanks alles wat de hertog kon zeggen of doen, en ik zeg je dat de hertog zich enorm ongemakkelijk voelde.

De volgende dag was het veilingdag. Op klaarlichte dag in de ochtend komen de koning en de hertog naar boven op de zolder en maken me wakker, en ik zie aan hun blik dat er problemen waren. De koning zegt:

"Was je eergisteravond in mijn kamer?"

"Nee, uwe majesteit" - zo noemde ik hem altijd als niemand anders dan onze bende in de buurt was.

"Was je daar gisteravond binnen?"

"Nee, majesteit."

"Eer helder, nu - geen leugens."

"Edelachtbare, majesteit, ik vertel u de waarheid. Ik ben niet meer in de buurt van uw kamer geweest sinds juffrouw Mary Jane u en de hertog meenam en het u liet zien."

De hertog zegt:

"Heb je daar nog iemand anders naar binnen zien gaan?"

"Nee, uwe genade, niet zoals ik me herinner, geloof ik."

"Stop en denk na."

Ik heb een tijdje gestudeerd en zie mijn kans; dan zeg ik:

"Nou, ik zie de negers daar verschillende keren naar binnen gaan."

Ze maakten allebei een klein sprongetje en zagen eruit alsof ze het nooit hadden verwacht, en toen alsof ze het *wel hadden verwacht*. Dan zegt de hertog:

"Wat, *allemaal?*"

"Nee, in ieder geval niet allemaal tegelijk, dat wil zeggen, ik denk niet dat ik ze ooit allemaal tegelijk zie uitkomen, maar slechts één keer."

"Hallo! Wanneer was dat?"

"Het was de dag dat we de begrafenis hadden. 'S ochtends. Het waarschuwde niet vroeg, want ik heb me verslapen. Ik was net begonnen met het afdalen van de ladder, en ik zie ze."

"Nou, ga door, *ga door*! Wat hebben ze gedaan? Hoe hebben ze gehandeld?"

"Ze deden niet niets. En ze deden toch niet veel, zo bont als ik zie. Ze liepen op hun tenen weg; dus ik zag, gemakkelijk genoeg, dat ze daar naar binnen waren geschoven om de kamer van Uwe Majesteit op te knappen, of zoiets, in de veronderstelling dat u op was; en ontdekten dat je *niet waarschuwde*, en dus hoopten ze uit de weg van problemen te glijden zonder je wakker te maken, als ze je al niet wakker hadden gemaakt."

"Geweldige kanonnen, *dit* is een go!" zegt de koning, en ze zagen er allebei behoorlijk ziek en draaglijk dwaas uit. Ze stonden daar een ogenblik na te denken en zich achter de oren te krabben, en de hertog barstte in een soort schorre lach uit en zei:

"Het is beter dan hoe netjes de negers hun hand speelden. Ze lieten weten dat ze *het jammer* vonden dat ze deze regio verlieten! En ik geloofde dat ze spijt hadden, en jij ook, en iedereen ook. Vertel *me nooit* meer dat een neger geen theatrale talent heeft. Wel, de manier waarop ze dat ding bespeelden, zou iedereen voor de gek *houden*. Naar mijn mening zit er een fortuin in. Als ik kapitaal en een theater had, zou ik geen betere lay-out willen dan dat - en hier zijn we gegaan en hebben we ze verkocht voor een lied. Ja, en ik heb nog niet het voorrecht om het lied te zingen. Zeg, waar *is* dat lied, dat ontwerp?"

"Op de bank om opgehaald te worden. Waar *zou* het zijn?"

"Nou, *dat is* dan in orde, godzijdank."

Zegt ik, een beetje timide-achtig:

"Is er iets misgegaan?"

De koning wervelt op me en rukt eruit:

"Geen van uw zaken! Je houdt je hoofd erbij en bemoeit je met je eigen zaken - als je die hebt. Zolang je in deze stad bent, vergeet je dat dan niet?" Dan zegt hij tegen de hertog: "We moeten het voor de grap swaller en noth'n' zeggen: mama is het woord voor *ons*."

Terwijl ze de ladder afdaalden, grinnikte de hertog weer en zei:

"Snelle verkoop *en* kleine winsten! Het is een goede zaak, ja."

De koning snauwt hem toe en zegt:

"Ik probeerde het beste te doen door ze zo snel te verkopen. Als de winst nihil is gebleken, onaanzienlijk is en niets om te dragen, is het dan niet meer mijn schuld en ligt het aan jou?"

"Nou, *ze zouden* nog in dit huis zijn en we *zouden niet,* als ik kon, naar mijn advies laten luisteren."

De koning snauwde zo ver terug als veilig voor hem was, en draaide zich toen om en stak weer tegen *me aan* . Hij gaf me de oever af omdat ik niet was gekomen en *vertelde hem dat* ik de negers uit zijn kamer zag komen die zich zo gedroegen - zei dat elke dwaas zou weten *dat* er iets aan de hand was. En toen walste hij naar binnen en vervloekte *zichzelf* een poosje, en zei dat het allemaal kwam doordat hij die morgen niet te laat lag en zijn natuurlijke rust nam, en dat het hem kwalijk zou worden genomen als hij het ooit weer zou doen. En zij gingen op klak af; en ik was vreselijk blij dat ik het allemaal op de negers had afgewenteld, en toch de negers er geen kwaad mee had gedaan.

HOOFDSTUK XXVIII

Langzamerhand was het tijd om op te staan. Dus ik kwam de ladder af en begon naar beneden; maar toen ik in de meisjeskamer kwam, stond de deur open en zag ik Mary Jane bij haar oude haarkoffer zitten, die open stond en ze had er spullen in gepakt - klaar om naar Engeland te gaan. Maar ze was nu gestopt met een opgevouwen jurk op haar schoot en had haar gezicht in haar handen, huilend. Ik voelde me vreselijk slecht om het te zien; Natuurlijk zou iedereen dat doen. Ik ging daar naar binnen en zei:

'Juffrouw Mary Jane, u kunt het niet verdragen om mensen in moeilijkheden te zien, en *ik* kan het bijna altijd niet. Vertel me erover."

Dus ze deed het. En het waren de negers - ik verwachtte het gewoon. Ze zei dat de mooie reis naar Engeland voor haar het meest bedorven was; Ze wist niet *hoe* ze daar ooit gelukkig zou zijn, wetende dat de moeder en de kinderen elkaar nooit meer zouden zien - en toen barstte ze bitterder dan ooit uit, stak haar handen in de lucht en zei:

"Oh, lieverd, om te bedenken dat ze elkaar *nooit* meer zullen zien!"

"Maar ze *zullen het doen* - en binnen twee weken - en ik *weet* het!" zeg ik.

Wetten, het was uit voordat ik kon nadenken! En voordat ik kon toegeven, sloeg ze haar armen om mijn nek en zei dat ik het *nog een keer* moest zeggen, het *nog een keer* moest zeggen, het nog een keer *moest zeggen!*

Ik zie dat ik te plotseling had gesproken en te veel had gezegd, en dat ik op een hechte plaats was. Ik vroeg haar om me even te laten nadenken; En zij zat daar, heel ongeduldig en opgewonden en knap, maar ze zag er een beetje gelukkig en ontspannen uit, als iemand bij wie een tand is uitgetrokken. Dus ging ik het uitzoeken. Ik zei tegen mezelf, ik denk dat een lichaam dat opstaat en de waarheid vertelt als hij in een benarde positie is, aanzienlijk veel resk neemt, hoewel ik geen ervaring heb en niet met zekerheid kan zeggen; Maar het ziet er voor mij in ieder geval zo uit; en toch is hier een geval waarin ik gezegend ben als het mij niet lijkt alsof de waarheid beter en daadwerkelijk *veiliger is* dan een leugen. Ik moet het in mijn gedachten opzij zetten en er op een of andere tijd over nadenken, het is zo vreemd en onregelmatig. Ik zie nooit iets vergelijkbaars. Nou, zei ik eindelijk tegen mezelf, ik ga het erop wagen; Ik zal deze keer de waarheid vertellen, hoewel het het meest lijkt op het neerleggen op een vat poeder en het aanraken om te zien waar je heen gaat. Toen zei ik:

"Mejuffrouw MaryJane, is er een plek buiten de stad, een eindje verderop, waar u drie of vier dagen zou kunnen blijven?"

"Jazeker; Die van meneer Lothrop. Waarom?"

"Het maakt nog niet uit waarom. Als ik je vertel hoe ik weet dat de negers elkaar binnen twee weken weer zullen zien - hier in dit huis - en *bewijs* hoe ik het weet - wil je dan naar meneer Lothrop gaan en vier dagen blijven?'

"Vier dagen!" zegt ze; "Ik blijf een jaar!"

"Goed," zei ik, "ik wil niets liever van *u* dan alleen uw woord - ik heb het liever dan de kus van de Bijbel door een ander." Ze glimlachte en werd heel lief rood, en ik zei: "Als je het niet erg vindt, doe ik de deur dicht - en doe ik hem op slot."

Dan kom ik terug en ga weer zitten en zeg:

"Schreeuw niet. Zit gewoon stil en neem het als een man. Ik moet de waarheid vertellen, en u wilt zich schrap zetten, juffrouw Mary, omdat het een slechte soort is, en het zal moeilijk te verdragen zijn, maar er is geen hulp voor. Deze ooms van jou zijn helemaal geen ooms; Het zijn een paar oplichters - gewone dooddoeners. Daar, nu zijn we over het ergste heen, je kunt de rest middelmatig rustig verdragen."

Het schokte haar natuurlijk zoals alles; maar ik was nu boven het ondiepe water, dus ik ging meteen verder, haar ogen brandden steeds hoger en hoger, en vertelde haar alles wat haar te verwijten viel, van waar we die jonge dwaas voor het eerst troffen die naar de stoomboot ging, helemaal tot waar ze zich aan de borst van de koning bij de voordeur wierp en hij kuste haar zestien of zeventien keer - en dan springt ze omhoog, met haar gezicht in vuur en vlam als de zonsondergang, en zegt:

"De bruut! Kom, verspil geen minuut, geen *seconde*, we zullen ze met pek en veren laten bedekken en in de rivier laten gooien!"

Zegt ik:

"Zeker. Maar bedoel je *voordat* je naar meneer Lothrop gaat, of...'

"Oh," zegt ze, "waar denk ik *aan*!" zegt ze en gaat meteen weer zitten. "Het maakt je niet uit wat ik zei - alsjeblieft niet - je *zult het nu niet* doen , hè?" Ze legde haar zijdezachte hand op de mijne op zo'n manier dat ik zei dat ik eerst zou sterven. "Ik had nooit gedacht, ik was zo opgewonden", zegt ze; "Ga nu maar door, en dat

174

doe ik niet meer. Zeg me maar wat ik moet doen, en wat je ook zegt, ik zal het doen."

"Nou," zei ik, "het is een ruige bende, die twee bedriegers, en ik ben vastgeroest, dus ik moet nog een tijdje met hen reizen, of ik wil of niet - ik wil je niet vertellen waarom; En als u op hen zou blazen, zou deze stad mij uit hun klauwen halen, en *ik* zou in orde zijn; maar er zou een ander persoon zijn die u niet kent, die in grote moeilijkheden zou verkeren. Nou, we moeten *hem redden*, nietwaar? Natuurlijk. Nou, dan zullen we niet op ze blazen."

Door die woorden uit te spreken, kreeg ik een goed idee in mijn hoofd. Ik zie hoe ik mij en Jim misschien van de fraude af kan krijgen; Zet ze hier gevangen en ga dan weg. Maar ik wilde het vlot niet overdag laten varen zonder iemand aan boord om vragen te beantwoorden behalve ik; dus ik wilde niet dat het plan pas vrij laat in de avond zou beginnen te werken. Ik zegt:

'Juffrouw Mary Jane, ik zal je vertellen wat we gaan doen, en je hoeft niet zo lang bij meneer Lothrop te blijven, gek. Hoe bont is het?"

"Een beetje minder dan vier mijl - precies op het platteland, hier achteraan."

"Nou, dat zal antwoorden. Nu ga je naar buiten en blijf liggen tot negen of half negen vanavond, en dan laat je ze weer naar huis halen, vertel je hun dat je aan iets hebt gedacht. Als je hier voor elf uur bent, zet dan een kaars voor dit raam, en als ik niet kom opdagen, wacht dan tot elf uur, en als ik dan niet kom opdagen, betekent het dat ik weg ben, en uit de weg, en veilig. Dan kom je naar buiten en verspreid je het nieuws, en krijg je deze beats in de gevangenis."

"Goed," zegt ze, "ik zal het doen."

"En als het gewoon zo gebeurt dat ik niet wegkom, maar samen met hen word opgenomen, moet je opstaan en zeggen dat ik je alles van tevoren heb verteld, en je moet me bijstaan zoveel je kunt."

"Blijf bij je! dat zal ik inderdaad doen. Ze mogen geen haar van je hoofd aanraken!" zegt ze, en ik zie haar neusgaten gespreid en haar ogen knipperen toen ze het ook zei.

"Als ik wegkom, zal ik hier niet zijn," zei ik, "om te bewijzen dat deze scheldkanonnetjes niet je ooms zijn, en ik zou het niet kunnen doen als ik *hier was*. Ik zou zweren dat het beats en bummers waren, dat is alles, hoewel dat iets waard is. Nou, er zijn anderen die dat beter kunnen dan wat ik kan, en het zijn mensen aan wie niet zo snel getwijfeld zal worden als ik. Ik zal je vertellen hoe je ze kunt vinden. Geef me een potlood en een stuk papier. Daar: '*Royal Nonesuch, Bricksville.*' Leg het weg en verlies het niet. Als het hof iets over deze twee te weten wil komen, laat ze dan naar Bricksville sturen en zeggen dat ze de mannen hebben die de Royal Nonesuch speelden, en om een paar getuigen vragen - wel, u zult die hele stad hier hebben voordat u nauwelijks kunt knipogen, juffrouw Mary. En ze zullen ook komen aanstaan."

Ik oordeelde dat we alles nu hadden opgelost. Dus ik zegt:

"Laat de veiling gewoon doorgaan en maak je geen zorgen. Niemand hoeft niet te betalen voor de dingen die ze kopen tot een hele dag na de veiling vanwege de korte termijn, en ze gaan hier niet uit voordat ze dat geld hebben; En de manier waarop we het hebben opgelost, de verkoop zal niet tellen, en ze zullen geen geld *krijgen*. Het is net als met de negers - het waarschuwt niet voor geen verkoop, en de negers zullen spoedig terug zijn. Wel, ze kunnen het geld voor de *negers nog niet bij elkaar krijgen* - ze zitten in de ergste situatie, juffrouw Mary."

"Nou," zegt ze, "ik ga nu naar het ontbijt, en dan ga ik meteen naar meneer Lothrop."

'Daad, *dat* is niet het kaartje, juffrouw Mary Jane,' zei ik, 'op geen enkele manier; Ga voor *het* ontbijt."

"Waarom?"

"Waarom dacht u dat ik wilde dat u überhaupt ging, juffrouw Mary?"

"Nou, ik heb nooit gedacht - en nu ik erover nadenk, ik weet het niet. Wat was het?"

"Wel, het is omdat je niet een van die mensen met leren gezichten bent. Ik wil geen beter boek dan wat je gezicht is. Een lichaam kan gaan zitten en het aflezen als grove lettertjes. Denk je dat je je ooms kunt gaan ontmoeten als ze je goedemorgen komen kussen, en nooit...'

"Daar, daar, niet doen! Ja, ik ga voor het ontbijt - dat doe ik graag. En mijn zussen bij hen achterlaten?"

"Jazeker; maakt niet uit over hen. Ze moeten het nog een tijdje uithouden. Ze zouden iets kunnen vermoeden als jullie allemaal zouden gaan. Ik wil niet dat je ze ziet, noch je zussen, noch iemand in deze stad; Als een buurman vanmorgen zou vragen hoe het met je ooms gaat, zou je gezicht iets vertellen. Nee, u gaat gewoon mee, juffrouw Mary Jane, en ik zal het met hen allemaal oplossen. Ik zal juffrouw Susan zeggen dat ze je liefde aan je ooms moet geven en zeggen dat je een paar uur weg bent gegaan om wat uit te rusten en je om te kleden, of om een vriend te zien, en je zult vanavond of vroeg in de ochtend terug zijn."

"Naar een vriend gaan is in orde, maar ik wil niet dat mijn liefde aan hen wordt gegeven."

"Nou, dan zal het niet zo zijn." Het was goed genoeg om *haar dat te zeggen* - het kon geen kwaad. Het was maar een kleinigheid om te doen, en geen moeite; En het zijn de kleine dingen die de wegen van mensen het meest gladstrijken, hier beneden; het zou Mary Jane comfortabel maken, en het zou niet niets kosten. Toen zei ik: "Er is nog één ding: die zak met geld."

"Nou, dat hebben ze; En het geeft me een behoorlijk dom gevoel om te bedenken *hoe* ze het hebben gekregen."

"Nee, je bent eruit, daar. Ze hebben het niet."

"Waarom, wie heeft het?"

"Ik wou dat ik het wist, maar ik weet het niet. Ik *had* het, omdat ik het van hen had gestolen, en ik heb het gestolen om het aan u te geven, en ik weet waar ik het verborgen heb, maar ik ben bang dat het er niet meer is. Het spijt me verschrikkelijk, juffrouw Mary Jane, het spijt me zo erg als ik maar kan zijn; maar ik heb mijn best gedaan; Ik heb het eerlijk gedaan. Ik werd bijna gepakt, en ik moest het naar de eerste plaats duwen waar ik kwam, en wegrennen - en het waarschuwde geen goede plek."

"Oh, stop met jezelf de schuld te geven - het is te erg om het te doen, en ik zal het niet toestaan - je kon er niets aan doen; Het was niet jouw schuld. Waar heb je het verstopt?"

Ik wilde haar niet weer aan haar problemen laten denken; en ik kon mijn mond niet krijgen om haar te vertellen waarom ze dat lijk in de kist zou zien liggen met die zak geld op zijn buik. Dus een minuut lang zei ik niets; dan zeg ik:

'Ik zou u niet *vertellen* waar ik het heb neergelegd, juffrouw Mary Jane, als u het niet erg vindt om me vrij te laten; maar ik zal het voor u schrijven op een stuk papier, en u kunt het lezen langs de weg naar meneer Lothrop, als u wilt. Denk je dat dat voldoende is?"

"O ja."

Dus schreef ik: "Ik heb het in de kist gelegd. Het was daarbinnen toen je daar huilde, ver weg in de nacht. Ik stond achter de deur en het speet me enorm voor u, juffrouw Mary Jane."

Het deed mijn ogen een beetje tranen bij de gedachte dat ze daar 's nachts helemaal alleen huilde, en die duivels die daar vlak onder haar eigen dak lagen, haar te schande maakten en haar beroofden; en als ik het opvouw en aan haar geef, zie ik het water ook in haar ogen komen; En ze schudt me hard de hand en zegt:

"Tot ziens. Ik ga alles doen zoals je me hebt verteld; en als ik je nooit meer zie, zal ik je nooit vergeten en ik zal nog veel en heel vaak aan je denken, en ik zal ook voor je bidden!" — en weg was ze.

Bid voor mij! Ik dacht dat als ze me kende, ze een baan zou aannemen die dichter bij haar maat lag. Maar ik wed dat ze het deed, precies hetzelfde - ze was precies zo aardig. Ze had het lef om voor Judus te bidden als ze het idee opvatte - er was geen terughoudendheid voor haar, oordeel ik. Je mag zeggen wat je wilt, maar naar mijn mening had ze meer zand in zich dan enig ander meisje dat ik ooit zie; Naar mijn mening zat ze gewoon vol zand. Het klinkt als vleierij, maar het is geen vleierij. En als het op schoonheid aankomt - en ook goedheid - legt ze ze allemaal over. Ik heb haar nooit meer gezien sinds die keer dat ik haar die deur uit zie gaan; nee, ik heb haar sindsdien nooit meer gezien, maar ik denk dat ik vele en vele miljoenen keren aan haar heb gedacht, en aan haar die zei dat ze voor me zou bidden; en als ik ooit een gedachte had dat het enig goed voor mij zou zijn om voor haar te bidden, werd het mij kwalijk genomen als ik het niet zou doen of kapot zou gaan.

Nou, Mary Jane, ze verlichtte de achterhoede, denk ik; Omdat niemand haar ziet gaan. Toen ik Susan en de hazenlip sloeg, zei ik:

"Hoe heten die mensen aan de andere kant van de rivier die jullie allemaal wel eens gaan zien?"

Ze zegt:

"Er zijn er meerdere; maar het zijn vooral de Proctors."

"Dat is de naam," zei ik; "Ik was het bijna vergeten. Wel, juffrouw Mary Jane, ze zei me dat ik u moest vertellen dat ze daar met vreselijke haast heen is gegaan – een van hen is ziek."

"Welke?"

"Ik weet het niet; tenminste, ik vergeet het vriendelijker; maar ik denk dat het...'

"Sakes alive, ik hoop dat het niet *Hanner is?*"

'Het spijt me dat ik het moet zeggen,' zei ik, 'maar Hanner is de juiste.'

"Mijn hemel, en ze is vorige week nog zo goed! Is ze er slecht aan toe?"

"Het is geen naam ervoor. Ze hebben de hele nacht bij haar gezeten, zei juffrouw Mary Jane, en ze denken niet dat ze het lang zal volhouden."

"Denk daar nu maar eens aan! Wat is er met haar aan de hand?"

Ik kon niets redelijks bedenken, op die manier, dus zei ik:
"Bof."

"Bof, je oma! Ze gaan niet om met mensen die de bof hebben."

"Dat doen ze niet, nietwaar? Je kunt er maar beter zeker van zijn dat ze dat doen met *deze* bof. Deze bof is anders. Het is een nieuw soort, zei juffrouw Mary Jane."

"Hoe is het een nieuw soort?"

"Omdat het vermengd is met andere dingen."

"Welke andere dingen?"

"Wel, mazelen, en kinkhoest, en erysiplas, en consumptie, en yaller janders, en hersenkoorts, en ik weet niet wat allemaal."

"Mijn land! En ze noemen het de *bof?*"

"Dat is wat juffrouw Mary Jane zei."

"Nou, waarom noemen ze het in hemelsnaam de *bof?*"

"Waarom, omdat het de bof is. Daar begint het mee."

"Nou, er zit geen zin in. Een lichaam zou zijn teen kunnen stoten en een pison nemen en in de put vallen en zijn nek breken en zijn hersens eruit breken, en iemand komt langs en vraagt wat hem heeft gedood, en een of andere verdoofde man zegt dan: 'Wel, hij heeft zijn *teen* gestoten.' Zou dat enige zin hebben? *Nee.* En dit heeft geen zin, gek. Is het ketchen?"

"Is het *ketchen?* Waarom, hoe je praat. Is een *eg* vangend - in het donker? Als je niet aan de ene tand vasthaakt, ben je gebonden aan een andere, nietwaar? En je kunt niet wegkomen met die tand zonder de hele eg mee te nemen, toch? Nou, dit soort bof is een soort eg, zoals je misschien zegt - en het is geen slungel van een eg, gek, je komt om het goed te krijgen."

"Nou, het is verschrikkelijk, denk ik," zegt de hazenlip. 'Ik ga naar oom Harvey en...'

"O ja," zei ik, "dat zou ik *doen.* Natuurlijk zou ik dat doen. Ik zou geen tijd verliezen."

"Nou, waarom zou je dat niet doen?"

"Kijk er even naar, en misschien kun je het zien. Hebben je ooms niet zin om zo snel mogelijk naar huis te gaan in Engeland? En denk je dat ze gemeen genoeg zouden zijn om weg te gaan en je die hele reis alleen te laten gaan? *Je* weet dat ze op je zullen wachten. Zo vacht, zo goed. Uw oom Harvey is een predikant, nietwaar? Heel goed dan; Gaat een *predikant* een klerk op een stoomboot bedriegen? Gaat hij een *scheepsklerk bedriegen?*– om hen ertoe te brengen juffrouw Mary Jane aan boord te laten gaan? Nu *weet je* dat hij dat niet is. Wat *zal* hij dan doen? Wel, hij zal zeggen: 'Het is erg jammer, maar mijn kerkzaken moeten het zo goed mogelijk met elkaar kunnen vinden; want mijn nichtje is blootgesteld aan de vreselijke pluribus-unum bof, en dus is het mijn plicht om hier te gaan zitten en de drie maanden af te wachten die nodig zijn om haar te laten zien of ze het heeft.' Maar maakt niet uit, als je denkt dat het het beste is om het aan je oom Harvey te vertellen...'

"Shucks, en hier voor de gek blijven houden terwijl we allemaal goede tijden zouden kunnen hebben in Engeland terwijl we wachtten om erachter te komen of Mary Jane het heeft of niet? Wel, je praat als een muggins."

"Nou, hoe dan ook, misschien kun je het beter aan een paar buren vertellen."

"Luister daarnaar, nu. Je verslaat iedereen voor natuurlijke domheid. Zie je niet dat *ze het zouden* gaan vertellen? Er is geen andere manier dan het helemaal aan niemand te vertellen."

"Nou, misschien heb je gelijk - ja, ik oordeel dat je *gelijk hebt.*"

'Maar ik denk dat we oom Harvey moeten vertellen dat ze toch een tijdje weg is, zodat hij zich niet ongemakkelijk over haar zal voelen?'

'Ja, juffrouw Mary Jane, ze wilde dat u dat deed. Ze zegt: 'Zeg ze dat ze oom Harvey en William mijn liefde en een kus moeten geven, en zeg dat ik over de rivier ben gerend om meneer te zien.' - meneer - wat *is* de naam van die rijke familie waar uw oom Peter vroeger zo aan dacht? - ik bedoel degene die...'

"Waarom, je moet de Apthorps bedoelen, nietwaar?"

"Natuurlijk; Stoor ze aan namen, een lichaam kan ze nooit lijken te onthouden, de helft van de tijd, op de een of andere manier. Ja, zei ze, ze zei dat ze erheen was gelopen om de Apthorps te vragen zeker te zijn en naar de veiling te komen en dit huis te kopen, omdat ze haar oom Peter toestond dat ze het meer hadden dan wie dan ook; En ze zal bij hen blijven totdat ze zeggen dat ze zullen komen, en dan, als ze niet te moe is, komt ze naar huis; En als dat zo is, is ze 's ochtends toch thuis. Ze zei: zeg niets over de Proctors, maar alleen over de Apthorps - wat volkomen waar zal zijn, want ze *gaat* daarheen om te praten over hun aankoop van het huis; Ik weet het, want ze heeft het me zelf verteld."

"Goed," zeiden ze, en ze gingen op weg om voor hun ooms te gaan liggen en hun de liefde en de kussen te geven en hun de boodschap te vertellen.

Alles was nu in orde. De meisjes wilden niets zeggen omdat ze naar Engeland wilden; en de koning en de hertog zouden liever weten dat Mary Jane aan het werk was voor de veiling dan in de buurt van dokter Robinson. Ik voelde me heel goed; Ik oordeelde dat ik het behoorlijk netjes had gedaan - ik dacht dat Tom Sawyer het zelf niet beter kon. Natuurlijk zou hij er meer stijl in gooien, maar dat kan ik niet zo handig doen, er niet aan gewend zijn.

Wel, ze hielden de veiling op het openbare plein, tegen het einde van de middag, en het sleepte zich voort en spande zich voort, en de oude man stond erbij en zag er op zijn fijnst uit, daar naast de veilingmeester, en nu en dan een klein Schriftgedeelte invoegend, of een klein goed gezegde van een soort: En de hertog waar hij in de buurt was, gooide voor sympathie alles wat hij wist, en verspreidde zich gewoon genereus.

Maar langzamerhand sleepte de zaak zich voort en alles werd verkocht - alles behalve een klein, oud prutsje op het kerkhof. Dus dat moesten ze eraf werken - ik zie nog nooit zo'n giraffe als de koning was omdat hij alles wilde doorslikken. Wel, terwijl ze bezig waren, landde er een stoomboot, en na ongeveer twee minuten kwam er een menigte aanrijden en schreeuwen en lachen en tekeer gaan en zingen uit:

"*Hier is* je oppositielijn! hier zijn je twee sets van erfgenamen van de oude Peter Wilks - en je betaalt je geld en je neemt je keuze!"

HOOFDSTUK XXIX.

Ze haalden een heel aardig uitziende oude heer mee, en een aardig uitziende jongere, met zijn rechterarm in een mitella. En, mijn zielen, hoe de mensen schreeuwden en lachten en het volhielden. Maar ik zag er geen grap over, en ik oordeelde dat het de hertog en de koning wat moeite zou kosten om er een te zien. Ik dacht dat ze bleek zouden worden. Maar nee, ze draaiden zich geen bleke om. De hertog liet hij nooit merken, hij vermoedde wat er aan de hand was, maar ging gewoon een beetje rond, blij en tevreden, als een kruik die karnemelk googelt; En wat de koning betreft, hij staarde alleen maar en staarde bedroefd neer op die nieuwkomers, alsof het hem maagpijn in zijn hart gaf bij de gedachte dat er zulke bedriegers en schurken in de wereld konden zijn. O, hij deed het bewonderenswaardig. Velen van de voornaamste mensen verzamelden zich om de koning heen om hem te laten zien dat zij aan zijn kant stonden. Die oude heer die net was gekomen, keek helemaal verbaasd. Al gauw begon hij te spreken, en ik zie meteen dat hij sprak *als* een Engelsman – niet op de manier van de koning, hoewel die van de koning best goed was voor een imitatie. Ik kan de woorden van de oude heer niet geven, noch kan ik hem niet imiteren; Maar hij keerde zich om naar de menigte en zei ongeveer als volgt:

"Dit is een verrassing voor mij waar ik niet naar op zoek was; en ik zal erkennen, openhartig en openhartig, dat ik niet erg goed voorbereid ben om het te ontmoeten en te beantwoorden; want mijn broer en ik hebben tegenslagen gehad; Hij heeft zijn arm gebroken en onze bagage is gisteravond in de nacht door een vergissing afgezet in een stad hier boven. Ik ben Peter Wilks' broer Harvey, en dit is zijn broer William, die niet kan horen of spreken – en zelfs geen gebaren kan maken die veel voorstellen, nu heeft hij maar één hand om ze mee te bewerken. We zijn wie we zeggen dat we zijn; en over een dag of twee, als ik de bagage krijg, kan ik het bewijzen. Maar tot die tijd zeg ik niets meer, maar ga naar het hotel en wacht."

Dus hij en de nieuwe dummy gingen op weg; En de koning lacht en brult:

"Hij heeft zijn arm gebroken – *zeer* waarschijnlijk, *nietwaar?* – en ook erg handig voor een bedrieger die tekenen moet maken en niet heeft geleerd hoe.

Hun bagage kwijtgeraakt! Dat is *geweldig* goed! - en enorm ingenieus - onder de *omstandigheden!*

Dus lachte hij weer; En dat deed iedereen ook, behalve drie of vier, of misschien een half dozijn. Een van hen was die dokter; een ander was een scherp uitziende heer, met een tapijttas van het ouderwetse soort gemaakt van tapijtstof, die net van de stoomboot was gekomen en met zachte stem tegen hem praatte, en nu en dan naar de koning keek en met het hoofd knikte - het was Levi Bell, de advocaat die naar Louisville was gegaan; En een ander was een grote ruwe husky, die langskwam en luisterde naar alles wat de oude heer zei, en luisterde nu naar de koning. En toen de koning klaar was, stond deze husky op en zei:

"Zeg, kijk eens hier; als je Harvey Wilks bent, wanneer ben je dan naar deze stad gekomen?"

"De dag voor de begrafenis, vriend", zegt de koning.

"Maar hoe laat op de dag?"

"'s Avonds - ongeveer een uur er, twee voor zonsondergang."

"*Hoe ben* je gekomen?"

"Ik kom neer op de Susan Powell uit Cincinnati."

"Nou, hoe ben je er dan toe gekomen om 's morgens in een kano bij de Pint te zijn?"

"Ik waarschuw niet bij de Pint in de ochtend."

"Het is een leugen."

Verscheidenen van hen sprongen voor hem op en smeekten hem niet op die manier tegen een oude man en een predikant te praten.

"Prediker wordt opgehangen, hij is een bedrieger en een leugenaar. Hij was die ochtend bij de Pint. Ik woon daarboven, nietwaar? Wel, ik was daarboven, en hij was daarboven. Ik *zie* hem daar. Hij kwam in een kano, samen met Tim Collins en een jongen."

De dokter staat op en zegt:

"Zou je de jongen weer kennen als je hem zou zien, Hines?"

"Ik denk dat ik dat zou doen, maar ik weet het niet. Wel, ginds is hij nu. Ik ken hem heel gemakkelijk."

Hij wees naar mij. De dokter zegt:

"Buren, ik weet niet of het nieuwe stel oplichters zijn of niet; maar als *deze* twee geen oplichters zijn, ben ik een, dat is alles. Ik denk dat het onze plicht is om ervoor te zorgen dat ze hier niet wegkomen voordat we deze zaak hebben onderzocht. Kom mee, Hines; Kom mee, de rest van jullie. We zullen deze kerels naar de herberg brengen en ze beledigen met het andere stel, en ik denk dat we iets te weten zullen komen voordat we er doorheen komen."

Het was gek voor de menigte, maar misschien niet voor de vrienden van de koning; dus gingen we allemaal op weg. Het was tegen zonsondergang. De dokter nam me bij de hand en was vriendelijk genoeg, maar hij liet *mijn hand* nooit los.

We gingen allemaal naar een grote kamer in het hotel, staken wat kaarsen aan en haalden het nieuwe stel binnen. Eerst zegt de dokter:

"Ik wil niet te hard zijn voor deze twee mannen, maar *ik* denk dat ze oplichters zijn en dat ze misschien medeplichtigen hebben waar we niets van weten. Als dat zo is, zullen de medeplichtigen dan niet wegkomen met die zak met gouden Peter Wilks die nog over is? Het is niet onwaarschijnlijk. Als deze mannen geen bedriegers zijn, zullen ze er geen bezwaar tegen hebben om dat geld te sturen en ons het te laten houden totdat ze bewijzen dat ze in orde zijn - is dat niet zo?"

Daar was iedereen het mee eens. Dus ik oordeelde dat ze onze bende meteen in het begin in een behoorlijk krappe positie hadden. Maar de koning keek alleen maar bedroefd en zei:

"Heren, ik wou dat het geld er was, want ik ben niet van plan om iets in de weg te staan van een eerlijk, open, volledig onderzoek naar deze ellendige zaak; Maar helaas, het geld is er niet; Je kunt sturen en zien, als je wilt."

"Waar is het dan?"

"Nou, toen mijn nicht het me gaf om voor haar te bewaren, nam ik het mee en verstopte het in de strostro van mijn bed, omdat ik het niet wilde bewaren voor de paar dagen dat we hier zouden zijn, en het bed als een veilige plek beschouwde, we zijn niet gewend aan negers, en veronderstellen dat ze eerlijk zijn, zoals bedienden in Engeland. De negers stalen het de volgende ochtend nadat ik de trap af was gegaan; en toen ik ze verkocht, had ik het geld niet gemist, dus ze gingen er met de kop vandoor. Mijn dienaar hier kan u er wel over vertellen, heren."

De dokter en een aantal zeiden "Shucks!" en ik zie dat niemand hem niet helemaal geloofde. Een man vroeg me of ik de negers het zie stelen. Ik zei nee, maar ik zag ze de kamer uit sluipen en wegrennen, en ik dacht nooit iets, alleen dacht ik dat ze bang waren dat ze mijn meester wakker hadden gemaakt en probeerden weg te komen voordat hij problemen met hen maakte. Dat was alles wat ze me vroegen. Dan draait de dokter me aan en zegt:

"Ben *je* ook Engels?"

Ik zegt ja; en hij en enkele anderen lachten en zeiden: "Spul!"

Wel, toen zeilden ze binnen voor het algemene onderzoek, en daar hadden we het, op en neer, uur in, uur uit, en niemand zei nooit een woord over het avondeten, noch leek er ooit over na te denken - en dus gingen ze ermee door, en gingen ze door; en het *was* het ergste verwarde ding dat je ooit ziet. Ze lieten de koning zijn garen vertellen, en ze lieten de oude heer het zijne vertellen; En iedereen, behalve een heleboel bevooroordeelde lachkoppen, zou kunnen *zien* dat de oude heer de waarheid verdraaide en de andere leugens. En na verloop van tijd hadden ze me wakker om te vertellen wat ik wist. De koning gaf me een linkshandige blik uit zijn ooghoeken, en dus wist ik genoeg om aan de rechterkant te praten. Ik begon te vertellen over Sheffield, en hoe we daar woonden, en alles over de Engelse Wilkses, enzovoort; maar ik kreeg geen mooie vacht totdat de dokter begon te lachen; en Levi Bell, de advocaat, zegt:

"Ga zitten, mijn jongen; Ik zou mezelf niet inspannen als ik jou was. Ik denk dat je niet gewend bent om te liegen, het lijkt niet handig te zijn; Wat je wilt is oefenen. Je doet het behoorlijk onhandig."

Het compliment kon me niets schelen, maar ik was toch blij dat ik vrij was.

De dokter begon iets te zeggen en draaide zich om en zei:

'Als je eerst in de stad was geweest, Levi Bell...' De koning brak in, stak zijn hand uit en zei:

"Waarom, is dit de oude vriend van mijn arme dode broer waar hij zo vaak over heeft geschreven?"

De advocaat en hij schudden elkaar de hand, en de advocaat glimlachte en keek tevreden, en ze praatten een poosje verder, en gingen toen opzij en praatten zachtjes; En uiteindelijk neemt de advocaat het woord en zegt:

"Dat lost het op. Ik zal de bestelling opnemen en verzenden, samen met die van je broer, en dan zullen ze weten dat het in orde is."

Dus namen ze wat papier en een pen, en de koning ging zitten en draaide zijn hoofd opzij, en stak zijn tong af, en krabbelde iets af; En dan geven ze de pen aan de hertog - en toen zag de hertog er voor het eerst ziek uit. Maar hij pakte de pen en schreef. Dus dan wendt de advocaat zich tot de nieuwe oude heer en zegt:

"Jij en je broer, schrijf alsjeblieft een paar regels en onderteken je namen."

De oude heer schreef, maar niemand kon het niet lezen. De advocaat keek machtig verbaasd en zei:

"Nou, het slaat *me*" - en hij haalde een heleboel oude brieven uit zijn zak en onderzocht ze, en onderzocht toen het geschrift van de oude man, en toen *nog* een keer; en zegt dan: "Deze oude brieven zijn van Harvey Wilks; en hier zijn *deze* twee handschriften, en iedereen kan zien dat *ze* ze niet hebben geschreven" (de koning en de hertog zagen er verkocht en dwaas uit, zeg ik je, om te zien hoe de advocaat ze had opgenomen), "en hier is het handschrift van deze oude heer, en iedereen kan zien, gemakkelijk genoeg, *hij* heeft ze niet geschreven - feit is dat de krassen die hij maakt helemaal niet goed *schrijven*. Nu, hier zijn enkele brieven van...'

De nieuwe oude heer zegt:

"Als je wilt, laat het me dan uitleggen. Niemand kan mijn hand lezen, behalve mijn broer daar, dus kopieert hij voor mij. Het is *zijn* hand die je daar hebt, niet de mijne."

"*Goed!*" zegt de advocaat, "dit *is* een stand van zaken. Ik heb ook een paar brieven van William; Dus als je hem zover krijgt dat hij een regel schrijft, of zo, kunnen we com...'

"Hij *kan niet* met zijn linkerhand schrijven", zegt de oude heer. "Als hij zijn rechterhand kon gebruiken, zou je zien dat hij zijn eigen brieven schreef en ook de mijne. Kijk alsjeblieft naar beide, ze zijn van dezelfde hand."

De advocaat heeft het gedaan en zegt:

'Ik geloof dat het zo is - en als het niet zo is, is er in ieder geval een veel sterkere gelijkenis dan ik eerder had opgemerkt. Nou, nou, nou! Ik dacht dat we op de goede weg waren naar een oplossing, maar het is gedeeltelijk naar gras gegaan. Maar hoe dan ook, *één* ding is bewezen - *deze* twee zijn geen van beiden Wilkses" - en hij kwispelde met zijn hoofd naar de koning en de hertog.

Nou, wat denk je? Die oude dwaas met muilezelkop zou dan niet toegeven*!* Dat zou hij inderdaad niet doen. Zei dat het geen eerlijke test was. Hij zei dat zijn broer William de meest vervloekte grappenmaker ter wereld was en niet had *geprobeerd* te schrijven - *hij* zag dat William een van zijn grappen zou uithalen op het moment dat hij de pen op papier zette. En dus warmde hij zich op en ging door met kronkelen en kronkelen totdat hij daadwerkelijk begon te geloven wat hij zelf zei*;* Maar al snel brak de nieuwe heer in en zei:

"Ik heb iets bedacht. Is er hier iemand die heeft geholpen om mijn broer op te maken - geholpen om wijlen Peter Wilks te begraven?"

"Ja," zegt iemand, "ik en Ab Turner hebben het gedaan. We zijn er allebei."

Dan wendt de oude man zich tot de koning en zegt:

"Misschien kan deze meneer me vertellen wat er op zijn borst getatoeëerd was?"

Het werd hem verweten dat als de koning zich niet heel snel schrap hoefde te zetten, of als hij was neergedrukt als een steile rots waar de rivier onderdoor is gegaan, het hem zo plotseling kostte; en, let wel, het was iets dat erop berekend was om bijna iedereen te doen smachten om zo'n solide zonder enige kennisgeving te krijgen, Want hoe zou *hij* weten wat er op de man getatoeërd was? Hij werd een beetje witter; Hij kon er niets aan doen; En het was nog steeds machtig daarbinnen, en iedereen boog zich een beetje voorover en staarde naar hem. Ik zeg tegen mezelf: *Nu* zal hij de spons overgeven, het heeft geen zin meer. Nou, deed hij dat? Een lichaam kan het nauwelijks geloven, maar hij deed het niet. Ik denk dat hij dacht dat hij de zaak zou volhouden tot hij die mensen moe zou maken, zodat ze zouden uitdunnen en hij en de hertog konden losbreken en wegkomen. Hoe dan ook, hij zat daar, en al snel begon hij te glimlachen en zei:

"Mf! Het is een *heel* moeilijke vraag, *nietwaar*! *Ja*, meneer, ik kan u vertellen wat er op zijn borst getatoeërd is. Het is een kleine, dunne, blauwe pijl - dat is wat het is; En als je niet clost kijkt, kun je het niet zien. *Nu*, wat zeg je, hé?"

Nou, *ik* zie nooit zoiets als die oude blaar voor een schone wang.

De nieuwe oude heer draait zich stevig naar Ab Turner en zijn pard, en zijn ogen lichten op alsof hij oordeelde dat hij deze keer de koning had gekregen , en zegt:

'Ziezo, je hebt gehoord wat hij zei! Was er zo'n merkteken op de borst van Peter Wilks?"

Beiden namen het woord en zeiden:

"Zo'n merkteken hebben we niet gezien."

"Goed!" zegt de oude heer. "Nu, wat je *op* zijn borst zag, was een kleine vage P, en een B (wat een initiaal is die hij liet vallen toen hij jong was), en een W, met streepjes ertussen, dus: P-B-W" - en hij markeerde ze op die manier op een stuk papier. "Kom, is dat niet wat je zag?"

Beiden namen weer het woord en zeiden:

"Nee, dat hebben we *niet gedaan*. We hebben helemaal geen sporen gezien."

Nou, iedereen *was* nu in een gemoedstoestand en ze zongen het uit:

"De hele *schande* van 'm 's fraude! Le's duck 'em! Le's verdrinken ze! Le's ride 'em on a rail!" en iedereen joelde tegelijk, en er was een ratelende powwow. Maar de advocaat hij springt op de tafel en schreeuwt, en zegt:

"Heren, heren! Luister naar me gewoon een woord, gewoon een *enkel* woord, als je wilt! Er is nog maar één manier: laten we het lijk gaan opgraven en kijken."

Dat kostte hen.

"Hoera!" riepen ze allemaal, en ze begonnen meteen; Maar de advocaat en de dokter zongen:

"Wacht even, wacht even! Bind al deze vier mannen en de jongen in de kraag en haal *ze* ook mee!"

"We zullen het doen!" riepen ze allemaal; "En als we die tekens niet vinden, lynchen we de hele bende!"

Ik *was* bang, nu, zeg ik je. Maar er is geen ontkomen aan, weet je. Ze grepen ons allemaal vast en marcheerden ons regelrecht naar het kerkhof, dat anderhalve mijl stroomafwaarts lag, en de hele stad zat ons op de hielen, want we maakten lawaai genoeg, en het was pas negen uur 's avonds.

Toen we langs ons huis liepen, wenste ik dat ik Mary Jane niet de stad uit had gestuurd; want als ik haar nu een knipoog kon geven, zou ze uitlichten en me redden, en op onze dode beats blazen.

Nou, we zwermden voort over de rivierweg, gewoon doorgaan als wilde katten; En om het nog enger te maken, werd de lucht donkerder, en de bliksem begon te knipogen en te fladderen, en de wind te rillen tussen de bladeren. Dit was de vreselijkste moeilijkheid en de gevaarlijkste die ik ooit heb meegemaakt; en ik was vriendelijker verbijsterd; alles ging zo anders dan ik had toegestaan; in plaats van gefixeerd te zijn zodat ik mijn eigen tijd kon nemen als ik dat wilde, en al het plezier kon zien, en Mary Jane achter me kon hebben om me te redden en me te bevrijden als de close-fit kwam, was er niets in de wereld tussen mij en de plotselinge dood, maar alleen die tatoeages. Als ze ze niet vonden...

Ik moest er niet aan denken; en toch, op de een of andere manier, kon ik aan niets anders denken. Het werd donkerder en donkerder, en het was een mooie tijd om de menigte de slip te geven; maar die grote husky had me bij de pols - Hines - en een lichaam kon net zo goed proberen Goliar de slip te geven. Hij sleepte me mee, hij was zo opgewonden en ik moest rennen om bij te blijven.

Toen ze daar aankwamen, zwermden ze het kerkhof op en spoelden er als een overloop overheen. En toen ze bij het graf kwamen, ontdekten ze dat ze ongeveer honderd keer zoveel schoppen hadden als ze wilden, maar niemand had er niet aan gedacht om een lantaarn te halen. Maar bij het flikkeren van de bliksem gingen ze toch graven en stuurden ze een man naar het dichtstbijzijnde huis, een halve mijl verderop, om er een te lenen.

Dus ze groeven en groeven zoals alles; En het werd vreselijk donker, en het begon te regenen, en de wind zwiepte en zwiepte voort, en de bliksem werd heviger en krachtiger, en de donder dreunde; Maar die mensen sloegen er nooit acht op, zij waren zo vol van deze zaak; En het ene moment kon je alles en elk gezicht zien in die grote menigte, en de schoppen aarde die uit het graf zeilden, en het volgende moment veegde het donker alles weg, en je kon helemaal niets meer zien.

Eindelijk haalden ze de kist eruit en begonnen het deksel los te schroeven, en toen nog zo'n verdringen en schouderen en duwen als er was, om naar binnen te scharrelen en een gezicht te krijgen, zie je nooit; En in het donker, op die manier, was het verschrikkelijk. Hines hij bezeerde mijn pols vreselijk trekken en trekken, en ik denk dat hij schoon vergat dat ik in de wereld was, hij was zo opgewonden en hijgde.

Plotseling laat de bliksem een perfecte sluis van witte schittering los, en iemand zingt:

"Bij de levende jingo, hier is de zak met goud op zijn borst!"

Hines slaakte een kreet, net als iedereen, en liet mijn pols vallen en gaf een grote golf om zich een weg naar binnen te banen en een kijkje te nemen, en de manier waarop ik in het donker naar de weg scheen kan niemand zeggen.

Ik had de weg helemaal voor mezelf, en ik vloog behoorlijk - tenminste, ik had het helemaal voor mezelf, behalve het vaste donker, en de nu-en-dan-schitteringen, en het zoemen van de regen, en het geselen van de wind, en het splijten van de donder; en zeker als je geboren bent, heb ik het geknipt!

Toen ik de stad trof, zag ik dat er niemand in de storm was, dus ik jaagde nooit op geen achterafstraatjes, maar hobbelde er dwars door de hoofdstraat heen; en toen ik naar ons huis begon te komen, richtte ik mijn oog en richtte het. Geen licht daar; het huis was helemaal donker - wat me medelijden en teleurstelling gaf, ik wist niet waarom. Maar eindelijk, net toen ik voorbij zeilde, flitste het licht in het raam van Mary Jane! En mijn hart zwol plotseling op, alsof het kapot ging; en op hetzelfde moment was het huis en alles achter me in het donker, en zou nooit meer voor me staan in deze wereld. Ze *was* het beste meisje dat ik ooit heb gezien en had het meeste zand.

Op het moment dat ik ver genoeg boven de stad was om te zien dat ik de sleepkop kon maken, begon ik scherp te zoeken naar een boot om te lenen, en de eerste keer dat de bliksem me er een liet zien die niet geketend was, greep ik hem en duwde. Het was een kano en niet vastgemaakt met niets anders dan een touw. De trekkop was een rammelend eind weg, daar in het midden van de rivier, maar ik verloor geen tijd; en toen ik eindelijk het vlot raakte, was ik zo gefrustreerd dat ik gewoon zou gaan liggen om te blazen en naar adem te snakken als ik het me kon veroorloven. Maar dat deed ik niet. Toen ik aan boord sprong, zong ik het uit:

"Ga met je mee, Jim, en laat haar los! Glorie zij de goedheid, we zijn gesloten voor hen!"

Jim lichtte op en kwam naar me toe met beide armen gespreid, hij was zo vol vreugde; maar toen ik een glimp van hem opving in de bliksem, schoot mijn hart in mijn mond omhoog en ging ik achteruit overboord; want ik vergat dat hij de oude King Lear was en een verdronken A-rab in één, en het maakte me het meest bang voor de levers en de lichten. Maar Jim viste me op en wilde me omhelzen en zegenen, enzovoort, hij was zo blij dat ik terug was en we waren afgesloten van de koning en de hertog, maar ik zei:

"Niet nu; Neem het als ontbijt, neem het als ontbijt! Snijd los en laat haar glijden!"

Dus in twee seconden gingen we de rivier afglijden, en het leek zo goed om weer vrij te zijn en helemaal alleen op de grote rivier, en niemand om ons lastig te vallen. Ik moest een beetje rondhuppelen en een paar keer opspringen en mijn hielen kraken - ik kon er niets aan doen; maar bij de derde barst merkte ik een geluid op dat ik heel goed kende, en ik hield mijn adem in en luisterde en wachtte; En ja hoor, toen de volgende flits boven het water losbarstte, hier kwamen ze! - en ze legden zich gewoon aan hun riemen en lieten hun skiff zoemen! Het waren de koning en de hertog.

Dus ik kwelde toen regelrecht op de planken en gaf het op; en het was alles wat ik kon doen om niet te huilen.

HOOFDSTUK XXX.

Toen ze aan boord kwamen, ging de koning me halen, schudde me bij de kraag en zei:

"Je probeerde ons de slip te geven, was je, jij pup! Moe van ons gezelschap, hè?"

Ik zegt:

"Nee, majesteit, we waarschuwen het niet - *doe het alstublieft* niet, uwe majesteit!"

"Vlug dan, en vertel ons wat je idee was, of ik schud je de binnenkant eruit!"

"Eerlijk, ik zal u alles vertellen zoals het is gebeurd, majesteit. De man die een hekel aan me had, was erg goed voor me en bleef maar zeggen dat hij een jongen had die ongeveer net zo groot was als ik en die vorig jaar stierf, en het speet hem om een jongen in zo'n gevaarlijke situatie te zien; en toen ze allemaal verrast waren door het vinden van het goud, en zich naar de kist haastten, liet hij me los en fluisterde: 'Hak het nu, of ze hangen je op, zeker!' en ik stak op. Het leek me niet goed om te blijven - *ik* kon niets doen en ik wilde niet opgehangen worden als ik weg kon komen. Dus ik stopte niet met rennen totdat ik de kano vond; en toen ik hier aankwam, zei ik tegen Jim dat hij moest opschieten, anders zouden ze me pakken en me nog ophangen, en zei dat ik bang voor je was en dat de hertog nu niet meer leefde, en dat het me vreselijk speet, en Jim ook, en ik was vreselijk blij toen we je zagen aankomen; je mag Jim vragen of ik dat niet heb gedaan."

Jim zei dat het zo was, en de koning zei tegen hem dat hij zijn mond moest houden en zei: "O ja, het is *zeer* waarschijnlijk!" en schudde me weer wakker en zei dat hij dacht dat hij me had verdronken. Maar de hertog zegt:

"Leggo de jongen, jij oude! Zou *je* het anders doen? Heb je naar *hem* gevraagd toen je loskwam? *Ik* weet het niet meer."

Dus de koning liet me los en begon die stad en iedereen erin te vervloeken. Maar de hertog zegt:

"Je kunt *jezelf maar beter een* goede vloek geven, want jij bent degene die er het meeste recht op heeft. Je hebt vanaf het begin niets gedaan dat enige zin had, behalve zo cool en brutaal naar voren komen met die denkbeeldige blauwe pijl.

Dat *was* helder - het was regelrecht bullebak; en het was het ding dat ons redde. Want als dat niet zo was geweest, zouden ze ons gevangen zetten tot de bagage van die Engelsen kwam - en dan - de gevangenis, reken maar! Maar die truc bracht ze naar het kerkhof, en het goud deed ons een nog grotere gunst; Want als de opgewonden dwazen niet alle holts hadden losgelaten en die haast hadden gemaakt om een kijkje te nemen, zouden we vannacht in onze sjaals hebben geslapen - sjaals die ook gerechtvaardigd zijn om te *dragen* - langer dan *we ze nodig zouden* hebben."

Ze waren nog een minuut - denkend; Dan zegt de koning, een beetje verstrooid als:

"Mf! En we dachten dat de *negers* het hadden gestolen!"

Dat deed me kronkelen!

"Ja," zegt de hertog, vriendelijker traag en weloverwogen en sarcastisch, "*dat hebben we* gedaan."

Na ongeveer een halve minuut roept de koning:

"Tenminste, *dat* deed ik."

De hertog zegt op dezelfde manier:

"Integendeel, *dat* deed ik."

De koning wordt een beetje ruzie en zegt:

"Kijk hier, Bilgewater, waar heb je het over?"

De hertog zegt, vrij kordaat:

"Als het daarop aankomt, laat je me misschien vragen, waar verwees *je* naar?"

"Kaf!" zegt de koning heel sarcastisch; "Maar *ik* weet het niet - misschien sliep je en wist je niet waar je mee bezig was."

De hertog richt zich nu op en zegt:

"Oh, laat *deze* vervloekte onzin op; Beschouw je me als een dwaas die me de schuld geeft? Denk je niet dat *ik* weet wie dat geld in die kist heeft verstopt?"

"*Ja*, meneer! Ik weet dat je het weet, want je hebt het zelf gedaan!"

"Het is een leugen!" - en de hertog ging hem halen. De koning zingt:

"Haal je handen eraf! - Leggo mijn keel! - Ik neem het allemaal terug!"

De hertog zegt:

"Wel, je geeft eerst toe dat je dat geld daar hebt verstopt, met de bedoeling me een dezer dagen het briefje te geven, en terug te komen en het op te graven, en het helemaal voor jezelf te hebben."

"Wacht eens even, hertog, beantwoord mij deze ene vraag, eerlijk en billijk; als je het geld daar niet hebt neergelegd, zeg het dan, en ik zal je b'lieve en alles terugnemen wat ik heb gezegd."

"Jij oude schurk, ik deed het niet, en je weet dat ik het niet deed. Daar, nu!"

"Nou, dan, ik b'lieve je. Maar antwoord me nog maar voor de grap - *word nu niet* boos, had je het niet in je hoofd om het geld aan de haak te slaan en het te verbergen?"

De hertog zei geen woord voor een beetje; Dan zegt hij:

"Nou, het kan me niet schelen of ik *het deed*, ik heb het in ieder geval niet gedaan. Maar je had het niet alleen in gedachten om het te doen, maar je hebt *het ook gedaan*."

"Ik wou dat ik nooit zou sterven als ik het deed, hertog, en dat is eerlijk. Ik zal niet zeggen dat ik waarschuwde om het niet te doen, want dat was ik; maar jij - ik bedoel iemand - was me voor."

"Het is een leugen! Je hebt het gedaan, en je moet *zeggen dat* je het hebt gedaan, of...'

De koning begon te gorgelen en toen hijgde hij het uit:

"'Nough! - *Ik geef het toe!*'

Ik was erg blij hem dat te horen zeggen; het gaf me een veel gemakkelijker gevoel dan wat ik eerder voelde. Dus de hertog trok zijn handen af en zei:

"Als je het ooit nog ontkent, zal ik je verdrinken. Het is *goed* voor u om daar te zitten en te blubberen als een baby - het is geschikt voor u, na de manier waarop u hebt gehandeld. Ik zie nog nooit zo'n oude struisvogel die alles wil opslokken - en ik vertrouw je de hele tijd, alsof je mijn eigen vader was. Je zou je moeten schamen om erbij te staan en te horen hoe het een heleboel arme negers wordt opgezadeld, en je zegt nooit een woord voor ze. Het geeft me een belachelijk gevoel om te denken dat ik zacht genoeg was om die onzin te geloven. Vervloek je, ik begrijp nu waarom je zo graag de deffisit wilde goedmaken - je wilde het geld krijgen dat ik uit de Nonesuch had gehaald en het een of ander, en het allemaal opscheppen!*'

De koning zegt, verlegen en nog steeds snuivend:

"Wel, hertog, gij zijt het die zeide, maak de deffisit goed; het waarschuwt me niet."

"Opdrogen! Ik wil niets *meer* van je horen!" zegt de hertog. "En *nu* zie je wat je ermee *hebt gekregen.* Ze hebben al hun eigen geld terug, en van ons allemaal, behalve een shekel of twee *daarnaast.* G'long naar bed, en don't you deffersit *me* no more deffersits, long 's *you* live!"

Dus sloop de koning de wigwam binnen en pakte zijn fles om troost te zoeken, en het duurde niet lang of de hertog pakte *zijn* fles aan; en zo waren ze na ongeveer een half uur weer zo dik als dieven, en hoe strakker ze werden, hoe lovinger ze kregen, en ze gingen snurkend in elkaars armen weg. Ze werden allebei krachtig mild, maar ik merkte dat de koning niet zacht genoeg werd om te vergeten eraan te denken niet te ontkennen dat hij de geldbuidel weer had verstopt. Dat gaf me een gemakkelijk en voldaan gevoel. Natuurlijk, toen ze begonnen te snurken, hadden we een lang gebabbel, en ik vertelde Jim alles.

HOOFDSTUK XXXI

We durven dagenlang niet meer te stoppen in een stad; Rechts langs de rivier aangehouden. We waren nu in het zuiden in het warme weer, en een heel eind van huis. We begonnen bij bomen te komen met Spaans mos erop, dat als lange, grijze baarden aan de takken naar beneden hing. Het was de eerste keer dat ik het zag groeien, en het maakte het bos plechtig en somber. Dus nu dachten de bedriegers dat ze buiten gevaar waren, en ze begonnen de dorpen weer te bewerken.

Eerst hielden ze een lezing over matigheid; Maar ze verdienden niet genoeg voor hen beiden om dronken van te worden. Toen begonnen ze in een ander dorp een dansschool; Maar ze wisten niet meer hoe ze moesten dansen dan een kangoeroe; Dus de eerste steiger die ze maakten, sprong het grote publiek erin en joeg hen de stad uit. Een andere keer probeerden ze te gaan yellocution; Maar het duurde niet lang voordat het publiek opstond en hen een stevige goede vloek gaf, en hen deed huppelen. Ze hielden zich bezig met zending, en betovering, en dokteren, en waarzeggerij voorspellen, en een beetje van alles; Maar ze konden geen geluk hebben. En uiteindelijk waren ze bijna blut en lagen ze rond het vlot terwijl het voortdreef, denkend en denkend, en nooit iets zeggend, een halve dag per keer, en vreselijk blauw en wanhopig.

En ten slotte veranderden ze zich en begonnen hun hoofden bij elkaar te leggen in de wigwam en twee of drie uur achtereen zacht en vertrouwelijk te praten. Jim en ik voelden ons ongemakkelijk. We vonden het er niet leuk uitzien. We oordeelden dat ze een soort ergere duivelsheid aan het bestuderen waren dan ooit. We draaiden het keer op keer om, en uiteindelijk besloten we dat ze zouden inbreken in iemands huis of winkel, of in de handel in vals geld zouden gaan, of zoiets. Dus toen waren we behoorlijk bang, en maakten we een overeenkomst dat we niets in de wereld te maken zouden hebben met dergelijke acties, en als we ooit de minste show zouden krijgen, zouden we ze koud schudden en opruimen en ze achterlaten. Nou, op een vroege ochtend verstopten we het vlot op een goede, veilige plek, ongeveer twee mijl onder een klein armoedig dorpje genaamd Pikesville, en de koning ging aan land en zei dat we ons allemaal moesten verbergen terwijl hij naar de stad ging en rondrook om te zien of er nog iemand lucht had gekregen van de Royal Nonesuch. ("Huis om te beroven, jij *gemeen*," zeg ik tegen mezelf; "En als je klaar bent met het roven, kom je hier terug en vraag je je af wat er van mij en Jim en het vlot is geworden - en je zult het in verwondering moeten afreageren.") En hij zei dat als hij niet tegen de middag terug zou zijn, de hertog en ik zouden weten dat het in orde was, en dat we mee moesten gaan.

Dus bleven we waar we waren. De hertog piekerde en zweette in het rond, en was op een geweldig zure manier. Hij schold ons voor alles uit, en we leken niets goed te doen; Hij vond fouten in elk klein ding. Er was iets aan het broeien, zeker. Ik was goed en blij toen de middag aanbrak en er geen koning was; We zouden hoe dan ook een verandering kunnen hebben - en misschien een kans op *de* verandering erbovenop. Dus gingen ik en de hertog naar het dorp en zochten daar naar de koning, en na verloop van tijd vonden we hem in de achterkamer van een klein laag hondenhokje, heel strak, en een heleboel lanterfanters die hem pestten voor de lol, en hij vloekte en dreigde uit alle macht, en zo strak dat hij niet kon lopen, en kon hen niets doen. De hertog begon hem uit te schelden voor een oude dwaas, en de koning begon terug te deinzen, en op het moment dat ze er goed en wel mee bezig waren, stak ik het licht op en schudde de riffen uit mijn achterpoten, en draaide als een hert over de rivierweg, want ik zie onze kans; en ik besloot dat het een lange dag zou worden voordat ze mij en Jim ooit weer zouden zien. Ik kwam daar aan, helemaal buiten adem maar beladen met vreugde, en zong:

"Laat haar los, Jim! We zijn nu in orde!"

Maar er kwam geen antwoord en niemand kwam uit de wigwam. Jim was weg! Ik zette een schreeuw op - en toen nog een - en toen nog een; en rennen deze kant op en die in het bos, gierend en krijsend; maar het had geen zin: de oude Jim was weg. Toen ging ik zitten en huilde; Ik kon er niets aan doen. Maar ik kon niet lang stil blijven zitten. Al snel ging ik de weg op, proberend te bedenken wat ik beter kon doen, en ik kwam een jongen tegen die liep, en vroeg hem of hij een vreemde neger had gezien die zo en zo gekleed was, en hij zei:

"Jazeker."

"Waarheen?" zeg ik.

"Naar het huis van Silas Phelps, hier twee mijl beneden. Hij is een weggelopen neger, en ze hebben hem te pakken. Was je naar hem op zoek?"

"Reken maar dat ik dat niet ben! Ik kwam hem ongeveer een uur of twee geleden tegen in het bos, en hij zei dat als ik schreeuwde, hij mijn levers zou afsnijden - en zei dat ik moest gaan liggen en blijven waar ik was; en ik heb het gedaan. Sindsdien ben ik er altijd geweest; Ik was bang om uit de kast te komen."

"Wel," zegt hij, "je hoeft niet meer bang te zijn, want ze hebben hem te pakken. Hij rende weg naar het zuiden, som'ers."

"Het is goed dat ze hem hebben."

"Nou, denk ik! Er staat een beloning van tweehonderd dollar op hem. Het is alsof je geld opraapt op de weg."

"Ja, dat is het - en *ik* had het kunnen hebben als ik groot genoeg was geweest; Ik zie hem *als eerste*. Wie heeft hem genageld?"

"Het was een oude kerel - een vreemdeling - en hij verkocht zijn kans in hem voor veertig dollar, omdat hij de rivier op moest en niet kon wachten. Denk daar eens over na, nu! Reken maar dat *ik zou* wachten, als het zeven jaar was."

"Dat ben ik, elke keer," zegt I. "Maar misschien is zijn kans niet meer waard dan dat, als hij het zo goedkoop verkoopt. Misschien is er iets niet recht aan."

"Maar het *is* wel zo recht als een snaar. Ik zie het strooibiljet zelf. Het vertelt alles over hem, tot in de puntjes - schildert hem als een schilderij en vertelt de plantage dat hij frum is, onder Newrleans. No-sirree-bob, ze zijn geen probleem met *die* speculatie, reken maar. Zeg, geef me een chaw tobacker, nietwaar?"

Ik had er geen, dus ging hij weg. Ik ging naar het vlot en ging in de wigwam zitten om na te denken. Maar ik kon niet tot niets komen. Ik dacht na tot mijn hoofd pijn deed, maar ik zag geen uitweg uit de problemen. Na al deze lange reis, en na alles wat we voor die schurken hadden gedaan, was het hier allemaal op niets uitgelopen, alles was kapot en geruïneerd, omdat ze het hart konden hebben om Jim zo'n truc te dienen en hem zijn hele leven weer een slaaf te maken, en ook onder vreemden, voor veertig vuile dollars.

Op een keer zei ik tegen mezelf dat het duizend keer beter zou zijn voor Jim om een slaaf te zijn thuis waar zijn familie was, zolang hij maar een slaaf moest zijn, en dus kon ik beter een brief schrijven aan Tom Sawyer en hem zeggen dat hij juffrouw Watson moest vertellen waar hij was. Maar ik geef dat idee al snel op om twee dingen: ze zou boos zijn en walgen van zijn schurkachtigheid en ondankbaarheid omdat hij haar had verlaten, en dus zou ze hem weer regelrecht de rivier af verkopen; en als ze dat niet deed, veracht iedereen natuurlijk een ondankbare neger, en ze zouden Jim het de hele tijd laten voelen, en dus zou hij zich boos en schande voelen. En denk dan aan *mij!* Het zou overal rondgaan dat Huck Finn een neger hielp om zijn vrijheid te krijgen; en als ik ooit weer iemand uit die stad zou zien, zou ik klaar staan om naar beneden te gaan en zijn laarzen te likken van schaamte. Zo is het nu eenmaal: een mens doet iets laagdrempeligs, en dan wil hij er geen consequenties aan ondervinden. Hij denkt dat zolang hij het kan verbergen, het geen schande is. Dat was precies mijn oplossing. Hoe meer ik hierover studeerde, hoe meer mijn geweten me begon te knarsen, en hoe slechter en laagdrempeliger en onrustiger ik me begon te voelen. En uiteindelijk, toen het me plotseling trof dat hier de duidelijke hand van de Voorzienigheid was die me in het gezicht sloeg en me liet weten dat mijn slechtheid de hele tijd in de gaten werd gehouden vanuit de hemel, terwijl ik de neger van een arme oude vrouw stal die me nooit kwaad had gedaan, en nu liet hij me zien dat er Iemand is die altijd op de uitkijk staat, en niet van plan is om zulke ellendige daden alleen maar zo snel en niet verder te laten gaan, ik viel het meest in mijn sporen, ik was zo bang. Nou, ik probeerde mijn best te doen om het op de een of andere manier voor mezelf te verzachten door te zeggen dat ik slecht was opgevoed, en dus waarschuw ik niet zozeer om de schuld te geven; maar iets in mij bleef zeggen: "Daar was de zondagsschool, je kon er naartoe gaan; en als je het had gedaan, hadden ze je daar geleerd dat mensen die handelen zoals ik had gedaan over die neger, naar het eeuwige vuur gaan."

Ik moest er rillingen van krijgen. En ik besloot bijna te bidden en te zien of ik niet kon proberen op te houden met het soort jongen te zijn dat ik was en beter te worden. Dus knielde ik neer. Maar de woorden wilden niet komen. Waarom zouden ze dat niet doen? Het heeft geen zin om te proberen het voor Hem te verbergen. En ook niet van *mij*. Ik wist heel goed waarom ze niet zouden komen. Het was omdat mijn hart niet goed waarschuwde; het was omdat ik niet vierkant waarschuw; het was omdat ik dubbel speelde. Ik liet toe om de zonde op te geven, maar diep in mij hield ik vast aan de grootste van allemaal. Ik probeerde mijn mond te laten *zeggen dat* ik het juiste en het schone zou doen en naar de eigenaar van die neger zou gaan schrijven om te vertellen waar hij was, maar diep van binnen wist ik dat het een leugen was, en Hij wist het. Je kunt geen leugen bidden – daar kwam ik achter.

Dus ik was vol problemen, vol als ik maar kon zijn, en wist niet wat ik moest doen. Eindelijk had ik een idee; en ik zei, ik zal de brief gaan schrijven - en *dan* kijken of ik kan bidden. Wel, het was verbazingwekkend, hoe ik me meteen zo licht als een veertje voelde, en al mijn problemen waren verdwenen. Dus ik nam een stuk papier en een potlood, helemaal blij en opgewonden, en ging zitten en schreef:

Mejuffrouw Watson, uw weggelopen neger Jim is hier twee mijl onder Pikesville, en meneer Phelps heeft hem te pakken en hij zal hem opgeven voor de beloning als u stuurt.

HUCK FINN.

Ik voelde me goed en helemaal schoon gewassen van zonde voor de eerste keer dat ik me ooit zo in mijn leven had gevoeld, en ik wist dat ik nu kon bidden. Maar ik deed het niet meteen, maar legde het papier neer en zat daar na te denken - denkend hoe goed het was dat dit allemaal zo gebeurde, en hoe dicht ik bij verloren was gekomen en naar de hel ging. En bleef maar nadenken. En begon na te denken over onze reis langs de rivier; en ik zie Jim de hele tijd voor me: overdag en 's nachts, soms maanlicht, soms stormen, en we drijven voort, pratend en zingend en lachend. Maar op de een of andere manier kon ik geen plaatsen raken om me tegen hem te verharden, maar alleen de andere soort. Ik zou hem mijn wacht bovenop de zijne zien houden, in plaats van me te roepen, zodat ik verder kon slapen; en zie hem hoe blij hij was toen ik uit de mist terugkwam; en als ik weer bij hem kom in het moeras, daarboven waar de vete was; en dergelijke tijden; en noemde me altijd schat, en aaide me en deed alles wat hij maar kon bedenken voor me, en hoe goed hij altijd was; en ten slotte sloeg ik de tijd toe dat ik hem redde door de mannen te vertellen dat we pokken aan boord hadden, en hij was zo dankbaar, en zei dat ik de beste vriend was die de oude Jim ooit ter wereld had gehad, en de *enige* die hij nu heeft; en toen keek ik toevallig om me heen en zag dat papier.

Het was een close place. Ik pakte het op en hield het in mijn hand. Ik beefde, omdat ik voor altijd tussen twee dingen moest beslissen, en ik wist het. Ik studeerde een minuut, hield mijn adem in, en zei toen tegen mezelf:

"Goed, dan ga ik naar de hel" - en verscheurde het.

Het waren vreselijke gedachten en vreselijke woorden, maar ze werden gezegd. En ik liet ze blijven zeggen; en dacht nooit meer aan hervormingen. Ik duwde de hele zaak uit mijn hoofd en zei dat ik de goddeloosheid weer zou opnemen, die in mijn lijn lag, ertoe opgefokt wordend, en de anderen waarschuwden het niet. En om te beginnen zou ik aan het werk gaan en Jim weer uit de slavernij stelen; en als ik iets ergers kon bedenken, zou ik dat ook doen; want zolang ik erin was, en voorgoed, kon ik net zo goed het hele varken gaan.

Toen begon ik na te denken over hoe ik het kon aanpakken, en ik draaide een aantal heel andere manieren in mijn hoofd om; en eindelijk een plan opgesteld dat bij mij paste. Dus toen nam ik de oriëntatie van een bebost eiland dat een stuk stroomafwaarts lag, en zodra het vrij donker was, kroop ik met mijn vlot naar buiten en ging erheen, en verborg het daar, en draaide toen naar binnen. Ik sliep de hele nacht door en stond op voordat het licht was, en nam mijn ontbijt, en trok mijn voorraadkleren aan, en bond nog wat anderen en het een of ander in een bundel, en nam de kano en ging naar de kust. Ik landde beneden waar ik dacht dat Phelps' plaats was, en verborg mijn bundel in het bos, en vulde toen de kano met water, en laadde stenen in haar en bracht haar tot zinken waar ik haar weer kon vinden wanneer ik haar nodig had, ongeveer een kwart mijl onder een kleine stoomzagerij die aan de oever was.

Toen sloeg ik de weg op, en toen ik de molen passeerde, zag ik er een bord op staan: "Phelps's Sawmill", en toen ik bij de boerderijen kwam, twee- of driehonderd meter verderop, hield ik mijn ogen open, maar zag niemand in de buurt, hoewel het nu goed daglicht was. Maar dat vond ik niet erg, want ik wilde nog niemand zien – ik wilde alleen het land leren kennen. Volgens mijn plan zou ik daar vanuit het dorp komen, niet van onderaf. Dus ik nam gewoon een kijkje en schoof verder, recht op de stad af. Nou, de allereerste man die ik zag toen ik daar aankwam, was de hertog. Hij stak een rekening op voor de Royal Nonesuch - een driedaagse voorstelling - net als die andere keer. *Ze* hadden het lef, die bedriegers! Ik was precies op hem voordat ik me kon onttrekken. Hij keek verbaasd en zei:

"Hel-lo*!* Waar kom *je* vandaan?" Dan zegt hij, een beetje blij en gretig: "Waar is het vlot?"

Ik zegt:

"Wel, dat is precies wat ik uwe genade wilde vragen."

Toen zag hij er niet zo vrolijk uit en zei:

"Wat was je idee om me te vragen*?*" zegt hij.

"Nou," zei ik, "als ik de koning gisteren in die hondenstal zie, zeg ik tegen mezelf, we kunnen hem pas uren thuis krijgen als hij nuchterder is; dus ging ik rondhangen in de stad om de tijd erin te steken en te wachten. Een man kwam naar me toe en bood me tien cent aan om hem te helpen een skiff over de rivier en terug te trekken om een schaap te halen, en zo ging ik verder; Maar toen we hem naar de boot sleepten, en de man liet me aan het touw achter en ging achter hem aan om hem voort te duwen, was hij te sterk voor mij en rukte zich los en rende weg, en wij achter hem aan. We hadden geen hond, en dus moesten we hem door het hele land achtervolgen tot we hem moe maakten. We kregen hem nooit voor het donker werd; toen haalden we hem op, en ik ging naar het vlot. Toen ik daar aankwam en zag dat het weg was, zei ik tegen mezelf: 'Ze zijn in de problemen gekomen en moesten vertrekken; en ze hebben mijn neger meegenomen, die de enige neger is die ik in de wereld heb, en nu ben ik in een vreemd land, en ik heb geen eigendom meer, noch niets, en geen manier om in mijn levensonderhoud te voorzien;' dus ging ik zitten en huilde. Ik heb de hele nacht in het bos geslapen. Maar wat *is* er dan van het vlot geworden? - en Jim - arme Jim!"

"De schuld als *ik* het weet - dat wil zeggen, wat er van het vlot is geworden. Die oude dwaas had een ruil gedaan en veertig dollar gekregen, en toen we hem in de hondenhut vonden, hadden de instappers een halve dollar met hem gematcht en elke cent gekregen behalve wat hij aan whisky had uitgegeven; en toen ik hem gisteravond laat thuisbracht en het vlot weg vond, zeiden we: 'Die kleine deugniet heeft ons vlot gestolen en ons door elkaar geschud en de rivier af gerend.'"

"Ik zou mijn *neger niet schudden,* hè? - de enige neger die ik in de wereld had, en het enige eigendom."

"Daar hebben we nooit aan gedacht. Feit is dat ik denk dat we hem als *onze neger zijn gaan beschouwen* ; ja, we beschouwden hem inderdaad zo - God weet dat we al moeite genoeg voor hem hadden. Dus als we zien dat het vlot weg was en we plat blut, is er niets anders dan de Royal Nonesuch nog een keer te proberen te schudden. En sindsdien ben ik blijven doorgegaan, droog als een kruithoorn. Waar is die tien cent? Geef het hier."

Ik had veel geld, dus ik gaf hem tien cent, maar smeekte hem om het uit te geven voor iets te eten, en mij wat te geven, want het was al het geld dat ik had, en ik had sinds gisteren niets meer te eten gehad. Hij zei nooit iets. Het volgende moment dwarrelt hij op me en zegt:

"Denk je dat die neger op ons zou blazen? We zouden hem villen als hij dat deed!"

"Hoe kan hij blazen? Is hij er niet vandoor gegaan?"

"Nee! Die oude dwaas heeft hem verkocht en nooit met mij gedeeld, en het geld is weg."

"*Heb je hem verkocht?*" Zei ik, en begon te huilen; "Wel, hij was *mijn* neger, en dat was mijn geld. Waar is hij? – Ik wil mijn neger."

'Nou, je kunt je neger niet krijgen, dat is alles, dus droog je blubber op. Kijk eens hier, denk je dat *je het zou* wagen om op ons te blazen? De schuld krijgt als ik denk dat ik je zou vertrouwen. Wel, als je op ons zou blazen...'

Hij stopte, maar ik heb de hertog nog nooit zo lelijk uit zijn ogen zien kijken. Ik ging maar door met jammeren en zei:

"Ik wil op niemand blazen; en ik heb geen tijd om te blazen, hoe dan ook. Ik moet eropuit gaan om mijn neger te vinden."

Hij zag er vriendelijker geïrriteerd uit en stond daar met zijn snavels wapperend aan zijn arm, nadenkend en zijn voorhoofd opgetrokken. Tenslotte zegt hij:

"Ik zal je iets vertellen. We moeten hier drie dagen zijn. Als je belooft dat je niet zult blazen en de neger niet zult laten blazen, zal ik je vertellen waar je hem kunt vinden."

Dus ik heb het beloofd, en hij zegt:

'Een boer met de naam Silas Ph...' en toen stopte hij. Zie je, hij begon me de waarheid te vertellen; maar toen hij op die manier stopte en opnieuw begon te studeren en na te denken, dacht ik dat hij van gedachten veranderde. En dat was hij ook. Hij zou me niet vertrouwen; Hij wilde er zeker van zijn dat ik de hele drie dagen uit de weg was. Dus al snel zegt hij:

"De man die hem kocht heet Abram Foster - Abram G. Foster - en hij woont veertig mijl hier in het land, op de weg naar Lafayette."

"Goed," zei ik, "ik kan het in drie dagen lopen. En ik begin vanmiddag nog."

"Nee, dat doe je niet, je begint *nu;* En verlies er ook geen tijd mee, en ook niet aan geklets trouwens. Houd gewoon een strakke tong in je hoofd en ga gewoon door, en dan krijg je geen problemen met *ons*, hoor je?"

Dat was de volgorde die ik wilde, en dat was degene waar ik voor speelde. Ik wilde vrij zijn om mijn plannen uit te voeren.

"Dus opruimen", zegt hij; 'En je kunt meneer Foster vertellen wat je wilt. Misschien kun je hem laten geloven dat Jim je neger is - sommige idioten hebben geen documenten nodig - althans ik heb gehoord dat er hier in het zuiden zoiets is. En als je hem vertelt dat het strooibiljet en de beloning nep zijn, zal hij je misschien geloven als je hem uitlegt wat het idee was om ze eruit te krijgen. Ga nu heen en vertel hem alles wat je wilt; Maar let op, je werkt je kaak niet *tussen* hier en daar."

Dus ik vertrok en sloeg toe naar het achterland. Ik keek niet om me heen, maar ik had meer het gevoel dat hij naar me keek. Maar ik wist dat ik hem daarbij kon vermoeien. Ik ging regelrecht het land in, wel een mijl voordat ik stopte; toen dubbelde ik terug door het bos naar Phelps'. Ik dacht dat ik maar beter meteen met mijn plan kon beginnen zonder voor de gek te houden, omdat ik Jim zijn mond wilde stoppen totdat deze kerels weg konden komen. Ik wilde geen problemen met hun soort. Ik had alles van ze gezien wat ik wilde en wilde me er helemaal van afsluiten.

HOOFDSTUK XXXII

Toen ik daar aankwam, was het allemaal stil en zondagsachtig, en heet en zonnig; de handen waren weg naar de velden; en er was van die soort zwakke gedreun van insecten en vliegen in de lucht, waardoor het zo eenzaam leek en alsof iedereen dood en verdwenen was; en als een briesje waait en de bladeren doet trillen, geeft het je een treurig gevoel, Omdat je het gevoel hebt dat het geesten zijn die fluisteren - geesten die al zoveel jaren dood zijn - en je denkt altijd dat ze over *je praten*. Over het algemeen doet het een lichaam wensen dat *hij* ook dood was en klaar met alles.

Phelps' was een van deze kleine katoenplantages met één paard, en ze lijken allemaal op elkaar. Een hek rond een erf van twee hectare; een stijl gemaakt van afgezaagde boomstammen die in trappen zijn afgezaagd en op zijn kop staan, als tonnen van een andere lengte, om mee over het hek te klimmen, en voor de vrouwen om op te staan als ze op een paard gaan springen; een paar ziekelijke grasvelden in de grote tuin, maar meestal was het kaal en glad, als een oude hoed waarvan de vleug was afgewreven; grote dubbele blokhut voor de blanken - gehouwen boomstammen, waarvan de kieren zijn dichtgestopt met modder of mortel, en deze modderstrepen zijn op een of andere manier witgekalkt; ronde houten keuken, met een grote brede, open maar overdekte doorgang die het verbindt met het huis; houten rokerij achter de keuken; drie kleine houten negerhutten op een rij aan de andere kant van de rokerij; een kleine hut helemaal alleen weg tegen het hek aan de achterkant, en een paar bijgebouwen een stuk verderop aan de andere kant; astrechter en grote ketel om galzeep in te doen bij het hutje; bankje bij de keukendeur, met emmer water en een kalebas; hond die daar in de zon slaapt; meer honden die in de buurt slapen; ongeveer drie schaduwbomen verderop in een hoek; wat aalbessenstruiken en kruisbessenstruiken op één plek bij het hek; buiten het hek een tuin en een watermeloenenveld; Dan beginnen de katoenvelden, en na de velden het bos.

Ik liep rond en klauterde over de achterste stijl bij de astrechter, en ging op weg naar de keuken. Toen ik een eindje verder kwam, hoorde ik het zwakke gezoem van een spinnewiel dat omhoog loeide en weer naar beneden zakte; en toen wist ik zeker dat ik wenste dat ik dood was - want dat *is* het eenzaamste geluid in de hele wereld.

Ik ging gewoon door, niet om een bepaald plan op te stellen, maar gewoon vertrouwend op de Voorzienigheid om de juiste woorden in mijn mond te leggen als de tijd daar was; want ik had gemerkt dat de Voorzienigheid mij altijd de juiste woorden in de mond legde als ik het met rust liet.

Toen ik halverwege was, stond eerst de ene hond en toen de andere op en ging naar me toe, en natuurlijk stopte ik en keek ze aan, en bleef stil. En zo'n powwow als ze maakten! In een kwartier was ik een soort naaf van een wiel, zoals je zou kunnen zeggen - spaken gemaakt van honden - een cirkel van vijftien van hen dicht om me heen, met hun nek en neus naar me uitgestrekt, blaffend en huilend; en er komt er nog meer aan; Je kon ze overal over hekken en om hoeken zien zeilen.

Een negervrouw kwam de keuken uit scheuren met een deegroller in haar hand en zong: "Weg *Tige*! je Spot! Ga weg sah!" en ze haalde eerst een en toen een ander een clip en liet ze huilen, en toen volgde de rest; En de volgende tweede helft komen ze terug, kwispelend met hun staart om me heen en vrienden met me makend. Er is geen kwaad in een hond, hoe dan ook.

En achter de vrouw kwam een klein negermeisje en twee kleine negerjongens zonder iets anders aan dan linnen overhemden, en ze hingen zich vast aan de jurk van hun moeder en gluurden van achter haar naar mij, verlegen, zoals ze altijd doen. En daar komt de blanke vrouw uit het huis rennen, ongeveer vijfenveertig of vijftig jaar oud, blootshoofds en haar spinstok in haar hand; En achter haar komen haar kleine blanke kinderen, die zich op dezelfde manier gedroegen als de kleine negers. Ze glimlachte over haar hele lichaam, zodat ze nauwelijks kon staan - en zegt:

"Jij bent het, eindelijk! - *nietwaar*?"

Ik eindigde met een "Ja'm" voordat ik dacht.

Ze pakte me vast en omhelsde me stevig; en greep me toen met beide handen vast en schudde en schudde; en de tranen komen in haar ogen en lopen naar beneden; en ze kon niet genoeg knuffelen en schudden, en bleef maar zeggen: "Je lijkt niet zoveel op je moeder als ik dacht dat je zou doen; maar in het belang van de wet, dat kan me niet schelen, ik ben *zo* blij je te zien! Lieve, lieve, het lijkt erop dat ik je zou kunnen opeten! Kinderen, het is je neef Tom!

Maar ze bogen hun hoofd, staken hun vingers in hun mond en verstopten zich achter haar. Dus ze liep op:

"Lize, schiet op en haal meteen een warm ontbijt voor hem - of heb je je ontbijt op de boot gehaald?"

Ik zei dat ik het op de boot had gekregen. Dus toen ging ze op weg naar het huis, me aan de hand leidend, en de kinderen volgden me. Toen we daar aankwamen, zette ze me neer in een stoel met gespleten bodem, ging op een klein laag krukje voor me zitten, terwijl ze mijn beide handen vasthield, en zei:

"Nu kan ik je *eens goed* bekijken; en, wetten-a-me, ik heb er al vele en vele keren honger naar gehad, al deze lange jaren, en het is eindelijk gekomen! We verwachten je al een paar dagen en langer. Wat houd je je bezig? - boot aan de grond lopen?"

"Ja, zij..."

"Zeg geen ja, zeg tante Sally. Waar is ze aan de grond gelopen?"

Ik wist niet goed wat ik moest zeggen, omdat ik niet wist of de boot de rivier op of af zou komen. Maar ik ga veel op instinct; en mijn instinct zei dat ze naar boven zou komen - van beneden naar Orleans. Dat hielp me echter niet veel; want ik kende de namen van de bars op die manier niet. Ik zie dat ik een bar moest uitvinden, of de naam moest vergeten van degene waarop we aan de grond liepen - of - Nu kreeg ik een idee en haalde het eruit:

"Het waarschuwde niet de aarding - die hield ons niet tegen, maar een beetje. We bliezen een cilinderkop uit."

"Goede genade! Is er iemand gewond?"

"Nee. Ik heb een neger gedood."

"Nou, het is een geluk; Want soms raken mensen gewond. Twee jaar geleden, afgelopen kerst, kwam uw oom Silas uit Newrleans op de oude *Lally Rook*, en ze blies een cilinderkop uit en verlamde een man. En ik denk dat hij daarna stierf. Hij was een Baptist. Je oom Silas kende een familie in Baton Rouge die zijn volk heel goed kende. Ja, ik herinner me nu, hij *stierf* echt. De verstering sloeg toe en ze moesten hem amputeren. Maar het heeft hem niet gered. Ja, het was verstering — dat was het. Hij werd helemaal blauw en stierf in de hoop op een glorieuze opstanding. Ze zeggen dat hij een lust voor het oog was. Je oom is elke dag naar de stad geweest om je op te halen. En hij is weer weg, niet meer dan een uur geleden; Hij kan nu elk moment terugkomen. Je moet hem onderweg tegenkomen, nietwaar? - oude man, met een...'

"Nee, ik heb niemand gezien, tante Sally. De boot landde juist bij het aanbreken van de dag, en ik liet mijn bagage achter op de kadeboot en ging rondkijken in de stad en een stuk in het land, om er tijd in te steken en niet te vroeg hier te komen; en dus kom ik langs de achterkant naar beneden."

"Aan wie zou je de bagage geven?"

"Niemand."

"Wel, kind, het zal gestolen worden!"

"Niet waar *ik* het verstopt heb, ik denk dat het niet zal gebeuren," zei ik.

"Hoe heb je zo vroeg op de boot aan je ontbijt kunnen komen?"

Het was vriendelijker glad ijs, maar ik zei:

"De kapitein zag me staan en zei dat ik beter iets kon eten voordat ik aan land ging; Dus nam hij me mee naar Texas naar de lunch van de officieren en gaf me alles wat ik wilde."

Ik werd zo ongemakkelijk dat ik niet goed kon luisteren. Ik had de hele tijd mijn gedachten bij de kinderen; Ik wilde ze opzij zetten en ze een beetje oppompen, en erachter komen wie ik was. Maar ik kon geen show krijgen, mevrouw Phelps hield het vol en ging zo door. Al snel trok ze de koude rillingen over mijn rug, want ze zegt:

"Maar hier rennen we deze kant op, en je hebt me geen woord verteld over Sis, noch over een van hen. Nu zal ik mijn werk een beetje laten rusten, en jij begint zelf; Vertel me gewoon *alles*, vertel me alles over 'm allemaal, elk van hen, en hoe ze zijn, en wat ze doen, en wat ze je vertelden me te vertellen, en alles wat je maar kunt bedenken."

Wel, ik zie dat ik op een boomstronk stond – en er goed op. De Voorzienigheid had me deze vacht goed bijgestaan, maar ik was nu hard en stevig aan de grond. Ik zie dat het geen enkel nut heeft om te proberen door te gaan – ik zou mijn hand in de lucht moeten gooien. Dus ik zei tegen mezelf, hier is nog een plek waar ik de waarheid moet vinden. Ik opende mijn mond om te beginnen; Maar ze pakte me vast en duwde me achter het bed naar binnen, en zei:

"Hier komt hij! Steek je hoofd lager - daar, dat is voldoende; Je kunt nu niet gezien worden. Laat niet merken dat je hier bent. Ik zal een grap met hem uithalen. Kinderen, zeg geen woord."

Ik zie dat ik nu in de problemen zat. Maar het heeft geen zin om je zorgen te maken; Er was niets anders te doen dan gewoon stil te blijven staan en te proberen klaar te staan om van onderaf te staan wanneer de bliksem insloeg.

Ik had maar één kleine glimp van de oude heer toen hij binnenkwam; Toen verborg het bed hem. Mevrouw Phelps springt voor hem op en zegt:

"Is hij gekomen?"

"Nee", zegt haar man.

"Goedheid!" zegt ze, "wat kan er in hemelsnaam van hem geworden zijn?"

"Dat kan ik me niet voorstellen," zegt de oude heer; "En ik moet zeggen dat het me vreselijk ongemakkelijk maakt."

"Ongemakkelijk!" zegt ze; "Ik ben klaar om afgeleid te worden! Hij *moet* komen en u hebt hem onderweg gemist. Ik *weet dat* het zo is - iets zegt me dat."

"Wel, Sally, ik *kon hem onderweg niet* missen - *dat* weet je."

"Maar o jee, jee, wat *zal* zus zeggen! Hij moet komen! Je moet hem gemist hebben. Hij...'

"Oh, verdriet me niet meer, ik ben al bedroefd. Ik weet niet wat ik er in hemelsnaam van moet denken. Ik ben ten einde raad, en ik vind het niet erg om te erkennen dat ik helemaal bang ben. Maar er is geen hoop dat hij is gekomen; want hij *kon niet* komen en ik mis hem. Sally, het is verschrikkelijk - gewoon verschrikkelijk - er is iets met de boot gebeurd, zeker!"

"Wel, Silas! Kijk daarginds, de weg op, komt er niet iemand aan?"

Hij sprong naar het raam aan het hoofdeinde van het bed, en dat gaf mevrouw Phelps de kans die ze wilde. Ze bukte zich snel aan het voeteneinde van het bed en gaf me een ruk, en ik kwam eruit; en toen hij zich van het raam omdraaide, stond zij daar, stralend en glimlachend als een huis dat in brand stond, en ik stond er behoorlijk gedwee en bezweet naast. De oude heer staarde hem aan en zei:

"Waarom, wie is dat?"

"Wie denk je dat 't is?"

"Ik heb geen idee. Wie *is* het?"

"Het is *Tom Sawyer!*'

Door jings, ik zakte bijna door de vloer! Maar er is geen tijd om messen te verwisselen; De oude man greep me bij de hand en schudde, en bleef maar schudden; En de hele tijd hoe de vrouw ronddanste en lachte en huilde; en dan hoe ze allebei vragen afvuurden over Sid en Mary en de rest van de stam.

Maar als zij blij waren, dan betekende dat niets voor wie ik was, want het was alsof ik opnieuw geboren was, ik was zo blij om te ontdekken wie ik was. Nou, ze bevroor twee uur voor mij; en uiteindelijk, toen mijn kin zo moe was dat hij nauwelijks meer kon gaan, had ik hen meer over mijn familie verteld - ik bedoel de familie Sawyer - dan ooit met zes Sawyer-families was gebeurd. En ik legde alles uit over hoe we een cilinderkop uitbliezen aan de monding van White River, en het kostte ons drie dagen om het te repareren. Dat was in orde, en werkte eersteklas; Omdat *ze* niet wisten wat het zou kosten drie dagen om het te repareren. Als ik het een bolthead had genoemd, zou het net zo goed zijn gedaan.

Nu voelde ik me behoorlijk comfortabel aan de ene kant, en behoorlijk ongemakkelijk aan de andere kant. Tom Sawyer zijn was gemakkelijk en comfortabel, en het bleef gemakkelijk en comfortabel totdat ik na verloop van tijd een stoomboot hoorde hoesten op de rivier. Dan zeg ik tegen mezelf, stel je voor dat Tom Sawyer op die boot komt? En stel dat hij hier elk moment binnenstapt en mijn naam zingt voordat ik hem een knipoog kan geven om stil te blijven? Wel, ik zou het niet op die manier kunnen hebben, het zou helemaal niet werken. Ik moet de weg opgaan en hem belagen. Dus zei ik tegen de mensen die ik dacht dat ik naar de stad zou gaan om mijn bagage op te halen. De oude heer wilde met me meegaan, maar ik zei nee, ik kon het paard zelf besturen en ik hoopte dat hij zich niet druk over me zou maken.

HOOFDSTUK XXXIII

Dus ging ik met de wagen naar de stad, en toen ik halverwege was, zag ik een wagen aankomen, en ja hoor, het was Tom Sawyer, en ik stopte en wachtte tot hij langskwam. Ik zei: "Wacht even!" en het stopte langszij, en zijn mond opende zich als een slurf, en bleef zo; En hij slikte twee of drie keer als iemand die een droge keel heeft, en zegt dan:

"Ik heb je nooit kwaad gedaan. Dat weet je. Dus wat wil je dan terugkomen en me niet kwalijk nemen?"

Ik zegt:

"Ik ben niet teruggekomen, ik ben niet *weggeweest*."

Toen hij mijn stem hoorde, werd hij wat geschokt, maar hij was nog niet helemaal tevreden. Hij zegt:

"Speel niets op mij, want ik zou het niet op jou doen. Eerlijke injun nu, je bent geen geest?"

"Eerlijk injun, dat ben ik niet," zei ik.

"Nou—ik—ik—wel, dat zou het natuurlijk moeten oplossen; maar ik kan het op de een of andere manier niet begrijpen, op geen enkele manier. Kijk hier, waarschuw je helemaal niet dat je ooit vermoord bent?"

"Nee. Ik waarschuwde dat ik nooit een moord heb gepleegd - ik heb het op hen gespeeld. Je komt hier binnen en voelt aan me als je me niet gelooft."

Dus hij deed het; en het bevredigde hem; En hij was zo blij om me weer te zien dat hij niet wist wat hij moest doen. En hij wilde er meteen alles over weten, want het was een groots avontuur, en mysterieus, en dus raakte het hem waar hij woonde. Maar ik zei, laat het met rust tot na verloop van tijd; en zei tegen zijn chauffeur dat hij moest wachten, en we reden een klein stukje weg, en ik vertelde hem in wat voor soort problemen ik zat, en wat dacht hij dat we beter konden doen? Hij zei, laat hem even met rust en stoor hem niet. Dus hij dacht en dacht, en al snel zegt hij:

"Het is in orde; Ik heb het. Neem mijn koffer in je wagen, en laat het jouwe zijn; en je keert terug en dwaas langzaam voort, om ongeveer op de tijd bij het huis te komen dat je zou moeten doen; en ik zal een stuk naar de stad gaan, en een nieuwe start maken, en daar een kwartier of een half uur na jou aankomen; En je hoeft me in het begin niet te laten weten."

Ik zegt:

"Goed; Maar wacht eens even. Er is nog één ding - iets dat *niemand* anders weet dan ik. En dat is, er is hier een neger die ik uit de slavernij probeer te stelen, en zijn naam is *Jim* - de oude juffrouw Watson's Jim."

Hij zegt:

"Wat! Wel, Jim is...'

Hij stopte en ging studeren. Ik zegt:

"*Ik* weet wat je zult zeggen. Je zult zeggen dat het vieze, laag-bij-de-grondse zaken zijn; Maar wat als dat zo is? *Ik* ben laag en ik ga hem stelen en ik wil dat je mama houdt en niet laat gaan. Wil je dat?"

Zijn oog lichtte op en hij zei:

"Ik zal je *helpen* hem te stelen!"

Nou, ik liet toen alle holts los, alsof ik werd neergeschoten. Het was de meest verbazingwekkende toespraak die ik ooit heb gehoord - en ik moet zeggen dat Tom Sawyer naar mijn mening aanzienlijk tekortschoot. Alleen kon ik het niet geloven. Tom Sawyer, een *negerdief!*

"Oh, kaf!" Ik zei; "Je maakt een grapje."

"Ik maak ook geen grapje."

"Nou, dan," zei ik, "grapje of geen grapje, als je iets hoort zeggen over een weggelopen neger, vergeet dan niet te onthouden dat *je* niets over hem weet, en *ik* weet niets over hem."

Toen namen we de koffer en legden die in mijn wagen, en hij reed weg en ik reed de mijne. Maar natuurlijk vergat ik helemaal om langzaam te rijden omdat ik blij en vol gedachten was; dus ik was een hoop te snel thuis voor die lengte van een reis. De oude heer stond voor de deur en hij zei:

"Wel, dit is geweldig! Wie had gedacht dat het in die merrie zat om het te doen? Ik wou dat we haar hadden getimed. En ze heeft geen haar gezweet - geen haar. Het is geweldig. Wel, ik zou nu geen honderd dollar voor dat paard nemen - dat zou ik eerlijk gezegd niet doen; en toch had ik haar al eerder voor vijftien dollar verkocht en dacht dat dat alles was wat ze waard was."

Dat is alles wat hij zei. Hij was de onschuldigste, beste oude ziel die ik ooit heb gezien. Maar het is niet verrassend; Omdat hij niet alleen een boer was, hij was ook een prediker, en had een kleine houten kerk met één paard achter de plantage, die hij zelf op eigen kosten bouwde, voor een kerk en een schoolgebouw, en hij vroeg nooit iets voor zijn prediking, en het was het ook waard. Er waren genoeg andere boerenpredikers zoals dat, en ze deden het op dezelfde wijze, in het zuiden.

Na ongeveer een half uur reed Tom's wagen naar de voorste paal, en tante Sally zag hem door het raam, want het was maar een meter of vijftig, en ze zei:

"Wel, er is iemand gekomen! Ik vraag me af wie dat is? Wel, ik geloof echt dat het een vreemdeling is. Jimmy" (dat is een van de kinderen) "rent en zegt tegen Lize dat ze nog een bord moet klaarzetten voor het avondeten."

Iedereen haastte zich naar de voordeur, want een vreemdeling komt natuurlijk niet *elk* jaar, en dus legt hij de koorts voor de rente uit, als hij komt. Tom was over de paal en ging op weg naar het huis; De wagen draaide de weg op naar het dorp, en we stonden allemaal opeengepakt voor de voordeur. Tom had zijn winkelkleren aan en een publiek - en dat was altijd gek voor Tom Sawyer. In die omstandigheden was het voor hem geen probleem om er een hoeveelheid stijl in te gooien die geschikt was. Hij waarschuwde geen jongen om gedwee als een schaap op dat erf rond te lopen; Nee, hij komt ca'm en belangrijk, net als de ram. Toen hij voor ons stond, hief hij zijn hoed zo gracieus en sierlijk op, alsof het het deksel was van een doos waarin vlinders sliepen en hij wilde ze niet storen, en zegt:

"Meneer Archibald Nichols, neem ik aan?"

"Nee, mijn jongen," zegt de oude heer, "het spijt me te moeten zeggen dat je chauffeur je heeft bedrogen; Nichols's plaats is een kwestie van drie mijl meer. Kom binnen, kom binnen."

Tom keek over zijn schouder en zei: "Te laat, hij is uit het zicht."

"Ja, hij is weg, mijn zoon, en je moet binnenkomen en bij ons eten; en dan zullen we aanhaken en je naar Nichols's brengen."

"O, ik *kan je niet* zoveel problemen bezorgen; Ik kon er niet aan denken. Ik zal lopen, ik vind de afstand niet erg."

'Maar we laten je niet lopen - het zou geen zuidelijke gastvrijheid zijn om het te doen. Kom maar binnen."

"*Ach*," zegt tante Sally; "Het is geen probleem voor ons, niet een beetje in de wereld. Je *moet* blijven. Het is een lange, stoffige drie mijl, en we *kunnen je niet* laten lopen. En bovendien, ik heb ze al gezegd dat ze een ander bord moeten opleggen als ik je zie aankomen; Je mag ons dus niet teleurstellen. Kom meteen binnen en doe alsof je thuis bent."

En Tom bedankte hen hartelijk en knap, en liet zich overhalen en kwam binnen; en toen hij binnen was, zei hij dat hij een vreemdeling was uit Hicksville, Ohio, en dat zijn naam William Thompson was - en hij maakte nog een buiging.

Nou, hij rende maar door, en door, en door, verzon dingen over Hicksville en iedereen daarin die hij kon verzinnen, en ik werd een beetje nerveus en vroeg me af hoe dit me uit mijn schram zou helpen; en eindelijk, nog steeds meepratend, boog hij zich voorover en kuste tante Sally recht op de mond, en ging toen weer comfortabel in zijn stoel zitten en ging verder met praten; Maar ze sprong op en veegde het af met de rug van haar hand, en zei:

"Jij owdacious puppy!"

Hij keek een beetje gekwetst en zegt:

"Ik ben verbaasd over u, mevrouw."

"Je bent s'rp - Waarom, wat denk je dat ik ben? Ik heb een goed idee om te nemen en - Zeg, wat bedoel je met me kussen?"

Hij keek een beetje nederig en zei:

"Ik bedoelde niets, mevrouw. Ik had geen kwaad in de zin. Ik—ik—dacht dat je het leuk zou vinden."

"Wel, jij geboren dwaas!" Ze pakte de draaiende stok op en het leek erop dat dit het enige was wat ze kon doen om te voorkomen dat hij er een klap mee zou geven. "Waarom dacht je dat ik het leuk zou vinden?"

"Nou, ik weet het niet. Alleen, zij - zij - zeiden me dat je dat zou doen."

"*Ze* zeiden dat ik dat zou doen. Degene die het je heeft verteld, is *weer een* gek. Ik heb er nooit het ritme van gehoord. Wie zijn *zij?*"

"Wel, iedereen. Ze zeiden het allemaal, mevrouw."

Het was alles wat ze kon doen om zich in te houden; en haar ogen knipperden, en haar vingers werkten alsof ze hem wilde krabben; En ze zegt:

"Wie is 'iedereen'? Weg met hun namen, of ze komen een tekort."

Hij stond op, keek bedroefd, en rommelde aan zijn hoed en zei:

"Het spijt me, en ik waarschuw het niet te verwachten. Ze zeiden dat ik dat moest doen. Ze zeiden allemaal dat ik dat moest doen. Ze zeiden allemaal, kus haar; en zei dat ze het leuk zou vinden. Ze zeiden het allemaal, elk van hen. Maar het spijt me, mevrouw, en ik zal het niet meer doen - ik zal het niet doen, eerlijk gezegd."

"Dat doe je toch niet? Nou, ik denk dat je dat niet zult doen!"

"Nee, ik ben er eerlijk over; Ik zal het nooit meer doen - totdat je het me vraagt."

"Tot ik het je vraag! Nou, ik zie er nooit het ritme van in mijn geboren dagen! Ik hoop dat je de Methusalem-numskull van de schepping zult zijn voordat ik het je ooit vraag - of iemand zoals jij."

"Nou," zegt hij, "het verbaast me zo. Ik kan er op de een of andere manier niet uit komen. Ze zeiden dat je dat zou doen, en ik dacht dat je dat zou doen. Maar...' Hij stopte en keek langzaam om zich heen, alsof hij wenste dat hij ergens een vriendelijk oog kon tegenkomen, en pakte het huis van de oude heer en zei: 'Dacht *u niet* dat ze zou willen dat ik haar kuste, meneer?'

"Welnee; Ik—ik—nou, nee, ik b'lieve ik deed het niet."

Dan kijkt hij mij op dezelfde manier aan en zegt:

"Tom, dacht je niet dat tante Sally haar armen zou openen en zou zeggen: 'Sid Sawyer...'"

"Mijn land!" zegt ze, terwijl ze inbreekt en voor hem springt, "jij brutale jonge deugniet, om een lichaam zo voor de gek te houden..." en ze wilde hem omhelzen, maar hij weerde haar af en zei:

"Nee, niet voordat je het me eerst hebt gevraagd."

Ze verloor dus geen tijd, maar vroeg hem; En omhelsde hem en kuste hem keer op keer, en gaf hem toen over aan de oude man, en hij nam wat er nog over was. En nadat ze weer een beetje stil zijn geworden, zegt ze:

"Wel, lieve ik, ik zie nog nooit zo'n verrassing. We waarschuwen dat je helemaal niet op zoek bent , maar alleen Tom. Sis heeft me nooit geschreven dat er iemand anders zou komen dan hij."

"Het is omdat het niet *de bedoeling was* dat iemand van ons anders zou komen dan Tom", zegt hij; "Maar ik smeekte en smeekte, en op het laatste moment liet ze me ook komen; dus toen ik de rivier afdaalde, dachten Tom en ik dat het een eersteklas verrassing zou zijn als hij als eerste hier naar het huis zou komen, en dat ik zo nu en dan mee zou gaan en langs zou komen, en me zou laten weten een vreemdeling te zijn. Maar het was een vergissing, tante Sally. Dit is geen gezonde plek voor een vreemdeling om te komen."

'Nee, geen brutale welpen, Sid. Je had je kaken in een boks moeten hebben; Ik ben niet meer zo uit het veld geslagen sinds ik niet weet wanneer. Maar het kan me niet schelen, ik vind de termen niet erg - ik zou bereid zijn duizend van zulke grappen te verdragen om je hier te hebben. Nou, om aan die prestatie te denken! Ik ontken het niet, ik was het meest verrot van verbazing toen je me die klap gaf."

We aten buiten in die brede open doorgang tussen het huis en de keuken; En er lagen genoeg dingen op tafel voor zeven gezinnen - en allemaal heet ook; Niets van je slappe, taaie vlees dat de hele nacht in een kast in een vochtige kelder ligt en 's ochtends smaakt als een homp oude koude kannibaal. Oom Silas hij vroeg er een vrij lange zegen over, maar het was het waard; en het koelde het ook niet een beetje af, zoals ik ze vaak heb zien doen. Er werd den geheelen middag heel wat gepraat, en Tom en ik waren den geheelen tijd op de uitkijk; Maar het had geen zin, ze zeiden niets over een weggelopen neger, en we waren bang om te proberen eraan te werken. Maar tijdens het avondeten, 's avonds, zegt een van de kleine jongens:

"Pa, mogen Tom en Sid en ik niet naar de show?"

"Nee," zegt de oude man, "ik denk dat die er niet zullen zijn; En je zou niet kunnen gaan als die er was; omdat de weggelopen neger Burton en mij alles vertelde over die schandalige show, en Burton zei dat hij het de mensen zou vertellen; dus ik denk dat ze de owdacious loafers al eerder de stad uit hebben gejaagd."

Dus daar was het! - maar *ik* kon er niets aan doen. Tom en ik zouden in dezelfde kamer en hetzelfde bed slapen; Dus omdat we moe waren, zeiden we welterusten en gingen meteen na het avondeten naar bed, en sluipten uit het raam en langs de bliksemafleider naar beneden, en gingen naar de stad; want ik geloofde niet dat iemand de koning en de hertog een hint zou geven, en dus als ik niet opschoot en ze er een gaf, zouden ze zeker in moeilijkheden komen.

Onderweg vertelde Tom me alles over hoe men dacht dat ik vermoord was, en hoe papa vrij snel verdween en niet meer terugkwam, en wat een opschudding er was toen Jim wegliep; en ik vertelde Tom alles over onze Royal Nonesuch rapscallions, en zoveel van de vlotreis als ik maar wilde; en terwijl we de stad binnenreden en er middenin gingen... Het was dus wel half negen - hier kwam een woeste stroom van mensen met fakkels, en een vreselijk gejoel en geschreeuw, en bonzend op tinnen pannen en blazend op hoorns; en we sprongen opzij om ze voorbij te laten gaan; en toen ze voorbijgingen, zag ik dat ze de koning en de hertog aan een rail hadden vastgeklemd - dat wil zeggen, ik wist dat het de koning en de hertog waren, hoewel ze helemaal over teer en veren zaten en er niet uitzagen als niets in de wereld dat menselijk was - ze zagen er gewoon uit als een paar monsterlijke grote soldatenpluimen. Nou, ik werd er misselijk van om het te zien; en ik had medelijden met die arme, zielige deugnieten, het leek alsof ik nooit meer enige hardheid tegen hen kon voelen in de wereld. Het was vreselijk om te zien. Mensen *kunnen* vreselijk wreed tegen elkaar zijn.

We zien dat we te laat waren - we konden geen goed doen. We vroegen enkele achterblijvers ernaar, en ze zeiden dat iedereen naar de show ging en er heel onschuldig uitzag; en hield zich gedeisd en bleef in het duister tot de arme oude koning midden in zijn gezwets op het toneel stond; Toen gaf iemand een teken en het huis stond op en ging naar hen toe.

Dus snuffelden we terug naar huis, en ik waarschuwde dat ik me niet zo onbezonnen voelde als voorheen, maar een beetje ordinair, en nederig, en op de een of andere manier de schuld - hoewel *ik* niets had gedaan. Maar zo gaat het altijd; Het maakt geen verschil of u goed of kwaad doet, het geweten van een mens heeft geen verstand en gaat toch gewoon voor hem. Als ik een jonge hond had die niet meer wist dan het geweten van een persoon, zou ik hem kwaad maken. Het neemt meer ruimte in beslag dan de rest van de binnenkant van een persoon, en toch is het niet goed, hoe dan ook. Tom Sawyer hij zegt hetzelfde.

HOOFDSTUK XXXIV

We stopten met praten en begonnen na te denken. Door-en-door Tom zegt:

"Kijk eens, Huck, wat een dwazen zijn we om er niet eerder aan te denken! Ik wed dat ik weet waar Jim is."

"Nee! Waar?"

"In die hut bij de astrechter. Waarom, kijk hier. Toen we aan het eten waren, zag je daar niet een neger binnenkomen met wat vittles?"

"Jazeker."

"Waar dacht je dat de vittles voor waren?"

"Voor een hond."

"Ik ook. Nou, het was niet voor een hond."

"Waarom?"

"Omdat een deel ervan watermeloen was."

"En zo was het, ik merkte het. Nou, het verslaat alles dat ik nooit heb gedacht aan een hond die geen watermeloen eet. Het laat zien hoe een lichaam tegelijkertijd kan zien en niet kan zien."

"Nou, de neger ontgrendelde het hangslot toen hij naar binnen ging, en hij deed het weer op slot toen hij naar buiten kwam. Hij haalde oom een sleutel rond de tijd dat we van tafel opstonden - dezelfde sleutel, wed ik. Watermeloen toont man, slot toont gevangene; En het is niet waarschijnlijk dat er twee gevangenen zijn op zo'n kleine plantage, waar de mensen allemaal zo vriendelijk en goed zijn. Jim is de gevangene. Goed, ik ben blij dat we het op detective-manier hebben ontdekt; Ik zou op geen enkele andere manier kaf geven. Nu werk je je geest en bestudeer je een plan om Jim te stelen, en ik zal er ook een bestuderen; En we nemen degene die we het leukst vinden."

Wat een hoofd voor een jongen om te hebben! Als ik het hoofd van Tom Sawyer had, zou ik het niet inruilen voor een hertog, noch een stuurman van een stoomboot, noch een clown in een circus, noch iets dat ik kan bedenken. Ik ging een plan bedenken, maar alleen maar om iets te doen; Ik wist heel goed waar het juiste plan vandaan zou komen. Al snel zegt Tom:

"Klaar?"

"Ja," zei ik.

"Goed, breng het naar buiten."

"Mijn plan is dit," zei ik. "We kunnen er gemakkelijk achter komen of het Jim is. Dan pak ik morgenavond mijn kano en haal ik mijn vlot van het eiland. Dan steelt de eerste donkere nacht die komt de sleutel uit de broek van de oude man nadat hij naar bed is gegaan, en schuift met Jim de rivier af op het vlot, dag verbergend en 's nachts rennend, zoals ik en Jim vroeger deden. Zou dat plan niet werken?"

"Werken? Wel, het zou zeker werken, zoals ratten die vechten. Maar het is te verwijten' simpel; Er is niets *aan*. Wat is het nut van een plan dat niet meer problemen oplevert dan dat? Het is net zo mild als ganzenmelk. Wel, Huck, het zou niet meer praten dan inbreken in een zeepfabriek."

Ik zei nooit iets, omdat ik waarschuwde dat ik niets anders verwachtte, maar ik wist heel goed dat wanneer hij zijn plan gereed had, er geen van die bezwaren tegen zou zijn.

En dat deed het niet. Hij vertelde me wat het was, en ik zie in een oogwenk dat het vijftien van mij waard was voor stijl, en dat het Jim net zo'n vrij man zou maken als de mijne, en misschien zou het ons allemaal ook nog eens doden. Dus ik was tevreden en zei dat we erin zouden walsen. Ik hoef niet te vertellen wat het hier was, omdat ik wist dat het niet zo zou blijven, het was het. Ik wist dat hij het in de loop van de tijd op alle mogelijke manieren zou veranderen, en overal waar hij de kans kreeg, nieuwe pestkoppen zou binnenhalen. En dat is wat hij deed.

Wel, één ding was volkomen zeker, en dat was dat Tom Sawyer serieus was en daadwerkelijk zou helpen die neger uit de slavernij te stelen. Dat was het ding dat te veel voor me was. Hier was een jongen die respectabel was en goed opgevoed; en had een karakter te verliezen; en mensen thuis die karakters hadden; en hij was helder en niet met een leren hoofd; en wetend en niet onwetend; en niet gemeen, maar vriendelijk; En toch was hij hier, zonder meer trots, of juistheid, of gevoel, dan zich te verlagen tot deze zaak, en zichzelf een schande te maken, en zijn gezin een schande, voor iedereen. Ik *kon het op* geen enkele manier begrijpen. Het was schandalig, en ik wist dat ik gewoon moest opstaan en het hem moest vertellen; En wees zo zijn ware vriend, en laat hem de zaak precies opgeven waar hij was en zichzelf redden. En ik begon het hem te vertellen, maar hij snoerde me de mond en zei:

"Denk je niet dat ik weet waar ik mee bezig ben? Weet ik niet echt waar ik mee bezig ben?"

"Jazeker."

"Heb ik niet *gezegd dat* ik zou helpen de neger te stelen?"

"Jazeker."

"*Nou*, dan."

Dat is alles wat hij zei, en dat is alles wat ik zei. Het heeft geen zin om nog meer te zeggen; Want als hij zei dat hij iets zou doen, deed hij het altijd. Maar *ik* kon niet begrijpen hoe hij bereid was om op deze zaak in te gaan, dus liet ik het gewoon gaan en maakte me er nooit meer druk om. Als hij het zo moest hebben, *kon ik* er niets aan doen.

Toen we thuiskwamen was het huis helemaal donker en stil; Dus gingen we verder naar de hut bij de astrechter om het te onderzoeken. We gingen door de tuin om te zien wat de honden zouden doen. Ze kenden ons en maakten niet meer lawaai dan plattelandshonden altijd doen als er 's nachts iets voorbijkomt. Toen we bij de hut aankwamen keken we naar de voorkant en de twee zijkanten; en aan de kant die ik niet kende - en dat was de noordkant - vonden we een vierkant raamgat, redelijk hoog, met slechts één stevige plank eroverheen gespijkerd. Ik zegt:

"Hier is het kaartje. Dit gat is groot genoeg voor Jim om er doorheen te komen als we het bord eraf wringen."

Tom zegt:

"Het is zo simpel als tit-tat-toe, drie-op-een-rij, en zo eenvoudig als hooky spelen. Ik hoop dat we een manier kunnen vinden die iets ingewikkelder is dan *dat*, Huck Finn."

"Wel, dan," zei ik, "hoe zal het goed zijn om hem uit te zagen, zoals ik deed voordat ik die keer werd vermoord?"

"Dat is meer *als*", zegt hij. "Het is echt mysterieus, en lastig, en goed", zegt hij; "Maar ik wed dat we een manier kunnen vinden die twee keer zo lang is. Er is geen haast; Ik blijf om me heen kijken."

Tussen de hut en het hek, aan de achterkant, was een afdak dat aan de dakrand met de hut verbonden en van planken was gemaakt. Het was net zo lang als de hut, maar smal - slechts ongeveer twee meter breed. De deur ernaar toe bevond zich aan de zuidkant en was op slot. Tom ging naar de zeepketel en keek om zich heen en haalde het ijzeren ding terug waarmee ze het deksel optilden; Dus nam hij het en haalde er een van de nietjes uit. De ketting viel naar beneden, en we openden de deur en gingen naar binnen, en sloten hem, en staken een lucifer aan, en zagen dat de schuur alleen tegen een hut was gebouwd en er geen verband mee had; En er was geen vloer in de schuur, noch iets daarin dan een paar oude, roestige, uitgespeelde schoffels en schoppen en houwelen en een kreupele ploeg. De lucifer ging uit, en wij ook, en schoof het nietje er weer in, en de deur was zo goed als altijd op slot. Tom was blij. Hij zegt;

"Nu zijn we in orde. We graven hem uit. Het duurt ongeveer een week!"

Toen gingen we op weg naar het huis, en ik ging door de achterdeur naar binnen - je hoeft alleen maar aan een buckskin-koord te trekken, ze sluiten de deuren niet - maar dat waarschuwt niet romantisch genoeg voor Tom Sawyer; Geen enkele manier zou hem doen, maar hij moest op de bliksemafleider klimmen. Maar nadat hij ongeveer drie keer halverwege was opgestaan, en elke keer vuur miste en viel, en de laatste keer dat de meesten zijn hersens eruit sloegen, dacht hij dat hij het moest opgeven; Maar nadat hij uitgerust was, stond hij toe dat hij haar nog een beurt zou geven voor geluk, en deze keer maakte hij de reis.

's Morgens stonden we bij het aanbreken van de dag op en gingen we naar de negerhutten om de honden te aaien en vrienden te maken met de neger die Jim te eten gaf - als het *Jim was* die te eten kreeg. De negers waren net klaar met het ontbijt en gingen op weg naar de velden; en de neger van Jim stapelde een tinnen pan op met brood en vlees en dergelijke; En terwijl de anderen weggingen, kwam de sleutel uit het huis.

Deze neger had een goedmoedig gezicht met een grinnikend hoofd, en zijn wol was helemaal in kleine trossen met draad samengebonden. Dat was om heksen op afstand te houden. Hij zei dat de heksen hem deze nachten vreselijk lastigvielen en hem allerlei vreemde dingen lieten zien en allerlei vreemde woorden en geluiden lieten horen, en hij geloofde niet dat hij ooit zo lang eerder in zijn leven was behekst. Hij raakte zo opgewonden en begon zo door te rennen over zijn problemen, dat hij helemaal vergat wat hij van plan was geweest te doen. Dus Tom zegt:

"Waar zijn de vittles voor? Ga je de honden eten geven?"

De neger glimlachte geleidelijk om zich heen over zijn gezicht, zoals wanneer je een metselknuppel in een modderpoel gooit, en hij zegt:

"Ja, Mars Sid, *een* hond. Cur'us hond, ook. Wil je gaan kijken naar 'im'?

"Jazeker."

Ik buig Tom voorover en fluister:

"Ga je hierheen, in de dageraad? *Dat* is niet het plan."

"Nee, het waarschuwt niet; Maar het is nu het plan."

Dus, drat hem, we gingen mee, maar ik vond het niet zo leuk. Toen we binnenkwamen konden we bijna niets zien, het was zo donker; maar Jim was daar, ja hoor, en kon ons zien; En hij zingt:

"Wel, *Huck!* En good *Ian*'! ain' dat Misto Tom?"

Ik wist gewoon hoe het zou zijn; Ik had het gewoon verwacht. *Ik* wist niets te doen, en als ik het had gedaan, had ik het niet kunnen doen, want die neger kwam binnen en zei:

"Wel, de genadige sakes! Kent hij jullie genlmen?"

We konden nu best goed zien. Tom hij keek de neger aan, standvastig en een beetje verwonderd, en zei:

"Kent *wie* ons?"

"Wel, onomstreden weggelopen neger."

"Ik denk niet dat hij dat doet; Maar wat haalde je dat in je hoofd?"

"Wat *zet* het dar? Heeft hij niet zo gezongen alsof hij je kende?"

Tom zegt, op een verbaasde manier:

"Nou, dat is enorm merkwaardig. *Wie* zong het uit? *Wanneer* zong hij het uit? *Wat* zong hij uit?" En hij wendt zich tot mij, volkomen ca'm, en zegt: "Hebt *u* iemand horen zingen?"

Natuurlijk is er niets anders te zeggen dan het ene; dus ik zegt:

"Nee; *Ik* heb niemand iets horen zeggen."

Dan wendt hij zich tot Jim, kijkt hem aan alsof hij hem nog nooit eerder heeft gezien, en zegt:

"Heb je het uitgezongen?"

"Nee, sah," zegt Jim; "*Ik* heb niets gezegd, sah."

"Geen woord?"

"Nee, sah, ik heb geen woord gezegd."

"Heb je ons ooit eerder gezien?"

"Nee, sah; niet voor zover *ik* weet."

Dus wendt Tom zich tot de neger, die er verwilderd en bedroefd uitzag, en zegt, nogal streng:

"Wat denk je eigenlijk dat er met je aan de hand is? Waarom dacht je dat iemand het uitzong?"

"Oh, het is de vader-schuld' heksen, sah, en ik wou dat ik dood was, dat doe ik. Ze zijn er awluz in, sah, en dey do mos' vermoord me, dey sk'yers me zo. Alsjeblieft, om het aan niemand te vertellen, sah, eh ole Mars Silas, hij zal me scole; 'Kase, hij zegt dat het *geen* heksen zijn. Ik jis' wens aan goedheid dat hij was heah nu - *den* wat zou hij zeggen! Ik wed dat hij geen enkele manier kon vinden om het *dis* time te vinden. Maar het is awluz jis' zo; Mensen die het *zo* houden, blijven zot; ze zullen er niet naar kijken en het zelf beboeten, en als *je* het uitzoekt en het erover vertelt, zal je het niet geloven."

Tom gaf hem een dubbeltje en zei dat we het aan niemand zouden vertellen; en zei hem dat hij nog wat draad moest kopen om zijn wol mee vast te binden; en kijkt dan naar Jim, en zegt:

"Ik vraag me af of oom Silas deze neger gaat ophangen. Als ik een neger zou vangen die ondankbaar genoeg was om weg te lopen, *zou ik* hem niet opgeven, ik zou hem ophangen." En terwijl de neger naar de deur stapte om naar het dubbeltje te kijken en erop te bijten om te zien of het goed was, fluistert hij tegen Jim en zegt:

"Laat ons nooit kennen. En als je 's nachts hoort graven, zijn wij het; We gaan je bevrijden."

Jim had alleen tijd om ons bij de hand te pakken en erin te knijpen; Toen kwam de neger terug, en we zeiden dat we een keer terug zouden komen als de neger dat wilde; En hij zei dat hij dat zou doen, vooral als het donker was, omdat de heksen hem meestal in het donker te pakken hadden, en het was goed om dan mensen in de buurt te hebben.

HOOFDSTUK XXXV

Het zou nog bijna een uur duren tot het ontbijt, dus gingen we weg en gingen het bos in, omdat Tom zei dat we *wat licht moesten hebben* om te zien hoe we moesten graven, en een lantaarn maakt te veel en kan ons in moeilijkheden brengen; wat we moeten hebben waren een heleboel van die rotte brokken die vossenvuur worden genoemd. en maakt gewoon een zacht soort gloed als je ze op een donkere plaats legt. We haalden een arm vol en verstopten die in het onkruid en gingen liggen om te rusten, en Tom zei een beetje ontevreden:

"Geef het de schuld, dit hele ding is net zo gemakkelijk en onhandig als het maar kan zijn. En dus maakt het het zo verrot moeilijk om een moeilijk plan op te stellen. Er is geen wachter om gedrogeerd te worden, nu *zou er* een wachter moeten zijn. Er is zelfs geen hond om een slaapmengsel aan te geven. En daar is Jim geketend aan één been, met een ketting van drie meter, aan de poot van zijn bed: wel, alles wat u hoeft te doen is de bedstede op te tillen en van de ketting af te glijden. En oom Silas, hij vertrouwt iedereen; stuurt de sleutel naar de punkkoppige neger, en stuur niemand om de neger in de gaten te houden. Jim had al eerder uit dat raamgat kunnen komen, alleen zou het geen zin hebben om te proberen te reizen met een ketting van drie meter aan zijn been. Wel,, Huck, het is de stomste regeling die ik ooit heb gezien. Je moet *alle moeilijkheden uitvinden* . Nou, we kunnen er niets aan doen; We moeten het zo goed mogelijk doen met de materialen die we hebben. Hoe dan ook, er is één ding: er is meer eer in om hem door een heleboel moeilijkheden en gevaren heen te krijgen, waar er niet één van hen die u door de mensen werd verschaft, werd gewaarschuwd dat het hun plicht was hen te verschaffen, en u ze allemaal uit uw eigen hoofd moest bedenken. Kijk nu eens naar dat ene ding van de lantaarn. Als je naar de koude feiten komt, moeten we gewoon *laten weten* dat er een lantaarn resky is. Wel, we zouden met een fakkeloptocht kunnen werken als we dat zouden willen, *geloof ik*. Nu, terwijl ik erover nadenk, moeten we iets opsporen om een zaag te maken van de eerste kans die we krijgen."

"Wat willen we van een zaag?"

"Wat willen we ervan? Moeten we niet de poot van Jims bed afzagen om de ketting los te krijgen?"

"Wel, je zei net dat een lichaam de bedstede zou kunnen optillen en de ketting eraf zou kunnen laten glijden."

"Nou, als dat niet alleen jij bent, Huck Finn. Je *kunt* de meest kleuterschoolachtige manieren krijgen om iets te doen. Waarom, hebt u nooit boeken gelezen? - Baron Trenck, noch Casanova, noch Benvenuto Chelleeny, noch Henri IV, noch geen van hen helden? Wie heeft er ooit gehoord van het loslaten van een gevangene op zo'n ouderwetse manier? Nee; De manier waarop de beste autoriteiten dat doen, is de bedpoot in tweeën zagen en hem precies zo laten, en het zaagsel inslikken, zodat het niet gevonden kan worden, en wat vuil en vet rond de gezaagde plaats doen, zodat de allerscherpste Seneskal geen teken kan zien dat het wordt gezaagd, en denkt dat de bedpoot volkomen gezond is. Dan, de nacht dat je klaar bent, haal je het been een schop, naar beneden gaat ze; Glijd je ketting af en daar ben je dan. Er zit niets anders op dan je touwladder aan de kantelen vast te maken, hem naar beneden te schenen, je been in de gracht te breken - want een touwladder is negentien voet te kort, weet je - en daar zijn je paarden en je trouwe vazallen, en ze scheppen je op en gooien je over een zadel, en weg ga je naar je geboorteland Langudoc, of Navarra, of waar het ook is. Het is opzichtig, Huck. Ik wou dat er een gracht naar deze hut was. Als we tijd hebben, de nacht van de ontsnapping, zullen we er een graven."

Ik zegt:

"Wat willen we van een gracht als we hem onder de cabine vandaan gaan slingeren?"

Maar hij heeft me nooit gehoord. Hij was mij en al het andere vergeten. Hij had zijn kin in zijn hand, nadenkend. Al snel zucht hij en schudt zijn hoofd; Dan zucht hij weer, en zegt:

"Nee, dat zou het niet doen - er is niet noodzaak genoeg voor."

"Waarvoor?" Zegt ik.

"Wel, om Jims been eraf te zagen", zegt hij.

"Goed land!" Ik zei; "Wel, er is *geen* noodzaak voor. En waarom zou je zijn been eraf willen zagen?"

"Nou, sommige van de beste autoriteiten hebben het gedaan. Ze konden de ketting er niet af krijgen, dus sneden ze gewoon hun hand af en duwden. En een been zou nog beter zijn. Maar dat moeten we loslaten. Er is in dit geval niet genoeg noodzaak; en bovendien, Jim is een neger, en zou de redenen daarvoor niet begrijpen, en hoe het de gewoonte is in Europa; Dus we laten het los. Maar er is één ding: hij kan een touwladder hebben; We kunnen onze lakens verscheuren en gemakkelijk genoeg een touwladder voor hem maken. En we kunnen het hem in een taart sturen; Het wordt meestal op die manier gedaan. En ik heb et slechtere taarten."

"Wel, Tom Sawyer, hoe praat je," zei ik; "Jim heeft niets aan een touwladder."

"Hij *heeft* er gebruik van. Hoe *u* praat, kunt u beter zeggen, u weet er niets van. Hij moet een touwladder hebben, die hebben ze allemaal."

"Wat kan hij er in hemelsnaam *mee doen*?"

"*Ermee doen*? Hij kan het toch in zijn bed verstoppen?" Dat is wat ze allemaal doen; En *hij* moet ook. Huck, je lijkt nooit iets te willen doen dat regelmatig is; Je wilt de hele tijd iets nieuws beginnen. Stel je *voor dat hij* er niets mee doet? Ligt het niet even in zijn bed, als hij weg is? En denk je niet dat ze er een paar willen? Natuurlijk zullen ze dat doen. En je zou ze er geen achterlaten? Dat zou een *mooie* howdy-do zijn, *nietwaar*! Ik heb nog nooit van zoiets gehoord."

"Wel," zei ik, "als het in de voorschriften staat, en hij moet het hebben, in orde, laat hem het hebben; omdat ik niet wil terugkomen op geen enkele regelgeving; maar er is één ding, Tom Sawyer: als we onze lakens gaan verscheuren om een touwladder voor Jim te maken, krijgen we problemen met tante Sally, net zo zeker als je geboren bent. Nu, zoals ik het bekijk, kost een ladder van hickry-schors niets, en verspilt niets, en is net zo goed om een taart mee te laden, en te verbergen in een rietje, als elke voddenladder die je kunt beginnen; en wat Jim betreft, hij heeft geen ervaring, en dus *kan het hem* niet schelen wat voor soort een...'

"O, kaf, Huck Finn, als ik zo onwetend was als jij, zou ik me stil houden - dat is wat *ik zou* doen. Wie heeft er ooit gehoord van een staatsgevangene die ontsnapte via een ladder van hickry-schors? Wel, het is volkomen belachelijk."

"Nou, goed, Tom, los het op je eigen manier op; Maar als je mijn advies opvolgt, mag ik een laken van de waslijn lenen."

Hij zei dat dat voldoende zou zijn. En dat bracht hem op een ander idee, en hij zegt:

"Leen ook een shirt."

"Wat willen we van een hemd, Tom?"

"Wil dat Jim een dagboek bijhoudt."

'Schrijf je oma in een dagboek, *Jim* kan niet schrijven.'

'Stel je voor dat hij *niet kan* schrijven - hij kan wel sporen op zijn overhemd maken, nietwaar, als we een pen voor hem maken van een oude tinnen lepel of een stuk van een oude ijzeren hoepel?'

"Wel, Tom, we kunnen een veer uit een gans trekken en hem een betere maken; En ook nog eens sneller."

"*Gevangenen* hebben geen ganzen die rondrennen in de donjon-donjon om pennen uit te trekken, jullie overvallers. Ze maken hun pennen altijd van het hardste, taaiste en lastigste stuk oude koperen kandelaar of iets dergelijks dat ze te pakken kunnen krijgen; en het kost hen ook weken en weken en maanden en maanden om het uit te vijlen, omdat ze het moeten doen door het tegen de muur te wrijven. *Ze* zouden geen ganzenveer gebruiken als ze die hadden. Het is niet normaal."

"Wel, waar zullen we dan de inkt van hem van maken?"

"Velen maken het van ijzerroest en tranen; Maar dat is de gewone soort en vrouwen; De beste autoriteiten gebruiken hun eigen bloed. Jim kan dat; En als hij een klein, gewoon, gewoon mysterieus bericht wil sturen om de wereld te laten weten waar hij gefascineerd is, kan hij het met een vork op de bodem van een tinnen bord schrijven en het uit het raam gooien. Het IJzeren Masker deed dat altijd, en het is ook een goede manier om de schuld te geven."

"Jim heeft geen tinnen borden. Ze voeden hem in een pan."

"Dat is niet niks; We kunnen er een paar voor hem halen."

"Kan niemand *zijn borden* lezen?"

"Dat heeft er niets mee *te maken*, Huck Finn. Het enige wat *hij* hoeft te doen is op het bord te schrijven en het weg te gooien. Je *hoeft* het niet te kunnen lezen. Wel, de helft van de tijd kun je niets lezen wat een gevangene op een tinnen bord schrijft, of waar dan ook."

"Welnu, wat heeft het dan voor zin om de borden te verspillen?"

"Wel, geef het allemaal de schuld, het zijn niet de *borden van de gevangene*."

"Maar het zijn *iemands* borden, nietwaar?"

"Nou, spos'n is het? Wat kan het de *gevangene* schelen wie...'

Hij brak daar af, omdat we de ontbijthoorn hoorden blazen. Dus we ruimden op voor het huis.

's Morgens leende ik een laken en een wit hemd van de waslijn, en ik vond een oude zak en stopte die erin, en we gingen naar beneden en haalden het vossenvuur en stopten dat er ook in. Ik noemde het lenen, want zo noemde pap het altijd; maar Tom zei dat het niet was lenen, het was stelen. Hij zei dat we gevangenen vertegenwoordigden; En het kan gevangenen niet schelen hoe ze iets krijgen, dus ze krijgen het, en niemand geeft hen er ook niet de schuld van. Het is geen misdaad voor een gevangene om datgene te stelen waarmee hij weg moet komen, zei Tom; het is zijn recht; En dus, zolang we een gevangene vertegenwoordigden, hadden we het volste recht om op deze plek alles te stelen waar we het minste gebruik van hadden om onszelf uit de gevangenis te krijgen. Hij zei dat als we geen gevangenen zouden waarschuwen, het iets heel anders zou zijn, en dat niemand anders dan een gemene, ordinaire persoon zou stelen als hij geen gevangene waarschuwde. Dus we stonden toe dat we alles zouden stelen wat er was dat van pas kwam. En toch maakte hij een geweldige ophef, op een dag, daarna, toen ik een watermeloen uit het negerveld stal en hem opat; En hij dwong me om de negers een dubbeltje te geven zonder hen te vertellen waar het voor was. Tom zei dat hij bedoelde dat we alles konden stelen wat we *nodig hadden*. Nou, zei ik, ik had de watermeloen nodig. Maar hij zei dat ik het niet nodig had om uit de gevangenis te komen; Daar zat het verschil. Hij zei dat als ik had gewild dat het een mes in zou verstoppen en het naar Jim zou smokkelen om de seneskal mee te doden, het in orde zou zijn. Dus ik liet het daarbij, hoewel ik er geen voordeel in kon zien om een gevangene te vertegenwoordigen als ik zou gaan zitten en over een heleboel van dat soort bladgoudverschillen zou gaan zitten en schuren elke keer als ik een kans zie om een watermeloen te vangen.

Nou, zoals ik al zei, we wachtten die ochtend tot iedereen aan het werk was en er niemand op het erf te zien was; toen droeg Tom de zak naar het afdakje, terwijl ik een stuk afstand hield om de wacht te houden. Na verloop van tijd kwam hij naar buiten en wij gingen op de houtstapel zitten om te praten. Hij zegt:

"Alles is nu in orde, behalve gereedschap; En dat is eenvoudig op te lossen."

"Gereedschap?" Zegt ik.

"Jazeker."

"Gereedschap waarvoor?"

"Wel, om mee te graven. We gaan hem toch niet *uitknagen*?"

"Zijn die oude, kreupele pikhouwelen en dingen daar niet goed genoeg om een neger mee uit te graven?" Zegt ik.

Hij keert zich tegen me, met een meewarige blik genoeg om een lichaam te laten huilen, en zegt:

"Huck Finn, heb je *ooit* gehoord van een gevangene die pikhouwelen en schoppen heeft, en alle moderne gemakken in zijn garderobe om zich mee uit te graven? Nu wil ik je vragen - als je al enige redelijkheid in je hebt - wat voor soort show zou dat hem geven om een held te zijn? Wel, ze kunnen hem net zo goed de sleutel lenen en er klaar mee zijn. Houwelen en schoppen – wel, ze zouden ze niet aan een koning leveren."

"Welnu," zei ik, "als we de houwelen en schoppen niet willen, wat willen we dan?"

"Een paar zakmessen."

"Om de fundering onder die hut vandaan te graven?"

"Jazeker."

", het is dwaas, Tom."

"Het maakt niet uit hoe dwaas het is, het is de *juiste* manier – en het is de normale manier. En er is geen *andere* manier waar *ik ooit* van gehoord heb, en ik heb alle boeken gelezen die enige informatie geven over deze dingen. Ze graven altijd uit met een zakmes – en niet door vuil, let wel; Genereus is het door massief gesteente. En het kost hen weken en weken en weken, en voor eeuwig en altijd. Wel, kijk naar een van die gevangenen in de onderste kerker van het kasteel Deef, in de haven van Marseille, die zich op die manier heeft uitgegraven; Hoe lang is *hij* er al mee bezig, denk je?"

"Ik weet het niet."

"Nou, raad eens."

"Ik weet het niet. Anderhalve maand."

"*Zevenendertig jaar* – en hij kwam uit in China. *Dat is* het soort. Ik wou dat de bodem van *dit* fort massief gesteente was."

"*Jim* kent niemand in China."

"Wat heeft *dat* ermee te maken? Die andere kerel ook niet. Maar je dwaalt altijd af op een bijzaak. Waarom kun je je niet bij het hoofdpunt houden?"

'Oké – *het kan me* niet schelen waar hij vandaan komt, dus hij *komt* eruit; en Jim ook niet, denk ik. Maar er is toch één ding: Jim is te oud om met een zakmes te worden uitgegraven. Hij zal het niet volhouden."

"Ja, hij zal het ook *volhouden.* Je denkt toch niet dat het zevenendertig jaar gaat duren om door een *aarden* fundering te graven?"

"Hoe lang zal het nog duren, Tom?"

"Nou, we kunnen niet zo lang blijven als we zouden moeten, want het kan niet lang duren voordat oom Silas iets hoort van daar bij New Orleans. Hij zal horen dat Jim daar niet vandaan komt. Dan zal zijn volgende stap zijn om reclame te maken voor Jim, of iets dergelijks. We kunnen er dus niet zo lang over nadenken om hem uit te graven als we zouden moeten. Eigenlijk denk ik dat we een paar jaar zouden moeten zijn; Maar dat kunnen we niet. Omdat de dingen zo onzeker zijn, raad ik dit aan: dat we er echt meteen in graven, zo snel als we kunnen; En daarna kunnen we *aan onszelf laten weten* dat we er zevenendertig jaar mee bezig waren. Dan kunnen we hem eruit rukken en hem wegjagen de eerste keer dat er een alarm is. Ja, ik denk dat dat de beste manier zal zijn."

"Nu, dat heeft *zin*," zei ik. "Loslaten kost niets; Loslaten is geen probleem; en als het een object is, vind ik het niet erg om te laten merken dat we er honderdvijftig jaar mee bezig waren. Het zou me niet belasten, nadat ik mijn hand erin had gestoken. Dus ik zal nu meelopen en een paar zakmessen pakken."

"Smouch drie," zegt hij; "We willen er een om een zaag van te maken."

"Tom, als het niet ongewoon en ongodsdienstig is om het te zien," zei ik, "dan steekt er ginds een oud roestig zaagblad onder de gevelbekleding achter de rokerij."

Hij zag er een beetje vermoeid en ontmoedigd uit en zei:

"Het heeft geen zin om te proberen je niets te leren, Huck. Ren mee en snor de messen - drie van hen." Dus ik heb het gedaan.

HOOFDSTUK XXXVI

Zodra we dachten dat iedereen die nacht sliep, gingen we naar beneden met de bliksemafleider en sloten ons op in het afdak, haalden onze stapel vossenvuur tevoorschijn en gingen aan het werk. We hebben alles uit de weg geruimd, ongeveer vier of vijf voet langs het midden van de onderste boomstam. Tom zei dat hij nu vlak achter Jims bed stond, en dat we ons eronder zouden ingraven, en toen we er doorheen kwamen, kon niemand in de cabine ooit weten dat er een gat was, omdat Jims contrapen het meest tot op de grond hing, en je zou hem moeten optillen en eronder moeten kijken om het gat te zien. Dus groeven en groeven we met de zakmessen tot bijna middernacht; En toen waren we hondsmoe en zaten onze handen onder de blaren, en toch kon je niet zien dat we nauwelijks iets hadden gedaan. Eindelijk zei ik:

"Dit is geen baan van zevenendertig jaar; dit is een baan van achtendertig jaar, Tom Sawyer."

Hij zei nooit iets. Maar hij zuchtte, en al snel stopte hij met graven, en toen wist ik een hele tijd dat hij aan het denken was. Dan zegt hij:

"Het heeft geen zin, Huck, het gaat niet werken. Als we gevangenen waren, zou dat zo zijn, want dan zouden we zoveel jaren hebben als we wilden, en geen haast; En we zouden niet meer dan een paar minuten krijgen om te graven, elke dag, terwijl ze van horloge wisselden, en zodat onze handen geen blaren zouden krijgen, en we zouden het gewoon kunnen volhouden, jaar in jaar uit, en het goed doen, en de manier waarop het gedaan zou moeten worden. Maar *we* kunnen niet voor de gek houden, we moeten ons haasten, we hebben geen tijd over. Als we op deze manier nog een nacht zouden doorbrengen, zouden we een week moeten afkloppen om onze handen beter te laten worden - we konden er niet eerder een zakmes mee aanraken."

"Nou, wat gaan we dan doen, Tom?"

"Ik zal het je vertellen. Het is niet goed, en het is niet moreel, en ik zou niet willen dat het naar buiten komt; Maar er is niet maar één manier: we moeten hem uitgraven met de pikhouwelen en *zijn zakmessen* laten aanzetten."

"*Nu* ben je *aan het praten!*" Ik zei; " je hoofd wordt steeds waterpas en niveller, Tom Sawyer," zei ik. "Picks is het ding, moreel of geen moraal; en wat mij betreft, het kan me niet schelen hoe moreel het is, hoe dan ook. Als ik begin met het stelen van een neger, of een watermeloen, of een zondagsschoolboek, dan weet ik op geen enkele manier precies hoe het gedaan is, zodat het gedaan wordt. Wat ik wil is mijn neger; of wat ik wil is mijn watermeloen; of wat ik wil is mijn zondagsschoolboek; en als een plectrum het handigste is, dan is dat het ding waarmee ik die neger of die watermeloen of dat zondagsschoolboek ga uitgraven; en het kan me geen moer schelen wat de autoriteiten ervan vinden."

"Nou," zegt hij, "er is een excuus voor picks en letting-on in een geval als dit; als het niet zo waarschuwde, zou ik het niet goedkeuren, noch zou ik niet toekijken hoe de regels worden overtreden - want goed is goed en fout is fout, en een lichaam heeft niets te maken met kwaad doen als hij niet onwetend is en beter weet. Het zou voor u kunnen antwoorden om Jim met een houweel uit te graven, *zonder* het te laten merken, omdat u niet beter weet; maar het zou niet voor mij zijn, omdat ik het beter weet. Geef me een zakmes."

Hij had de zijne bij zich, maar ik gaf hem de mijne. Hij gooide het neer en zei: "Geef me een *zakmes*."

Ik wist niet precies wat ik moest doen, maar toen dacht ik na. Ik scharrelde rond tussen het oude gereedschap en pakte een houweel en gaf het aan hem, en hij nam het en ging aan het werk, en zei geen woord.

Hij was altijd precies zo bijzonder. Vol principes.

Dus toen pakte ik een schop, en toen plukten en schepten we, draaiden ons om en lieten de vacht vliegen. We hielden het ongeveer een half uur vol, wat zo lang was als we konden staan; Maar we hadden een groot deel van een gat om te laten zien. Toen ik de trap opkwam, keek ik uit het raam en zag Tom zijn uiterste best doen met de bliksemafleider, maar hij kon er niet mee komen, zijn handen deden zo'n pijn. Tenslotte zegt hij:

"Het heeft geen zin, het kan niet. Wat denk je dat ik beter kan doen? Kun je geen enkele manier bedenken?"

"Ja," zei ik, "maar ik denk dat het niet regelmatig is. Kom de trap op en laat zien dat het een bliksemafleider is."

Dus hij deed het.

De volgende dag stal Tom een tinnen lepel en een koperen kandelaar in huis, om er wat pennen voor Jim van te maken, en zes vetkaarsen; en ik hing rond in de negerhutten en ging liggen voor een kans, en stal drie tinnen borden. Tom zegt dat het niet genoeg was; maar ik zei dat niemand de borden die Jim weggooide nooit zou zien, omdat ze in de hondenvenkel en het onkruid van Jimpson, onder het raamgat zouden vallen - dan konden we ze terugsjouwen en kon hij ze opnieuw gebruiken. Tom was dus tevreden. Dan zegt hij:

"Nu, het ding om uit te zoeken is, hoe de dingen bij Jim te krijgen."

"Neem ze mee door het gat," zei ik, "als we het voor elkaar hebben."

Hij keek alleen maar schamper en zei iets over dat niemand ooit van zo'n idee had gehoord, en toen ging hij studeren. Langzamerhand zei hij dat hij twee of drie manieren had ontcijferd, maar het was nog niet nodig om over een van hen te beslissen. Hij zei dat we eerst Jim moesten posten.

Die nacht gingen we iets na tienen naar beneden en namen een van de kaarsen mee en luisterden onder het raam en hoorden Jim snurken; dus we stopten het erin en het maakte hem niet wakker. Daarna dwarrelden we met de pikhouweel en de schop naar binnen, en in ongeveer twee en een half uur was de klus geklaard. We kropen onder Jims bed en de cabine in, en klauwden rond en vonden de kaars en staken hem aan, en stonden een tijdje over Jim heen en vonden hem er stevig en gezond uitzien, en toen maakten we hem zachtjes en geleidelijk wakker. Hij was zo blij ons te zien dat hij het meest huilde; en noemde ons schat, en alle koosnaampjes die hij kon bedenken; en was om ons een koudebeitel te laten opsporen om meteen de ketting van zijn been af te snijden, en op te ruimen zonder tijd te verliezen. Maar Tom liet hem zien hoe onregelmatig het zou zijn, en hij ging zitten en vertelde hem alles over onze plannen, en hoe we ze in een oogwenk konden wijzigen als er een alarm was; En niet in het minst bang, want we zouden zien dat hij ontsnapte, *zeker*. Dus Jim zei dat het in orde was, en we zaten daar en praatten een poosje over oude tijden, en toen stelde Tom een heleboel vragen, en toen Jim hem vertelde, kwam oom Silas elke dag of twee dagen binnen om met hem te bidden, en tante Sally kwam binnen om te zien of hij zich op zijn gemak voelde en genoeg te eten had. en ze waren allebei zo vriendelijk als ze maar konden zijn, zegt Tom:

"*Nu* weet ik hoe ik het moet oplossen. We zullen je wat dingen van hen sturen."

Ik zei: "Doe niets van dien aard; het is een van de meest knullige ideeën die ik ooit heb bedacht;" maar hij schonk nooit geen aandacht aan mij; ging meteen door. Het was zijn manier toen hij zijn plannen had opgesteld.

Dus vertelde hij Jim dat we de touwladdertaart en andere grote dingen van Nat, de neger die hem te eten had, naar binnen moesten smokkelen, en dat hij op zijn hoede moest zijn, en niet verrast moest zijn, en niet mocht zien dat Nat ze opende; En we stopten kleine dingen in de jaszakken van oom en hij moest ze eruit stelen; en we bonden dingen aan de touwtjes van tante of stopten ze in haar schortzak, als we de kans kregen; en vertelde hem wat ze zouden zijn en waar ze voor dienden. En vertelde hem hoe hij een dagboek op het shirt moest bijhouden met zijn bloed en zo. Hij vertelde hem alles. Jim kon er geen zin in zien, maar hij stond toe dat we blanke mensen waren en het beter wisten dan hij; dus hij was tevreden en zei dat hij het allemaal zou doen zoals Tom had gezegd.

Jim had veel maïskolvenpijpen en tabak; Dus we hadden een goede sociale tijd; Toen kropen we door het gat naar buiten, en zo naar bed, met handen die eruitzagen alsof ze waren geschuurd. Tom was in opperbeste stemming. Hij zei dat het het beste plezier was dat hij ooit in zijn leven had gehad, en het meest intellectuele; en zei dat als hij er maar zijn weg naar toe kon zien, we het de rest van ons leven zouden volhouden en Jim aan onze kinderen zouden overlaten om eruit te komen; want hij geloofde dat Jim het steeds leuker zou gaan vinden naarmate hij er meer aan gewend raakte. Hij zei dat het op die manier zou kunnen worden uitgerekt tot wel tachtig jaar, en dat het de beste tijd ooit zou zijn. En hij zei dat het ons allemaal gevierd zou maken die er de hand in hadden.

's Morgens gingen we naar de houtstapel en hakten de koperen kandelaar in handzame maten, en Tom stopte ze en de tinnen lepel in zijn zak. Toen gingen we naar de negerhutten, en terwijl ik Nat's kennisgeving deed, schoof Tom een stuk kandelaar in het midden van een maïspone die in Jim's pan zat, en we gingen met Nat mee om te zien hoe het zou werken, en het werkte gewoon nobel; toen Jim erin beet, stampte het bijna al zijn tanden eruit; En er is geen enkele waarschuwing dat er ooit iets beter zou kunnen werken. Tom zei het zelf. Jim liet het nooit merken, maar het was gewoon een stuk rots of iets dergelijks dat altijd in brood terechtkomt, weet je; Maar daarna beet hij nooit meer in iets anders dan waar hij zijn vork eerst op drie of vier plaatsen in stak.

En terwijl we daar in het zwakke licht stonden, kwamen hier een paar van de honden onder Jim's bed vandaan komen; En ze bleven zich opstapelen tot er elf van hen waren, en er was nauwelijks ruimte daarbinnen om adem te halen. Door jings, we zijn vergeten die aangebouwde deur vast te maken! De neger Nat riep nog maar één keer "Heksen", en viel op de grond tussen de honden en begon te kreunen alsof hij stervende was. Tom rukte de deur open en gooide er een stuk vlees van Jim uit, en de honden gingen ervoor, en binnen twee seconden was hij er zelf uit en weer terug en sloot de deur, en ik wist dat hij de andere deur ook had gerepareerd. Toen ging hij aan het werk met de neger, haalde hem over en aaide hem, en vroeg hem of hij zich verbeeldde dat hij weer iets zag. Hij stond op, knipperde met zijn ogen en zei:

"Mars Sid, je zult zeggen dat ik een dwaas ben, maar als ik het niet deed, zag ik bijna een miljoen honden, eh duivels, eh sommige, ik wou dat ik meteen in dese sporen kon sterven. Dat heb ik gedaan, mos 'heilig. Mars Sid, ik *voelde* eh - ik *voelde* me eh, sah; dey was helemaal over me heen. Papa haalt het, ik jis' wou dat ik mijn han's kon git op een er dem heksen jis' wunst - on'y jis' wunst - het is alles wat *ik* zou ast. Maar mos'ly ik wou dat ze me alleen lieten, dat doe ik."

Tom zegt:

"Nou, ik zeg je wat *ik* denk. Wat maakt dat ze hier juist komen bij het ontbijt van deze weggelopen neger? Het is omdat ze honger hebben; Dat is de reden. Je maakt er een heksentaart van; Dat is wat *je* moet doen."

"Maar mijn laan, Mars Sid, hoe moet *ik* een heksentaart maken? Ik weet niet hoe ik het moet maken. Ik heb nooit meer iets b'fo' gehearn er sich a."

"Nou, dan moet ik het zelf maken."

"Wil je het doen, schat? Ik zal de groun' und' yo' foot wusshup, dat zal ik doen!"

"Goed, ik zal het doen, aangezien jij het bent, en je bent goed voor ons geweest en hebt ons de weggelopen neger laten zien. Maar je moet heel voorzichtig zijn. Als we langskomen, draai je je rug toe; En wat we dan ook in de pan hebben gedaan, laat het helemaal niet merken. En kijk niet als Jim de pan uitlaadt - er kan iets gebeuren, ik weet niet wat. En vooral, ga *niet om met* de heksendingen."

"*Hannel*'m, Mars Sid? Waar heb je het over? Ik zou mijn vinger er niet op leggen, niet voor tienhonderd miljard dollar, dat zou ik niet doen."

HOOFDSTUK XXXVII

Dat was allemaal opgelost. Dus toen gingen we weg en gingen naar de vuilnisbelt in de achtertuin, waar ze de oude laarzen bewaren, en vodden, en stukken flessen, en versleten tinnen dingen, en al dat soort vrachtwagens, en scharrelden rond en vonden een oud tinnen wasblikje, en stopten de gaten zo goed als we konden, om de taart in te bakken, en nam het mee naar de kelder en stal het vol meel en ging op weg naar het ontbijt, en vond een paar spijkers waarvan Tom zei dat het handig zou zijn voor een gevangene om zijn naam en verdriet op de muren van de kerker te krabbelen, en liet er een in de schortzak van tante Sally vallen, die aan een stoel hing. en 't andere staken we in de band van de hoed van oom Silas, die op het bureau stond, omdat we de kinderen hoorden zeggen dat hun pa en ma vanmorgen naar het huis van de weggelopen neger gingen, en toen gingen ze ontbijten, en Tom liet de tinnen lepel in de jaszak van oom Silas vallen, en tante Sally was nog niet gekomen, We moesten dus nog even wachten.

En toen ze kwam, was ze heet en rood en boos, en ze kon nauwelijks wachten op de zegen; En toen ging ze met de ene hand koffie drinken en met de andere het hoofd van het handigste kind kraken met haar vingerhoed, en zei:

"Ik heb hoog gejaagd en ik heb laag gejaagd, en het verslaat alles wat *er* van je andere shirt is geworden."

Mijn hart zakte neer tussen mijn longen en levers en dergelijke, en een hard stuk korenkorst begon erachteraan in mijn keel te lopen en kwam op de weg met een hoest terecht, en werd over de tafel geschoten, en nam een van de kinderen in het oog en rolde hem op als een visworm, en liet een kreet uit hem vallen ter grootte van een oorlogskreet: en Tom hij werd vriendelijker blauw rond de kieuwen, en het kwam allemaal neer op een aanzienlijke stand van zaken voor ongeveer een kwart minuut of zoveel als dat, en ik zou voor de helft van de prijs uitverkocht zijn als er een bieder was. Maar daarna waren we weer in orde – het was de plotselinge verrassing ervan die ons zo koud maakte. Oom Silas hij zegt:

"Het is heel ongewoon nieuwsgierig, ik kan het niet begrijpen. Ik weet heel goed dat ik het heb uitgedaan, omdat...'

"Omdat je er maar één *aan hebt.* Luister maar naar de man! *Ik* weet dat je het hebt uitgedaan, en ik ken het ook op een betere manier dan je wollige herinnering, want het was gisteren aan de clo's-lijn - ik zie het daar zelf. Maar het is weg, dat is het lange en het korte, en je zult gewoon moeten veranderen in een rode flann'l totdat ik tijd heb om een nieuwe te maken. En het zal de derde zijn die ik in twee jaar maak. Het houdt gewoon een lichaam op de sprong om je in shirts te houden; en wat je ook voor elkaar krijgt om *te doen* met 'm alles is meer'n *ik* kan het uitmaken. Een lichaam zou denken dat je *zou* leren om op de een of andere manier voor ze te zorgen in je levensfase."

'Ik weet het, Sally, en ik probeer alles wat ik kan. Maar het zou niet helemaal mijn schuld moeten zijn, want, weet je, ik zie ze niet en heb er ook niets mee te maken, behalve als ze op me zijn; en ik geloof niet dat ik ooit een van hen van me heb verloren ."

'Nou, het is niet *jouw* schuld als je dat niet hebt gedaan, Silas; je zou het gedaan hebben als je kon, denk ik. En het shirt is niet alles wat weg is, gek. Er is een lepel weg; En *dat* is nog niet alles. Het waren er tien, en nu zijn het er nog maar negen. Het kalf heeft het hemd gekregen, denk ik, maar het kalf heeft nooit de lepel gepakt, *dat is* zeker."

"Waarom, wat is er nog meer weg, Sally?"

"Er zijn zes *kaarsen* weg, dat is wat. De ratten konden de kaarsen krijgen, en ik denk dat ze dat ook deden; Het verbaast me dat ze er niet met de hele boel vandoor gaan, zoals je altijd hun gaten gaat dichten en het niet doet; en als ze de dwazen niet waarschuwen dat ze in je haar zouden slapen, Silas - *je zou* het nooit te weten komen; maar je kunt de *lepel niet* op de ratten leggen, en dat *weet ik.*"

"Nou, Sally, ik heb schuld, en ik erken het; Ik ben nalatig geweest; maar ik zal morgen niet voorbij laten gaan zonder die gaten te dichten."

"O, ik zou me niet haasten; volgend jaar zal het doen. Matilda Angelina Araminta *Phelps!*'

De vingerhoed komt en het kind rukt haar klauwen uit de suikerpot zonder er een voor de gek te houden. Juist op dat moment stapt de negervrouw de gang op en zegt:

"Mevrouw, er is een laken weg."

"Een *laken* weg! Nou, in het belang van het land!"

"Ik zal die gaten vandaag dichten," zegt oom Silas met een bedroefd gezicht.

"O, *ga* toch staan! — stel je voor dat de ratten het *laken hebben meegenomen?* *Waar is* het gebleven, Lize?"

"In hemelsnaam, ik heb geen idee, juffrouw Sally. Ze was op de clo's lijn yistiddy, maar ze is weg: ze is dah no mo' nu."

"Ik denk dat de wereld ten einde loopt. Ik zie *er in* al mijn geboren dagen nooit het ritme van. Een hemd, en een laken, en een lepel, en zes kan...'

"Juffrouw," komt een jonge juffrouw, "ze is een koperen kannelstok, juffrouw."

"Ga hier weg, jij sukkel, eh, ik zal een koekenpan voor je nemen!"

Nou, ze was gewoon a-biling. Ik begon te leggen voor een kans; Ik dacht dat ik naar buiten zou sluipen en naar het bos zou gaan tot het weer gematigder werd. Ze bleef maar tekeergaan, haar opstand helemaal alleen leidend, en alle anderen machtig zachtmoedig en rustig; en eindelijk vist oom Silas, die er een beetje dwaas uitziet, die lepel uit zijn zak op. Ze stopte, met haar mond open en haar handen omhoog; en wat mij betreft, ik wenste dat ik in Jeruslem of ergens anders was. Maar niet lang, want ze zegt:

"Het is *precies* zoals ik had verwacht. Dus je had het de hele tijd op zak; En alsof je de andere dingen daar ook hebt. Hoe is het daar gekomen?"

'Ik weet het niet, Sally,' zegt hij, zich een beetje verontschuldigend, 'of je weet dat ik het zou vertellen. Ik was voor het ontbijt mijn tekst in Handelingen zeventien aan het bestuderen en ik denk dat ik het erin heb gezet, zonder het op te merken, met de bedoeling mijn Testament erin te zetten, en het moet zo zijn, want mijn Testament staat er niet in; maar ik zal gaan en zien; en als het Testament is waar ik het had, zal ik weten dat ik het er niet in heb gedaan, en dat zal aantonen dat ik het Testament heb neergelegd en de lepel heb opgenomen, en...'

"O, ter wille van het land! Geef een lichaam rust! Ga nu lang, de hele uitrusting en biling van je; en kom niet meer bij mij in de buurt voordat ik mijn gemoedsrust heb teruggekregen."

Ik zou haar hebben gehoord als ze het tegen zichzelf had gezegd, laat staan dat ze het had uitgesproken, en ik zou zijn opgestaan en haar hebben gehoorzaamd als ik dood was geweest. Toen we door de zitkamer liepen, pakte de oude man zijn hoed op, en de spijker viel op de vloer, en hij raapte hem alleen maar op en legde hem op de schoorsteenmantel, en zei niets, en ging naar buiten. Tom zag het hem doen en herinnerde zich de lepel en zei:

"Wel, het heeft geen zin meer om dingen langs hem te sturen , hij is niet betrouwbaar." Dan zegt hij: "Maar hij heeft ons toch een goede dienst bewezen met de lepel, zonder het te weten, en dus zullen we hem er een gaan doen zonder *dat hij* het weet - zijn rattenholen dichtmaken."

Er was een nobele goede partij van hen in de kelder, en het kostte ons een heel uur, maar we hebben het werk strak en goed en in goede staat gedaan. Toen hoorden we stappen op de trap, en bliezen ons licht uit en verstopten ons; En daar komt de oude man, met een kaars in de ene hand en een bundel spullen in de andere, die er net zo afwezig uitziet als vorig jaar. Hij ging rond, eerst naar het ene rattenhol en toen naar het andere, totdat hij ze allemaal had gezien. Toen stond hij ongeveer vijf minuten, plukte talgdruppel van zijn kaars en dacht na. Dan draait hij zich langzaam en dromerig af naar de trap en zegt:

"Nou, voor het leven van mij kan ik me niet herinneren wanneer ik het heb gedaan. Ik zou haar nu kunnen laten zien dat ik waarschuw om niet de schuld te geven vanwege de ratten. Maar maakt niet uit - laat het los. Ik denk dat het geen goed zou doen."

En zo ging hij verder met mompelen de trap op, en toen gingen we weg. Hij was een machtig aardige oude man. En dat is altijd zo.

Tom maakte zich nogal wat zorgen over wat hij voor een lepel moest doen, maar hij zei dat we hem moesten hebben; Dus dacht hij na. Toen hij het had uitgerekend, vertelde hij me hoe we het moesten doen; toen gingen we rond de lepelmand wachten tot we tante Sally zagen aankomen, en toen ging Tom de lepels tellen en ze opzij leggen, en ik schoof er een in mijn mouw, en Tom zei:

"Wel, tante Sally, er zijn nog maar negen lepels."

Ze zegt:

"Ga lang naar je toneelstuk en val me niet lastig. Ik weet wel beter, ik heb mezelf geteld."

"Nou, ik heb ze twee keer geteld, tante, en *ik* kan er maar negen maken."

Ze leek alle geduld kwijt, maar natuurlijk kwam ze om te tellen - iedereen zou dat doen.

"Ik verklaar u dat het *nog maar negen mensen* zijn !" zegt ze. "Wel, wat in hemelsnaam - pest *neem* de dingen, ik zal 'm weer tellen."

Dus ik schoof degene die ik had terug, en toen ze klaar was met tellen, zei ze:

"Hang het lastige afval op, het zijn *er nu tien!*" en ze keek chagrijnig en viel beiden lastig. Maar Tom zegt:

"Wel, tante, *ik* geloof niet dat het er tien zijn."

"Jij numskull, heb je me niet 'm zien *tellen?*"

'Ik weet het, maar...'

"Nou, ik zal 'm *nog een keer* tellen."

Dus ik heb er een geknuffeld, en ze komen er negen uit, net als de andere keer. Wel, ze *was* op een verscheurende manier - ze beefde gewoon helemaal, ze was zo boos. Maar ze telde en telde tot ze zo verward werd dat ze soms in de *mand* begon te tellen voor een lepel; en dus kwamen ze er drie keer goed uit, en drie keer kwamen ze er verkeerd uit. Toen pakte ze de mand en smeet hem door het huis en sloeg de kat naar het westen; En ze zei dat ze weg moest en haar wat rust moest geven, en als we weer om haar heen zouden komen tussen dat en het avondeten, zou ze ons villen. Dus we hadden een enkele lepel en lieten die in haar schortzak vallen terwijl ze ons onze zeilorders gaf, en Jim kreeg het helemaal goed, samen met haar kiezelnagel, voor de middag. We waren zeer tevreden met deze zaak, en Tom gaf toe dat het de moeite dubbel waard was, want hij zei dat ze die lepels nu nooit meer twee keer gelijk kon tellen om haar leven te redden; en zou niet geloven dat ze ze goed had geteld als ze *dat deed;* En zei dat nadat ze haar hoofd ongeveer had afgeteld voor de komende drie dagen, hij oordeelde dat ze het zou opgeven en zou aanbieden om iedereen te doden die wilde dat ze ze ooit nog zou tellen.

Dus legden we het laken die avond weer aan de lijn en stalen er een uit haar kast; en bleven het een paar dagen lang terugleggen en het weer stelen, totdat ze niet meer wist hoeveel lakens ze nog had, en het kon haar niet *schelen*, en ze waarschuwde ervoor dat ze de rest van haar ziel er niet over zou pesten. en zou ze niet meer tellen om haar leven niet te redden; Ze zal als eerste sterven.

Dus we waren nu in orde, wat betreft het hemd en het laken en de lepel en de kaarsen, met behulp van het kalf en de ratten en het door elkaar gegooide tellen; En wat de kandelaar betreft, die waarschuwde niet, hij zou zo langzamerhand overwaaien.

Maar die taart was een klus; We hadden eindeloos veel problemen met die taart. We maakten het daar in het bos klaar en kookten het daar; En we hebben het eindelijk voor elkaar gekregen, en ook nog eens zeer bevredigend; maar niet allemaal op één dag; En we moesten drie waspannen vol meel opgebruiken voordat we er doorheen kwamen, en we werden zo'n beetje overal verbrand, op sommige plaatsen, en ogen gedoofd door de rook; Want, zie je, we wilden niets anders dan een korst, en we konden het niet goed stutten, en ze zou altijd instorten. Maar natuurlijk dachten we uiteindelijk aan de juiste manier, namelijk om ook de ladder in de taart te bakken. Dus toen lagen we de tweede nacht bij

Jim en scheurden het laken in kleine touwtjes en draaiden ze in elkaar, en lang voor het daglicht hadden we een prachtig touw waarmee je een persoon kon ophangen. We lieten het negen maanden duren om het te maken.

En in de voormiddag namen we het mee naar het bos, maar het wilde niet in de taart gaan. Omdat het van een heel vel was gemaakt, was er op die manier touw genoeg voor veertig taarten als we ze hadden gewild, en genoeg over voor soep, of worst, of wat je maar wilt. We konden een heel diner hebben.

Maar we hadden het niet nodig. Alles wat we nodig hadden was net genoeg voor de taart, en dus gooiden we de rest weg. We hebben geen van de taarten in de waspan gebakken - bang dat het soldeer zou smelten; maar oom Silas had een edele koperen warmhoudpan waar hij veel waarde aan hechtte, omdat het toebehoorde aan een van zijn voorouders met een lang houten handvat dat uit Engeland was overgekomen met Willem de Veroveraar in de *Mayflower* of een van die vroege schepen en verborgen was op zolder met een heleboel andere oude potten en dingen die waardevol waren, Niet omdat ze iets waard zijn, want ze waarschuwen niet, maar omdat ze overblijfselen zijn, weet je, en we slingerden haar naar buiten, privé, en namen haar daarheen mee, maar ze faalde op de eerste taarten, omdat we niet wisten hoe, maar ze kwam glimlachend naar voren op de laatste. We namen haar en bekleedden haar met deeg, en legden haar in de kolen, en laadden haar op met voddentouw, en legden haar op een deegdak, en sloten het deksel, en legden hete sintels erop, en stonden anderhalve meter verderop, met het lange handvat, koel en comfortabel, en in een kwartier bleek ze een taart te zijn die een voldoening was om naar te kijken. Maar de persoon die het eet, zou een paar katjes tandenstokers mee willen nemen, want als die touwladder hem niet naar zijn werk zou belemmeren, ik weet niet waar ik het over heb, en hem genoeg buikpijn zou geven om het ook tot de volgende keer uit te houden.

Nat keek niet toen we de heksentaart in Jims pan deden; En we leggen de drie tinnen borden op de bodem van de pan onder de vittles; en zo kreeg Jim alles in orde, en zodra hij alleen was, stortte hij zich op de taart en verstopte de touwladder in zijn stroteek, krabde wat sporen op een tinnen bord en gooide het uit de raamopening.

HOOFDSTUK XXXVIII

Het maken van die pennen was een verontrustend zwaar werk, en de zaag ook; en Jim stond toe dat de inscriptie de moeilijkste van allemaal zou worden. Dat is degene die de gevangene op de muur moet krabbelen. Maar hij moest het hebben; Tom zei dat hij *wel moest, er was geen geval van een staatsgevangene die zijn inscriptie niet had opgekrabbeld om achter te laten, en zijn wapenschild.*

'Kijk naar Lady Jane Grey,' zegt hij; "kijk naar Gilford Dudley; kijk eens naar het oude Northumberland! Waarom, Huck, stel je voor dat het een aanzienlijke moeilijkheid is? - wat ga je doen? - hoe ga je het omzeilen? Jim *moet* zijn inscriptie en wapenschild maken. Dat doen ze allemaal."

Jim zegt:

"Wel, Mars Tom, ik heb geen wapenmantel; Ik heb geen nuffn maar een dish yer ole shirt, en je weet dat ik dat dagboek moet bijhouden."

"Oh, je begrijpt het niet, Jim; Een wapenschild is heel anders."

"Wel," zei ik, "Jim heeft in ieder geval gelijk als hij zegt dat hij geen wapenschild heeft, omdat hij dat niet heeft."

"Ik denk dat *ik* dat wist," zegt Tom, "maar reken maar dat hij er een zal hebben voordat hij hier weggaat - want hij gaat *er goed* uit, en er zullen geen fouten in zijn record zitten."

Dus terwijl ik en Jim elk aan de pennen op een brickbat vijlden, Jim de zijne maakte van het koper en ik de mijne van de lepel, ging Tom aan het werk om het wapen te bedenken. Langzamerhand zei hij dat hij zoveel goede had gevonden dat hij nauwelijks wist welke hij moest nemen, maar er was er één waarvan hij dacht dat hij die zou kiezen. Hij zegt:

"Op het wapenschild zullen we een bocht *hebben of* in de dexter basis, een saltire *murrey* in de fess, met een hond, couchant, voor gemeenschappelijke last, en onder zijn voet een ketting omstreden, voor slavernij, met een chevron *vert* in een chief engrailed, en drie invected lijnen op een veld *azuurblauw*, met de nombril-punten ongebreideld op een dancette ingesprongen; kuif, een weggelopen neger, *sabel*, met zijn bundel over zijn schouder op een sinister staaf; en een paar gules voor supporters, dat zijn jij en ik; motto, *Maggiore fretta, minore atto.* Als je het uit een boek haalt, betekent dat hoe meer haast, hoe minder snelheid."

"Jeetje," zei ik, "maar wat betekent de rest?"

"We hebben geen tijd om ons daar druk over te maken", zegt hij; "We moeten ons ingraven zoals alle git-outs."

"Nou, hoe dan ook," zei ik, "wat is *er wat* van? Wat is een fess?"

"Een fess - een fess is - *je* hoeft niet te weten wat een fess is. Ik zal hem laten zien hoe hij het moet maken als hij er aan toe is."

", Tom," zei ik, "ik denk dat je het aan iemand zou kunnen vertellen. Wat is een bar sinister?"

"Oh, *ik* weet het niet. Maar hij moet het hebben. Dat doet de hele adel."

Dat was gewoon zijn manier. Als het hem niet uitkwam om je iets uit te leggen, zou hij het niet doen. Je zou een week naar hem kunnen pompen, het zou geen verschil maken.

Hij had al die wapenzaken in orde gemaakt, dus nu begon hij de rest van dat deel van het werk af te maken, namelijk het plannen van een treurige inscriptie - zei dat Jim er een moest hebben, zoals ze allemaal deden. Hij verzon veel, schreef ze uit op een papier en las ze voor, dus:

1. *Hier brak een gevangen hart.*

2. *Hier vermaalde een arme gevangene, verlaten door de wereld en zijn vrienden, zijn droevig leven.*

3. *Hier brak een eenzaam hart, en een uitgeputte geest ging tot rust, na zevenendertig jaar eenzame gevangenschap.*

4. *Hier, dakloos en zonder vrienden, stierf na zevenendertig jaar bittere gevangenschap een nobele vreemdeling, een natuurlijke zoon van Lodewijk XIV.*

Toms stem trilde terwijl hij ze las, en hij brak bijna. Toen hij klaar was, kon hij op geen enkele manier beslissen welke voor Jim hij tegen de muur zou krabbelen, ze waren allemaal zo goed; Maar uiteindelijk stond hij toe dat hij hem ze allemaal liet krabbelen. Jim zei dat het hem een jaar zou kosten om zo'n grote vrachtwagen met een spijker op de boomstammen te krabbelen, en bovendien wist hij niet hoe hij letters moest maken; maar Tom zei dat hij ze voor hem zou blokkeren, en dan zou hij niets anders te doen hebben dan gewoon de lijnen te volgen. Dan zegt hij al snel:

"Nu ik erover nadenk, de boomstammen zijn niet voldoende; Ze hebben geen houten muren in een kerker: we moeten de inscripties in een rots graven. We zullen een steen halen."

Jim zei dat de rots erger was dan de boomstammen; Hij zei dat het hem zo'n lange tijd zou kosten om ze in een rots te graven die hij er nooit meer uit zou krijgen. Maar Tom zei dat ik hem daarbij zou laten helpen. Toen nam hij een kijkje om te zien hoe het met mij en Jim ging met de pennen. Het was zeer vervelend, vervelend hard en traag, en gaf mijn handen geen show om van de zweren af te komen, en we schenen nauwelijks vooruitgang te boeken; dus Tom zegt:

"Ik weet hoe ik het moet oplossen. We moeten een rots hebben als wapenschild en treurige inscripties, en we kunnen twee vliegen in één klap slaan met diezelfde rots. Er is een opzichtige grote slijpsteen bij de molen, en we zullen hem mouchen en de dingen erop hakken, en ook de pennen en de zaag erop vijlen."

Het waarschuwt niet voor een traag idee; En het waarschuwt niet voor een slijpsteengek; Maar we lieten toe dat we het zouden aanpakken. Het was nog niet helemaal middernacht, dus we gingen op weg naar de molen en lieten Jim aan het werk achter. We knuffelden de slijpsteen en gingen op pad om haar naar huis te rollen, maar het was een zeer nationale zware klus. Soms, deden wat we konden, konden we niet voorkomen dat ze omviel, en ze kwam elke keer heel dicht bij ons te verpletteren. Tom zei dat ze een van ons zou halen, zeker, voordat we klaar waren. We hebben haar halverwege; En toen waren we helemaal uitgespeeld, en de meesten verdronken van het zweet. We zien dat het geen zin heeft; we moeten Jim gaan halen. Dus hij tilde zijn bed op en schoof de ketting van de bedpoot en wikkelde hem om en om zijn nek, en we kropen door ons gat naar buiten en daar naar beneden, en Jim en ik gingen in die slijpsteen liggen en liepen met haar mee alsof het niets was; en Tom hield toezicht. Hij zou elke jongen die ik ooit zie kunnen overtreffen. Hij wist hoe hij alles moest doen.

Ons gat was behoorlijk groot, maar het was niet groot genoeg om de slijpsteen erdoorheen te krijgen; maar Jim hij nam de keuze en maakte het al snel groot genoeg. Toen tekende Tom die dingen er met de spijker op af en zette Jim aan het werk, met de spijker als beitel en een ijzeren bout uit het afval in het afdakje als hamer, en zei hem dat hij moest werken tot de rest van zijn kaars het begaf, en dan kon hij naar bed gaan. En verstop de slijpsteen onder zijn stro teek en slaap erop. Daarna hielpen we hem zijn ketting weer aan de bedpoot te bevestigen en waren we zelf klaar om naar bed te gaan. Maar Tom bedacht iets en zei:

"Heb je hier spinnen, Jim?"

"Nee, sah, godzijdank heb ik dat niet, Mars Tom."

"Goed, we zullen wat voor je halen."

"Maar zegen je, schat, ik wil er geen. Ik ben bang un um. Ik jis' 's binnenkort hebben ratelslangen in de buurt."

Tom dacht een minuut of twee na en zei:

"Het is een goed idee. En ik denk dat het gedaan is. Het *moet* gebeuren, het spreekt voor zich. Ja, het is een goed idee. Waar zou je het kunnen bewaren?"

"Wat houden, Mars Tom?"

"Wel, een ratelslang."

"De goedheid genadig levend, Mars Tom! Wel, als er een ratelslang was om binnen te komen, zou ik meteen uit die houten muur springen, ik zou mijn hoofd schudden."

"Wel, Jim, je zou er na een tijdje niet bang voor zijn. Je zou het kunnen temmen."

"*Tem* het!"

"Ja, makkelijk genoeg. Elk dier is dankbaar voor vriendelijkheid en aaien, en ze zouden er niet *aan denken* om iemand die hen aait pijn te doen. Elk boek zal je dat vertellen. Je probeert het - dat is alles wat ik vraag; Probeer het gewoon twee of drie dagen. Wel, u kunt hem binnen een korte tijd zo krijgen dat hij u zal liefhebben; en met je naar bed gaan; en zal geen minuut bij je wegblijven; en zal je hem om je nek laten wikkelen en zijn hoofd in je mond nemen."

"*Alsjeblieft*, Mars Tom, *doan*' praat zo! Ik kan het niet uithouden! Hij zou me zijn hoofd in mijn mond laten duwen - fer een gunst, nietwaar? Ik lag dat hij een pow'ful lange tijd zou wachten 'voor' ik *ast* hem. En mo' en dat, ik wil niet *dat* hij met me naar bed gaat."

"Jim, doe niet zo dwaas. Een gevangene *moet* een soort dom huisdier hebben, en als er nog nooit een ratelslang is berecht, wel, dan is er meer glorie te behalen door de eerste te zijn die het ooit probeert, dan enige andere manier die u ooit zou kunnen bedenken om uw leven te redden."

"Wel, Mars Tom, ik wil geen sich glorie. Snake take 'n bite Jim's kin eraf, den *whah* is de glorie? Nee, sah, ik wil geen sich doin's."

"Geef het de schuld, kun je het niet *proberen?* Ik *wil alleen dat* je het probeert - je hoeft het niet vol te houden als het niet werkt."

"Maar de moeite is allemaal *gedaan* om de slang me te bijten terwijl ik hem probeer. Mars Tom, ik ben bereid om mos' alles aan te pakken wat niet onredelijk is, maar als jij en Huck een ratelslang halen voor me om te temmen, ik moet weggaan, dat is de *kust*."

"Wel, laat het dan los, laat het los, als je er zo koppig over bent. We kunnen wat kousebandslangen voor je halen, en je kunt een paar knopen aan hun staarten binden en laten zien dat het ratelslangen zijn, en ik denk dat dat voldoende zal moeten zijn."

"Ik weet dat *ik ze wil* verdragen, Mars Tom, maar ik geef het kwalijk dat ik niet met elkaar overweg kon, dat zeg ik je. Ik heb nooit geweten dat het zoveel moeite en moeite was om een gevangene te zijn."

"Nou, dat is het *altijd* als het goed wordt gedaan. Heb je hier ratten?"

"Nee, sah, ik heb er geen gezaaid."

"Nou, we zullen wat ratten voor je halen."

"Wel, Mars Tom, ik *wil* geen ratten. Dey's de dadblamedest creturs om 'een lichaam te strelen, en ritselen roun' over 'im, en bijten in zijn voeten, als hij probeert te slapen, zie ik ooit. Nee, sah, geef me g'yarter-slangen, 'f ik moet 'm hebben, maar doan' geef me geen ratten; Ik heb er niets aan, skasely."

'Maar, Jim, je *moet* ze hebben - ze doen het allemaal. Maak er dus geen ophef meer over. Gevangenen zijn nooit zonder ratten. Er is geen enkel voorbeeld van. En ze trainen ze, en aaien ze, en leren ze trucjes, en ze worden zo sociaal als vliegen. Maar je moet muziek voor ze spelen. Heb je iets om muziek op af te spelen?"

"Ik heb niets anders dan een coase-kam en een stuk papier, en een sapharp; maar ik denk dat ze geen voorraad zouden houden aan een sapharp."

"Ja, dat zouden ze doen. *Het* maakt ze niet uit wat voor soort muziek het is. Een jodenharp is goed genoeg voor een rat. Alle dieren houden van muziek, in een gevangenis doen ze zich erop. Vooral pijnlijke muziek; En je kunt geen andere soort uit een Jodenharp halen. Het interesseert hen altijd; Ze komen naar buiten om te zien wat er met je aan de hand is. Ja, je bent in orde; Je zit heel goed vast. Je wilt nachten voordat je gaat slapen op je bed zitten, en vroeg in de ochtend, en op je jodenharp spelen; speel 'The Last Link is Broken' - dat is het ding dat een rat sneller zal scheppen dan iets anders; En als je ongeveer twee minuten hebt gespeeld, zie je al de ratten, en de slangen, en spinnen, en dingen beginnen zich zorgen over je te maken, en komen. En ze zullen gewoon behoorlijk over je heen zwermen en een nobele goede tijd hebben."

"Ja, *dat zal ik wel* doen, denk ik, Mars Tom, maar welke kine er tijd heeft *Jim* dan? Gezegend als ik verwant de pint zie. Maar ik zal het doen als het moet. Ik denk dat ik de dieren maar beter tevreden kan houden, en geen problemen in huis kan hebben."

Tom wachtte om er over na te denken en te zien of er niet niets anders was; En al snel zegt hij:

"Oh, er is één ding dat ik vergeten ben. Zou je hier een bloem kunnen laten groeien, denk je?"

"Ik weet het wel, maar misschien zou ik het kunnen, Mars Tom; maar het is acceptabel donker in heah, en ik heb geen nut voor geen bloem, hoe dan ook, en ze zou een krachtige aanblik van problemen zijn."

"Nou, je probeert het in ieder geval. Sommige andere gevangenen hebben het gedaan."

"Er zouden grote kattenstaart-achtige mullen-stengels groeien in heah, Mars Tom, denk ik, maar ze zou niet de helft van de moeite zijn die ze zou veroorzaken."

"Geloof je het niet. We zullen een kleintje voor je halen en je plant het daar in de hoek en tilt het op. En noem het geen mullen, noem het Pitchiola - dat is de juiste naam als het in een gevangenis zit. En je wilt het water geven met je tranen."

"Wel, ik heb genoeg bronwater, Mars Tom."

"Je *wilt geen* bronwater; je wilt het water geven met je tranen. Het is de manier waarop ze altijd doen."

"Wel, Mars Tom, ik lig er een op te heffen mullen-stengels twyste met bronwater, terwijl een ander man een *start is n* een met tranen."

"Dat is niet de bedoeling. Je *moet* het met tranen doen."

"Ze zal sterven aan mijn han, Mars Tom, ze zal heilig zijn; Kase ik doan' skasely ooit huilen."

Dus Tom was stomverbaasd. Maar hij bestudeerde het nog eens goed en zei toen dat Jim zich zo goed mogelijk zorgen zou moeten maken over een ui. Hij beloofde dat hij naar de negerhutten zou gaan en er 's morgens een, privé, in Jims koffiepot zou laten vallen. Jim zei dat hij "wis' soon tobacker in zijn koffie zou hebben," en vond er zoveel aanmerkingen op, en met het werk en de moeite van het grootbrengen van de mullen, en het joden-harken van de ratten, en het aaien en vleien van de slangen en spinnen en dergelijke, bovenop al het andere werk dat hij aan pennen moest doen, en inscripties, en dagboeken, en dergelijke, die het meer moeite, zorg en verantwoordelijkheid maakten om een gevangene te zijn dan iets wat hij ooit ondernam, dat Tom alle geduld met hem verloor; En hij zei dat hij gewoon was beladen met meer opzichtiger kansen dan een gevangene ooit in de wereld had gehad om naam te maken, en toch wist hij niet genoeg om ze te waarderen, en ze waren zo ongeveer verspild aan hem. Dus Jim had spijt, en zei dat hij zich niet meer zo zou gedragen, en toen schoven Tom en ik naar bed.

HOOFDSTUK XXXIX.

's Morgens gingen we naar het dorp en kochten een rattenval van draad en haalden die naar beneden, en haalden het beste rattenhol uit elkaar, en in ongeveer een uur hadden we vijftien van de meest pesterige soorten; en toen namen we het en legden het op een veilige plek onder het bed van tante Sally. Maar terwijl we weg waren om spinnen te halen, vond de kleine Thomas Franklin Benjamin Jefferson Elexander Phelps het daar, en opende de deur ervan om te zien of de ratten naar buiten zouden komen, en dat deden ze; en tante Sally kwam binnen, en toen we terugkwamen, stond ze bovenop het bed Kaïn op te voeden, en de ratten deden wat ze konden om de saaie tijden voor haar te voorkomen. Dus nam ze ons beiden mee en stofte ze af met de hickry, en we waren wel twee uur bezig om er nog vijftien of zestien te vangen, drat die bemoeizuchtige welp, en ze waarschuwden niet de meest waarschijnlijke, gekke, omdat de eerste trek de keuze van de kudde was. Ik zie nooit een waarschijnlijker lot ratten dan wat die eerste trek was.

We hebben een prachtige voorraad gesorteerde spinnen en insecten en kikkers en rupsen en het een of ander; En we willen graag een wespennest hebben, maar dat hebben we niet gedaan. De familie was thuis. We gaven het niet meteen op, maar bleven zo lang mogelijk bij hen; Omdat we toestonden dat we ze zouden vermoeien of dat ze ons moesten vermoeien, en ze deden het. Toen kregen we allycumpain en wreven op de plekken, en was weer bijna in orde, maar konden niet handig gaan zitten. En dus gingen we op zoek naar de slangen, en pakten een paar dozijn kousenbanden en huisslangen, en stopten ze in een zak, en zetten die in onze kamer, en tegen die tijd was het etenstijd, en een rammelende goede, eerlijke dagtaak: en hongerig? - o nee, ik denk het niet! En er was geen gezegende slang daarboven toen we teruggingen – we hebben de zak niet half vastgebonden, en ze werkten het op de een of andere manier uit en vertrokken. Maar het maakte niet veel uit, want ze waren nog ergens op het terrein. Dus we oordeelden dat we er weer een paar konden krijgen. Nee, er is geen echte schaarste aan slangen in huis voor een aanzienlijke periode. Je zou ze af en toe van de spanten en plaatsen zien druipen; En ze belandden royaal op je bord, of in je nek, en meestal waar je ze niet wilde. Wel, zij waren knap en gestreept, en er was geen kwaad in een miljoen van hen; maar dat maakte voor tante Sally nooit geen verschil; ze verachtte slangen, hoe ze ook mochten zijn, en ze kon ze niet uitstaan, op geen enkele manier dat je het kon repareren; En elke keer als een van hen op haar neerplofte, maakte het geen verschil wat ze aan het doen was, ze legde dat werk gewoon neer en ging uit. Ik zie nog nooit zo'n vrouw. En je kon haar horen schreeuwen naar Jericho. Je kon haar er niet toe brengen om een van hen met de tang te nemen. En als ze zich omdraaide en er een in bed vond, klauterde ze naar buiten en slaakte een gehuil dat je zou denken dat het huis in brand stond. Ze stoorde de oude man zodat hij zei dat hij het liefst kon wensen dat er nooit geen slangen waren geschapen. Wel, nadat elke laatste slang wel een week lang het huis uit was verdwenen, waarschuwde tante Sally er nog niet voor; ze waarschuwde er niet overheen; Als ze ergens over zat na te denken, kon je haar met een veer in haar nek aanraken en dan sprong ze zo uit haar kousen. Het was heel merkwaardig. Maar Tom zei dat alle vrouwen gewoon zo waren. Hij zei dat ze om de een of andere reden op die manier gemaakt waren.

We kregen een lik elke keer als een van onze slangen haar in de weg kwam, en ze liet deze likken niets zeggen voor wat ze zou doen als we de plaats ooit weer met hen zouden beladen. Ik vond het likken niet erg, want ze stelden niets voor; maar ik vond het erg dat we moeite hadden om in een ander perceel te liggen. Maar we hebben ze erin gelegd, en al de andere dingen; en je ziet nooit een hut die zo vrolijk is als die van Jim toen ze allemaal uitzwermden voor muziek en voor hem gingen. Jim hield niet van de spinnen, en de spinnen mochten Jim niet; En dus zouden ze voor hem gaan liggen en het geweldig warm voor hem maken. En hij zei dat er tussen de ratten en de slangen en de slijpsteen geen plaats voor hem in bed was, schalks; En als er was, kon een lichaam niet slapen, het was zo levendig, en het was altijd levendig, zei hij, omdat *ze* nooit allemaal tegelijk sliepen, maar om de beurt rondliepen, dus als de slangen sliepen, waren de ratten op het dek, en als de ratten zich omdraaiden, kwamen de slangen op wacht, dus hij had altijd één bende onder zich, op zijn manier, en de andere bende die een circus over hem had, en als hij opstond om op een nieuwe plek te jagen, zouden de spinnen een kans op hem wagen als hij overstak. Hij zei dat als hij deze keer ooit vrijkwam, hij nooit meer een gevangene zou zijn, niet voor een salaris.

Nou, tegen het einde van drie weken was alles in redelijk goede staat. Het shirt werd vroeg opgestuurd, in een taart, en elke keer als een rat Jim beet, stond hij op en schreef een beetje in zijn dagboek terwijl de inkt vers was; de pennen werden gemaakt, de inscripties enzovoort werden allemaal op de slijpsteen gegraveerd; De bedpoot was in tweeën gezaagd, en we hadden het zaagsel opgeruimd, en het gaf ons een zeer verbazingwekkende buikpijn. We dachten dat we allemaal zouden sterven, maar dat gebeurde niet. Het was het meest onverteerbare zaagsel dat ik ooit heb gezien; en Tom zei hetzelfde.

Maar zoals ik al zei, we hadden nu eindelijk al het werk gedaan; en we waren ook allemaal behoorlijk uitgeblust, maar vooral Jim. De oude man had een paar keer naar de plantage onder Orléans geschreven om hun weggelopen neger te komen halen, maar hij had geen antwoord gekregen, want zo'n plantage was er niet; dus stond hij toe dat hij reclame zou maken voor Jim in de kranten van St. Louis en New Orleans; en toen hij die van St. Louis noemde, kreeg ik de koude rillingen, en ik zie dat we geen tijd te verliezen hadden. Dus zei Tom, nu de naamloze letters.

"Wat zijn ze?" Zegt ik.

"Waarschuwingen aan de mensen dat er iets aan de hand is. Soms gaat het op de ene manier, soms op een andere. Maar er is altijd wel iemand die de gouverneur van het kasteel op de hoogte stelt. Toen Lodewijk XVI het licht uit de Tooleries wilde halen, deed een dienstmeisje het. Het is een heel goede manier, en dat geldt ook voor de niet-naamloze letters. We gebruiken ze allebei. En het is gebruikelijk dat de moeder van de gevangene zich met hem omkleedt, en zij blijft binnen, en hij glijdt in haar kleren naar buiten. Dat gaan wij ook doen."

"Maar kijk eens, Tom, wat willen we iemand *waarschuwen* dat er iets aan de hand is? Laat ze het zelf uitzoeken - het is hun uitkijkpost."

"Ja, ik weet het; Maar je kunt niet op ze vertrouwen. Het is de manier waarop ze vanaf het allereerste begin hebben gehandeld - ons alles laten doen. Ze zijn zo zelfverzekerd en mullet-hoofdig dat ze helemaal nergens aandacht aan besteden. Dus als we ze niet *op* de hoogte stellen, zal er niets of niemand zijn om ons te hinderen, en dus zal deze ontsnapping, na al ons harde werk en al onze moeite, volkomen plat verlopen; zal niets opleveren - zal er niets *voor* zijn ."

"Nou, wat mij betreft, Tom, dat is de manier waarop ik zou willen."

"Shucks!" zegt hij en kijkt walgend. Dus ik zegt:

"Maar ik ga niet klagen. Elke manier die bij jou past, past bij mij. Wat ga je doen met het dienstmeisje?"

"Jij zult haar zijn. Je glijdt naar binnen, midden in de nacht, en haakt de jurk van dat meisje aan de haak."

"Wel, Tom, dat zal de volgende morgen moeilijkheden veroorzaken; Want ze heeft er waarschijnlijk geen anders dan die."

"Ik weet het; Maar je wilt het niet anders dan een kwartier om de naamloze brief te dragen en onder de voordeur te schuiven."

"Goed, dan zal ik het doen; maar ik zou het net zo handig in mijn eigen kleding kunnen dragen."

"Dan zie je er toch niet uit als een dienstmeisje?"

"Nee, maar er zal toch niemand zijn om te zien hoe ik eruit zie."

"Dat heeft er niets mee te maken. Wat we moeten doen, is gewoon onze *plicht* doen en ons geen zorgen maken of iemand *ons het ziet* doen of niet. Heb je helemaal geen principe?"

"Goed, ik zeg niets; Ik ben het dienstmeisje. Wie is de moeder van Jim?"

"Ik ben zijn moeder. Ik zal een jurk van tante Sally aan de haak slaan."

"Nou, dan moet je in de hut blijven als ik en Jim weggaan."

"Niet veel. Ik zal Jims kleren volproppen met stro en het op zijn bed leggen om zijn moeder in vermomming voor te stellen, en Jim zal de jurk van de negervrouw van me aftrekken en dragen, en we zullen allemaal samen wegduiken. Wanneer een gevangene van stijl ontsnapt, wordt dit een ontwijking genoemd. Het wordt altijd zo genoemd als een koning ontsnapt, bijvoorbeeld. En hetzelfde geldt voor een koningszoon; Het maakt geen verschil of hij een natuurlijke of een onnatuurlijke is."

Dus Tom, hij schreef de naamloze brief, en ik knuffelde die avond de jurk van de jaller meid, trok hem aan en schoof hem onder de voordeur, zoals Tom me dat zei. Het zei:

Oppassen. Er zijn problemen op komst. Houd een scherpe uitkijk. ONBEKENDE VRIEND.

De volgende avond plakten we een schilderij, die Tom in bloed tekende, van een schedel en gekruiste beenderen op de voordeur; En de volgende avond nog een van een doodskist op de achterdeur. Ik zie nog nooit een gezin in het zweet. Ze konden niet banger zijn als de plaats vol geesten was geweest die achter alles en onder de bedden voor hen lagen en door de lucht rilden. Als er op een deur bonkte, tante Sally, sprong ze op en zei "au!" als er iets viel, sprong ze op en zei "au!" als je haar toevallig aanraakte, toen ze het niet merkte, deed ze hetzelfde; Ze kon niets onder ogen zien en tevreden zijn, omdat ze toestond dat er elke keer iets achter haar was - dus ze draaide altijd plotseling rond en zei 'au', en voordat ze tweederde in de buurt had, dwarrelde ze weer terug en zei het opnieuw; En ze was bang om naar bed te gaan, maar ze durfde niet op te staan. Dus het ding werkte heel goed, zei Tom; Hij zei dat hij nog nooit iets bevredigender ziet werken. Hij zei dat het aantoonde dat het goed was gedaan.

Dus zei hij, nu voor de grote uitstulping! Dus de volgende morgen bij het krieken van de dag hadden we nog een brief klaar en vroegen ons af wat we er beter mee konden doen, want we hoorden ze bij het avondeten zeggen dat er de hele nacht een neger op wacht zou staan bij beide deuren. Tom, hij ging met de bliksemafleider om rond te spioneren; En de neger bij de achterdeur sliep, en hij stak het in zijn nek en kwam terug. In deze brief stond:

> Verraad me niet, ik wil je vriend zijn. Er is een wanhopige bende moordenaars uit het Indian Territory die vannacht je weggelopen neger gaan stelen, en ze hebben geprobeerd je bang te maken zodat je in huis blijft en ze niet lastig valt. Ik ben een van de bende, maar heb religie gekregen en wil ermee stoppen en weer een eerlijk leven leiden, en zal het helish ontwerp verraden. Ze zullen precies om middernacht langs het hek naar beneden sluipen met een valse sleutel, en de hut van de neger binnengaan om hem te halen. Ik moet een stuk afgaan en op een tinnen hoorn blazen als ik enig gevaar zie; maar in plaats daarvan zal ik BA als een schaap zodra ze binnenkomen en helemaal niet blazen; Dan, terwijl ze zijn kettingen losmaken, glip je daarheen en sluit je ze op, en kun je ze bij je vertrek doden. Doe niets anders dan gewoon de manier waarop ik je vertel, als je dat doet, zullen ze iets vermoeden en whoop-jamboreehoo opheffen. Ik wil geen beloning, maar ik weet dat ik het juiste heb gedaan.
>
> ONBEKENDE VRIEND

HOOFDSTUK XL.

We voelden ons redelijk goed na het ontbijt, en namen mijn kano en gingen de rivier over om te vissen, met een lunch, en hadden een goede tijd, en namen een kijkje naar het vlot en vonden haar in orde, en kwamen laat thuis voor het avondeten, en vonden ze in zo'n zweet en zorgen dat ze niet wisten aan welke kant ze stonden, En liet ons meteen naar bed gaan op het moment dat we klaar waren met eten, en wilde ons niet vertellen wat het probleem was, en liet nooit een woord over de nieuwe brief los, maar dat hoefde ook niet, omdat we er net zoveel van wisten als iedereen, en zodra we half de trap op waren en haar rug was toegekeerd, gleden we naar de kelderkast en laadden een goede lunch in en namen die Ik ging naar bed en stond om ongeveer half twaalf op, en Tom trok de jurk van tante Sally aan die hij had gestolen en wilde met de lunch beginnen, maar hij zei:

"Waar is de boter?"

"Ik heb er een stuk van gelegd," zei ik, "op een stuk van een maïskorrel."

"Nou, je *hebt* het dan laten liggen - het is er niet."

'We kunnen wel zonder,' zei ik.

"Wij kunnen er ook mee overweg ", zegt hij; "Je glijdt gewoon de kelder in en haalt het op. En dan loop je regelrecht langs de bliksemafleider naar beneden en kom langs. Ik zal het rietje in Jims kleren stoppen om zijn moeder in vermomming te vertegenwoordigen, en klaar zijn om te *baaien* als een schaap en duwen zodra je er bent."

Dus ging hij naar buiten, en ik ging de kelder in. Het stuk boter, zo groot als een vuist, was waar ik het had achtergelaten, dus nam ik de plak maïs op met het aan, en blies mijn licht uit, en begon heel sluipend de trap op te gaan, en kwam goed op de begane grond, maar hier komt tante Sally met een kaars, en ik klapte de vrachtwagen in mijn hoed, en klapte met mijn hoed op mijn hoofd, en de volgende seconde zag ze me; En ze zegt:

"Ben je in de kelder geweest?"

"Jazeker."

"Wat heb je daar beneden gedaan?"

"Nee."

"*Nee!*"

"Nee."

"Welnu, wat bezielde u dan om daar op dit uur van de nacht heen te gaan?"

"Ik weet het niet."

"Weet je het niet? Antwoord me niet op die manier. Tom, ik wil weten wat je *daar beneden* hebt gedaan."

"Ik heb niets gedaan, tante Sally, ik hoop genadig te zijn als ik dat heb gedaan."

Ik dacht dat ze me nu zou laten gaan, en dat zou ze in het algemeen ook doen; maar ik stel dat er zoveel vreemde dingen aan de hand waren, ze zweette zich in het zweet over elk klein dingetje dat niet recht was; Dus zegt ze, heel beslist:

"Je marcheert gewoon die zaal binnen en blijft daar tot ik kom. Je hebt iets uitgespookt waar je niets mee te maken hebt, en ik zal erachter komen wat het is voordat *ik* klaar met je ben."

Dus ging ze weg toen ik de deur opende en de zitkamer binnenliep. My, maar er was een menigte daar! Vijftien boeren, en elk van hen had een geweer. Ik was zeer ziek, en zakte naar een stoel en ging zitten. Ze zaten eromheen, sommigen van hen praatten een beetje, met een zachte stem, en ze waren allemaal onrustig en ongemakkelijk, maar probeerden eruit te zien alsof ze niet waarschuwden; maar ik wist dat ze dat waren, omdat ze altijd hun hoeden afnamen en ze opzetten, en hun hoofd krabden, en van stoel veranderden, en met hun knopen rommelden. Ik waarschuw zelf niet gemakkelijk, maar ik heb mijn hoed toch niet afgenomen.

Ik wenste dat tante Sally zou komen en klaar met me zou zijn, en me zou likken, als ze dat wilde, en me zou laten weggaan en Tom zou vertellen hoe we dit ding hadden overdreven, en in wat voor een donderend wespennest we terecht waren gekomen, zodat we konden stoppen met dollen en meteen met Jim konden opruimen voordat deze scheuren hun geduld opraakten en voor ons kwamen.

Eindelijk kwam ze en begon me vragen te stellen, maar ik *kon* ze niet direct beantwoorden, ik wist niet aan welke kant van mij boven was, omdat deze mannen nu zo in de war waren dat sommigen nu meteen wilden beginnen en voor die wanhopige mensen wilden liggen, en zeiden dat het nog maar een paar minuten voor middernacht was; en anderen probeerden hen ertoe te brengen vol te houden en te wachten op het schaapseken; en hier was Tante die zich op de vragen richtte, en ik die helemaal trilde en op het punt stond in mijn sporen weg te zinken, zo bang was ik; en de plaats wordt heter en heter, en de boter begint te smelten en langs mijn nek en achter mijn oren te lopen; en al snel, toen een van hen zei: "*Ik ga* eerst *en nu meteen in de hut en vang* ze op als ze komen", viel ik bijna neer; en een streep boter druppelde langs mijn voorhoofd, en tante Sally zag het, en werd wit als een laken en zei:

"In het belang van het land, wat *is* er met het kind aan de hand? Hij heeft de hersenkoorts zo hard als jij geboren bent, en ze sijpelen eruit!"

En iedereen rent om te zien, en ze rukt mijn hoed af, en het brood komt eruit en wat er nog over was van de boter, en ze pakte me vast, en omhelsde me, en zei:

"Oh, wat heb je me een beurt gegeven! en wat ben ik blij en dankbaar, het is niet slechter; want het geluk is tegen ons, en het regent nooit, maar het giet, en als ik die vrachtwagen zie, dacht ik dat we je kwijt waren, want ik wist aan de kleur en alles wat het was, net zoals je hersenen zouden zijn als - Lieve, lieve, waarom vertel je me niet dat je daar beneden was geweest, *het zou me* niets schelen. Ga nu naar bed en laat me je niet meer zien tot morgen!"

Ik was in een oogwenk de trap op, en in een andere de bliksemafleider naar beneden, en scheen door het donker naar het afdak. Ik kon mijn woorden nauwelijks uitbrengen, ik was zo angstig; maar ik zei zo snel als ik kon tegen Tom, dat we er nu voor moesten springen, en geen minuut te verliezen - het huis vol mannen, daarginds, met geweren!

Zijn ogen gloeiden gewoon; En hij zegt:

"Nee, is dat zo? *Is het geen* bullebak! Wel, Huck, als het opnieuw moest doen, wed ik dat ik er tweehonderd zou kunnen halen! Als we het konden uitstellen tot...'

"Haast je! *zich haasten!*" zei ik. " Waar is Jim?"

"Precies bij je elleboog; Als je je arm uitstrekt, kun je hem aanraken. Hij is aangekleed en alles is klaar. Nu zullen we naar buiten glijden en het schaap een teken geven."

Maar toen hoorden we het getrappel van mannen naar de deur komen, en hoorden we dat ze aan het hangslot begonnen te morrelen, en hoorden we een man zeggen:

"Ik *zei toch dat* we te vroeg zouden zijn; Ze zijn niet gekomen, de deur zit op slot. Hier, ik zal sommigen van jullie opsluiten in de hut, en jullie liggen voor hen in het donker en doden ze als ze komen; en de rest verspreidt zich rond een stuk, en luister of je ze kunt horen aankomen."

Dus kwamen ze binnen, maar konden ons in het donker niet zien, en de meesten liepen op ons terwijl we ons haastten om onder het bed te komen. Maar we kwamen er goed onder en gingen door het gat naar buiten, snel maar zacht - Jim eerst, ik als volgende en Tom als laatste, wat volgens Toms bevel was. Nu waren we in het afdakje en hoorden we getrappel in de buurt buiten. Dus kropen we naar de deur, en Tom hield ons daar tegen en liet zijn oog op de spleet vallen, maar hij kon niets onderscheiden, het was zo donker; en fluisterde en zei dat hij zou luisteren naar de stappen om verder te komen, en toen hij ons aanstootte, moest Jim als eerste naar buiten glijden, en hem als laatste. Dus legde hij zijn oor tegen de spleet en luisterde, en luisterde, en luisterde, en de stappen schraapten daar de hele tijd rond; en eindelijk stootte hij ons aan, en we gleden naar buiten, en bukten ons, ademden niet en maakten niet het minste geluid, en glipten sluipend naar het hek in Injun-rij, en kwamen er goed bij, en ik en Jim eroverheen; maar Toms borsten bleven haken aan een splinter op de bovenste rail, en toen hoorde hij de treden aankomen, dus moest hij zich lostrekken, waardoor de splinter knapte en geluid maakte; En terwijl hij ons in de weg sprong en begon, zong iemand:

"Wie is dat? Antwoord, of ik schiet!"

Maar we antwoordden niet, we ontvouwden gewoon onze hakken en duwden. Toen was er een rush, en een *knal, knal, knal!* En de kogels suisden zowat om ons heen! We hoorden ze zingen:

"Hier zijn ze! Ze hebben gebroken voor de rivier! Achter ze aan, jongens, en laat de honden los!"

Dus hier komen ze, full tilt. We konden ze horen omdat ze laarzen droegen en schreeuwden, maar we droegen geen laarzen en schreeuwden niet. We waren op het pad naar de molen; En toen ze aardig dicht bij ons kwamen, doken we het struikgewas in en lieten ze voorbijgaan, en lieten ons toen achter hen vallen. Ze hadden alle honden laten opsluiten, zodat ze de rovers niet zouden afschrikken; Maar tegen die tijd had iemand ze losgelaten, en hier komen ze, powwow genoeg voor een miljoen; maar het waren onze honden; dus stopten we in onze sporen totdat ze hen inhaalden; En toen ze het zagen, waarschuwden niemand anders dan ons, en geen opwinding om hen aan te bieden, zeiden ze alleen maar howdy, en scheurden recht vooruit naar het geschreeuw en gekletter; En toen sisten we weer op stoom en zoefden achter hen aan tot we bijna bij de molen waren, en toen sloegen we door het struikgewas naar waar mijn kano was vastgebonden, en sprongen erin en trokken voor ons leven naar het midden van de rivier, maar maakten niet meer geluid dan waar we aan genoodzaakt waren. Toen gingen we,

256

gemakkelijk en comfortabel, op weg naar het eiland waar mijn vlot was; En we konden ze overal langs de oever naar elkaar horen schreeuwen en blaffen, totdat we zo ver weg waren dat de geluiden zwakker werden en uitstierven. En toen we op het vlot stapten zei ik:

"*Nu*, oude Jim, je bent weer een vrij man, en ik wed dat je nooit meer een slaaf zult zijn."

"En het was ook geweldig goed gedaan, Huck. Het is mooi gepland, en het is mooi *gedaan*, en er is niemand die een plan bedenkt dat door elkaar is gehaald en prachtig den wat dat was."

We waren allemaal zo blij als we maar konden zijn, maar Tom was de gelukkigste van allemaal omdat hij een kogel in de kuit van zijn been had.

Toen ik en Jim dat hoorden, voelden we ons niet zo onbezonnen als voorhen. Het deed hem veel pijn en bloedde; Dus legden we hem in de wigwam en scheurden een van de hemden van de hertog om hem te verbinden, maar hij zegt:

"Geef me de vodden; Ik kan het zelf. Stop nu niet; Niet dollen hier, en de ontwijking dreunt zo knap; Beman de vegen, en laat haar los! Jongens, we hebben het elegant gedaan! Ik wou dat *we* de behandeling van Lodewijk XVI hadden gehad, er zou geen 'Zoon van de heilige Lodewijk, opstijgen naar de hemel!' in zijn biografie hebben opgeschreven ; nee, meneer, we hadden hem over de grens gejoeld - dat is wat we met hem hadden gedaan - en het ook nog eens zo glad als helemaal niets. Beman de vegen - beman de vegen!"

Maar Jim en ik waren aan het overleggen - en aan het nadenken. En nadat we even hadden nagedacht, zei ik:

"Zeg het, Jim."

Dus hij zegt:

"Nou, den, zo ziet het er voor mij uit, Huck. Als hij het was die 'uz bein' sot free, en een van de jongens was om te git shot, zou hij zeggen: 'Ga door en red me, nemmine 'bout a doctor f'r om dis one te redden?' Is dat zoals Mars Tom Sawyer? Zou hij dat zeggen? Reken *maar dat* hij dat niet zou doen! *Nou*, den, is *Jim* gywne om het te zeggen? Nee, sah - ik doe geen stap uit mijn plaats bij een *dokter;* Niet als het veertig jaar is!"

Ik wist dat hij van binnen blank was, en ik dacht dat hij zou zeggen wat hij zei, dus het was nu in orde, en ik zei tegen Tom dat ik naar een dokter ging. Hij maakte er veel ruzie over, maar ik en Jim hielden eraan vast en wilden niet toegeven; dus was hij om eruit te kruipen en zelf het vlot los te laten; Maar we lieten hem niet toe. Toen gaf hij ons een stuk van zijn gedachten, maar het hielp niets.

Dus als hij ziet dat ik de kano klaar maak, zegt hij:

"Welnu, als u toch moet gaan, zal ik u de weg wijzen die u moet doen als u in het dorp bent. Sluit de deur en blinddoek de dokter stevig en snel, en laat hem zweren stil te zijn als het graf, en stop een beurs vol goud in zijn hand, en neem hem dan mee en leid hem in het donker door de achterafsteegjes en overal, en haal hem dan hier in de kano, via een omweg tussen de eilanden, En zoek hem en neem zijn krijt van hem weg, en geef het hem niet terug totdat u hem terug naar het dorp hebt, anders zal hij dit vlot krijten zodat hij het terug kan vinden. Het is de manier waarop ze het allemaal doen."

Dus ik zei dat ik dat zou doen en vertrok, en Jim zou zich in het bos verstoppen als hij de dokter zag aankomen tot hij weer weg was.

HOOFDSTUK XLI.

De dokter was een oude man; een heel aardige, vriendelijk uitziende oude man toen ik hem opstond. Ik vertelde hem dat ik en mijn broer gistermiddag op het Spaanse eiland aan het jagen waren, en kampeerden op een stuk van een vlot dat we vonden, en rond middernacht moest hij in zijn dromen met zijn geweer hebben geschopt, want het ging af en schoot hem in zijn been, en we wilden dat hij daarheen ging en het zou repareren en er niets over zou zeggen. Laat het ook niemand weten, want we wilden vanavond thuiskomen en de mensen verrassen.

"Wie zijn je ouders?" zegt hij.

"De Phelpses, daarginds."

"Oh," zegt hij. En na een minuut zegt hij:

"Hoe zou je zeggen dat hij is neergeschoten?"

"Hij had een droom," zei ik, "en die schoot hem neer."

"Unieke droom", zegt hij.

Dus stak hij zijn lantaarn aan, pakte zijn zadeltassen en we begonnen. Maar toen hij de kano zag, vond hij haar er niet mooi uitzien – hij zei dat ze groot genoeg was voor één, maar dat ze er niet helemaal veilig uitzag voor twee. Ik zegt:

"O, u hoeft niet bang te zijn, meneer, ze droeg ons drieën gemakkelijk genoeg."

"Welke drie?"

"Wel, ik en Sid, en-en-en de *wapens;* dat is wat ik bedoel."

"Oh," zegt hij.

Maar hij zette zijn voet op de kanon en wiegde haar, schudde zijn hoofd en zei dat hij dacht dat hij om zich heen zou kijken naar een grotere. Maar ze waren allemaal opgesloten en geketend; dus nam hij mijn kano en zei dat ik moest wachten tot hij terugkwam, of ik kon verder jagen, of misschien kon ik beter naar huis gaan en ze klaarmaken voor de verrassing als ik dat wilde. Maar ik zei dat ik dat niet deed; dus ik vertelde hem precies hoe hij het vlot kon vinden, en toen begon hij.

Ik kwam al snel op een idee. Ik zei tegen mezelf, spos'n hij kan dat been niet repareren in slechts drie keer schudden van de staart van een schaap, zoals het gezegde is? Doet hij er drie of vier dagen over? Wat gaan we doen? – daar blijven liggen tot hij de kat uit de zak laat? Nee, meneer; Ik weet wat *ik ga* doen. Ik zal wachten, en als hij terugkomt, als hij zegt dat hij nog meer moet gaan, zal ik daar ook naartoe gaan, als ik zwem; En we zullen hem nemen en vastbinden, en hem houden, en de rivier afschuiven; en als Tom klaar met hem is, zullen we hem geven wat het waard is, of alles wat we hebben, en dan laten we hem aan land gaan.

Dus toen kroop ik in een houtstapel om wat te slapen; en de volgende keer dat ik wakker werd, was de zon weg boven mijn hoofd! Ik schoot weg en ging naar het huis van de dokter, maar ze vertelden me dat hij 's nachts op een of andere manier was weggegaan en waarschuwden nog niet terug. Nou, denk ik, dat ziet er machtig slecht uit voor Tom, en ik ga meteen naar het eiland. Dus ik schoof weg, en sloeg de hoek om, en ramde bijna mijn hoofd in de maag van oom Silas! Hij zegt:

"Wel, *Tom!* Waar ben je al die tijd geweest, deugniet?"

'*Ik* ben nergens geweest,' zei ik, 'alleen maar op jacht naar de weggelopen neger - ik en Sid.'

"Waarom, waar ben je ooit gebleven?" zegt hij. "Je tante is enorm ongemakkelijk geweest."

"Dat hoefde ze niet," zei ik, "want we waren in orde. We volgden de mannen en de honden, maar ze ontliepen ons, en we raakten ze kwijt; Maar we dachten dat we ze op het water hoorden, dus namen we een kano en gingen achter ze aan en staken over, maar we konden niets van ze vinden; Dus we voeren langs de kust tot we een beetje moe en uitgeput werden; en bond de kano vast en ging slapen, en werd pas ongeveer een uur geleden wakker; dan peddelden we hierheen om het nieuws te horen, en Sid is op het postkantoor om te zien wat hij kan horen, en ik ga iets te eten voor ons halen, en dan gaan we naar huis."

Dus toen gingen we naar het postkantoor om "Sid" te halen; maar precies zoals ik vermoedde, waarschuwde hij daar niet; dus de oude man haalde een brief uit het kantoor, en we wachtten nog een tijdje, maar Sid kwam niet; dus de oude man zei: kom mee, laat Sid het naar huis lopen, of kanoën, als hij klaar was met dollen - maar we zouden rijden. Ik kon hem er niet toe brengen me te laten blijven en op Sid te wachten; en hij zei dat het geen zin had, en dat ik mee moest komen en tante Sally moest laten zien dat we in orde waren.

Toen we thuiskwamen, was tante Sally zo blij me te zien, ze lachte en huilde allebei, en omhelsde me, en gaf me een van die likjes van haar die niet neerkomen op kaf, en zei dat ze Sid hetzelfde zou dienen als hij kwam.

En de plaats was pruimen vol boeren en boerinnen, aan het diner; En zo'n klak die een lichaam nog nooit heeft gehoord. De oude mevrouw Hotchkiss was de ergste; Haar tong was de hele tijd aan het gaan. Ze zegt:

"Wel, zuster Phelps, ik heb die luchtcabine doorzocht en ik geloof dat de neger gek was. Ik zei tegen zuster Damrell - nietwaar, zuster Damrell? - s'ik, hij is gek, s'ik - dat zijn precies de woorden die ik zei. Jullie verdienen me allemaal: hij is gek, s'I; alles laat het zien, s'I. Kijk naar die-lucht slijpsteen, s'I; Wil *je me vertellen* dat geen enkele bij zijn volle verstand is om al die gekke dingen op een slijpsteen te krabbelen, s'I? Hier sich 'n' sich een persoon die zijn hart heeft gebroken; 'n' hier zo 'n' zo vastgepind voor zevenendertig jaar, 'n' dat alles - natcherl zoon van Louis iemand, 'n' sich eeuwigdurend afval. Hij is helemaal gek, s'I; het is wat ik in de eerste plaats zeg, het is wat ik in het midden zeg, 'n' het is wat ik de hele tijd als laatste 'n' zeg - de neger is gek - gek 's Nebokoodneezer, s'ik."

"Kijk eens naar die luchtladder gemaakt van vodden, zuster Hotchkiss," zegt de oude mevrouw Damrell; 'Wat zou hij in hemelsnaam ooit willen van...'

"De woorden die ik niet langer geleden tegen zuster Utterback zei, zal ze je zelf vertellen. Sh-she, kijk naar die luchtvoddenladder, sh-she; 'n' s'I, ja, *kijk* ernaar, s'I - wat *kon* hij ervan willen, s'I. Sh-she, zuster Hotchkiss, sh-she...'

"Maar hoe zouden ze daar in hemelsnaam ooit *die slijpsteen* erin kunnen *krijgen? 'En wie heeft dat luchtgat gegraven?* 'n' wie...'

"Mijn eigen *woorden,* broeder Penrod! Ik was aan het zeggen' - geef die lucht sasser o' m'lasses, nietwaar? - Ik zei' tegen zuster Dunlap, jist op dit ogenblik, hoe *hebben* ze die slijpsteen daar in gezet, s'I. Zonder *hulp,* let wel... 'thout *help! Thar is* waar 'tis. Vertel *het me* niet, s'I; er *was* hulp, s'I; 'n' ther' was ook een *grote* hulp, s'I; er zijn er een *dozijn* die die neger helpen, en ik lag dat ik elke laatste neger op deze plek zou villen, maar *ik zou* erachter komen wie het gedaan heeft, s'ik; 'n' bovendien, s'I...'

"Een *dozijn* zegt u! - *veertig* zou niet alles kunnen doen wat gedaan is. Kijk naar die kastmessen en dergelijke, hoe vervelend ze zijn gemaakt; Kijk eens naar die met 'm afgezaagde bedpoot, een weekwerk voor zes mannen; Kijk naar die neger gemaakt van stro op het bed; en kijk naar...'

"U mag het wel zeggen, broeder Hightower! Het is jist zoals ik zei' tegen Brer Phelps, zijn eigen zelf. S'e, wat denkt *u* ervan, zuster Hotchkiss, s'e? Denk aan wat, Brer Phelps, s'I? Denk aan die bedpoot die dat op een bepaalde manier heeft afgezaagd, s'e? *denk er eens over* na, s'I? Ik leg het legde *het nooit* afzag, s'ik- iemand *zaagde* het, s'I; dat is mijn mening, te nemen of te laten, het is misschien geen 'telling, s'I, maar sich als 't is, het is mijn mening, s'ik, 'n' als iemand een betere kan beginnen, s'ik, laat hem *het doen*, s'I, dat is alles. Ik zei tegen zuster Dunlap, s'I...'

"Wel, hond mijn katten, ze moeten daar vier weken lang elke avond een huis vol negers hebben om al dat werk te doen, zuster Phelps. Kijk naar dat shirt - elke laatste centimeter ervan is bezaaid met geheime Afrikaanse teksten die met bloed zijn gedaan! Moet een ben een vlot uv 'm er recht langs, de hele tijd, bijna. Wel, ik zou er twee dollar voor over hebben om het mij te laten voorlezen; 'n' wat betreft de negers die het schreven, ik 'low I'd take 'n' lash 'm t'll...'

"Mensen om hem te *helpen*, broeder Marples! Nou, ik denk dat je dat zou *denken* als je een tijdje terug in dit huis was geweest. Wel, ze hebben alles gestolen wat ze te pakken konden krijgen - en wij kijken de hele tijd toe, let wel. Ze hebben dat shirt meteen van de lijn gestolen! en wat betreft dat laken waar ze de voddenladder van hebben gemaakt, het is niet te zeggen hoe vaak ze *dat niet hebben* gestolen; en meel, en kaarsen, en kandelaars, en lepels, en de oude warmhoudpan, en de meeste duizend dingen die ik me nu niet meer herinner, en mijn nieuwe katoenen jurk; en ik en Silas en mijn Sid en Tom op de dag van de voortdurende wacht *en* nacht, zoals ik u vertelde, en niemand van ons kon huid of haar of gezicht of geluid van hen opvangen; en hier op het laatste moment, zie je, ze glippen recht onder onze neus naar binnen en houden ons voor de gek, en houden niet alleen *ons voor* de gek, maar ook de rovers van het Injun-gebied, en komen er daadwerkelijk veilig en wel vandoor met die neger, en dat met zestien mannen en tweeëntwintig honden die op dat moment precies op hun hielen zaten! Ik zeg je, het slaat gewoon alles waar ik ooit *van heb gehoord*. Wel, *sperits* kon het niet beter doen en niet slimmer zijn. En ik denk dat het *smerits moeten zijn geweest*, want, *je* kent onze honden, en die zijn niet beter; wel, die honden zijn zelfs nooit op het *spoor* van 'm gekomen! Leg me dat maar uit, als je kunt! - *ieder* van jullie!"

'Nou, het klopt wel...'

'Levende wetten, ik heb nooit...'

'Dus help me, ik zou niet...'

'*Zowel huisdieven als...*'

"Goedheid, ik zou bang zijn om *in sich a* te wonen..."

"'Vlecht om te *leven!—* wel, ik was zo bang dat ik nauwelijks naar bed durfde te gaan, of op te staan, of te gaan liggen, of te gaan zitten, zuster Ridgeway. Wel, ze zouden de zeer... waarom, in hemelsnaam, je kunt wel raden in wat voor soort verwarring *ik* was tegen de tijd dat het gisteravond middernacht was. Ik hoop genadig te zijn als ik niet bang ben dat ze wat van de familie zouden stelen! Ik was net zover dat ik geen redeneervermogen meer had. Het ziet er nu dwaas genoeg uit, overdag, maar ik zeg tegen mezelf, daar liggen mijn twee arme jongens te slapen, 'helemaal de trap op in die eenzame kamer, en ik verklaar in hemelheid dat ik me daar niet zo ongemakkelijk voelde en ze opsloot! Dat *heb ik* gedaan. En iedereen zou dat doen. Omdat, weet je, als je op die manier bang wordt, en het blijft maar doorgaan, en het wordt steeds erger en erger, en je verstand begint te piekeren, en je begint allerlei wilde dingen te doen, en na verloop van tijd denk je bij jezelf, stel je voor dat *ik* een jongen was, en was daarboven, en de deur is niet op slot, en jij...' Ze stopte en keek een beetje verwonderd, en toen draaide ze haar hoofd langzaam om, en toen haar oog op mij viel, stond ik op en liep weg.

Zegt ik tegen mezelf, ik kan beter uitleggen hoe het komt dat we vanmorgen niet in die kamer zijn als ik opzij ga en er een beetje over studeer. Dus ik heb het gedaan. Maar ik durfde niet bont te gaan, of ze zou me laten komen. En toen het laat op de dag was, gingen de mensen allemaal, en toen kwam ik binnen en vertelde haar dat het lawaai en het schieten mij en "Sid" wakker maakten, en de deur was op slot, en we wilden de pret zien, dus gingen we de bliksemafleider af, en we raakten allebei een beetje gewond, en we wilden *dat nooit* meer proberen. En toen ging ik verder en vertelde haar alles wat ik eerder tegen oom Silas had gezegd; En toen zei ze dat ze ons zou vergeven, en misschien was het toch goed genoeg, en ongeveer wat een lichaam van jongens zou verwachten, want alle jongens waren een behoorlijk harum-scarum bende, zo bont als ze kon zien; En dus, zolang er geen kwaad van was gekomen, oordeelde ze dat ze beter haar tijd kon besteden aan dankbaar zijn dat we leefden en gezond en wel waren en dat ze ons nog had, in plaats van te piekeren over wat voorbij en gedaan was. Dus toen kuste ze me, en klopte me op mijn hoofd, en liet zich in een soort bruine studeerkamer vallen; en springt al snel op, en zegt:

"Wel, lawamercy, het is bijna nacht, en Sid is nog niet gekomen! Wat *is* er van die jongen geworden?"

Ik zie mijn kans schoon; dus ik slaat over en zegt:

"Ik zal meteen naar de stad rennen om hem te halen," zei ik.

"Nee, dat doe je niet", zegt ze. "Je blijft precies waar je bent; *Er is* er genoeg om tegelijk verloren te gaan. Als hij hier niet is voor het avondeten, zal je oom gaan."

Wel, hij waarschuwde daar niet voor het avondeten; Dus direct na het avondeten ging oom.

Hij kwam rond tien uur terug, een beetje ongemakkelijk, hij was Toms spoor nog niet tegengekomen. Tante Sally was nogal onrustig, maar oom Silas zei dat er geen reden was om te zijn, jongens blijven jongens, zei hij, en je zult deze 's morgens zien verschijnen, helemaal gezond en wel. Ze moest dus tevreden zijn. Maar ze zei dat ze toch een tijdje voor hem zou gaan zitten en een licht brandend zou houden zodat hij het kon zien.

En toen ik naar bed ging, kwam ze naar me toe en haalde haar kaars, en stopte me in, en bemoederde me zo goed dat ik me gemeen voelde, en alsof ik haar niet in het gezicht kon kijken; en ze ging op bed zitten en praatte een hele tijd met me, en zei wat een prachtige jongen Sid was, en scheen nooit over hem te willen ophouden; en bleef me af en toe vragen of ik dacht dat hij verdwaald zou kunnen zijn, of gekwetst, of misschien verdronken, en op dit moment misschien ergens lijdend of dood zou kunnen liggen, en zij niet bij hem om hem te helpen, en dus zouden de tranen stil naar beneden druppelen, en ik zou haar vertellen dat Sid in orde was, en zou 's morgens zeker thuis zijn; En ze kneep in mijn hand, of kuste me misschien en zei dat ik het nog een keer moest zeggen, en het bleef zeggen, omdat het haar goed deed, en ze was in zoveel moeilijkheden. En toen ze wegging, keek ze zo vast en zacht in mijn ogen en zei:

"De deur gaat niet op slot, Tom, en daar is het raam en de roede; Maar je zult goed zijn, *nietwaar*? En je gaat niet? Voor *mijn* bestwil."

Laws weet dat ik zo graag wilde gaan om naar Tom te kijken, en dat ik helemaal van plan was om te gaan, maar daarna wilde ik niet meer gaan, niet voor koninkrijken.

Maar zij was in mijn gedachten en Tom was in mijn gedachten, dus ik sliep erg onrustig. En twee keer ging ik 's nachts de roede af en glipte voorop en zag haar daar zitten bij haar kaars voor het raam, met haar ogen naar de weg en de tranen erin; en ik wenste dat ik iets voor haar kon doen, maar ik kon het niet, alleen om te zweren dat ik nooit meer iets zou doen om haar verdriet te doen. En de derde keer dat ik bij zonsopgang wakker werd en naar beneden gleed, en ze was er nog, en haar kaars was bijna uit, en haar oude grijze hoofd rustte op haar hand, en ze sliep.

HOOFDSTUK XLII

De oude man was voor het ontbijt weer in de stad, maar kon Tom niet vinden; En ze zaten allebei aan tafel na te denken, en niets te zeggen, en treurig te kijken, en hun koffie werd koud en at niets. En na verloop van tijd zegt de oude man:

"Heb ik je de brief gegeven?"

"Welke brief?"

"Degene die ik gisteren uit het postkantoor heb gehaald."

"Nee, je hebt me geen brief gegeven."

"Nou, ik zal het wel vergeten zijn."

Dus doorzocht hij zijn zakken en ging toen ergens heen waar hij het had neergelegd, en haalde het op en gaf het aan haar. Ze zegt:

"Wel, het komt uit St. Petersburg – het komt uit Sis."

Ik liet toe dat nog een wandeling me goed zou doen, maar ik kon me niet verroeren. Maar voordat ze het kon openbreken, liet ze het vallen en rende weg - want ze zag iets. En ik ook. Het was Tom Sawyer op een matras; En die oude dokter; en Jim, in *haar* katoenen jurk, met zijn handen op de rug gebonden; en een heleboel mensen. Ik verstopte de brief achter het eerste wat van pas kwam, en haastte me. Ze wierp zich huilend op Tom en zei:

"Oh, hij is dood, hij is dood, ik weet dat hij dood is!"

En Tom draaide zijn hoofd een weinig om en mompelde het een of ander, waaruit bleek dat hij niet bij zijn volle verstand was; Toen stak ze haar handen in de lucht en zei:

"Hij leeft nog, godzijdank! En dat is genoeg!" en ze griste een kus van hem en vloog naar het huis om het bed klaar te maken, en ze strooide bevelen rechts en links naar de negers en iedereen, zo snel als haar tong kon gaan, elke sprong van de weg.

Ik volgde de mannen om te zien wat ze met Jim gingen doen; en de oude dokter en oom Silas volgden Tom het huis in. De mannen waren erg chagrijnig en sommigen van hen wilden Jim ophangen als een voorbeeld voor alle andere negers daar in de buurt, zodat ze niet zouden proberen weg te rennen zoals Jim deed, en zo'n hoop problemen zouden veroorzaken, en een heel gezin dagenlang en nachten het meest doodsbang zouden houden. Maar de anderen zeiden, doe het niet, het zou helemaal niet antwoorden; Hij is niet onze neger, en zijn eigenaar zou komen opdagen en ons voor hem laten betalen, zeker. Dus dat koelde hen een beetje af, omdat de mensen die altijd het meest angstig zijn om een neger op te hangen die niet precies goed heeft gedaan, zijn altijd degenen die niet het meest verlangend zijn om voor hem te betalen als ze hun voldoening uit hem hebben gehaald.

Ze scholden Jim echter behoorlijk uit en gaven hem af en toe een paar manchetten aan de zijkant van het hoofd, maar Jim zei nooit iets, en hij liet me nooit weten, en ze namen hem mee naar dezelfde hut, en trokken hem zijn eigen kleren aan, en ketenden hem opnieuw, en deze keer niet aan geen bedbeen, Maar hij dreef een groot stapeltje in de onderste boomstam en ketende ook zijn handen en beide benen vast, en zei dat hij waarschuwde dat hij hierna niets anders dan brood en water te eten zou hebben tot zijn eigenaar kwam, of hij werd op een veiling verkocht omdat hij niet binnen een bepaalde tijd kwam, en vulde ons gat, en zei dat een paar boeren met geweren elke nacht de wacht moesten houden rond de hut, en een buldog die overdag aan de deur werd vastgebonden; En omstreeks deze tijd waren ze klaar met het werk en waren ze aan het afbouwen met een soort algemeen gedag schelden, en dan komt de oude dokter en neemt een kijkje en zegt:

"Wees niet ruwer tegen hem dan je gewend bent, want hij is geen slechte neger. Toen ik aankwam waar ik de jongen vond, zag ik dat ik de kogel niet kon wegsnijden zonder enige hulp, en hij waarschuwde me niet in geen enkele toestand om te vertrekken om hulp te gaan halen; en hij werd een beetje slechter en een beetje slechter, en na een lange tijd werd hij gek en liet me niet meer bij hem komen, en zei dat als ik zijn vlot zou krijten, hij me zou doden, en geen einde aan wilde dwaasheid zoals dat, en ik zie dat ik helemaal niets met hem kon doen; dus ik zei, ik moet op de een of andere manier hulp krijgen; en op het moment dat ik het uitspreek, kruipt deze neger ergens vandaan en zegt dat hij zal helpen, en hij deed het ook, en deed het heel goed. Natuurlijk oordeelde ik dat hij een weggelopen neger moest zijn, en daar stond ik *dan!* en daar moest ik de rest van de dag en de hele nacht rechtdoor blijven. Het was een oplossing, zeg ik je! Ik had een paar patiënten met de koude rillingen, en natuurlijk had ik graag naar de stad willen rennen om ze te zien, maar dat durfde ik niet, want de neger zou kunnen ontsnappen, en dan zou ik de schuld krijgen; En toch kwam er nooit een skiff dichtbij genoeg om te begroeten. Dus daar moest ik vanmorgen tot het daglicht volhouden; en ik zie nooit een neger die een betere nuss of trouwer was, en toch riskeerde hij zijn vrijheid om het te doen, en was hij ook helemaal moe, en ik zie duidelijk genoeg dat hij de laatste tijd hard heeft gewerkt. Dat vond ik de neger leuk; Ik zeg u, heren, zo'n neger is duizend dollar waard - en ook een vriendelijke behandeling. Ik had alles wat ik nodig had, en de jongen deed het daar net zo goed als thuis - misschien beter omdat het zo stil was; maar daar *was ik*, met mijn beide handen aan, en daar moest ik blijven tot ongeveer het ochtendgloren; toen kwamen er een paar mannen in een skiff langs, en het toeval wilde dat de neger bij de pallet zat met zijn hoofd op zijn knieën diep in slaap; dus ik gebaarde ze zachtjes, En ze glipten naar hem toe en grepen hem vast en bonden hem vast voordat hij wist waar hij mee bezig was, en we hadden nooit geen problemen. En omdat de jongen ook in een soort vluchtige slaap was, dempten we de riemen en spanden het vlot aan, en sleepten haar heel mooi en rustig naar de overkant, en de neger maakte nooit de minste ruzie en zei geen woord vanaf het begin. Hij is geen slechte neger, heren; dat is wat ik over hem denk."

Iemand zegt:

"Nou, het klinkt heel goed, dokter, ik ben verplicht om te zeggen."

Toen werden de anderen ook een beetje zachter, en ik was die oude dokter enorm dankbaar dat hij Jim die goede dienst had bewezen; en ik was blij dat het ook naar mijn oordeel over hem was; omdat ik dacht dat hij een goed hart in zich had en een goede man was de eerste keer dat ik hem zag. Toen waren ze het er allemaal over eens dat Jim heel goed had gehandeld en dat hij het verdiende dat er enige aandacht aan werd besteed en dat hij werd beloond. Dus elk van hen beloofde, ronduit en hartelijk, dat ze hem niet meer zouden vervloeken.

Dan komen ze naar buiten en sluiten hem op. Ik hoopte dat ze zouden zeggen dat hij een of twee van de kettingen kon laten afdoen, omdat ze verrot zwaar waren, of vlees en groenten bij zijn brood en water kon hebben; maar ze dachten er niet aan, en ik dacht dat het niet het beste voor me was om me te mengen, maar ik oordeelde dat ik op de een of andere manier het garen van de dokter bij tante Sally zou krijgen zodra ik door de branding was gekomen die vlak voor me lag - verklaringen, bedoel ik, van hoe ik vergat te vermelden dat Sid werd neergeschoten toen ik vertelde hoe hij en ik die uitgeputte nacht doorbrachten met rondpeddelen rond jagen de op hol geslagen neger.

Maar ik had alle tijd. Tante Sally bleef de hele dag en de hele nacht in de ziekenkamer, en elke keer als ik oom Silas zag rondspoken, ontweek ik hem.

De volgende ochtend hoorde ik dat Tom een stuk beter was, en ze zeiden dat tante Sally weg was om een dutje te doen. Dus glipte ik naar de ziekenkamer, en als ik hem wakker vond, dacht ik dat we een garen voor de familie konden ophangen dat zou wassen. Maar hij sliep, en sliep ook heel vredig; en bleek, niet met een vuurgezicht zoals hij was toen hij kwam. Dus ging ik zitten en legde voor hem om wakker te worden. Na ongeveer een half uur komt tante Sally binnenglijden, en daar stond ik dan, weer op een boomstronk! Ze gebaarde me stil te zijn en ging naast me zitten en begon te fluisteren, en zei dat we nu allemaal blij konden zijn, omdat alle symptomen eersteklas waren, en hij had zo lang geslapen en zag er de hele tijd beter en vrediger uit, en tien tegen één zou hij wakker worden in zijn volle verstand.

Dus we zaten daar te kijken, en na verloop van tijd roerde hij zich een beetje en opende zijn ogen heel natuurlijk, en keek en zei:

"Hallo, ik ben thuis! Hoe is dat? Waar is het vlot?"

"Het is in orde," zei ik.

"En *Jim?*"

'Hetzelfde,' zei ik, maar ik kon het niet nogal onbezonnen zeggen. Maar hij heeft het nooit gemerkt, maar zegt:

"Goed! Prachtig! *Nu* zijn we in orde en veilig! Heb je het tante verteld?"

Ik was van plan ja te zeggen; maar ze kwam tussenbeide en zei: "Waarover, Sid?"

"Wel, over de manier waarop de hele zaak werd gedaan."

"Wat voor helemaal?"

"Wel, *de* hele zaak. Er is er maar één; hoe we de weggelopen neger hebben bevrijd - ik en Tom."

"Goed land! Zet de run- Waar *heeft* het kind het over! Lieve, lieve, weer uit zijn hoofd!"

"*Nee*, ik ben niet gek geworden; Ik weet alles waar ik het over heb. We hebben hem vrijgelaten - ik en Tom. We gingen erop uit om het te doen, en we *hebben het gedaan.* En we hebben het ook nog eens elegant gedaan." Hij was begonnen en ze controleerde hem nooit, ze zat alleen maar te staren en staarde en liet hem meeklikken, en ik zie dat het geen zin had voor *mij* om erin te stoppen. "Wel, tante, het heeft ons een hoop werk gekost, weken ervan, uren en uren, elke nacht, terwijl jullie allemaal sliepen. En we moesten kaarsen stelen, en het laken, en het hemd, en je jurk, en lepels, en tinnen borden, en zakmessen, en de warmhoudpan, en de maalsteen, en meel, en gewoon heel veel dingen, en je kunt niet bedenken wat voor werk het was om de zagen te maken, en pennen, en inscripties, en het een of ander, En je kunt niet denken dat *de helft* van het plezier het was. En we moesten de foto's van doodskisten en dergelijke verzinnen, en naamloze brieven van de rovers, en de bliksemafleider op en neer gaan, en het gat in de hut graven, en de touwladder maken en die in een taart gekookt opsturen, en lepels en dingen om mee te werken in je schortzak sturen...'

"Omwille van de genade!"

'- en de hut volladen met ratten en slangen enzovoort, als gezelschap voor Jim; en toen heb je Tom hier zo lang gehouden met de boter in zijn hoed, dat je bijna de hele zaak hebt vernield, want de mannen kwamen voordat we uit de hut waren, en we moesten ons haasten, en ze hoorden ons en lieten ons rijden, en ik kreeg mijn deel, en we doken het pad uit en lieten ze gaan, en als de honden komen, waarschuwen ze niet voor ons, maar gingen voor het meeste lawaai, en we pakten onze kano, en gingen naar het vlot, en was allemaal veilig, en Jim was een vrij man, en we deden het allemaal zelf, en *was het geen* bullebak, tante!"

"Nou, ik heb in al mijn geboortedagen nog nooit zoiets gehoord! Dus jullie waren het, jullie kleine sloebers, die al deze problemen hebben veroorzaakt, en ieders verstand binnenstebuiten hebben gekeerd en ons allemaal het meest doodsbang hebben gemaakt. Ik heb net zo'n goed idee als ik ooit in mijn leven had om het op dit moment uit u te halen. En dan te bedenken, hier ben ik geweest, nacht na nacht, een... *je* wordt maar één keer beter, jij jonge schurk, en ik lig dat ik de oude Harry van jullie beiden zal bruinen!"

Maar Tom, hij *was* zo trots en blij, hij kon zich gewoon *niet* inhouden, en zijn tong *ging* er gewoon heen - zij deed het en spuwde de hele tijd vuur, en ze gingen het allebei tegelijk doen, als een kattenconventie; en ze zei:

'*Nou*, je haalt er nu al het plezier uit dat je kunt, want let op, ik zeg het je als ik je betrap op het bemoeien met hem...'

"Bemoeien met *wie?*" zegt Tom, terwijl hij zijn glimlach laat vallen en verbaasd kijkt.

"Met *wie?* Wel, de weggelopen neger, natuurlijk. Wie had je gerekend?"

Tom kijkt me heel ernstig aan en zegt:

"Tom, heb je me niet net verteld dat het goed met hem ging? Is hij niet ontsnapt?"

"Hem?" zegt tante Sally; " De weggelopen neger? 'Dat heeft hij niet gedaan. Ze hebben hem terug, veilig en wel, en hij is weer in die hut, op water en brood, en beladen met kettingen, totdat hij is opgeëist of verkocht!"

Tom stond rechtop in bed, met zijn ogen warm en zijn neusgaten open en dicht als kieuwen, en zong me toe:

"Ze hebben niet het *recht* om hem de mond te snoeren! *Schuiven!*- en verlies geen minuut. Laat hem los! Hij is geen slaaf; Hij is net zo vrij als elke Kretenner die op deze aarde rondloopt!"

"Wat *bedoelt* het kind?"

"Ik meen elk woord dat ik *zeg*, tante Sally, en als iemand niet gaat, *ga ik*. Ik ken hem al zijn hele leven, en Tom ook. De oude juffrouw Watson stierf twee maanden geleden, en ze schaamde zich dat ze hem ooit aan de andere kant van de rivier zou verkopen, en ze zei dat, en ze liet hem vrij in haar testament."

"Waarom wilde je hem dan in hemelsnaam vrijlaten, aangezien hij al vrij was?"

"Nou, dat *is* een vraag, moet ik zeggen; En *net* als vrouwen! Wel, ik wilde het *avontuur* ervan, en ik zou een waadde nek diep in het bloed zitten om - godzijdank, tante Polly!"

Als ze daar niet precies staat, net binnen de deur, er zo lief en tevreden uitziet als een engel die halfvol taart is, wens ik dat ik dat nooit doe!

Tante Sally sprong voor haar op, en de meesten omhelsden haar hoofd en huilden over haar, en ik vond een goede plek voor me onder het bed, want het werd nogal zwoel voor *ons*, leek me. En ik gluurde naar buiten, en na een poosje schudde Toms tante Polly zich los en stond daar over haar bril naar Tom te kijken - hij werd een beetje tegen de aarde vermalen, weet je. En dan zegt ze:

"Ja, je *kunt* beter je hoofd afwenden, dat zou ik doen als ik jou was, Tom."

"O, lieve ik!" zegt tante Sally; "*Is* hij zo veranderd? Wel, dat is niet *Tom*, het is Sid; Tom's—Tom's—waarom, waar is Tom? Hij was hier een minuut geleden."

'Je bedoelt, waar is Huck *Finn*, dat is wat je bedoelt! Ik denk dat ik al die jaren niet zo'n schurk als mijn Tom heb opgevoed om hem niet te kennen als ik *hem* zie. Dat *zou* een behoorlijk zijn. Kom onder dat bed vandaan, Huck Finn."

Dus ik heb het gedaan. Maar ik voel me niet onbezonnen.

Tante Sally, zij was een van de meest verward uitziende personen die ik ooit heb gezien - op één na, en dat was oom Silas, toen hij binnenkwam en ze hem alles vertelden. Het maakte hem een beetje dronken, zoals u zou kunnen zeggen, en hij wist de rest van de dag helemaal niets, en hij hield die avond een preek in de gebedssamenkomst die hem een ratelend gerucht bezorgde, omdat de oudste man ter wereld het niet kon begrijpen. Dus Tom's tante Polly, ze vertelde alles over wie ik was, en wat; en ik moest opstaan en vertellen hoe ik in zo'n benarde positie was dat toen mevrouw Phelps me voor Tom Sawyer aanzag - ze kwam tussenbeide en zei: "O, ga door en noem me tante Sally, ik ben er nu aan gewend, en ik hoef me niet te veranderen" - dat toen tante Sally me voor Tom Sawyer hield, ik het moest verdragen - er was geen andere manier, en ik wist dat hij het niet erg zou vinden, omdat het gek voor hem zou zijn, omdat het een mysterie was, en hij zou er een avontuur van maken en volkomen tevreden zijn. En zo bleek, en hij liet zich Sid zijn, en maakte de dingen zo zacht als hij kon voor mij.

En zijn tante Polly zei dat Tom gelijk had dat de oude juffrouw Watson Jim in haar testament had vrijgelaten; en ja hoor, Tom Sawyer was gegaan en had al die moeite en moeite genomen om een neger vrij te laten! en ik kon nooit eerder begrijpen, tot dat moment en dat gesprek, hoe hij een lichaam kon helpen een neger te bevrijden met zijn opvoeding.

Nou, tante Polly zei dat toen tante Sally haar schreef dat Tom en *Sid* goed en veilig waren aangekomen, ze tegen zichzelf zei:

"Kijk eens aan, nu! Ik had het misschien verwacht, hem die kant op laten gaan zonder dat iemand naar hem keek. Dus nu moet ik helemaal de rivier afdalen, elfhonderd mijl, om uit te vinden wat die creetur *deze* keer van plan is , zolang ik er maar geen enkel antwoord over van u kan krijgen."

"Wel, ik heb nooit iets van je gehoord", zegt tante Sally.

"Nou, ik vraag het me af! Wel, ik heb je twee keer geschreven om je te vragen wat je zou kunnen bedoelen met de aanwezigheid van Sid hier."

"Nou, ik heb ze nooit gekregen, zus."

Tante Polly draait zich langzaam en streng om en zegt:

"Jij, Tom!"

"Nou, *wat?*" zegt hij, een beetje kleinzielig.

"Hou je niet aan *mij*, jij onbeschaamd ding, deel die brieven uit."

"Welke letters?"

"*Die* brieven. Ik ben gebonden, als ik van je moet afzien, zal ik...'

"Ze zitten in de kofferbak. Daar, nu. En ze zijn precies hetzelfde als toen ik ze uit kantoor haalde. Ik heb er niet in gekeken, ik heb ze niet aangeraakt. Maar ik wist dat ze problemen zouden veroorzaken, en ik dacht dat als je niet snel waarschuwde, ik zou...'

"Nou, je moet wel gevild worden, daar bestaat geen misverstand over. En ik schreef er nog een om je te vertellen dat ik zou komen; en ik stel dat hij...'

"Nee, het kwam gisteren; Ik heb het nog niet gelezen, maar *het* is in orde, die heb ik."

Ik wilde aanbieden om twee dollar te wedden dat ze dat niet had gedaan, maar ik dacht dat het misschien net zo veilig was om het niet te doen. Dus ik heb nooit iets gezegd.

HOOFDSTUK DE LAATSTE

De eerste keer dat ik Tom privé betrapte, vroeg ik hem wat zijn idee was, de tijd van de ontduiking? - wat hij van plan was te doen als de ontwijking goed werkte en hij erin slaagde een neger vrij te laten die al eerder vrij was? En hij zei, wat hij vanaf het begin in zijn hoofd had gepland, als we Jim er helemaal veilig uit zouden krijgen, was dat we hem op het vlot de rivier af zouden laten varen, en avonturen zouden beleven tot aan de monding van de rivier, en hem dan zouden vertellen dat hij vrij was, en hem terug naar huis zouden brengen op een stoomboot, in stijl, en hem betalen voor zijn verloren tijd, en van tevoren een woord schrijven en alle negers in de buurt eruit halen, en hen hem naar de stad laten walsen met een fakkeloptocht en een fanfare, en dan zou hij een held zijn, en wij ook. Maar ik dacht dat het ongeveer net zo goed was als hoe het was.

We hadden Jim in een mum van tijd uit de ketenen, en toen tante Polly en oom Silas en tante Sally erachter kwamen hoe goed hij de dokter hielp om Tom te verplegen, maakten ze een hoop ophef over hem en maakten hem klaar en gaven hem alles wat hij wilde eten, en een leuke tijd, en niets te doen. En we brachten hem naar de ziekenkamer en hadden een hoog gesprek; en Tom gaf Jim veertig dollar omdat hij zo geduldig voor ons gevangen zat, en het zo goed deed, en Jim was zeer tevreden tot de dood, en brak uit, en zei:

"*Dah*, nu, Huck, wat ik je zeg? - wat ik je vertel dah op Jackson islan'? Ik *tolereer* je dat ik een harige breas heb', en wat is het teken dat het is; en ik *tolereer* je dat ik rijk ben, en gwineter om rijk te zijn; En het is uitgekomen; en heah dat is ze! *Dah*, nu! doan' praat tegen *me* - tekenen zijn *tekenen*, de mijne zeg ik je; en ik wist jis' 's goed 'at I 'uz gwineter rijk zijn agin als ik a-stannin' heah dis minute!"

En toen praatte Tom mee en praatte mee, en zei: "Gaan we hier op een dezer avonden alle drie weg en trekken we een outfit aan, en gaan we huilende avonturen beleven onder de Injuns, daar in het gebied, voor een paar weken of twee; en ik zei, goed, dat past bij mij, maar ik heb geen geld om de outfit te kopen, en ik denk dat ik er geen van thuis kon krijgen, want het is waarschijnlijk dat papa al eerder terug is geweest, en het allemaal heeft weggehaald bij rechter Thatcher en het heeft opgedronken.

"Nee, dat heeft hij niet," zegt Tom; "Het is er allemaal nog - zesduizend dollar en meer; En je vader is sindsdien nooit meer terug geweest. Dat had ik in ieder geval niet toen ik wegging."

Jim zegt, een beetje plechtig:

"Hij komt niet terug, huck."

Ik zegt:

"Waarom, Jim?"

"Nemmine, Huck, maar hij komt niet terug, nee."

Maar ik bleef hem aankijken; Dus uiteindelijk zegt hij:

"Doan' you 'member de house dat was float'n down the river, en dey was een man in dah, kivered up, en ik ging naar binnen en unkivered hem en liet je niet binnenkomen? Nou, den, je kin git yo' geld wanneer je het wilt, kase dat was hem."

Tom is nu heel gezond en heeft zijn kogel om zijn nek op een horlogehouder en kijkt altijd hoe laat het is, en dus is er niets meer om over te schrijven, en ik ben er verrot blij om, want als ik had geweten wat een moeite het was om een boek te maken, zou ik het niet hebben aangepakt, En zal niet meer gaan. Maar ik denk dat ik eerder naar het Territorium moet gaan dan de rest, want tante Sally gaat me adopteren en me vervloeken, en ik kan er niet tegen. Ik ben er eerder geweest.

HET EINDE.

MET VRIENDELIJKE GROET,

HUCK FINN.

Milton Keynes UK
Ingram Content Group UK Ltd.
UKHW040936081224
452111UK00005B/40